群山绝响

方英文 著

作家出版社

倒老师唤起、又抓去自吃豆腐啊…（食指

大家手搭肩上、或者拇指拾着千里远镜

探泻心坡下那些人家，果然二家门前，人如蚂蚁

聚蒿挪勤。…也许是结婚…大家…石滴淮

一只鹰，……是雌鹰，磐旋左空

城的空中，大家还去猜是住生鹰、又空高山

好兄鹰直照下，但鹰，永舍是鹰，从容自停

优雅地…就着它的阵地…无陈的屠心

"人世几回伤往事，山形依旧枕寒流。"这几年的自然天气一如人世脾气，跌宕难测。冬月中旬了，西安不冷反暖，毫无下雪征兆。于是从刘禹锡的诗句里借来片缕寒流，醒醒脑壳——寒流与春潮，各有其德也。

不过心底里的季节情绪，是任谁也无法预报的。偶起微澜春波，也不必惊艳。同楼的刘胖子，校友，迷书法、爱美酒、好善言。经常夜里拎来佳酿，对酌闲话。三次要我搬出《群山绝响》手稿翻看，称某收藏家有意；又谬奖说当代作家拿毛笔写长篇，未闻第二人吧？呵呵。胖人爱笑，呵呵已醺。又问出版六年了吧？该再版喽！肥掌相击，啪啪带响。值得吗我反问道。胖刘说四大名著为啥一版再版？因为是毛笔写的。猛一听，颇为雄辩；细一回味，不禁哑然。哂笑这人一发胖，逻辑也同步紊乱了。

上网巡游，方知传看与诵听者，一直兴味递增着。专家析文与读者评论，字数超过百万了。签名本高价倒腾，且发现盗版……看来再版事宜，可以列入日程。

然而书运如人运，只看能否遇见青眼编辑。《群山绝响》得以再版，全因幸逢贵人。天意作美，人事鸣谢。鸣谢编、审、校者，及美编设计所付出的才华与心血。

　　此志。

方英文
2024 年 12 月 14 日

01

七年级教室里，没有了往日的嬉闹，大家正襟危坐，等候着班主任进来，因为这是最后一课。课前照例要唱歌，唱赞歌，唱毛主席语录歌。元尚婴是班长，自然由他起头："学生也是这样，预备——唱！"于是大家唱起来：

学生也是这样，以学为主，兼学别样。即不但学文，也要学工、学农、学军，也要批判资产阶级。学制要缩短，教育要革命，资产阶级知识分子统治我们学校的现象，再也不能继续下去了！

可是还不见老师来。照习惯，那就再唱一首语录歌。语录歌里的战歌，最是过瘾，唱得人摩拳擦掌、如虎添翼。元尚婴再起头，大家再唱：

我们希望和平，但是如果，帝国主义硬要打仗，我们也只好横下一条心，打了仗再建设，打了仗再建设，打了——仗，再建——设！

老师依然没出现。没尿完？拉肚子？学生们自小敬仰老师，觉得老师无所不知无所不能，跟神一样厉害。可是忽然一天，听说老师也要拉屎撒尿，便觉得不可思议。为了验证，他们瞅准机会躲在树后，偷窥班主任全老师散步。全老师走着走着，忽然停下来，先是扭动脖子察看周围有没有人。周围没人，全老师就立在地畔撒尿。全老师撒尿时并不安分守己，而是屁股不住地摇晃筛动，推磨子似的。待全老师走远了，学生们赶紧上前去，要看看全老师何以如此撒尿。哦嗬，原来有个蚂蚁窝。全老师舞动屁股，是拿尿烫蚂蚁窝呢！蚂蚁们到处乱跑，各跑各的，毫无队形，好像体育老师不在场的体育课。幸好是深秋时节，蚂蚁们权当冲个热水澡呢。若是夏天，准会全被烫死啦。这件事迅速秘密传播开来，引起大家激烈讨论。身为老师，该不该撒尿？该不该不去厕所就在野外撒尿？蚂蚁们该不该烫？蚂蚁是益虫还是害虫？"除四害"的"四害"里，是苍蝇、蚊子、老鼠、麻雀，没有蚂蚁啊！

这事发生在上二年级时，已经非常遥远了。如今大家七年级了，初二了，早已觉得全老师是人不是神。上完今天这最后一课，就算初中毕业了。

全老师终于走进教室。他步子缓慢、神情凝重，腋窝里夹着一卷白纸。他的一只腿刚跨上讲台，大家就抢在喊口令之前，全体起立。他将白纸卷放在讲桌上，目光滑过每一张脸。然后平伸两手，公鸡抖翅似的——第一次没说"请坐下"——抖了那么几抖，让大家全坐下。

全老师从粉笔盒里捏出一根粉笔，折断，扔进粉笔盒。再捏出一根粉笔，又折断，又扔进粉笔盒。第三次捏起粉笔，那样子像是还想折断，不过犹豫起来。犹豫了三秒钟，回身，一笔一画地，板书了八个大字：

广阔天地　大有作为

"为"字刚收笔，就听"咚"一声响屁。不同往常，这回的屁声未能激起半点哄笑，教室里出奇安静。

"田信康，是你吗？"

"是。"

名叫田信康的站起来。黑瘦，一脸菜色。棉袄的袖口破裂着，看不出那棉花曾经白过。

"两年初中里，"全老师说，"你经常在我的课堂上，放——这个，搞小动作。"

"老师，我今天不是故意的。"

"你能坚持两年不改，最后一课还如此，将来有出息！我能坚持两年不点破你、给你保留面子，也念在你爸给我送过核桃柿饼。"

"我知道自己错了，今天上课铃一响，我心里就发誓，一定要憋住……"

"好啦，屁大个事纠缠个没完，将来怎么建设社会主义呢？坐下！"

一向和善亲切的全老师，从未如此严厉过。大家全给吓哑了，像是中了孙悟空的定身法，木头般动也不动。

"同学们，你们两年的初中生活，今天就结束了。只是毕业证，公社文书到区上开会去了，没法盖章子。随后盖了，由班长给大家一一送到家里。"

所有的凳子都"咯吱"起来，分明表达着一股失望和抱怨。

"现在把这个，"全老师举起那卷纸，晃动着，"升高中的推荐表发给大家。"全老师亲自给大家一一散发表格。过去发作业本，是学习干事的任务。发完表，全老师重回讲台。

"大家看清楚了，只有少数几个同学，一两门课程不及格；大多数同学的成绩，都不错的。但是，这影响不了大家能上还是不能上高中。因为现在，重在家庭出身和政治表现。"

"我是下中农，可是去年，家里就要我回去放牛。"一个同学说。

"我倒是贫农，可我上不起高中。我要回家干活。"又一个同学说。

全老师想，你俩也不是念书的坯子，但说出嘴的话，却是："这个嘛……当然也好啦。一辈子当农民，双手泥巴两腿牛粪，最光荣不过了！当然，其实也只有三分之一的同学能上高中……认真填了表后，先到生产队里盖章，再到大队里盖章，然后到公社盖章，最后汇总汉叔区革委会，才能最终决定升高中的名额。"

全老师要大家全体起立。他说好多天前就捎信到镇上，让镇上照相的樊大夫来一趟，来给大家照个毕业相。可是樊大夫那条好腿也跌伤了，没法来了。说是待樊大夫腿好了，再下乡来转到学校时，就把大家召集来，补拍毕业照。从全老师的表情看，他说的话连他自个都没信心。不过他又打起精神，请大家再唱一首歌，要那种抒情的歌、深情的歌，让人感觉幸福即将来临的歌——颂歌，且作因陋就简的毕业典礼吧。

全老师亲自起了头，大家齐唱：

> 远飞的大雁，请你快快飞，呃嗳呃嗳呃，捎个信儿到
> 北京，翻身的农奴想念恩人毛主席……

忽然一声啜泣，起初以为是"席"字的拖音，细听却是马广玲在哭。这学期她坐在元尚婴的前排，常回头请教作业，尤其是碰

到一元二次方程时。她的背影单薄而疼人，左肩上一块巴掌大的补丁，很不规则，像块破抹布。那是因为她经常上山打柴，肩扛柴捆下山时，给磨烂的。耷拉在她背上的长辫子，因她的抽噎而扭动，如那打瞌睡的黑猫尾巴，由于天性警觉而摇摆不停。

"马广玲，"老师从来都是全称"某某同学"，今天却省略了，"你怎么啦？为什么哭鼻子？"马广玲点点头，又摇摇头。

"马广玲，"元尚婴喊，她回过头来，熟悉的深眼窝，眸子如一对琥珀，"毕业是好事啊，你怎么流眼泪呢！"

"好事，是好事。"她抬起袖子，擦了擦眼睛，笑了，笑起来洋气四溢。

02

那时教育革命了，学制缩短了：小学五年，初中两年，高中两年。入学时间不是秋季，而是过完春节后的正月。上学念书，全成了幌子，连小学都开垦了一片荒山，谓之"学农基地"。一年里要放假四次。除了正常的暑假和寒假，还有夏忙假和秋忙假。两个忙假都是十天。"忙假"一词真是天才发明，好像"吃睡"能同时进行似的。一放忙假，每个学生都领一张鉴定表，回到家里，和农民一样，清早起来下地干活。

盛夏割麦子，深秋掰玉米。掰完玉米，再割玉米秆儿。玉米秆儿是牛过冬的好饲料。玉米地收拾干净了，野菜便暴露出来。女人们带着孩子，纷纷扑进地里剜野菜。孩子们只顾疯玩，对野菜没啥兴趣。可是，一旦发现冒出地面的洋芋苗头——端午节后挖洋芋时，未挖净而遗留地里少许，到了秋天便发出芽来拱破地皮——孩子们就冲上去争抢，打架。没争挖到手的大骂争到手人的娘老子。要知道，火塘里烧烤洋芋，那个香啊！而家里的洋芋，大的窖藏起来，以备来年度春荒；留下的小洋芋，万不得已，是不准孩子随便烧烤的——除非是你自个从地里寻来的。在细水长流精打细算，扳指头、数芝麻熬光景的家庭里，比如元尚婴家，那是断然不会无缘无故做顿干饭，更别说有什么零食充塞牙缝了！母亲熬光景有一个原则：救济粮、返销粮轮不到自家头上，为确保尊严又不能向人借粮，唯一的选择只能是极致节约。

秋收过后的田野里再也找不见什么好货了，这才翻地，准备种麦子。川道里的平地，过去全是水田，如今一半变成了旱地。水田只能种一季庄稼，产量上不去。正好比一个大肚子女人，她分明能生产双胞胎的，却年年只下出一个崽来，由不得人躁气。于是就开挖了一条条细小窄深的排水渠，硬是将一半的水田改造成了旱地。原来的五头水牛，由于水田减少，现在仅剩两头了——没事干的三头水牛，先后葬入贫下中农的口腹，且都说那肉水嘎嘎的不好吃。

平地吆牛犁，坡地镢头挖。

生产队里，一个男劳力，所谓"全劳"，干一整天活儿记账十分工；妇女不确定，通常记八分工。毛主席说妇女能顶半边天，男人能做到的女人也能做到。那么到底给女人记多少工分？讨论来讨论去，最终还看女人也能做到与否。比如背粪上坡，女人跟男人一样，也是背三筐粪，当然给记十分工。但如果是锄草，虽然也列入男人队伍，手握锄头一样薅草，膀子一样被玉米叶子划拉出条条血印，则还是只给记八分工。

女人心里当然不服，却是说也白说，不如磨洋工：一会儿尿啊，一会儿锄头一蹾，跑到树下，坐稳，解开背上的孩子喂奶啊。男人觉得女人也挺不容易，地里一样干活，回到家里，男人抽烟喝茶，女人还得做饭、喂猪、侍候鸡。地里干活有女人陪着，任是谁家的女人，都是一个"好"字。至于她们爱干还是不爱干，干多还是干少，又有什么关系呢。有女人陪着干活，可以放肆说下流话，甚或动个小手小脚，也算是福利呢。叼个空子，猛不防捏揣一把女人的奶子，或是撸一手女人的裤裆，听女人那遭烫了似的一声尖叫，抓一把泥沙飞你个满脸带臭嘴，你的饥饿与周身劳累就减缓了很多。

年终"决算分配"，记工员麻忠翻开工分册，按全年十二个月的合计来，所谓"多劳多得，按劳分配"。"不劳者不得食"的话，有人说是毛主席说的，有人说毛主席没说过。不管说没说过，大家都觉得这话在理：你不劳动，你凭啥跟我们劳动者一样吃呢！于是每次分粮时，那些工分少、劳力弱的人，特别是那些男人在外工作、分粮时只得由女人来背的，总是遭遇白眼，承受一番冷嘲热讽、指桑骂槐。在外工作人的家属们实在想不通：我又不是白分你粮，"缺粮钱"我没少掏一分啊！可是群众的眼睛是雪亮的，群众的账算得是贼清的：你男人每月工资二十八块五，我们干一天活儿才值七分五厘钱！你不是有钱么，好啊，那你到别的地方去买粮啊。

放夏忙假和秋忙假时，一、二年级的小学生，可以不下地干活，如野生鸟兽般胡跑乱窜。但他们觉得生产队里集体干活，很热闹，也就哄到田间地畔，看大家干活与偷懒，说笑与打情骂俏。尤其是打情骂俏，让孩子们朦朦胧胧地接受了性启蒙——这方面，他们普遍比城里的孩子聪明。孩子们更留心大家对于他们的点评，对他们未来的预测。说他们中的谁个，一看那长相，便知道将来是"要吃商品粮的"，要端公家饭碗的，绝不会跟他们一样黑汗流淌地修理地球。

三年级以上的学生，那就要实打实地干活了，无论寒暑假里，还是夏忙假、秋忙假里。好在给你记工分，不是让你白干，以使"红领巾"们自小就明白一个道理：劳动光荣、劳有所得。给学生的工分，是分档次的：三分、五分、八分，总之根据年龄与所干活儿的轻重。个别发育早、块头大的孩子，经不住大人夸奖，专挑与大人匹配的重活儿干。傍晚收工前评工分时，自然斩获十分工。此时的父母脸上，特别有光彩，感觉儿子养大了，开始吃红利啦。

收假前的一两天，依然是向晚时分，太阳刚落西山，大家收工前就地坐在锄头或铁锹柄上，开始评工分。出现争议时，队长麻顺篓的话一言九鼎。评罢大人评孩子。然后议论各个孩子的劳动态度与实际表现，也都是简略的一两句话。于是由柳会计当晚，或者次日上午，专门在家里给学生们的鉴定表填写意见。填过之后，加盖生产队公章，方可生效。如此这般，柳会计一个上午就不用下地干活了。这便是读过书、能识字的好处。

柳会计是整个生产队里最有学问的人。在每一个有孩子念书的父母心底，潜意识里无不期待着有朝一日，自家的孩子能够取代柳会计。

学生们只有带上鉴定表，才能返校复课。鉴定表上的意见，关乎你能否当上"三好学生""五好学生"。多数学生属于毛主席合格的，或比较合格的接班人。仅有一个罕见的学生，秋忙假里偷了五个苞谷棒子，结果被学校开除回来。那年他才十二岁，便开始了终生的农民生涯。

如此的学校，老百姓很有意见，说既然全学的是如何当农民，还用你办学校？牛一长大便会犁地，猪娃生下来就会拱奶嘛！本来让娃娃们多念些书，将来不说是穿上四个兜兜的制服当干部了，起码弄个民办教师，或是食品站的杀猪匠、粮管所的搬运工，挣钱不挣钱，一日三顿肚儿圆，那也体面得祖坟上冒青烟啊。

听说这么干的目的是培养社会主义新农民，大家就不好，也没必要多想了。什么是新农民呢？识文断字的农民呗。只有识文断字的农民，才能成为机械化的农民。

03

腊月很干燥，人人心里祈雨盼雪，但是老天爷依然麻木不仁着。山颜川色一概褐黄，区别只在平地的浅黄与山坡的深黄。小河流水清细如涓，由于流量太小，所以倾听那微微流淌的声音，像是几只小猫咪拱吃母猫的奶哩。四望单调，于是柳会计门前的那棵冬青树，就显得特别醒目与生机盎然。那棵冬青树和冬青树后的院子，原本属于元尚婴家，后来被四户贫下中农分住了去。柳会计家是其中的一家，田信康家是其中的另一家。

元尚婴爷爷是个地主，鼎盛期拥有两百亩土地。还当过民国政府的基层官员，曾一度比乡长大，管了八个乡呢。那时为了方便，"上面"将分属两个县的、八个地形相近的乡连成一片，让元尚婴的爷爷临时受命"联乡主任"，略高于如今的汉叔区革命委员会主任，因为汉叔区只管了五个人民公社。也就"联乡主任"了四个月，便天地大翻盘了。

元尚婴爷爷的院子被分配后，全家就搬到距老院子半里地的那三间土房居住了。土房原先，两间圈牛，一间有通铺，住长工短工。牛是四头，长工是三个。短工人数视收、种两季而定。若是天气不好必须抢收，乡邻们就都跑来帮忙，没有谁个提说"工钱"二字。元家此时必定做出好饭好菜招待大家，而且一定要上酒。抢收粮食要紧啊，谁有心思喝酒！长工之一是田信康的爷爷，短工之一是柳会计的父亲。三间土房选址，全然是图个种地收粮时的方便。所以房前，有一个三分地的"道场"。当然不是用于道士作法，而是为了碾粮食、晒粮食。没了那些土地，如此大的道场也就失去了意义，随即被收缩，只有原来的八分之一大小了。

一只乌鸦从南坡往北坡横飞。飞过小河上空时，"嘎——嘎——"叫了两声。难听的声音虽然打破了寂寞，反倒给人以愈发沉闷与凄惶的感觉。其实人们都在杨家沟里战天斗地，热火朝天地修大寨田哩。腊月这个季节，没庄稼可种，没粮食可收，却不能让自然冬眠，不能让人们懒汉。

杨家沟里住着四户人家，却没一家姓杨的，且是一户一姓：姓石的，姓胡的，姓班的，姓麻的。姓麻的就是麻队长麻顺篓。

楚子川公社有七个生产大队。精华的川道地带，分属于四个生产大队。人口较密，人均耕地不足两亩。且这两亩地中的一亩多，是在山坡上开荒而成的，亩产只百十来斤。这一是坡地本身不保墒，二是种地浮皮潦草。人对不起地，地就辜负人。第三个原因是种子入地后，先被田鼠刨一部分出来吃掉；苗子冒出后，兔子再嚼一部分；成熟了的颗粒，飞鸟是不会放过的。所幸野猪绝了迹，否则更没有几颗粮食留给人吃了。山上的树木，早已被伐光剃净，当作燃料，大炼了残钢废铁。如今基本是秃子山，野猪没法藏的。山上的草木也如同庄稼，每年都要被割几茬，用于煮饭取暖。

生产队的阴阳二坡，各有三条小沟。六条沟里的五条，先后修成了大寨田。杨家沟之所以放在最后修，是麻队长的决定。先修距他家远的沟，他便可以借口回家路远，就近吃别人家的饭。虽然不是上边派来的蹲点干部，但也有充分的理由吃派饭，还不用掏钱掏粮票。反正他不拿工资，也不是吃商品粮的，只能白吃。当然，他不必说"骆驼，我中午在你家吃啊"，或者"蛮牛，你家中午多添瓢水吧"，如此点饭，既掉面子又失权威。事实上广大群众觉悟都很高，请麻队长吃饭都很踊跃。上午一到工地，就有人说：

"麻队长，上午饭到我家吃啊！"

"唉，"麻队长是要谦让一下的，"我还是回家吃吧。"

"你对我有啥成见？还是嫌我家的饭不好！"

"看你想哪去了！"麻队长一脸的无奈，"那好，随便做点啥吧。"

但你若真的随便弄点啥，而不是将家里最好的弄出来，那双方的脸上就都挂不住了，就埋下某种隐患了。就是说，如果在某条沟里修大寨田，周围的十来户人家定会心照不宣地请麻队长吃饭。一圈吃完，从头开始新一圈。

还是断档了一回。

那天午饭，大家心里都清楚，轮到记工员麻忠管队长饭了。可是一上工地，麻忠并没有像通常大家做的那样，及时打招呼请队长。快到上午饭时，麻忠还不吭声。其他人都很惶惑，想主动请队长到自己家里吃，却又不敢。再说分明该麻忠请队长的，你若是横插一杠子请去队长，麻忠会怎么想？出我的难堪，跟我作对不是？！麻忠是记工员，每天的劳动成果，都由他手中的那支笔登记在册。他给你漏记，或是涂抹你几天，你岂不挨个哑巴吃黄连！

其实那天上午饭，麻忠并非故意忘记请队长，而是脑瓜子里分分秒秒想着家里的灶台。昨晚半夜里听见鸡叫，他顾不上披棉袄，光着身子从炕边的窗户翻将出去。他猜得不错，果然是黄鼠狼偷鸡。借着阴历十九的月光，他一边追一边弯腰捡石块甩着砸。黄鼠狼丢下鸡跑了，但是鸡被咬死了。鸡血滴在脚下的石头片儿上，麻忠的脚脖子也被石片儿划破了，鸡血并人血共洒，无法分辨了。妻子也早被惊醒，不知何时也站在身边。两口子赶紧查看鸡笼，好在另两只鸡安然无恙，畏缩在鸡笼最里的拐角。两口子还是哭了，因为死了一只鸡啊。

那时候，上边规定你家里是多少人头，就养多少只鸡。公鸡白吃不下蛋，所以都养的母鸡。没有爱情过的母鸡，下出的蛋是没法孵出鸡仔的。"群众的困难我得考虑解决吧！"麻队长宣布他家就多养一只鸡——公鸡，而且报请大队长批准了。谁家要孵小鸡了，就拿上鸡蛋到麻队长家里换。队长家的蛋灵，你家的蛋傻，所以你拿傻蛋去换队长家的灵蛋，十颗只能换七颗，是公平合理的。于是全生产队里，麻队长卖鸡蛋收入的钱数，是跟大家一样的，可他自己额外，还天天有鸡蛋可吃。大家却没啥可吃的，因为大家的鸡蛋都卖了。队长吃的鸡蛋，便是队长家那只公鸡赚得的。所以大人们教育孩子，要好好做人，将来也能当上队长，天天有鸡蛋吃。但是如何让孩子"好好做人"，大人们又讲不出个子丑寅卯了。

麻忠两口子为黄鼠狼咬死一只母鸡，洒了几滴泪。平时的所需，煤油啊火柴啊食盐啊，清凉油、活络丹、阿司匹林啊，全靠卖鸡蛋的钱换回来。可见这鸡屁眼不是普通的鸡屁眼，而是供农民取钱的银行窗口，窗口再也不会开了，能不伤心吗？跟人死不能复活一样，鸡死也无法再下蛋了。人死了埋掉，鸡死了吃掉，古来如此。那就炖了吃吧，权当过生日呢，权当提前给儿子订婚呢。所以一说收工，麻忠便一撇钢钎，"咣当"一声，大踏步离去了。

麻队长看着麻忠的背影，心里想着，太不像话啊，想造反啊，但也不好发作出来。其他人假装没感觉到什么，拍衣尘放裤腿地散去。麻队长想，今天的饭，看来只能跑二里地回自家吃了。如此一来，下午上工必定迟到，咋有脸监督大家呢！打铁还得自身硬么，他不想因迟到而授大家以口实。

那事发生在秋天，柿子开始陆续变红。麻队长在沟底坡上转悠着，仰起脖子察看那几棵老柿子树，看树上有没有红软的柿子。果然有俩！他也顾不得身份了，就亲自爬上树摘了一个。他稳坐树杈，揭去那透明的皮儿，吸吸溜溜地吮咂起来。甜软爽齿，就是略带涩味，另一个柿子更大，但是弄到手得费点事儿。他手抓头顶的枝丫，脚踩横枝，慢慢地往前挪动。眼看右手要够着那红柿子，忽听"嘎"一声乌鸦叫喊，他腿肚一闪，树枝一振摇，那诱人的红柿子就脱落了，垂跌地面"吧唧"一声，瞬间开成一朵碗大的、不甚规则的"玫瑰花"。多可惜啊。麻队长溜下树，弯下腰，三根指头很谨慎地蘸了蘸"玫瑰"，环顾左右无人，就舔进了嘴里。

距离上工时间尚早，正在午饭当口嘛。他便转悠着，下意识地转悠到麻忠门口。好那麻忠，正坐在门槛上啃鸡腿呢！

"篓子叔，"麻忠按辈分叫着队长，"你吃了胡转呢！"

"没吃哩。"

"这个时候谁都可能没吃，"麻忠门牙撕着鸡皮往后拽，"唯独你，不可能没吃，队长啊！"

"我真没吃。我怎么可能说假话呢！"

"你是从不说假话，"鸡腿进了麻忠嘴里，拔出来居然成了一截光溜溜、干干净净的骨槌儿，"可是你爱说笑话哈。你一向不摆领导干部的，嗝儿，架子，也不在乎长辈，嗝儿，不长辈的，老跟我们开玩笑——这样亲切啊，嗝儿！"

麻忠满脸的嬉笑，起身回屋了，居然不请队长进屋坐坐，喝杯茶总可以吧。

麻忠心里嘀咕着：一定说死队长你吃过饭了！一定不能让队长进门！请进门来拿啥招待？鸡瘦小，肉不多，必须连汤带汁留存着，搭配上红薯洋芋，能吃好几顿呢。鸡腿倒是还有一只，老婆都没舍得吃，给儿子留的。儿子上山挖药材还没回来么。所以，只能一口咬定——队长你吃过饭了！

麻队长气得肠子乱扭麻花，恨不能立马撤了麻忠的记工员职务。可是一因没有合适的替代者，二因大队支书是麻忠舅舅的拜把子兄弟。看来此账只能暂且记着，在理由不足以正大光明时，不要轻易调整班子。

现在好了，现在回来了两个初中生。考察他们一段时间，谁个听队长的话，就让谁个替代麻忠，为社员们记工分吧。

这两个初中生，就是元尚婴和田信康。

04

元尚婴和田信康只是初中毕业，还有上高中的可能，因此不能断言他们已经成了农民。麻队长的盘算也只是即兴的一厢情愿罢了。

杨家沟将近三里深，一半的地方非常狭窄，是没法修梯田的。从沟口到沟里，只可以修十来台梯田。修别的沟时，都是从沟外朝沟里修。到了杨家沟，队长决定从沟里往沟外修，理由是由里向外，"道路越走越宽嘛"。他家住在沟里，修一块田就离他家远一点儿，意味着日益靠近他吃派饭的日子。少数人民群众的眼睛雪亮，只是虽然看出来了却并不往破说。没必要惹事。

"农业学大寨"的红旗插在工地上。土地瘠薄，旗杆难以插深，所以不禁风摇，大家就找来三块长条石，合围在旗杆根部。没有红旗是不行的，公社干部来视察是要剋人的。修梯田并无什么技术含量，无非横砌石坎、底部垫石、上面铺土，以此成田而已。原来的自然水流，改道紧贴坡根而下。如此的土地，需要年年铺垫些被拆的废墙烂砖土，三年五年后，才能长出像样的庄稼。

修梯田时各司其职。有技术的人也就那么一个两个：手拿小铁锤，砌石坎。只有一身蛮牛力的，用杠子、绳索抬石头，或者拿铁钎，从坡根上开采石头。石头与山浑然一体，就要打眼放炮。妇女与未成年的半劳，挖土装筐，倒上架子车。拉架子车，一般由半大小子包揽，因为他们把拉架子车当作游戏。

挖坡采石，就带出不少的树根来，扔成一堆，燃烧篝火。有了篝火就有了热闹，烘手抽烟都方便。坡上发现了野栗子，地棱缝里捡拾了几粒玉米，运气好的话刨出几个洋芋，一概随手丢进篝火里，任人哄抢——带着游戏的成分，倒不至于抢出人命来。

元尚婴十六岁，田信康十七岁。元尚婴上三年级时，跟着伯父学中医，背诵《汤头歌》。后来伯父被批判，尚婴便又返回学校，蹲级跟班。田信康要给家里打猪草，所以晚上学一年。中途又回家放水牛一年，等于留了一级。过去俩同学劳动时，都是妇女待遇：每天八分工。今年的秋忙假里，田信康发起冲刺了。

他给队长说："咱俩个头都一般高了，为啥还给我记妇女工？""好娃哩，这得看你干啥活，干多少嘛。"当时正在收坡地苞谷，妇女们斜背挎篮，带领儿童掰苞谷。男劳一律背背篓，将掰的苞谷背下坡，送到生产队的保管房。背篓上方的圆口，插满苞谷棒子，一圈一圈插上顶，看上去像是背了一个金字塔。

"今天我也背苞谷！""那就给你记十分工。"刚掰的苞谷棒子，湿且沉，装满一背篓，足有一百多斤。少年人爆发力强，猛一努，就站起来了，并不觉其多沉重。岂知负重下坡，实为人生之最艰难：唯觉两腿抽筋如闪电，裤裆滴尿呢。

田信康要蹲在土棱上歇气，可是走在前面的麻忠继续下着坡，说明那老东西不累，或者说并未到他歇脚换气的时候。田信康咬住牙：你啥时歇我就啥时歇。果然，麻忠又下了三十来米，到了一块石头前，站住，转身，要将背篓蹾在石头上。可是，他看见了后上方的田信康，就临时改变主意不歇了，而是继续下坡。

田信康心里那个挠躁啊：你老狗日的整我哩！没看见我是平生第一回背背篓嘛！其实田信康误会了麻忠。麻忠又下了二十来米，那里横着一棵被伐倒了的死核桃树。他要等田信康同来，两个背篓同蹾核桃树上歇气，可以摆几句古今。

麻忠是全生产队里唯一知道几个三国故事的人，可是社员们大多是文盲，嫌他酸，不喜欢他"甩文"。听他谝古今还不如看"狗连蛋"有趣。他感到寂寞，觉得田信康可以让他过一回谝瘾。当然，比田信康，甚至比他麻忠知道得更多的，是那个年龄小的元尚婴，大地主的后代么。

田信康侧棱着身子，几乎是横着脚板，两腿颤悠悠地下到核桃树跟前。麻忠一见他满额汗珠，早就手势比画，又拍着身边的核桃树，让田信康赶紧来歇气。

"你要心先静下来，"麻忠说，"心静就不觉得沉。"

"哦。"田信康吁出一口气。

"今天背一天，晚上热水烫个脚，明天再背就不沉啦。"

"是不是？"

"当然是！到了后天，你就觉得一背篓苞谷棒子算个毛，不比裤裆里的俩蛋重多少！"

终于背到保管房前，腰一弯屁股一撅，朝道场上一倒，直起身来，顿时觉得身轻爽快、风清天蓝。

妇女们盘腿围坐苞谷堆，剥苞谷壳呢。她们说说笑笑，李家猫儿王家狗儿的。一个少妇猴腰伸手拿苞谷时，后襟上缩露出一块肉来。麻忠猛一伸手捞一把："咋恁嫩嘛！"放鼻子下皱皱嗅嗅，一脸陶醉的样子。那少妇回手一苞谷壳，撇到麻忠脸上："你嫂子也在这咋不摸你嫂子！""那是我嫂子，你日弄我犯法啊！""找牛粪，"他嫂子说，"找牛粪塞他嘴！"

回身见田信康站在跟前笑得开心，麻忠就冷不防撸一把他的裤裆，然后手拃半空，说：

"这么长了，娃长成人了！能弄事了，该记十分工啦！"

妇女们笑得前仰后合。

羞得田信康转身就跑，心里却感激麻忠说的"该记十分工啦"。

田信康的成人礼，如此这般完成了。

事发之时，元尚婴并不在场。事发过后，田信康才有鼻子有眼地复述给元尚婴。"你提前革命成功了！""你小么，迟早会有这一天的。"元尚婴梦想着那一天尽快来临，能挣十分工。届时所有人都以成年人待你，红白喜事坐席时便有了你的位子，大小事情征求意见时，也不会绕过你，至少礼节性地问你一声。

杨家沟里修大寨田，田信康掌握车把，元尚婴护卫车栏，以便车行安稳。泥土被倾倒后，元尚婴独自弓腰撅臀，拽拖架子车返回。田信康双手后背，人模狗样地尾随车后。他如此姿态夸张，分明故意彰显他已是男子汉了，他和元尚婴拉开距离了。成人的好处是可以肆无忌惮地磨洋工，因为你是成人你是强者你孔武有力你无人敢惹了。元尚婴心里好笑，窃想，你他娘就装吧，咋不想想在学校里抄我作业呢！罢，好汉不提当年勇，凤凰脱毛不如鸡。

05

夕阳的光照面，如同幕布般合围着往山头升退，沟底随之暗淡起来。一颗亮星，眨巴着眼睛，悬在透明的天空上。队长说评工分吧。麻忠就放下工具，其他人继续干活。

麻忠从挂在树枝上的那个脏兮兮的，不知补了几层补丁的包里，掏出记工簿。他坐在工具上，念一个名字，问这个人评多少工分。大多数都是既定的，并无异议；耽误时间的，是给那些迟到早退的人扣工分。扣多少？此时，一般由几个党员发表意见。其实第一个党员说了意见后，只要说得不太离谱，也就按他说的记了。

如果你明天有事，那么先一天收工时，你得报告队长，请假。队长没准假？你明天就必须来，否则你就栽大了：队长那根小棒槌似的食指，举上头顶，猛地斜下一劈："旷！"

"旷"是一个动词，就是说你不请假缺工一天，那就罚你白干一天。

山里人一天两顿饭，中午十点，下午三点。于是一天的劳动分三晌，头晌二分工，中晌、晚晌各四分工。如果你头晌没请假，只干了中晌与晚晌，本应得八分工的，实际只得六分工——两分工被"旷"了。

初中毕业后，第一次干活，元尚婴得了八分工，田信康得了十分工。收工回家的路上，这才觉得冬天很冷，衣服里面干活时出的热汗，此时变得冰凉，如同贴了一层塑料薄膜。

一个老汉站在门前的路口，那是元尚婴的爷爷。以后的每天傍晚，爷爷都会站在这里，迎接孙子收工回来。在等待孙子的空隙，爷爷总是有滋有味地观察云彩、落日以及山色，以此推断明儿的天气。广播里当然有天气预报，但是山中十里不同天，尤其春夏两季。人们次日要干什么大事，出行啊动土啊之类，常会提前来请教爷爷。爷爷的预测没有一次失误。于是爷爷倍受尊敬。

"爷爷，你站在这里不嫌冷吗？"

"老骨头了，感觉不到冷哪。"

他跟着爷爷回家。黑狗碎步迎来，站起身子与元尚婴相击一"掌"。"黑蛋。"他叫着狗的名字，黑蛋"汪汪"回答。

经过门前的桑树时，元尚婴总要拍拍树身，好像在给桑树打招呼。他尤其要摸一把桑树上那圈勒痕——那是当初搬来时没有猪圈，桑树上拴猪勒出的槽痕。桑树长得慢，爷爷说其实在以前，外地的客商来访，或是到这里看庄稼长势时，也是将骡马拴在桑树上的。"门前不栽桑，屋后不植柳"——可是人倒霉了，门前桑摇、屋后柳动，反倒好得很。爷爷什么时候都有一套让人坦然的说辞。

腊月中旬的月光下，父亲正在猪圈里垫土。土是从草坡上刮拉回来的。勤垫圈，猪干净、不得病，而且多出肥料。开春播种到了谁家周围，就征收谁家的粪。三土筐粪装一背篓，粪若是评个一等，一背篓粪就记五分工，因为肥多粮丰。

元尚婴跳进猪圈里，从父亲手里接过铁锨，将两块废火砖砸碎。忽闻"哼哼"声，猪从舍里钻出来，小尾巴抡着圆圈儿，憨头憨脑一仰一仰的。父子俩一回头，果见元尚婴的母亲端来一脸盆猪食，倒进槽里。

"都说猪笨，"父亲笑道，"其实聪明得很，谁喂它，它老早就能听见谁的脚步声！"

"猪是没有二心的。"事后元尚婴才悟出，母亲这话叫作"指桑骂槐"。

晚上没有饭吃。不是不饿，而是节俭。当然有例外。烧炕的火塘里，烤着一个洋芋。元尚婴正长身体，又是初中毕业回来，第一次在生产队里劳动，所以晚上得吃点啥，算是必要的小灶。

母亲将煤油灯端到火塘边，弯腰，捏片树叶，拿树叶引出明火点燃煤油灯，这样节省火柴。爷爷说："咱们商量一下尚婴念高中的事吧。"母亲就吹灭了灯，大家围坐火塘，省油。柴火的光焰，足以使每个人看清说话时的表情。

元尚婴说上不上高中无所谓，反正迟早都是当农民。何况家里的书，不少是藏得安全的，并不曾被红小兵、红卫兵全部搜去烧光焚净，想学了自学便是。

三个大人不同意，理由只有一条：念两年高中，终究能开点眼界。高中的老师，都是从城里发配来的老牌大学生，即便不上课，即便天天学农、学工、批判资产阶级，听他们聊天也能长些见识。

"不上高中没面子。"母亲的话听上去高屋建瓴。

可是父亲说："咱现在脸都没了，还要什么面子！"

"脸和面子有啥区别？"爷爷问父亲，"你还是中学老师呢！"

如今升学不考试，一律凭推荐。所以家里，与其说是商量上还是不上高中，不如说是忧虑着没资格上高中啊。

06

祖　父

　　元尚婴的爷爷名叫元百了，字有无。生于民国元年，读过五年私塾。天资聪慧，生性好奇：每见能工巧匠，总是恳切问学、现场模仿。见郎中开处方，过目不忘，竟能给乡邻治些疑难杂症。十七岁时，娶了一位富家小姐为妻，恩爱无比。可惜只过了半年，妻子患了天花，去世了。人生如此无常，爷爷心如死灰，就到震莲寺出家。

　　震莲寺刚遭过火灾，房子毁了一半，只剩下黑乎乎的颓墙。老和尚没有表态收他还是不收他，只问道："你会木匠活吗？"爷爷答："会。"

　　"那好，你若能把这房子原样建起来，你就可以在里面念经了。"

　　寺庙里还有个和尚，小爷爷两岁，名叫因如。因如粗壮，拙嘴笨舌，却是力大如牛，正好帮手。大殿后的圆木堆码了很久，此时派上了用场。为了质量，爷爷跑了很多路，细心参观了汉江两岸的几个寺院，以及道观、天主教堂、清真寺。凡是复杂的地方，爷爷都以草图描记下来，无意间掌握了"钩心斗角"的营造技巧。半年多过去，被烧毁的房子恢复了。那烟熏火燎过的颓墙，颜色也神奇地复原如初，任谁都看不出它曾遭过劫难。

老和尚大为嘉许，正式收爷爷为徒，赐法名"空一"。

又过了半年，一个女人拉扯着孩子来庙里进香。那孩子是个小女孩，三四岁的样子。那女人容颜姣好，却是神情凄然。空一看得有些吃惊，请坐，上茶，颇为殷勤。老和尚见了，直接当着两人面说："你俩好一场夫妻缘啊！"惊得那女人一脸煞白，空一赶紧把老和尚拽进禅房，检讨道："师父莫开玩笑！我错了，不过是见她很像我的亡妻，便有点走神。这阵子心不慌乱了。"

师父说："你晓得她是个寡妇吗？死过两个男人。都说她是克夫的命。第一个丈夫死后，本来没人敢再接近的，就因貌美，便有不怕死的男人再娶了她。""那师父您，为何还说我——""她之所以克夫，就是等着跟你的缘分啊！"爷爷听得有理，却还是扭捏难定。师父左手拇指弯点着四指的各个关节处，边掐算边说："我也舍不得你离开。可你是居士命，适合在家修行；待在这里，三十八年后，你必定有劫难逃！"三十八年后？爷爷想，未免太遥远了，没准压根活不到三十八年后呢。事实上不多不少，整整三十八年后，震莲寺果然被打被砸了。因如和尚持棒护卫，终因身寡难敌，被逼至山崖边，一脚踩空摔死了。爷爷三十八年过后，才明白师父的预言很神奇，是因如担了爷爷的劫难啊。

奶奶家薄有田产，爷爷入赘后，一同经营光景了。奶奶贤能善理家，把这第三个丈夫心疼得宝贝疙瘩似的。视一切为身外之物的爷爷，由于幸福而爆发出异常的能量与灵感，就想给奶奶显摆自己无所不能。爷爷将做木工、酿酒、织布、打铁、铸铜、补锅、烧窑、采药等技艺，集于一身尽情挥发出来。身怀多技四处奔走，收入自然高，来钱也快。爷爷压根不计较报酬，就只图个自己高兴，随人家爱给多钱算多钱。有的主顾分文未给，他也不去追究，权当没那回事。

奶奶为图爷爷高兴，也跟着持斋念佛了。每天早、中、晚三次，都要给佛像烧香叩头，自言自语地诉说一通心里的各种想法，祈祷佛饶恕自己的一些不好的、欠妥的言行。可是结婚三年了，奶奶没有生孩子，还是只有那个日渐长大的，与她前夫生养的，元尚婴后来叫大姑妈的小女孩。大姑妈念私塾时，正式改姓元了，名字还是原来的"厚逸"二字。

奶奶分外想生孩子，想给爷爷生一堆孩子。她唯一的求助方式是虔心诵佛。精诚所至，金石为开。三年过后，奶奶一年一个，连着给爷爷生了三个儿子。他们省吃俭用，并不是养不起孩子，而是无法积蓄，因为只要有钱进账便有人登门求借。来者与其说是借钱，不如说是抵押土地以解燃眉之急。爷爷奶奶并不认为土地有多大用处，他们坚信人生一世无非吃喝，所需实在甚微，要那么多土地何用！何况佛说，所有的土地也都是空的。土地在谁名下与不在谁名下，其实没什么两样，你总不能搂着土地睡觉吧。

但在那样一个时代，人们没有长远的打算，只要能变现几块银圆就相当满足。爷爷奶奶便新得了很多土地。土地集中在三个乡，就很自然地分给了三个儿子。每一个儿子结婚成家，就到他们自己的土地上，独立门户，开始过他们自己的光景了。爷爷奶奶一如皇帝皇后，将他们无意扩张而扩张的土地，分封给他们的三个儿子，让他们为王为侯。相对小一点的那块土地，当作大姑妈的陪嫁了。

最小的儿子结婚刚过一年，奶奶就去世了。随后有好多人来说媒，劝爷爷续个弦，说是以爷爷的本事、为人与家产，娶个三妻四妾都合适。可是爷爷一概婉拒了，也不解释任何原因。

爷爷的三个儿子都很孝顺。奶奶去世后的第五个春节，团年饭桌上，三个儿子轮番劝说爷爷续弦："再给我们找个后妈吧。您有了伴儿，我们就放心了，也等于帮我们尽孝呢。"爷爷一声不吭，儿子们等于白说。

三个儿子相互间距离三十多里路,他们的父亲想住哪就住哪。三个儿媳妇曾经商量,是否让公公派住,轮流着一家住半年,或者一年。三个儿子立即否决,说这等于把老子看作累赘,跟摊捐派丁有啥两样!三个媳妇说她们压根没那意思,公公健康又贤能,在谁家住就是谁家的福分啊。她们只是担心在一家住久了,另两家有意见呢。

最后,意见达成一致:随老人家意愿,他想住谁家就住谁家。

后来爷爷不管住谁家,不满一月,另两家必定捎话,或是亲自去接。离开不离开,全随爷爷心意。

眼下住在老二家,也就是住在元尚婴家。快过年了,那两个儿子早就来过,要接老爷子去他们家过年。但是老爷子不去,因为奶奶的坟在这里,三十晚上爷爷是要亲自给奶奶上香的。

父　亲

父亲元厚谦。按照家谱排序,这一辈并不是"厚"字。只因姑妈名叫厚逸,爷爷奶奶后来生的孩子,索性就都"厚"起来。

父亲解放前考上省城师范。读了一年就解放了,接着读完两年。工作是分配了,但是总遭受怀疑与另眼,因为父亲是"旧社会过来的人"。他身高面白,说话有点口吃,兜里始终装着一方白手帕。与人交谈时,他必然掏出手帕,甩开,折叠,再甩开,再折叠,以掩饰自己的口吃。然而上课时,他却不大口吃,似乎天生就该教书。

人与人交谈时,不能老是傻坐着或者呆站着,而要有些起码的手势与身体动作。老农民聊天时,会点燃一袋旱烟,说着,抽着,或者把玩烟袋，以助谈兴。如果两人都抽烟，却只有一杆烟袋，抽着的一方准会及时地将烟嘴儿一擦，双手递给对方："兄弟，该你来两口了！"

父亲不抽烟，所以说话时就掏出手帕来，甩开了折叠，折叠了甩开。看来人的两手不大安生，什么时候都不能失业，片刻也不能闲着。正如父亲很少把手帕当作手帕使用。他似乎也舍不得使用手帕。比方他擤鼻涕，实在该用手帕时他依然不用。如果近处有小水沟，他必定走到小水沟跟前擤鼻涕。擤前四周看看，再仰天看看，一切符合擤鼻涕的条件了——鬼晓得都要些什么条件——他这才抬起左手，斜揪鼻头，让鼻孔瞄准某个地方，把鼻涕"呼哧"一声射将出去。然后弯腰到小水沟撩水洗鼻子。不掏手帕擦拭，一任风吹干。如果近前没有水渠，他会随手揪片树叶擦鼻子。

他虽然不大使用手帕，但每天都要洗一回手帕。洗后拧干，或顶头上，或搭肩上，几分钟就晾干了。母亲嘲笑他是假干净，因为父亲从地里拔起一个胡萝卜，捡个有棱角的石片儿，囫囵一圈儿刮去胡萝卜的泥土，便塞进嘴里大嚼起来。"泥土是最干净的，"父亲说，"因为泥土是万物之母。"

有一次，父亲将刚洗过的手帕晾在劈柴堆上，并用两根苞谷芯子压住，以防被风吹走。他刚转身，一根苞谷芯子滚了，手帕被风掀起，如一面小旗，招摇得煞是好看。母亲上前，将那溜滚的玉米芯子捡起，重新压住手帕。与此同时，父亲刚好转身，急忙赶来，声音很大地说："你不要动，你不要管！"

母亲很惊诧，小姑娘似的不知自己错哪了。

母　亲

母亲游宛惠，娘家在汉江南岸的巴山里。外爷外婆家境殷实，靠的是茶园和火纸坊。父亲十二岁那年，爷爷带着他四处游历长见识。父子俩各自搭褡裢，褡裢里装着盐巴。盐巴换取山货，茶叶、水果、药材之类，带到镇上变钱，其间的差额颇可观。

褡裢是一种旅行口袋，适合用来行走山地。褡裢平展开，如同一个长长的空皮枕头，中间开口，两头塞东西，中间往起一拎，甩搭在肩上。重的那头搭后背，轻的这头挂胸前，食物钱财放前边，方便又安全。褡裢的两头缀着各色絮绦，花里胡哨的好看。人们远远看见褡裢客，就都赶过来。有需要的东西了，或买或以物易物。啥都不需要了，也要闲话几句，分享外面的世道新闻。

十一岁的母亲正在织布，十二岁的父亲站在织布机跟前观看。父亲觉得这是一个游戏，着实好玩。父亲说我能玩一下吗，母亲说这不是玩的，这是织布。父亲说我能帮忙吗。"这用不着帮忙啊。"母亲笑道，织布机"咔嗒咔嗒"不停。"你想帮啥忙呢？"母亲忍不住了。父亲说我帮你穿梭子咯。"好吧。"母亲说，就把两手背后，只在脚下踏织布机。踏一下，两排白线张开V字形斜口，母亲拿眼睛示意父亲，父亲立即将梭子放到V字口，弯曲四根指头，猛一弹伸，"哗啦"一溜，梭子穿过V字面了。然后转到织布机的这一边，母亲同时又一脚踏，V字面咬合了方才那根梭子线，再次出现一个新的V字面，母亲的八根手指头往怀里一勾横线。父亲挪到另一边，将梭子重新弹回去。

两人与其说合作，不如说联手游戏，很是投入，没发觉窗外有三个大人在观赏。母亲、父亲看见时，顿时觉得脸蛋发烧，就停下织布机。外爷笑道："织布是一个人的事，两个人反倒抵脚绊手哈。"爷爷说："砸竹瓤就必须两个人。"

爷爷随着外爷来到水边的火纸坊，学习砸竹瓤。这是很简单的体力活，好学得很。使用的机械叫"对窝子"，小的用于舂米，大的用来砸竹节。杠杆原理，一头固定一个石杵，一头一人踏起，另一人蹲在窝子边，添放竹节、翻搅竹节。竹节被舂成细竹瓤了，用药水浸泡一定时间，就可"捞火纸"了。

爷爷现场拜外爷为师，住了两宿，便学会了捞火纸。从此以后，外爷家的日用盐巴，全由爷爷派父亲送去。按照爷爷的嘱咐，既不能要钱，也不能要茶叶。外爷外婆是厚道人，总是让父亲带回些其他山货，如燕麦炒面、蓖麻油、粉条木耳黄花等。当然少不了自产的土布一类。总之，双方都要加倍"还礼"，谁都不愿给对方落个爱占便宜的印象。

十年后，大概是解放后的第九个年头，母亲嫁来元家，一年半后元尚婴出生。社会在进步，"洋布"逐渐替代了土布。元家自然是有织布机的，不止一台，后来被当作剥削工具，没收了。被没收的织布机放进生产队的保管房里，被顽童们拆去做了玩具。

父亲用了四个月工资，在城里买了一台缝纫机，雇人翻山越岭驮回来。缝纫机啊，如此伟大的机器，很是开天辟地，一下子轰动了楚子川。父亲是物理老师，细心照着说明书，亲手安装好缝纫机。又将母亲刚刚手工缝好的一件新衣服，现场当着众人的面，拆散，然后压上缝纫机，小心翼翼、谨慎试探，每一个动作之前，都要查看说明书。很快，父亲就手把手地教母亲如何使用，以及如何换底线、上机油了。那时，母亲第一次发觉父亲并非书呆子，还真有那么几把刷子呢。一小时后，被拆的衣服神奇复原了！唯一不足的是，原来的手工针眼并未全部遮严。那天，附近十五里的人都来参观，好像来看一年来一次的电影。自那时起，母亲就不再下地干活了，而是给大家缝衣服。凡来缝衣服者，一件上衣五分工，裤子三分工。给谁加工衣服，谁就将自己的工分挪记母亲账上。

并不是所有的社员都舍得来用缝纫机的，依旧让自家的女人手工缝制，心疼工分啊。农民的衣服很简单，上衣俩口袋，下身大裆裤。队长扯了布自然要送来，母亲照例先拿尺子量他的身材，然后剪裁。队长的裤子跟大家一样，依然大裆；上衣却要有一点特殊：左胸上多个小口袋，看上去是用于装火柴，实质要标明他是生产队的当家人。他若不当生产队长了，当天夜里就会让老婆拆掉小口袋。新的队长第二天上工时，放心好了，他的左胸前，必定增补了一个小口袋。

小口袋自何时起成了生产队长的徽记，没有谁能准确说出。公认的是从"人民公社化"开始的，可能象征着"家有百口，主事一人"吧。

生产队长的衣服缝好了，他来拿时会说："随后工分划给你吧。"却是从未兑现过，母亲也从不去追问。队长心知肚明，大体要换个方式予以回报：积极提醒别人、监督别人，要他们缝了衣服便要及时将工分划到"师傅"账上。

大队支书当然也来缝纫衣服。他的上衣很奇怪：除了左胸上少不了的那个小口袋，之外，下边那两个口袋，都要带上翻盖儿。公社干部也来缝纫衣服，款式全为中山装，领导干事一个样。中山装标明他们是"公家人"，是"吃商品粮的"。当时也并行一种"红卫服"，多为年轻点的"商品粮"喜欢。与中山装一样，红卫服也是四个口袋，只是是暗袋，从外面只能看见四个口袋扇儿。

干部的中山装穿旧了，补丁过几回了，就退给农民亲友穿。那农民亲友总要将四个口袋拆掉。一拆，四个小方块的颜色就与整体颜色形成互衬。远远望见穿这种衣服的人，人们心里便生出几分敬畏，提醒自己轻易不要惹人家，因为人家"朝中有人"。某人得了一件穿旧了的干部服，若是不拆口袋就招摇出来，虽然也并不犯法，却总要倍受嘲讽，说他是"烧包"，笑他是猪鼻子插葱——装象。他就没胆量继续穿了，赶紧回家，拆掉四个口袋。

其他生产队的人，整个楚子川的人，也时不时地来请母亲缝衣服。一般是他们的老人要过寿，或是娶妻嫁女。因为不在一个生产队，没法给母亲划工分，只能以现金支付：上衣三毛钱、裤子一毛八分钱。后来公社干部说钱收少了，要跟汉叔镇上的缝纫铺一样价，就涨到上衣四毛钱、裤子两毛五。外生产队来人做衣服时，常常拿鸡蛋来抵钱，理由是"没时间去商店卖""你家攒多了去卖，划算些"。可是，应该拿来五颗鸡蛋抵两毛五的，那人只拿来四颗，假装不会算账、不明白缝一条裤子是多钱。母亲也配合着他们，直说"够了够了"，一并稀里糊涂，照样请坐让茶满脸微笑。若在饭口上，还请人家吃饭。

如果没有缝纫事，母亲照样下地干活。在家缝纫一天，就给队里交两毛五，队里给她记八分工，算是女劳出勤一天。这是经过队委会讨论，再口头上报大队部通过的。依据是参照齐木匠。齐木匠串门走户于乡里，给人盖房打家具，每天收入五毛。他每天给生产队交两毛五，生产队每天给他记十分工。同样上交两毛五，一个记十分工，一个记八分工，分明没有道理。可是母亲懂得大道理：咱成分不好嘛。

鸡蛋攒得差不多了，母亲就装进笼里，罩上洗脸毛巾，四周披揽实在了，双手托给元尚婴，同时帮儿子挎好，让去商店里卖，叮咛他路上走慢些。

河堤路上，元尚婴看见河水拐弯处的清潭里，怡然自得地游弋着两条红鱼。非常好看，足有四寸长！哪来这么大的鱼呢？他从未见过如此大如此好看的鱼。于是弯腰，要捡个石片儿，丢进水里逗鱼玩玩。就在他弯腰一瞬间，毛巾被风刮飞，蛋笼滑落臂弯，"哗啦"，地上一大摊啦。

"蛋打喽！蛋打喽！"

望着一地碎蛋壳，四溢的蛋清，颤悠悠的蛋黄，他惊吓坏了。附近的孩子们闻声飞来，幸灾乐祸地点评现场，"吧唧吧唧"的，恨不能喉咙里伸出一把勺子来，把蛋刮进自个嘴巴。

"鸡蛋吃多了难受啊，"有人说道，"每次过年吃鸡蛋吃多了，尻子拉稀，打出的嗝儿都一股鸡屎味！"

一个家门近在咫尺的顽童，说他回去拿锅铲和碗来，要刮些回去——世间再没有比葱花鸡蛋饼更好吃的东西啦！那小子刚一转身，跑开，田信康赶到了。田信康说："你们还要等葱花来啊？"说罢趴下，伸出舌头，狗舔稀饭似的，吸溜吸溜起来。观者一见，一概趴下，抵头拱脑争而吮之。此等声响若让瞎子听见，还以为是河里的鸭子你追我赶要交配呢。

终于争舔完了，大家站起来，相互指着对方的嘴脸大笑："看你满嘴沙子！""看你鼻子脸蛋，满是黄狗屎哈！"

那个一手锅铲一手豁口黑碗的小子，赶来时唯见一地黄斑，顿时跌坐地上，以铲敲地，扯着哭腔骂道："狗日的，以后谁也别想吃我家的杏了！"

"我的毛巾呢？"元尚婴这才想起，鸡蛋打了，毛巾咋也不见了呢。大家齐刷刷地脖子车轱辘般转动。"柳树上！"有人喊道。元尚婴要去爬树，田信康拦住了，说他去爬树，因为他今天得的便宜最多。

一群雀鸟盘旋到他们的头顶上。低头一看，蚂蚁们也排成几路纵队，兴奋赶来，以分享蛋痕。大家散去，飞鸟落下。鸟们嘴尖，可以将渗入地缝里的微量蛋汁探吸出来。缺吃少穿，众生皆饿啊。

不难想象，元尚婴的屁股，被母亲拿鞋掌使劲抽了一回。虽然打在儿子的屁股上，但儿子没哭，倒是母亲流了泪。儿子是母亲的心头肉，母亲打儿子等于母亲自戕。元尚婴一辈子想起这事，就觉得对不起母亲，真是忤逆不孝。他每次问母亲要钱，母亲若是不给，他就拿起洗衣棒槌打自己。他反手敲打自个的屁蛋子，母亲无动于衷；他打自己的肩膀，母亲瞪大了眼睛，还是不表态；"我把你儿子朝死里打啊！"他扬起棒槌要砸自个脑袋。母亲慌得赶紧刁走棒槌："我给！我给！"就给他四分钱或六分钱，最多八分钱。一盒火柴两分钱，他买回火柴，将火柴头儿上的火药刮下来，拿纸细心包好，飞跑去找田信康。

田信康有把木头手枪，撞针设计如弹弓。弹弓前镶着铁钉头，钉头对准铅凹，也或许是铝凹。铅凹也罢铝凹也罢，总归是将公社干部丢弃的牙膏皮捡回来，放进锅铲架火上，冶炼成液，浇铸而成。铅铝小疙瘩，浇铸成豆子大的一颗，竟也沉甸甸的，更适合钓鱼线上作坠子……木头手枪的撞针，被胶皮拽着，拽个五寸来长，一勾扳机，撞针回弹直击铅铝凹——"叭儿！"一声响，好玩得很呀。

但是田信康有枪没子弹。所谓子弹，就是火药，就是从火柴头上刮下来的那点红色火药。火药填进铅铝凹里，撞击才有响声。

元尚婴小时候经常通过耍赖伎俩，问母亲讨钱买火柴，母亲都没有打过他。可是他把一笼鸡蛋打了，母亲实打实地打了他一回。一笼鸡蛋没了，那等于损失了多少煤油、多少盐、多少布啊。

从此以后，母亲再没打他了。准确说，母亲就打了他一回，因为他打了鸡蛋。

黑　蛋

黑蛋是七年前，元尚婴在河边发现的一只快死的小黑狗，瘦耗子似的，正是在他摔打鸡蛋的地方。不祥之地，他迅速走开。可是他忽然停住，因为他忽然想到了马广玲。

马广玲属狗啊。他就踅回去，蹲下仔细看那小狗。小狗也看他，眼皮睁得很吃力的样子。真是奇了怪，小狗的眼睛怎么散发出只有马广玲的眼睛才能散发出的，迷离忧伤的神情呢？她属狗，我属猪，猪狗是不分家的，所以我不能撒手不管。

元尚婴毫不犹豫地抱回小狗，他推测大人们要责怪他。结果相反，全家人围过来，好像来了贵客。细致检查发现，小狗脖子上有血迹。拨开绒毛，发现小伤口，马上兑了温水擦拭。接着找出云南白药小瓶儿，往伤口抖了几点。

"痛打落水狗"是刚刚过去的革命内容之一。彼时有些胆大的，饿得撑不住的二杆子男子们，见了路上跑的狗，一概喊其"野狗"。合围住，乱棍、石块往死里打，惨叫之声让人毛骨悚然。好像也不能全怪行凶者太残酷。饿啊，太想吃东西，尤其渴望肉啊。

狗世世代代是看家护院的保安，被当作家庭成员，死后都要郑重埋葬。可如今的狗，却成了"敌人"。

在整个楚子川，现在只剩下三条狗了。而且一律黑狗。原因很简单：公社的武装干事丘麻子，他家的狗是黑的。他说黑狗是革命的，你敢否认你敢反驳吗？就算他放弃自己的观点，只怕他腰间的盒子枪不答应。所以元尚婴收留的这条小黑狗，全家之所以喜欢并接受，除了持斋之家本能的慈悲外，也与狗是黑的有关。狗名黑蛋。

爱 挠

元尚婴属猪，所以天生喜欢猪，见猪如见亲兄弟、好朋友。猪多粮丰，上级号召多养猪。养猪不是为了自家吃，而是为了支援世界革命，让反帝、反修的前线战士们吃的，让那些对付蒋介石反攻大陆的海疆卫士们吃的。其实前线是否在打仗，打仗又在哪里打，大家谁都搞不清。有时觉得前线就在猪圈外——因为喇叭里曾提醒社员们，要注意阶级敌人或者空降特务给猪食投毒。

腊月是卖猪的季节。卖大猪的同时，要逮回小猪。每到逮猪娃的前一天，母亲总是吩咐元尚婴，去三十五里外的伯父家，接来堂兄，一块儿赶集逮猪娃。

堂兄名叫元尚童，生得胖嘟嘟的，一笑露出龅牙。为什么逮猪娃时非得叫上元尚童呢？因为他胖啊，不挑食啊。他选中的猪娃，经他手摸摸，抱抱，逮回来就也爱吃、也不挑食，自然长得快，好提早卖钱。母亲这么做究竟有无道理，实在不好说。不过母亲确属养猪高手。母亲一再叮咛儿子保密，万万不可将请堂兄帮忙选猪娃的事说出去！若让伯父伯母知道了，他们怎么看！好啊，我们的儿子是猪娃啊！你们的儿子本就属猪嘛，让他去逮猪娃不是更在理！也怪元尚婴瘦，白属了一回猪。不是属一回猪，而是一辈子只能、必须属猪。

母亲只生了一个孩子，想再生未能再生，实在对不住"人多力量大"这句话，所以特别羡慕别人家大大小小一窝孩子。一句话，让元尚婴去叫来元尚童，主要目的是要他们兄弟多往来，"打虎要靠亲兄弟"，人一辈子总是需要相互帮衬的。逮猪娃只是一个捎带，一个顺手牵猪。

元家庄被贫下中农分住了，元尚婴家只好搬到现在这里，却没地方盖猪圈。猪圈的面积，包含在自留地里。自留地原本就小得可怜，还指靠它多打点粮食，哪舍得切掉一片做猪圈呢。有了缝纫机，家庭收入增长后，这才围起一个猪圈。

初搬来时没猪圈，舍不得占地盖猪圈，可还得养猪啊。怎么办？好办，拿一条绳子，将猪娃拴在门前的桑树上。晚上牵回家里与人同住，不然会被狼吃了。爷爷说猪就应该住在家里，"家"字本来就是家里有个猪嘛。天亮后再牵出去，继续拴在桑树上。每隔三天，母亲就将绑在猪腰上的绳圈松一松，免得猪长了勒疼了。

在没有黑蛋之前，猪娃是元尚婴唯一的伙伴，更是一个玩具。每天放学回来，他准是抓起镰刀背起挎篮，上坡给猪打草。他是个大孩子，猪是他供养的小孩子。不同的是，猪娃比他长得快。不到半年，他就抱不起它了。

母亲倒是非常高兴。每次端来猪食盆，猪的小尾巴就竖起来，摇着画着，像是朝天上画句号。母亲放下盆子，见猪"呵噜呵噜"吃起来，就开始拃量猪的脊梁。拃一遍没记住，又拃一遍，然后一拍猪屁股，夸奖道："你可以呀，又长长了小半寸！"可是元尚婴高兴不起来，反倒忧伤萦怀。他很清楚，猪长得越快，猪离家的时间就越近。所以他很珍惜与猪相处的每一寸光阴。

猪正吃得酣畅，他伸出小竹条儿，挠猪痒痒。猪先是一愣，接着打一个激灵、吞一口食。若是挠它痒痒未停止，它就不吃了，乖乖站着享受挠挠之美。挠速加快挠挠加力，它就"咕咚"一声仰躺地上。如此形体语言，可能是说：挠啊，亲爱的，快挠啊！元尚婴就越发有兴致地给它挠。

此猪如此爱挠痒，元尚婴就给它取个名字叫"爱挠"。

"猪腋窝最痒痒嘛。"回头一看，爷爷端着水烟袋，不知何时也站在猪跟前。于是元尚婴，就将竹条儿探进猪的前腋窝——猪前腿马上夯起来，像是病人夯开胳膊让医生拿听诊器听呢。猪小声"哼哼"着，那"哼哼"声听上去就是：简直快要美死了！爷爷这才吹燃纸媒火，"咕咕嘟嘟"吸起水烟来。

不料母亲出门看见了，斥责儿子说："你真是没啥玩儿了！耽误猪吃食，猪咋能长大呢！"爷爷说："给猪挠痒痒好啊，它一舒服，吃进肚里的营养就全部消化吸收了。"母亲是晚辈，不便多说啥，嘟囔一句什么，忙别的去了。

元尚婴上学前，经过桑树时必定要给爱挠挠一挠。爱挠一滚倒，他偏不挠了，竹条儿一撇，走啦。爱挠站起来要追，可是被绳子拴着，但见桑树被爱挠拽拉得一个劲儿摇晃，树上的鸟儿早被惊飞了。

爱挠后来总结了经验：你挠就挠吧，我就硬站着偏不倒！但那种被挠之美，犹如人被当面夸赞你很有本事、很受人尊重，没有不陶醉的，没有因陶醉过度而不晕倒的。爱挠终于撑不住了，"咕咚"一声仰倒了——元尚婴立刻跑掉。

二者每天如此游戏。规则是我挠你你挺住不倒，那好，你不倒我就不停止挠，直到你一倒，我便走。

爱挠一倒地，元尚婴就站在爱挠够不着的远处，非常开心地看着爱挠是如何站立起来，如何冲着他又扑又突的。可是爱挠被绳子扯着，只能四脚箭步向前，牛曳犁似的。爱挠退两步，冲三步，后三步，前两步，直将那桑树上的青叶子，拽摇得差不多落净了，桑葚没法成熟了。

　　后来卖爱挠时发现，虽然母亲每过三天就给爱挠宽松腰绳，可是爱挠脊梁上还是留下一道勒痕，半寸深啊——正是它追求挠痒痒的结果！元尚婴心疼了、忏悔了。吆走爱挠卖掉它的那天夜里，他哭到半夜才睡着。一睡着就梦见爱挠回来了，拱他腿脚，要他挠它。

　　元尚婴平生第一次明白了大人们常说的"感情"二字。感情是多么可怕啊，因为所有的感情最终都要生离死别啊。他出门上学或是放学回来，看见桑树根部被爱挠蹭脱皮的遗疤，就要发一阵愣，抚摸着拴绳勒成的圈痕，呆想良久。勒痕是那么刺眼那么深浅均匀，说明爱挠曾朝着每一个方向奔扯过。奔扯了一圈没希望，就重新奔扯一圈。终于解脱，获得自由，却是一命呜呼之时！

　　正是那阵子，元尚婴被人叫作地主阶级的"狗崽子"，谁都不跟他玩儿。他深感寂寞，觉得自己是个毫无用场的废物。是爱挠需要他，喜爱他啊。

　　爱挠走后，他给母亲说不要再养猪了！母亲摸着他的小脑袋，转转母亲自己的脑袋，也摇摇，叹息一声。然后要儿子与她一并跪在堂屋，默念"阿弥陀佛"。在元家庄的老宅里，堂屋的这个位置，原本供奉着一尊铜佛。铜佛早被没收，不知去向了。现在他们搬到这里，当然不能供佛。一尊身上蹭了几处白伤痕的青瓷菩萨，平时也只能隐居着。好在毛主席的像坐在那里，慈祥得跟佛、跟菩萨没啥两样——也正是佛、正是菩萨啊。

　　"猪为啥喜欢挠痒痒呢？"好久以后，元尚婴问爷爷。爷爷说：

"猪不洗澡么，身上细菌啊寄生虫啊啥的，多么。"元尚婴不吭气了。爷爷接着说："猪又没法自个挠痒痒，不像牛。牛尾巴长，牛虻叮咬时，牛尾巴还能甩赶牛虻。猪就不行。猪其实不笨，也算个灵物。你看看猪耳朵，耷拉着，几乎遮严了眼睛，为啥？它懒得多看，懒得多听。有什么好听的？有什么好看的？无论你们对我说什么、做什么，目的只有一个：把我一杀，一吃！"

爷爷说这话时很生气，这是元尚婴从未见过的。爷爷被批斗时都不生气啊。

过了一阵儿，爷爷又强调说：

"猪的能耐也大哩，老话说'猪过江、狗过海'哩。"

猪一辈子不洗澡、不入水，唯到死后才受一洗，却是被开水猛烫——从未练习过游泳，怎么可能过江呢！元尚婴觉得爷爷是哄他玩儿的。可是爷爷从未哄过人呀。

何时到了汉江边，他遐想着，找个猪实验实验"猪过江"。从哪找猪呢？谁乐意配合实验呢？管他呢，先理想着吧。

后来，他下汉江学游泳时，一支烟工夫就会了。这时他想起祖父的说辞，真不是哄人的。别说猪会游泳，连他这属猪的人也一学就会游了嘛！

09

老话说，"长工短工，腊月二十四满工"。这话是从旧社会传下来的。现在新社会了，又是在继续革命的年代，是不应该拿老话说新生事物的。谁是长工？谁是短工？都是人民公社社员嘛。况且到底哪些算新生事物，又没人能说清，唯有广播里、报纸上常喊叫这叫新生事物、那叫新生事物。所以队长决定腊月二十五再干半天活，再平整完剩余的小半块大寨田。下午到保管房，开个年终社员大会，总结总结，号召大家一定要勤俭节约、"破四旧"，过一个革命化春节。

大家都来了。都不是冲着开会来的，而是冲着"决算"二字来的。所谓决算，就是公布全年的一个劳动日——也就是十分工能折算多少钱。各种粮食，什么小麦、稻谷，黄豆、绿豆、菜籽油、漆油，平时分配时，一概预留一点儿——用于年终决算时最后分配。所以大家都带了好几个小口袋，或是挎篮小竹篓之类。有的人账算太清，心里的算盘珠子早就拨拉了好几遍，很清楚自个能决算几两几钱，索性不带布袋。决算的那点粮食，身上的口袋足够装的了。

队长麻顺婆简单开场白了几句，就吩咐会计柳志兵公布账务。柳志兵不慌不忙地卷着旱烟，卷好喇叭筒，伸出舌头一舔纸角，将喇叭筒收口粘住，再掐掉喇叭筒大头的纸尾巴，马上有人划着火柴，殷勤地递上去帮他点着。会计是全生产队的账房先生，又掌管着公章，因此倍受大家敬重。麻队长看在眼里，不舒服在心里：这分明是挑战自个的权威嘛。柳会计假装没听见队长的吩咐，继续咂巴着烟卷，"噗、噗"地往外吐烟圈。队长躁了，一把揪过柳会计嘴上的烟，径直塞进自个嘴巴：

"你斯文个屁！"猛咂一口，边吐边说，"腊月荒天的，大家都冻得打尿战咧，赶紧公布账务！"

柳会计脸面当下挂不住，却见大伙儿眼巴巴地瞅着自个，只好抬手斜揪鼻头，一拧、一擤、一甩，双手一搓，抓起算盘，举起落下、落下举起，"哗啦哗啦"响得要让每一个人听见。他说：

"今年的促生产运动很见成效，由于上级要求咱让国家多购些粮，多购了咱五千五百八十二斤粮，咱的一个劳动日值，就上涨了三厘——去年七分八厘，今年八分一厘喽！"

"你最好捅开天窗说亮话，要大家都明白，到底收入了多少卖粮钱？"

"队长你听好了：一亩地上缴农业税十五元，不用缴钱，全部折成粮食上缴。苞谷一毛钱一斤，稻谷一毛三一斤，要上缴多少苞谷、多少稻子才够十五元呢？"

"行了行了，你算吧，我头晕！"麻队长不耐烦了。

"公粮嘛，自古至今都是白交的。如今新社会，国家额外需要粮，就掏钱问咱买，这个叫'购粮'……购了咱五千五百八十二斤……这才……一个劳动日八分一厘啦……"

"明年，"麻队长迅速插话，大方向必须掌握在自个手里，"明年大家努力，争取上到八分五！"

"把屎挣出来，"有人小声嘟囔了一句，"也上不了八分五。"

……

元尚婴家劳动日多，所以决算分配位居前三。除了三十八块五毛七分钱现金，粮食嘛，小麦七斤六两，稻谷六斤八两，漆油饼两斤二两，黄豆一斤八两，绿豆七两三钱，红小豆六两四钱。

特别要说的是，他家分了洋芋粉十五斤八两啊！洋芋本是粗粮，分五斤洋芋抵分一斤粮食。可是洋芋一旦磨成淀粉，那顿时就高贵起来，比细粮还细粮。生产队里每次地头分洋芋，用土筐子揽洋芋，大洋芋揽完了，小洋芋剩余着，分给谁谁都不想要。于是就把小洋芋积攒起来，由集体一次性磨成淀粉。

洋芋粉吊成粉条真是好东西。摊成粉饼，就是洋芋粉煎饼，切成面条儿状，加葱花烩胡萝卜丝儿，那味道啊！不知毛主席吃过没，公社干部也不派人往北京送点儿，心意么。若是夜里饿得在床上胡翻腾、眼冒金星，赶紧起来，捏一撮洋芋粉放碗底，滴答几滴凉水，搅和均匀。有糖放糖，没糖放盐。然后拎来暖水瓶，开水边冲边搅拌，眨眼成了糊状。吧唧吸溜、吸溜吧唧。完了，托碗旋转，唇粘舌扫，溜回被窝，酣然睡去，实在不想再醒来。

"怪事呀，"有人低声议论，"旧社会他元家是富人，新社会咋还分得多呢！"

"人家劳动力多么，还有缝纫机哩。"

元尚婴一听话不对劲，觉得日子过得比别人好了，是件很丢人的事，赶紧背篓粮食回家了。

IO

腊月二十六，元尚婴一大早就穿衣起床。下了楼梯，脸也懒得洗，就背上背篓、抓起斧头，开门走将出去。经过父母的窗口时，他冲着里面说："妈，我上坡打疙瘩蔸啊！""说好了你今儿吆猪去卖呀！""我不管喽！"未听清母亲再说的啥，他已快步拐过山墙，上了后坡，心里直觉得逃过一劫，颇有几分得意与解脱。

这头名叫"支援"的猪，他打的猪草并不多。他与支援的感情当然没法跟他与爱挠的感情相比。可是即便如此，一头圆滚滚憨嘟嘟的猪，一条黑乎乎活生生的命，相处了整整一年，今天说走就要走了，谁受得了啊。眼不见心不疼。元尚婴再也不想体味卖猪时的伤感了！

各家的自留山全在浅山，面积小得可怜。都要养育树木当檩做椽，以备儿子长大了，盖房、分家、娶媳妇。山坡上的营养全被树木抽去了，能提供的柴火就十分有限，压根不够炊事与取暖。所以自留山上的柴火经常被人偷砍，由此不时引发骂仗结怨之类的纠纷。怎么办呢？上更高的、集体的山上砍柴啊。集体的柴山，保证集体烧瓦窑需要的柴火之余，人人共砍之。山如脑袋柴如毛发，砍柴如理发，集体的柴山只剩下头顶几撮毛了。那就刨树根吧——便是打疙瘩蔸。

母亲随即起来，骂一声儿子"不是个东西"，立刻烧灶火，要给支援好生煮一锅净食。先舀一盆喂支援。支援可能明白自个今天要离开，所以吃得三心二意。母亲说："你吃么，你就是这命啊！早去早托生。"支援就认真吃完了。母亲又舀一盆端来，支援摆摆头，摆得俩耳朵"啪嗒啪嗒"响，意思是真不想吃了。

母亲找出一条绳，拴套住支援前腋窝，打开圈门，将它牵出来。

父亲正在漱口，仰着脖子"咕嘟咕嘟"一阵，"噗——"一声吐出去，正好母亲要将拴猪绳头递给他："你吆去卖吧，但愿过磅秤前，别把吃的全拉了！"父亲并不急着接绳头，而是掏出手帕，甩了两甩，然后折叠装兜里。"用得着绳子拴吗？"当下解掉绳子，用绳子圈套住猪食盆，拎起来前面走了，嘴里"唠唠唠、唠唠唠"的，支援就跟上走了。

父亲因为与"女特务"发生了"作风问题"，被开除回来当了农民。母亲尽量假装不相信，也从不提及，目的是要维护父亲的脸面。可毕竟窝一肚子火气，少不得偶尔指桑骂槐几句。可是又一想，丈夫能够天天在身边，总归比那半年回来团聚一次强过十倍百倍。角度一调换，马上觉得丈夫的作风问题不算个问题。

"你记着哦，"母亲喊着父亲的背影，"肉票一定要分开开！"

父亲走在田埂上，后边跟着支援。听见母亲的喊声，父亲拧过脖子，也不应答什么，就只掏出手帕，空中一挥。手帕挥散乱了，他放下猪食盆，折叠好手帕，塞进兜里。动作古怪、好笑，如同老戏台上的某个人物。

元尚婴小时，常跟小伙伴们跑到公社院子的后门外玩耍。那里的垃圾堆上，丢弃了不少五颜六色的空烟盒。各种牌子的空烟盒，有"宝成""羊群""经济""白河桥""大雁塔"等等。偶尔出现"墨菊""天竹""凤凰""大前门"。他们将捡拾来的空烟盒拆开，折叠成小方片，上学路上，或是打猪草时累了腻了，找个平展的石头面，玩一种"击翻板"的游戏。父亲折叠他的宝贝手帕，让元尚婴想起了"遥远的童年"。

食品站在汉叔镇上。腊月收猪时，站上下来一个男子，照例是四个兜的中山装。此人叼着纸烟，手插两腰，很是趾高气扬。他让公社革委会主任出面，唤来当地的民兵排长，让他叫俩民兵来维护收购与屠宰现场。照说公社革委会主任是领导，你一个食品站的怎可以指挥领导呢！关键在于猪是宝贝，宝贝归谁管谁自然就牛气。你若逢年过节时不想弄点猪板油、猪下水，那你就可以不尿食品站。问题是你不可能不尿食品站，因为你需要猪板油、猪下水。

猪是战略物资，所以要请来民兵持枪守卫，马虎不得的，出了纰漏谁都担当不起。收购及屠宰的现场，选在大队部门前，因为那里的道场宽，也有磅秤，烧锅取水也方便。就地宰杀，猪下水给民兵们分一点儿。实际上猪被就地屠宰的很少，只有收购了二十头猪后，接着收购的猪，才可宰杀一头。再收购二十头，再宰杀一头。每收购了二十头猪，便拿绳子将猪们串缚起来，由民兵压送到汉叔镇上。镇食品站截留几头猪，保障地方供应。另外的猪，装船送往县城。

至于嗣后，猪们是否被送到反帝、反修前线，那就没人说得清了。

过一个春节，全楚子川公社，也就宰杀三头猪而已。极少有人家私自杀猪，除非他家养了两头猪！就算养两头猪，要杀猪也必须申报公社批准。批准与否，视公社上缴任务猪是否完成而定。

这头在大队部门前宰杀的，第二十一头猪，是要分配给各位交猪户的。这头猪是谁交的，那么首先割下的那吊肉，便归谁。猪在一声长嚎中命赴黄泉，脖子上的刀口喷血如瀑，刹那间接满一盆，围观者啧啧称赞杀猪匠好手段！猪血归屠夫，外加猪鬃、猪毛，算是工钱吧。猪死后，在猪的一条后腿上，刀尖挑破一个小口，拿起一杆铁"梃杖"，从那小口子直捅进去。捅遍猪的皮下，叫作"打通气道"。然后抓起后腿，嘴对刀口，拼命往里吹气，直吹得猪身鼓如气球要爆炸的样子了，这才罢嘴，扎住吹口。猪身子鼓圆了好褪毛。褪毛之前，先拿开水浇烫。浇烫的同时，屠夫手攥一个"麻子石"，搓着蹭着猪皮，猪毛就一块儿一块儿地脱掉了，猪身被褪得白白净净了。猪一生就洗这一回澡，洗得扎实彻底没有遗憾。

猪头归谁呢？当然，是要付钱的，按估摸着除去了骨头重量算的。"主任，"食品站的人发话了，"猪头归你了，就几毛钱嘛。"公社主任急忙摆手："使不得使不得！猪头应归书记啊，我可不想犯政治错误！"

屠夫姓朱，叫朱能宝。生得圆乎乎黑唧唧，瓷实也结实。看上去笨，却是手脚麻利得很。有手腕，劲儿也奇大，两百斤的猪"呼哧"一声就抱将起来。当然在整个楚子川，没谁见过两百斤的猪，只听说合作化前有过。奇怪的是他这么一个能人， 年四季都有猪血吃，在之前却三十大几了，还单身着，硬是没有哪家女子愿意跟他！但是败也杀猪、成也杀猪，后来居然引得方圆五十里的女子、寡妇都托人来提亲。为什么？因为他先是被食品站招为合同工，不久后又转成吃商品粮的"公家人"啦！

卖猪人返回时拿一吊肉。肉吊几斤几两？那得看你交的猪有多重，比例是规定死的。你交的猪重，返你的肉吊就重。反之则轻。如果那猪比较肥大，卖猪时家里就出动一大一小两个人，高兴啊，激动啊。来的路上，必定手持棍子驱赶猪，而非用细条子吆喝猪。那根棍子分明是显摆的，以备返回时挑肉吊，意在夸张与炫耀。归途用棍子挑肉吊，孩子总要跟大人抢着挑。孩子个头矮，挑肉吊就往地上耷拉，父亲或母亲担心肉吊沾了泥土，赶紧弓腰兜撸住肉吊的下半头。如此姿势前走后跟，实在别扭，却依然忍不住一首赞歌飘出嘴唇：

社会主义好噢社会主义好，社会主义国家人民地位高。反动派被打倒，帝国主义夹着尾巴逃跑了……

元尚婴的父亲吆去卖的那头名叫支援的猪，表现得很够意思。支援在路上确实拉了几斤，不过马上又将父亲拎的那盆备食全吃了。支援可能是这么想的：主人啊，你一个知识分子，拎一盆猪食引着我，累吧？我肚子本来没空儿了，可是为了减轻你的负担，我这就挤一泡出去，腾出地方把这盆食全吃了吧……过罢磅秤，下来没到半分钟，支援就拉了一河滩出来。就有人夸赞支援，说支援忠诚厚道，临别时还想着报答饲养者。收购员说：

"什么报答！你这猪也太自私了，分明是坑国家嘛！"

话虽如此，却并不重新过磅。这也是一个约定俗成，完全取决于卖猪者的运气。运气好的，过磅后拉屎；运气孬的，过磅前排泄。

11

　　拿回的肉票烟盒面大，一共九张，一斤半的两张，一斤的两张，四两的四张。最后一张两斤三两，合计八斤九两。皆盖了公章和私章。仅盖公章，只证明你可以买等量的肉，但要付钱；公章之外还盖了私章，就不用再付钱，人家付你卖猪钱时已经扣除了，见票给你割肉便是。

　　这是昨夜晚，母亲吩咐父亲，要收购站如此开票的。父亲很不想搭理，嫌母亲太啰唆。母亲说祖母健在时，卖猪就这么请求人家如此开肉票的。母亲孝敬婆婆，作为儿子，父亲心里颇为感动，岂能不听！

　　在大队部的道场上卖罢猪，父亲心算了一下：在保证一斤半和一斤的肉票之外，全部肉票要开九张啊。这般麻烦，实在不好意思开口。别人都是要么割吊肉挑回去，要么拿张票走人。

　　出乎父亲意料。他结结巴巴地说了各票要开几斤几两时，朱能宝马上拿起刀，袖口上正一戗反一蹭，"啪啪"地拍着倒吊在树杈上的猪身："一点儿不为难！看我的，保证给你每块肉割得分毫不差！"他正是凭着这般绝技，才吃了商品粮的。国家如此偏爱一个杀猪匠，未免激怒了那些为国戍边数年、回来依旧修理地球的复转军人。但是他们，恨得牙痒痒也是白搭。父亲笑着给朱能宝说："朱师傅你听误了，我们只要肉票咯。你的本领谁不晓得！可是这次就不劳驾你了，这次只麻烦收购站的干部。""不麻烦不麻烦。"收购站的干部，那位身着中山装的开票者，他弟弟曾是父亲的学生，他毫不嫌麻烦，给父亲开了九张票。

又拿到六十二元三角七分钱，父亲感慨，要把猪养一年才能卖得，也就比自己原来的一月工资多出几块钱。

九张肉票里最大面值的一张，就是那张两斤三两的。母亲要元尚婴将这张拿去割了肉，送给堂兄元尚童。过去的好多年里，每次逮猪娃，都请堂兄来帮忙。换句话讲，没有堂兄的帮忙，往年的几头猪就不会无灾无病地顺利长成。当然这头猪，逮时没有劳驾他，人家毕竟长大了。但这并不是全部原因，而是历年的规定礼仪。"老话说'长兄如父'，"母亲说出最关键理由，"咱也得给你大伯拜年吧。"只是这两斤三两肉，也未免太奢华了！

祖父的三个儿子形成的三个家庭，一概持斋素食。唯独长孙元尚童，六岁时突然失语，智力退缩到三岁的样子。祖父说到镇上的食品站弄些猪脑吧，与碾末的鸡蛋壳、煎糊的竹笋一起，用冰糖水服下，五到七天即好。如此实施，第六天午后，元尚童过门槛时绊倒扑地，爬起来果然就开口说话了："我想吃猪肉，吃肉肉哦！"伯父伯母说，吃猪脑是没办法的事，是当作药方子治病的，怎么能真吃肉呢！元尚童哪懂这个，喊叫"不吃肉心里烧得慌"。喊着说着就倒地滚起了蛋儿，刺猬溜坡似的。大人见他如此，赶紧请示祖父——祖父恰好在伯父家——因为祖传斋戒，如今要吃肉可真是忤逆不孝啊！祖父说："没啥了不得的，性命事大，佛不会怪罪的。"

由此，元家出了第一个开斋之徒。当年过春节的饭桌上，祖父夸元尚童开斋吃肉，是"新社会涌现出来的新生事物"。祖父这人很难理解，只要是没办法的事，不得已而为之的事，他都能说出好的理由来。

母亲将最大面值的两斤三两肉票交给元尚婴，要他再跑一趟，去大队部将肉割了回来。然后，母亲拿报纸将肉包了两层，吩咐尚婴赶紧给堂兄送去。祖父说："你伯母这回，要是再劝你跟你尚童哥一块儿吃肉的话，你就吃吧。""哈哈，爷爷，你现在怎么鼓励我们吃肉呢？""你们将来，都是要走遍四海的，不学会吃肉怎么行呢，难道自封嘴巴饿死不成！"元尚婴不理解祖父的话，如今上高中无望，眼看着要一辈子当农民，永远不可能离开深山，永远见不到山外的风景，何以言"走遍四海"！但是他崇拜祖父，祖父的一切话都让他坚信不疑。所以，当伯母接过肉后，立马清洗而炖之，反复叮咛元尚童看牢了元尚婴，要他哥俩一并吃肉，他就积极配合了。

伯父是个郎中，原在公社卫生院工作，清理阶级队伍时，回家种地了。医术在身，革命群众也就不为难他，反倒因为需要他而尊敬他。

元尚婴吃了一口处女肉，立马呕出来。元尚童要他多喝几口甘蔗酒，才勉强镇住。本不愿再吃了，经不住伯母伯父的劝说，"你俩都吃肉有个伴儿呀""两人同吃肉我们做起来也有劲儿呀"……更让他坚定要学会吃肉的原因，是他想到了祖父的预言：学会吃肉就能走遍四海。他为此而付出了代价，因吃肉而反胃肚疼，夜里起来拉稀四回。

他没法吃肉，心想自己此生与肉无缘。

元尚婴不在家时，家里正商量着他上高中的问题。三个大人不用说，都希望元尚婴念高中。只是态度略有不同。祖父的意思是上了当然好，不上也好，因为世间万事没有一件是绝对的好。父亲主张能上就要努力上。母亲最是坚决："好男儿志在四方。养个儿子一辈子窝在身边晃来晃去，算是白养了儿子！"女人就这样，她喜欢丈夫守着自己，儿子到远方去干大事。逢年过节，儿子带个在远方恋爱的漂亮媳妇回到家门，便是母亲极致的荣耀，恨不得自割其肉款待儿子、儿媳。

不准你元尚婴上高中，人家理由是现成的，正大光明的：你是剥削阶级的孝子贤孙嘛；若是想让你上学，人家也能马上找出理由，说你是"可以教育好的子女"。如此"子女"不难想象，那指标是少得可以忽略不计的。不过指标再少，终究有个指标，于是存在着上高中的可能，所以要努力争取。怎样才够格"可以教育好的子女"呢？没有相关文件与具体规定，概由权威人物口说算数。不过起码的，你没有过偷鸡摸狗，也不曾跟田信康那样，将别人地里的南瓜剜个洞拉泡屎进去，致使那南瓜疯子般长大。同时你的家庭成员为人也不错，左邻右舍、十里八乡的很少有流言非议你家。逢年过节你还给乡亲们写春联，一写就是三年，还常常倒贴红纸钱。楚子川古往今来，从来没有过一个十二岁的娃娃毛笔字写得这么好……自我评估一番，觉得条件似乎差不多。之所以用"似乎"，是因为你不曾有过乡邻皆知的，"与反动家庭划清界限"的豪迈行动，比如举报过爹娘的违法乱纪，甚至为了革命事业而当众辱骂过自家的大人。

总之严重的是，汉叔中学是汉叔区唯一的高级中学，是全区五个公社共有的高中。五个公社总共能推荐几个"可以教育好的子女"？这是个秘密，无法探知的。假设，就按两个公社推荐一个吧，四舍五入，整个汉叔区也就三个"可以教育好的子女"能上高中。这意味着竞争，以及竞争结果之渺茫。但是古人屡次实验过的"死马权当活马医"，今人再次实验一回也无妨。

三个大人压根不晓得如何能让元尚婴成为"可以教育好的子女"。但他们明白舍得、舍得，只有先"舍"才可能"得"的道理。他们把希望寄托在九张——不，如今只有八张——肉票上。他们要拿它们去疏通权威、润滑关卡。他们是虔诚的佛教徒，行贿送礼本是做不出来的。只因热爱子女、俗欲未净，也就本能地希望为后代铺垫一个美好的前程了。

12

母亲先到祖母的坟前，叩了三个头，自责一番，同时抱怨儿子不该投胎自己。"姨——下湖人将婆婆叫姨——您儿媳我今年要不孝了，您原谅儿媳我吧！"母亲一直跪着，给土里的婆婆说话。"您健在时，每年腊月的肉票，都打发给讨饭的人了。可是今年，不能给讨饭的人了——为了您孙子能上高中，得拿肉票去送礼啊！"

母亲回到家门口，还在擦眼泪，祖父却不以为然："你觉得对的话，你就去做好了，没必要让死人也晓得嘛。"祖父深爱祖母，唯愿祖母往生极乐世界，不受人世打扰。

母亲取出一张一斤半的肉票，要父亲给公社的丘干事送去。丘干事就是个武装干事，虽然既不是书记，也不是主任，但他是本公社人，又有枪。春节时，其他领导与干事都各回其家了，公社这一摊子全交由丘干事掌控。自然包括临时管理公章。全公社的想当兵的人能否当兵，能否有条件实现那种所有青年男子渴望的"我为祖国站岗放哨"的无上荣光，也多半由丘干事说了算。

但是父亲不去。他说他如今这么个样子，最怕见人，尤其是干部，躲都躲不及。"要不，你做一桌饭菜，"父亲说，"咱把那些该、该请的都、都请来，我豁、豁出去，陪他们喝酒。"母亲说："你真不晓得'筷子头上的阶级斗争'？请谁敢来！"

母亲次日清早揣了一斤的肉票去找大队支书。大队支书姓汪，世代种地，文盲不识字，却自有一分开明公道。

汪支书刚起来，抱着一捆玉米秆儿，朝羊圈走去。远远地见了母亲，他就将玉米秆儿两折三断，丢进圈里随羊们啃嚼去。他转过身，又顺手抽开鸡圈门，放鸡们出来。鸡们跟在他的脚后，出门就拉屎——这个他没法看见，是母亲看见的。汪支书要是看见的话，必定跟母亲一样，也要骂鸡不懂事的：害得人要将那鸡屎再刮回圈里的。汪支书双手拍着灰尘，边迎母亲进门边说："嫂子，年都办齐了吧！"母亲说："能有啥年可办啊，豆腐还没做呢。"汪支书喊他老婆赶紧去抱柴火来，把炕门火生着，好给来客烧茶。他老婆揉着眼睛，系扣着衣服从里屋出来。母亲赶紧说年关在即，只给领导说几句话就走。

支书老婆出门后，母亲就给支书说了她想说的意思。汪支书说："蛇有蛇道，鳖有鳖路，人这一辈子该弄啥，一生下炕栏，老天爷就给安排好了！你儿子尚婴，眉清目秀的，一看就不是咱这种地的料嘛。"别人夸赞自己的儿子，是所有母亲的幸福与感动。母亲差点流出泪来，急忙掏出一斤的肉票，递到支书手里，再替他把手握严实，似乎是生怕什么情报被谁个看见了。支书展开手一看，脸一红，说："这多不好意思，平时给我缝衣服都没收钱嘛！"母亲说："您晓得的，我们家里也不吃肉。"支书说："大队是同意推荐尚婴念高中的，但你们得做做生产队里的工作。生产队里先给推荐表上盖了章，五个党员都摁了指印，再拿来大队盖章吧。"母亲双手合十，作了三个揖，要出门离去。支书老婆怀抱柴火，横住门框留人，要母亲喝口水再走。正谦让着，支书拿出一个半边核桃壳来，递到母亲手里说："你们抓紧办生产队里的意见吧，盖了生产队的章后拿上这个，去让马会计盖大队章。"

母亲在返回的路上，对大队支书充满了感激与佩服。汪支书不识字，没法批条子、填意见，却牢牢掌控着无产阶级的印把子。事情经他同意后，他就给你半拉核桃壳。你拿到马会计那里，会计一见核桃壳，立马给你盖章便是。会计绝不敢随便盖章，因为另半拉核桃壳支书保存着，年终一碰对，盖多盖少一清二楚。支书没有读过史书，但他发明的核桃壳，竟跟古时的国王与将军分控兵符一样。

大队会计是个半瘫子，人们背地里叫他跛子会计。修襄渝铁路时，他因为出身富农，每次出现哑炮了，就被指派去排险。安全排险了五十多次，他心想着，莫非自己真的命大，是哑炮的天敌？每次路过铁路边的烈士陵园，他总要细心看看空余的地方，想着自己被炸死后，是否能和其他被炸死的人一样，也有资格葬入陵园。如果能葬进去，他就觉得不枉筑路一回，不仅不会再动辄挨批斗，还能在清明节时享受"红领巾"们的献花。可能正是因为这个想法不怎么吉祥，点破了某种天机，他紧接着排的一个哑炮，就轰隆炸起了。在那一瞬间，他想：好啦，这回有资格埋进烈士陵园啦。可他醒来时，却发现自己躺在安康医院里，腿被截去了一条。伤好后，他被送回来了。

铁路上给了他三十六元五角钱的伤残补助，等于一天补助一毛，累计补助一年。钱数不算太大，可是挣工分一个劳动日还不到一毛钱呢。回到生产队里，因为不是全残废只是半残废，那就得力所能及地依然参与劳动。生产队，每天除过给他按全劳记上十分工外，年底还要额外补助他一百个劳动日，补助三年停止，这是上面的指示。他的成分虽然依旧是富农，开批判会时，却不再将他列入批斗对象，但他也没有批判别人的权利。不过自医院里出来的那一天起，一根拐杖便与他终生形影不离了。

他手提拐杖，单腿蹦跶。孩子们远远听见"咚咚"声，便哄围上来，拍手喊道："跛子跛，卖洋火。多少钱？来问我！"他没有丝毫生气的样子，只将那拐杖一蹾地面，又将那被截肢后的大腿根搭在拐杖的曲柄上。"孩儿们，"他说，"你们编的歌儿没意思。我给你们出个字谜，你们要是能猜出，你们就可以继续喊我'跛子跛'，猜不出就不要再喊了！"孩子们表示同意。跛子说：

"草字头，大字腰，木字底下架火烧——啥字？"

没一个孩子能说出。

"那你们回去问大人吧！"

大人们也都不知道。有人请教公社书记和革委会主任，他们也不知道。他们问元尚婴的祖父，祖父嘴巴张了张，想了一下，说："我更不知道啊。"祖父那么有学问，怎么也不知道呢。

三十多年后，元尚婴偶尔回想起来，现场查阅了书架上的几种字典，都没有找到这个字。他估摸那也许不是个字谜，而是个物谜。什么物？炊事、祭事？还是农具、茶具？

那个为襄渝铁路奉献了一条腿的跛子，一时间成了楚子川最有学问的人。又刚好，原来的大队会计给自家盖房，安装脊檩时没小心摔下来死了，跛子就顺理成章地接替了大队会计。

跛子会计姓马，叫马师祖。算命先生告诉他，说他名字没取好，师祖师祖，"失足失足"啊。他说那把名字改了吧。算命先生说来不及了，也没必要改了。说一开始去修铁路时就改名，肯定管用，断然不会被炸掉腿。

13

出了汪支书的家门，走到岔路口。母亲的手藏在兜里把玩着核桃壳，想着不如现在就去马会计家，把章子一盖，省得再跑冤枉路。一想不成，没带推荐表啊。就是带了推荐表，马会计若说，你都没让生产队先盖章，就算有支书的核桃壳，我也不敢给你盖啊，那也是不成。再说也不好意思空着手去麻烦人家。母亲回到家里，拉开抽屉，将最里面的一个拐角扒拉干净，放进支书给的核桃壳儿。离开几步，又不放心，折回去再拉开抽屉，用那只纳了一半的鞋底，将核桃壳盖住。这可不是小事，因为一个核桃一个模样，随便找个半边核桃壳，那是无法碰对吻合的。

父亲在道场上，手拿钉锤与凿子，"叮叮"地打制"木马"——一种架稳木材、方便截锯的，两腿短、一腿长的蕴含三角形稳定原理的用具。母亲手拿一斤猪肉票和一小篓鸡蛋，让父亲暂时放下活儿，去麻队长家说情。

"这事不要牵扯我，"父亲继续"叮叮"，"我一辈子不爱给人说话。"

"哦？儿子是我一个人的？就你脸面值钱，我的脸面不算脸！"

父亲转过身，索性背对母亲，继续"叮叮"地钻孔打卯。母亲无奈，只好返回厨房，从橱柜里取出大半碗剩米饭，打一颗鸡蛋，多滴了几点油，给祖父炒好了吃。鸡蛋本来是不可以吃的，因为鸡蛋是生命的胚胎；但是没有公鸡施过爱的母鸡，所下的蛋却算不得是性命——母鸡无法孵出鸡仔啊！吃这样的鸡蛋，佛祖是默许的。祖父不管在他的哪个儿子家，都是享受小灶待遇。祖父并不喜欢如此，他从不认为君君臣臣、父父子子的那一套等级，有什么道理。每次吃"好的"时，祖父必定把孙子喊来，分而享之，纵然那孙子长得快跟他一般高了。

母亲对父亲说，你不去就先饿着吧，待我找完队长，回来再做饭。母亲腋窝夹着装鸡蛋的小竹篓，往杨家沟走去。路上遇见人，或是经过别人家门前，少不了要随口应答些符合节令的套话，无非"年都备好了吧"之类。但是母亲总要托着蛋篓，刻意往前送一下，目的在于通报对方，她去队长家是要换有公鸡的母鸡蛋的，"开春抱小鸡哦"——谁也不会想到她是为了儿子上高中去行贿。她幻想着儿子的将来，当然不敢奢望当上干部或是参军，儿子若能多念点书、当个民办教师，别在土地上摸爬滚打，那她就无限满足了。

过去到麻队长家换鸡蛋，拿十个去，换七个回。这回情况特殊，所以篓子里装了十五个鸡蛋，加上一斤肉票。麻队长一见，说："不就是同意个尚婴读高中么，没必要这么破费啊。"又说以前是祖父借给他三块大洋，他才娶了老婆。祖父借钱给麻队长过？母亲虽然是第一次听见，却也并不吃惊，因为类似的事她听得多了。她每次回来问祖父，祖父总是回答四个字：想不起了。以后再听到有关祖父的种种美德，母亲就不再问祖父，也不往心里记挂。

麻队长拍拍胸口的小口袋——里面装着方才母亲给他的一斤肉票——接过蛋篓看了看，说："拿多了不是？还是老规矩么，十个鸡蛋换七个——不，你这回拿来多少就拿走多少吧，一顶一，人活得太皮儿薄了没啥意思！"

母亲坚决不能同意。

麻队长捏捏喉结，吭吭两声，那语气显然是要做出一个重大决定：

"十五个鸡蛋你全拿回去——我这七个鸡蛋么，算是我归还那三块大洋……"

母亲吓得脸色煞白了：

"麻队长啊，这可万万使不得！三块大洋，没有那个事呀！再说您这么做，要是传出去了，说是'阶级敌人反攻倒算'，那我们还怎么活呀！"

最终，在母亲的哀求下，麻队长同意依旧十蛋换七蛋。不过，他要母亲将那多余的五个蛋拿回去。母亲说：

"那可不行！您同意我儿念高中，要冒多大的风险啊。多拿的几个蛋，就算是预先给您压压惊么。"

麻队长说：

"怕个屎——别再推让了，小心跌打了——都是自家人！"

经过一番你推我让，本着"一顶一"的原则，交易完成了。

麻队长要母亲尽快去找会计柳志兵盖章。母亲心想，你麻队长没有授予我核桃壳——当然你官小未必能想出那般绝妙的法子——可是那柳会计凭什么敢给我盖章呢？母亲说：

"那您啥时候给柳会计招呼一声？"

"不用！"麻队长一口痰砸地，"你就说我让他盖章的，他就得盖！他要是敢不盖，年后上工时，看我如何拾掇他！"

14

返回的路上，母亲两次躲到树后，查点篓里的鸡蛋。一共十二个蛋。换来的麻队长家的蛋，七个，是公鸡配下的，是荤蛋，能孵

出小鸡的；本要白送队长的蛋，五个，没有公鸡帮忙，是素蛋，孵不出小鸡的。来时，细心挑选了十五个最大的蛋，可是与队长家的蛋一比较，还是人家的大。莫非人家就因为有个公鸡，母鸡心情畅快，所以下的蛋大？幸亏人家蛋大、自家蛋小，否则眼下这蛋搅混一篓分辨不清，若是全交给母鸡孵，岂不孵臭了素蛋，大大地浪费？！

元尚婴下午回来了。他汇报了他在伯母家第一次开斋吃肉的过程，说得夸张惊险，逗得全家人笑了一回。晚饭过后，母亲找出推荐表，还有两张四两的肉票，要他去找柳会计盖章。

元尚婴说："带啥子肉票呢，他想盖了盖，他不想盖了不盖！"

"你看你这小子，也该懂点人情世故了！你就这出身，又想上学，能不求人吗？"

"我这出身怪我吗？谁让你嫁个地主！"

祖父和父亲当面，元尚婴公然说出这等混账话来！可这小子说的是事实，你又奈何他不得，只能哑然。

一见此景，元尚婴立即觉得自己不该如此胡说。于是马上找出一个理由：

"柳会计又不是咱亲戚，更不是我的长辈，我去给他送肉票，有啥道理？太丢人了！"

母亲说："你们元家父子太好面子，我这是为了谁呢，我这是何苦呢……"说着说着就哭了。祖父说：

"尚婴啊，你妈已经找了支书和队长，路都给你铺好了，你还是趁天黑着去把章盖了吧。"

祖父语气温和，但是很严正，这是元尚婴从未见过的。他只得赶紧，从母亲手里接过肉票和推荐表，出门去了。

外面很黑，冷风从袖口、裤口灌进来，像是一些冰凉的筷子索吃冻肉。对付冬天的最好办法，是走长路，是干体力活，当然前提是不觉饥饿。可眼下不是去干活，而是去运筹帷幄莫名其妙的"远大前程"。只能看见两山根下散落的人家的窗灯——那是煤油灯，一点点极其可怜的光。元尚婴走过桑树，能感觉三个大人的目光盯着他的后背。他假装麻木不仁，兀自立定，眨巴眨巴眼睛，仰看星空。

头顶高远处的天河，如蒲公英的花絮被风吹往同一个方向。花絮们纵向追逐，由东北的山脉之上，奔流向西南方的山垭，然后继续奔向业已不能看见的遥远。夜空如平静的大海，天河如被神船飞速犁开的两片云浪——虽然他从没有见过大海，他仅仅是从小说里读过大海、从电影里看过大海。当他脑袋慢慢勾下，再眨巴眨巴眼睛时，似乎是他的眼睛，方才神奇地将天上的星河之光扒拉了几瓢泼到脚下——啊，他看见了路面，甚至路面上最微小的石子、最细末的枯草！

叩开柳会计家大门，他被热情地迎进门里，让坐于火塘边。会计一家人正在砸核桃，表嫂——会计的妻子，一个满脸雀斑的女人——先推、后接过两张肉票，随即起身回到里间，拿出一碟上了白霜的柿饼。她拔去一个柿饼蒂，拿了几瓣核桃仁，塞进柿饼屁股，将柿饼撑鼓得圆圆的，递给元尚婴吃。核桃、柿饼，都是可以卖钱的，如此合作招待客人，未免招待得太奢华了。也只有到了年节前后，才会如此大方啊。

柳会计抽出一支"羊群"牌香烟叼上，劝说元尚婴："你是成人了，也该学会抽烟啦。"元尚婴笑笑，没说话。

会计两口子的年龄，比元尚婴的父母小不了几岁。但是依照七绕八拐的亲戚关系排辈分，元尚婴就该喊他们"表哥、表嫂"了。

会计一听是请给推荐表上盖章，马上说："盖！"压根就没问是否事先征求过麻队长意见，元尚婴也就没必要提麻队长了。可是会计一家，包括他们的两儿一女，一起翻遍了拐拐角角，都没找见章子。

"你回想一下，"表嫂说，"最后一次盖章是啥时候？"会计，不，这时应该叫他表哥，拍着脑门，说："好像是去年春荒时，老黄家女子出嫁山外，迁户口时用了的。"

"再找找，谁敢偷去章子不成！"

动物例外。于是柳会计请元尚婴起身帮忙，两人将板柜挪开。板柜原本是装粮食的，但是里面没多少货色，所以轻轻一抬，就挪一边了。柜子底下的墙根，有俩老鼠洞。其中一个洞口，果然露出公章。会计连忙拔出章子，吹去灰尘——章子柄被老鼠啃啮了一圈印痕。可以判断，这是小老鼠们没事找事，玩耍章子、啃啮章子磨牙练齿，最后想拽进洞里，可是洞口太小。

表嫂拿抹布擦净章子，找印泥又费了好大一阵工夫。揭开印泥盒，那印泥干得跟锅巴一般。表嫂斜过茶杯口要给印泥盒滴水，却被柳会计一把夺过，说不能加水，说水与油不相混，加水蹿出来的印，水渍扩散，看上去便像是私刻的假印——广播里不是经常说某某私刻公章被判了刑么！总之柳会计夺过印泥盒，说只能哈气，几乎是贴着自个嘴巴，"哈——""哈——""哈——"，哈了一二十次，这才将公章拓进印泥盒，碾而旋之。随后拿过推荐表，就着凳子面，在表嫂手端煤油灯的微光下，嘴巴依然不停歇地往印泥盒哈气，同时再将公章拓进印泥盒又碾又旋，另一只手则拿笔填写意见：

经队委会和党小组研究，同意元尚婴同学升读汉叔中学。

然后落款时间，盖章。

"五个党员咋办呢？"表嫂问道。一个婆娘，不该懂的却挺懂，烦人！

五个党员都不识字，柳会计就替他们"签名"，依次写出五个名字。然后将表格和印泥盒一并交给元尚婴，要他明天去找那五个党员，让他们在各自名字后摁上指印。

"他们同意摁手印吗？"表嫂表示怀疑。

"党员都是明白人，会摁手印的。"

"把猫叫个咪么。你又何必绕圈子、走过场，就不能弄简单点儿！都忙活着过年，就别让尚婴再跑冤枉路了。"

"弄简单点儿"，这话提醒了柳会计。他从元尚婴手里要回推荐表，再揭开印泥盒，再嘴巴对着印泥盒哈一阵气。然后一挽袖子，右手分叉开，让五个指头蛋子，依次各个研磨印泥盒，然后分别摁在五个党员的名字后。

元尚婴惊讶得嘴巴大张，半天合不拢。惊讶之余，实在想说点感激话，却又不知道说什么。倒是柳会计说：

"我这一手算盘，还是小时候你爷爷教我的咧。"

告别时一开门，冷风迎面扑来。外面漆黑，伸手不见五指。柳会计说送送吧，担心元尚婴害怕。元尚婴说，又不是小孩子了，怕什么怕。表嫂就从火塘里抽出一根柴火头，递到元尚婴手里，让他边走边晃路。元尚婴绕过了两棵树，快速走过一个老坟岗，就听柳会计从后面喊他："走慢些哦！"随即"吱呀"一声，门关了。几乎就在此时，不知什么鸟"呜哇"一声叫唤，元尚婴急忙举起柴火头冲着前面飞画圆圈。他断定没有什么的。山坡上没有了树林，不可能有豺狼虎豹趁夜下山袭人，不应该害怕啊。何况他也算是大人了，大人是经常走夜路的。可他还是依然不由自主地毛发倒竖。不过他闻见了一股烙猪毛的，臭中带香的气味。毫无疑问，是这户人家卖猪时，少要了猪肉而多要了猪蹄。猪蹄算是肉里的"粗粮"，量重体积大，让人当下觉得占了便宜，炖汤时掺和红薯、洋芋什么的，可以多美几回嘴巴。这家人眼下，肯定是围坐火塘，拿着烧红的火钳烙猪蹄、蹭猪毛哩。

忽然一道绿光，"唰——"地划过头顶，瞬间消失于深邃的夜空，让元尚婴浑身冷汗迅速渗出来。好在脚下之小路，哪里有个石头、哪里有个小坎、哪里有截木头、哪里有半块破瓷碗，他都清楚得如同清楚自个手背上的纹路。可他还是不住地周身痉挛打尿战。他竭力不去想眼下的恐惧，只去想柳会计一家人对他的好、对他的关照。于是他，索性一扔柴火头，大声唱起歌自壮其胆来：

> 天大地大不如党的恩情大，爹亲娘亲不如毛主席亲，
> 千好万好不如社会主义好，河深海深不如阶级友爱深……

这么一唱，似乎天上的星顿时发亮了，地上也能看清楚了。

附近几户人家还打开了门，跟他打招呼呢。他顿时感觉到了人间的温暖，非常温暖。他幻想着天亮之后、太阳升起时的光明与喜悦。

15

这三间房子着实老旧了，却也楼下、楼上安排得颇为紧凑，再找不出空闲处可用了。进得堂屋，头顶只铺了靠门的半边楼面，里

半边空着，为的是仰望房皮，显得高阔庄严。

　　堂屋是不能支床的。生产队里半数以上的人家里，进门就是睡觉的炕连着烧饭的灶。住房局促，证明主人不会治家，日子过不下去，招人背地讥笑。元尚婴父亲、母亲和灶共用一间房。中间立几根酒盅粗的细条木，然后将玉米秆捆绑成排，固定到立木上，再拿泥巴涂糊得严实光平，就算是立起了一道间隔墙。

　　元尚婴和祖父住一间房、同睡一张床。可是祖父打呼噜太厉害，所以每次睡觉时，他都脱了衣服跟祖父一个被窝打对儿，目的是跟祖父拉闲话、讲古今。他希望与祖父一直啦呱下去，哪怕啦呱到天亮。但祖父总是十点一过，纵然正讲到苏武被单于囚禁地窖快要饿死时，也忽然鼾声响起来。元尚婴等到祖父的鼾声均匀欢畅，确已进入梦乡，这才悄悄溜出被窝。他替祖父掖好被角，自个披衣靸鞋，摸索着到堂屋，爬上楼梯，睡在楼上的地铺。祖父到另外的两个儿子家时，元尚婴才可以单独睡祖父的床。

　　次日清早，天色还混沌模糊着，母亲就摸索着爬上楼梯。楼上的三间，堂屋的半边楼面码着柴火，以备下雪的寒冬时节，上楼取用方便。另一间放着两口棺材，一口被祖母睡走了，这一口预备着祖父睡。实际上祖父的棺材，三个儿子每人给他准备了一口，意思是他将来老在谁家，就睡谁的那口，省却搬运费事，也显得儿子们都很孝敬。家境好不好，老人有没有棺材，是一个重要标志。

　　由于楼上低矮，母亲只能勾着头，几乎是钻过那个土墙洞的。她摸着被子，手挪到儿子脸上，轻轻地拍拍儿子脸蛋，又揪揪儿子鼻头。"快起来，起来。"尚婴醒了。他闻见一股麦草味，有种阳光照射后的芬芳气。他想母亲肯定起得很早。母亲应是从草窝里将猪崽抱到外面的猪圈。猪崽小，又是冬天，不敢放在外面过夜，晚上只能在家里拿新麦草给它围个窝儿。而元尚婴身下垫的麦草呢，是去年铺的，早没了丝毫香气。

母亲要儿子赶快起床、下楼，洗不洗脸事小，赶紧趁着大清早，去马会计家盖章。母亲把这件事看得很大，她找出一张四两的肉票塞到儿子手里。

"肉票是万能药啊，"元尚婴一脸的不屑，"何况才四两，不如空手去！"

"四两咋？有这四两肉，炖个一锅萝卜，萝卜也就跟肉差不多了，要吃好几天哩。"

"那不如将那四两肉票也给我，都送给马会计，显得咱大方么。"

"四两的就剩最后一张了，万一有个啥事也好抵挡抵挡。"

元尚婴坚持要么空手去，要么送两张肉票去，否则他没脸跨进人家门槛的。母亲无奈，又找出一把花椒，撕下一片报纸包好。一见报纸，母亲觉得确实应该重谢马会计。全大队就订了一份报纸，是按公社命令非订不可的。于是这唯一的报纸，便成了全大队人人想要的宝贝。大家要它，不是看它，而是用它。拿它可以包东西，比如压机器面时包面捆把，又可以当卷烟纸，还可以让小学生在空白处练字。但它最重要的用场，是被当作糊墙纸——娶媳妇时装饰新房啊。所以但凡要娶媳妇的人家，几乎提前半年，就送去时令瓜果或者红糖香烟什么的，请马会计多给自个积攒些报纸。

报纸如此用实在可惜，所以祖父便去借来一看。一般是三天去借一次，再三天后如数归还，又借三天的新报纸。有报纸可看，元尚婴小时候就知道天下大事，知道越南、朝鲜是中国的好邻居；远方的朋友都带个"亚"字：阿尔巴尼亚、坦桑尼亚、赞比亚。报上偶尔也有本县的新闻，比如县委书记拾粪的照片，旁边配着文字：县委书记下乡时，吉普车里总是装着粪筐与粪铲，见了粪就停车拾粪，拾满了粪筐就倒进路边的农家猪圈里。在不通公路的地方，就挎着粪筐、拎着粪铲，边走边拾。县广播站将这篇通讯连着播送了三天，号召全县人民积肥拾粪以提高粮食产量。

祖父借报纸看的习惯被人知道后，就有懒汉跑来要报纸。祖父当然不敢给，道理是他只可以看报，无权处理报……如此一想，给马会计四两肉票外加一把花椒，礼物仍显得轻了。母亲就又取出五个鸡蛋，素蛋，没法孵出小鸡的蛋。

元尚婴脸也没洗就走了。刚走到门前的大路上，就听后面有跑步声。回头一看，是母亲。母亲气喘吁吁地将半边核桃壳递他手中，说忙糊涂了，马会计不见汪支书的核桃壳，是不敢给盖章的。元尚婴抱怨母亲不该撵他，喊一声，他返身拿不就完了。

"你傻啊，这么大的雾正好让人看不见，一喊叫不是都晓得了！"

马会计自以为有学问，又见过些世面，因此常生出一种寂寞感，寂寞于没有合适的人跟他谝闲话。唯一让他佩服的，是元尚婴一家人。他觉得他们家从祖辈到孙辈，都待人虔敬，不急不躁，正如戏台上说的，属于"书香门第"。可惜每每被防范着与下看着。

马会计正在与儿子截锯柳树桩。他穿着一件洗得灰白的旧军服——最时髦、最体面的衣服，是他修襄渝铁路时，因排哑炮有功而获得的奖励。他手握锯柄，坐在檐下的小凳子上，与站在对面的儿子拉扯着锯子。背后的墙壁上靠着他的拐杖。柳树桩有脸盆那么粗，七八尺长，被木马斜撑着。这是柳树的根部，根须枝杈早被锯削干净，显出平展的圆截面来。一块二寸厚的圆饼柳木即将锯脱。见元尚婴来，父子俩停下锯子，招呼他就座。元尚婴径直跨进屋里，马会计的儿子紧随其后。元尚婴见小桌上的笊篱里装着几个焉了吧唧的土豆，就从兜里掏出五个鸡蛋和纸包花椒，小心地放在土豆旁。马会计的儿子嘴上说"你这是弄啥呀，弄啥呀"，却并不阻拦。元尚婴又将四两肉票掏出来，冲着会计儿子一晃，随即压到花椒包下："小意思，没意思——炖锅洋芋吃吧。"

两人随即出来，马会计依然坐着。他听罢儿子的汇报——其实方才他已经听得很清楚了，就说："尚婴啊，你们一家人实在客气，有啥忙要帮就直说么。"元尚婴从棉袄里的小口袋摸出半边核桃壳，马会计一见，就明白了盖章的事。他手扶墙壁站起来，拿过拐杖，单腿蹦跶着进了门槛。元尚婴跟了进去，只见马会计拿出钥匙打开抽屉锁。一拉开，首先看见两本账簿和一本线装书《醒世恒言》，旁边是章子和印泥盒，以及一个矮圆的罐头瓶。

马会计拧开罐头瓶，将核桃壳丢进去——里面已有不少的核桃壳，预备着汪支书随时来碰对。

毕竟是大队的公章，经常用，印泥就鲜红润软。元尚婴将盖过章的推荐表装回棉衣里的小口袋，就要告辞，却被马会计挽留住。他说这眼下是腊月，腊月跟正月是一样的，来送礼怎么能空着手回去呢。

"你就站着等几分钟吧，马上就锯下来了！"

没要五分钟，就将圆饼锯脱落了。

原来，马会计要将这截锯下来的第一块圆饼柳木，给元尚婴拿回家里当砧板用。柳木的纹理很奇特，横纹竖理几乎相等，等于纵横编织、网状布局，柔韧得很，所以最适合做砧板用。切菜、剁肉什么的，看上去被切剁得满是印痕，可是当你炒过几个菜，吃罢饭清洗它时，会惊异地发现它光平如初了！元尚婴暗想家里的砧板只有筷子厚薄了，前几天父母还絮叨了一阵呢。可是如今的木头实在金贵，何况是柳木。

像这么大的柳树桩，当然只能属于集体所有。公社前年修改河道时，占了几家人的自留地，都是上好的平地，于是要从集体地里切割划补。为了不减损集体的整片的好土地，公社决定由生产队从坡地里划补。当然是折算产量、对等划补。可是那几户人家不满意，但又无法阻挡改河道的"滚滚车轮"，不敢言却敢露怒色。刚好这棵老柳树立于新河道必经之地，便将它一锯数截，分赏给那几户气不顺的人家，他们的怒色也就暂时收敛起来了。自留地被调整的人家里，数马会计最有脸面，所以得了柳树根部。

"今年只能截锯五个砧板，其余积攒着，日后年关时也好救个急。"马会计说："后天二十八，去赶今年最后一集，卖砧板。"

元尚婴听懂了马会计的话。他意思是一年到头，唯有腊月二十八，在这一年里的最后一回赶集，政府是睁只眼闭只眼的：你爱怎么买卖就怎么买卖，想买卖什么就买卖什么，只要不买卖人口。况且柳木砧板，农民是用不起的，或者准确说是舍不得用，也自觉不配用的——全被吃商品粮的公家人买了去。

如此想来，元尚婴就更不能要了。马会计笑道："尚婴啊，你该晓得一句古话，'来而不往非礼也'！"尚婴说："我拿来的东西又不值钱，您这一块砧板可要卖个好价呢！""呵呵，哪里话！这样吧，'草字头，大字腰，木字底下架火烧'，啥字？认出来了你就空手回，认不出了你把砧板带走！"元尚婴当然认不出，明白人家马会计确实诚心要送他砧板。他就把砧板往腋窝里一夹，离开了。

16

太阳已经照耀了所能看见的大部分地方。那些背阴的去处，是一大片一大片的、形状不规则的斑影，如同巨大的鸟翅的斑影。只

有等到来年二月，斑影才会被明丽的阳光驱走。可是这个季节的太阳，好像刚刚经过一场捣肝毁肺的、失败了的爱情，又像是内肉被榨干了的橘子皮，由于失血过多而显得憔悴蜡黄，端的是中看不中用，面对着顺遂山势而恣意回旋乱扫的冷风，真的是无可奈何、毫无阻挡之力了。而小河里的流水呢，细得充其量如两头牛同时撒出的尿，听不出一点儿声响来。不知那些好看的小红鱼躲到何处去了，也许它们顺着河水流向低矮的温暖的远方，来年了再返游回来。河床的临水处，全结了薄冰。冰碴如锯齿，一律半透明，似乎是月宫里嫦娥的裙摆。风与气瘆冷瘆冷的，削得元尚婴的两个嘴角哆嗦又麻痹，直觉出微微的疼感。

在一个小山沟与小河的交汇处，一个女子在河里洗衣裳。很明显，这女子在洗衣裳之前，先将河里的石沙扒拉成一个半圆小堤，以便聚水成潭，好让她洗衣裳。她脖子上的方格围巾，绿黑相间。她是马广玲，用不着她回头，元尚婴远远地就一眼认出她来。他轻轻地走到她的身后，居高临下地看着她洗衣裳。他看不见她的脸，只看见她以石板当搓板，"噗、噗、噗"地搓着。每搓一把，她的手便抵达水潭，击起一朵弧形的水花。她的手指冻得很红，与周围的白冰碴相映成景。

元尚婴将腋下的砧板放到地面上，捡起一粒石子儿，丢进水潭。马广玲一愣，先看了看对岸，没有啥呀。这才回头——于是站起来。

"为什么不在家里烧热水，洗得差不多了再来河里摆清呢？看把你冻的！"

"河里洗畅快啊。"她说。元尚婴不知说啥好了。马广玲扬起手，拢拢鬓发——这个姿势美得元尚婴一辈子忘不了——说："不在河里洗衣裳，今年就没机会遇见你啦！"嘴角露出一丝愉快的嘲讽，却混合着某种难以言表的温情。元尚婴顿时感动且害起羞来，低下脑袋，走也不是，不走也不是。

马广玲筛筛上身，抬手勾指着自个的肩膀后，说："这里面痒痒，够不着，你帮我挠挠吧！"

元尚婴惊诧了，嗫嗫嚅嚅说："合适吗？"同时脑袋车轱辘一圈，庆幸周围没有任何人。

"有什么不合适的！毛主席都说'一切革命队伍的人，都要互相关心，互相爱护，互相帮助'——你忘了不成！"

"没忘。可是，毛主席没说可以帮人挠痒痒啊。"

"但也没有说不可以帮人挠痒痒啊！"

想想也是。但元尚婴还是没敢动作，只是双手搓着，不时往掌心哈热气，似在回想什么。

"每年夏天你来我家玩儿，都让你吃李子啦！"

马广玲的这句话，固然是事实，可这时候说出来，元尚婴就觉得她也未免太皮儿薄了。他的双手，本已哈热了，此时不想再哈了，因为心里别扭。他将两手摊摆在寒风里，一任热气散发掉。

不过转念一想，好吧，我吃过你家李子，现在我给你挠个痒，算是偿还情分，以后咱俩就两清了。所以他双手再次聚到嘴巴前，重新哈气，同时跳下河堤、站在沙滩上。

"看这棉袄，把人笨的！要是夏天，谁还请你挠呢。"

马广玲一脸的得胜表情，双手背后，撩起棉袄后襟，如燕子俯冲稻田衔泥般前倾了身子。她的腰后露出藏青色的线衣，线衣上一坨苹果形的补丁。元尚婴最惊奇的，不是犹豫该不该探进她的棉袄里给她挠痒，而是分明地、清晰地感觉出方才瘆冷的旋风，不知哪去了，一切都忽然平静得匪夷所思。更奇妙的是，从马广玲那外露的线衣里，从那撩起的棉袄的空隙深处，流淌出一丝丝一股股无可形容的气息。那气息让元尚婴联想到春天的金银花的味道，又像是年夜饭菜将要端上桌之前的，从厨房里氤氲飘逸出来的味道，让他不由口津泛活。

"你还等啥呀！"

马广玲偏回脑袋问道。元尚婴的手就探进她的棉袄里，顺着她的脊背往上爬。他的手先是感觉如同触摸了一团温暖的软泥，再上爬，又感觉像是文火刚刚熏热的锅底——便是闹痒处的肩胛骨了。

他给她挠着，抓着。

"哎呀，好，好，使劲么，隔着线衣不解馋哩！"

"不隔线衣，手能把你冰死！"

"冰死了才好呢……往下……往外……嘀嘀，就这，就这！哎呀，这边肩膀也痒痒呢……都怪你，把这边肩膀也逗惹痒痒了！"

元尚婴一听这话，马上抽出手来，说：

"还挠出仇来了不成！"其实是估摸着挠得差不多了。

"没看出，你这人不光是学习好，"马广玲耸耸肩，抻抻棉袄，"挠痒也是一把好手！"她满面霞色，一副神清气爽的样子。

"这回，咱俩两清了。"

"什么两清了？"她一脸疑惑。

"吃了你家李子么。"

"哈哈哈，"马广玲大笑起来，"我忘了你比我小两岁，还是个娃哈——只长个子不长脑子么！我不提说李子，你给我挠痒么？"语气颇为不屑。

"要不是出身问题，"元尚婴忽然明白了，马广玲如此信任自己的原因，"咱俩早在县剧团唱戏了哩。"

马广玲鼻子微微一翘，无所谓的样子，似乎是说，"这不废话么"。

17

砧板拿回家里，大家都稀罕得不行，说如今除了老庄基里的那棵冬青树，再也找不到这么粗的树木，可以锯成砧板了。

母亲的第一反应是："不晓得丘干事家缺砧板不？"

"这么好的东西，"父亲拿着砧板正面、反面地欣赏，"怎么一下子就想着丘干事了！"

"尚婴上学的事啊，现在就看丘干事一句话了。"

父亲当下不吭气了，扫兴地放下砧板。但他又很快拿起来，在两根柴木上固定好，拿起推刨。"就是送人，刨光了送去不是更好么！"边刨便哼哼，"从草原来到天安门广场，啊呀啊呀啊呀——啊——呀——"

母亲又让元尚婴想办法打听一下，丘干事家到底缺还是不缺砧板。随即又说：

"不用打听了，就是不缺，人家当作礼物转送别人也是个用处——唉，人家生来是收礼的，哪用给别人家送礼呢！"

祖父笑了："宛惠也有想不到的地方，人这一辈子，哪有不给别人送礼的？"尚婴很少听见母亲的名字被人叫起，觉得新鲜。父亲也几乎不叫母亲的名字，无非"喂"一声。母亲则称呼父亲为"先生"，当父亲面称祖父为"老先生"，偶尔称尚婴为"小先生"——元尚婴当然是在某次放学回家，进门时偶尔听见的。

祖父继续说："就是当了皇帝，也都要给岳父、岳母啊，给大臣啊送礼的。只是不叫送礼，叫赏赐。公社领导不给区上领导送礼？区上领导不给县上领导送礼？"

"伯啊，"父亲出生时因为要补救生辰八字的不利，就名义上过继给了他的叔父，所以改了口，称生身父亲为"伯"，"你一向不爱说话，又很谨慎的。"意在委婉提醒祖父别乱说。

"就我们自己拉家常嘛。"祖父正在兴头上，"不要看现在到处革命、革命的，再怎么革命，我估计这个'礼'字，是不可能革掉的……"

那天晚上，元尚婴溜进被窝后，并没有继续琢磨祖父的话，而是回想。他觉得上不上学，都没啥意思，不值得去多想，何况想也白想。他想的是马广玲，他给她挠痒时的每一个细节，此时如过电影般，在他的脑子里反复回放。他记得很小的时候，马广玲的父母就喜欢他，想收他做干儿子。可是母亲不表态，祖父的意见是：好生做人就是，没必要胡乱拉扯。但人家马家，却真把他当干儿子看待。他记不得有多少次吃过他们家李子了。还有苹果。他想起他和田信康去马广玲家玩儿的那次，马广玲的父母有多高兴地给他俩夹苹果吃的往事。

马广玲的父母夸他聪明，但他自己实在不晓得自己哪儿聪明，又能拿出什么例子来证明自个聪明。这个时候，田信康就不大高兴，他假装没注意、没听见，而是仰着脖子朝天上吐痰。他先是咳嗽一声，咳出痰来，拿舌头将口腔里的痰收拢搅拌成一个痰丸，然后口一张，"哦——呸！"如此一声，痰就直飞上头顶丈余高。现场的目光，都集中到那个直冲天空的痰丸。痰丸的推力失效后，稍事停顿，开始回落——眼看要回落到它的始发地——田信康的鼻尖。距鼻尖三寸时，田信康忽然头一偏、脚一趔，痰便砸到地上——早有一只鸡撺过来啄了去。

"你俩是天生的一对儿啊！"马广玲的父亲赞叹道，"尚婴能文，信康能武，都是革命事业接班人！"说话者很清楚，在场的人唯有田信康根红苗正。而马广玲的父亲呢，没有土地，本属贫农，却给恶霸地主武国军跑过腿、背过盒子炮，因此被划归"坏分子"队列。他那时，也就眼前的元尚婴、田信康这般大小。每次批斗会上，他总是犟嘴，一犟嘴就挨打，打几次他就变乖巧了。嗣后，逢人老远他就端着笑脸，见谁面都说"好好好、好好好"。面对他的油腔滑调，批斗会也就不再打他了——有理不打笑脸人啊。何况也确实找不出持续打他的道理来。有人想过打人瘾，倒是个硬道理，不过道理再硬，他不给你提供口实，你就打他不得。

马广玲的父亲拿起夹竿，要给俩客人夹取树上的苹果吃。马广玲的母亲急忙拿出草帽，帽顶朝下、帽碗朝上，以防苹果夹不住掉地上砸烂了。其实这是夸张，是为了营造主人热情好客的氛围。因为说是苹果，也不过是比鸡蛋还小的原产地土苹果，乌青且涩硬，跌到地上乒乓球般弹蹦老远也不破裂——从来没有红透就被夹吃了。但在无法安妥肚囊的岁月，那却是孩子们、娘儿们馋涎欲滴的宝贝，没有谁舍得拿它招待人的，全要拿到镇上卖钱的。

夹了七个苹果下来，全由帽碗盛着。在场六个人，一人一个。多出的一个，马广玲的母亲握出来，说："我这心口疼的病啊，还富贵得不行。每次吃过药后，不吃点啥压压，心慌得立坐不安的。"说时，便捏着苹果进了门槛——却在门里，手招元尚婴前去，迅速塞进他的裤口袋，目示他别吱声。

十五年后，元尚婴回老家来，专门给马广玲的母亲买了一双鞋、一瓶橘子罐头、两听蜂蜜，可是人已不在世间了。

六年前，他也就十来岁吧。县剧团下来两女一男三个人物，到他们学校来挑选演员，目的是培养"文艺战线上的革命事业接班人"。那两个女的真是排场得出奇，比画上的人儿还好看。至于那个男子，更是身材高挑、眼大鼻隆，活活是电影里的英雄人物。后来，大家将那个男子念叨了大半个月。在比这还长的一段时间里，那个男子被农妇们拽进她们的梦境，任由她们的意念，放肆地消受一番。男人们的想法则又别开生面，觉得让那个男子演戏实在是大材小用了，"他应该专门做个人种啊！"如此建议可谓天才又浪漫。

剧团的三位奇人先一天的落日时分来到楚子川，身后拖着他们的长长的影子。他们激动了公社领导，自然领受到热情的欢迎。消息迅速传开，附近的人们以为晚上要演戏，扛上板凳、椅子，纷纷前来观瞻。当他们知道不是演戏、只是来招收小演员时，其兴顿时大扫。戏瘾被挑逗起来可不好办哦。他们拥挤在公社的院子里，不散伙，要把那三个人多看几眼。

剧团的三个人大受感动，本着"文艺为工农兵服务"的宗旨，就在院子里给大家表演了《沙家浜》里的"智斗"片断。那个最漂亮的女人，反串刁德一，其一招一式，诡诈英俊得不可思议。消息得知晚的人，第二天大清早跑来公社。他们远远地、吃惊地发现，那三个演员比他们起得更早——他们在公社院子（院子只有半圈围墙）的地面上，做俯卧撑，或是跳上半空，画一个圆圈又稳稳落地，然后左腿甩起右手击、右脚飞扬左手打，"啪啪"之声如同抽人的耳光，惊得附近的鸟儿赶紧飞往远处了。

18

挑选演员的那天早上，随着雾气的舒缓消散，山川土地、一草一木，依次展露出焕然一新的容颜。旭日将出时的微霞，羞怯而难掩其俏丽之色，反衬得天空异常湛蓝多情，连喜鹊都像是有谁要给它们发水果糖似的，叫唤得特别愉快高调。所有上学来的男生、女生，裤管与鞋子全被路边的庄稼叶子上的露水打湿了。当他们看见全老师与三个很排场的大人，站在操场边迎接他们时，他们心里直犯嘀咕，不知道要发生，或者已经发生了什么。但是他们能够判断，只能是好事而不是坏事，因为老师与客人们交谈的样子是热烈的，与他们每一个学生的眼神交流是恳切的，期待的。

照旧，每天上学是以升国旗、跑早操拉开序幕的。升罢国旗，全老师吹着口哨，两拳提起，原地点跳着碎步，只是旋转身子，"一二一""一二一"地口令着，指挥学生们绕着他转圈儿跑步。"提高警惕，保卫祖国！""好好学习，天天向上！"另外四个不值周叫操的老师，仍以往常习惯，全跟在跑操队伍后面，既是压阵，也是锻炼他们自己。所以师生们上下一心，口号喊得特别齐整响亮。三个客人站在圈子外面，各自的站点位置将跑步圈子切成三等份。他们拿眼睛鉴定每一个经过他们身边的学生的面相与身段，一圈下来就锁定了他们以为的可造之才。第二圈跑过，锁定的对象又被删去多半。最后只剩下某某与某某，不过三个五个而已。男考官手招两个女考官，三人碰头，冲着跑操圈指指点点，同时交头接耳一番。但是他们什么也没往出说，于是让大家越发觉得神秘兮兮。

跑操结束，在音乐老师的指挥下，大家齐声高唱语录歌：

凡是敌人反对的，我们就要拥护；凡是敌人拥护的，我们就要反对……

重复三遍，第一遍合唱，第二遍轮唱，第三遍合唱。

要在过去，下来就该进教室、早自习了。但是今天，老师说暂时不上自习课，接受"祖国挑选"吧。先抬出老师的讲课桌，将课桌紧靠墙壁，却不稳当，便有学生快速找来小石片儿垫稳桌腿。然后将毛主席的镜框像，从教室正面墙壁上取下来，捧到外面恭敬地置于桌上。

这一番摆设，是为了考嗓子的需要。教室里当然可以考嗓子，但是声音难以判断，弄不清究竟能够传播多远。趁着乱哄哄的当儿，马广玲把元尚婴叫进空无一人的教室，迅速掏出一个青苹果递给他，说："赶紧吃了，润润嗓子！""你呢？""我吃糟蹋了。"元尚婴也来不及多想，两嘴吞吃了，连核儿、蒂儿全咽下肚里了。

从一年级到七年级，一百二十多个学生，一概听从那个"人种"男子的指挥，全部集合在领袖像前，一层一层地围站成半扇形。"像过年时我妈做的油层馍啊"，一个学生说。"不要胡说！"全老师当即呵斥道，同时揩拭着手里的口琴。"人种"笑道："你们站的是'葵花朵朵向太阳'啊，同学们！"全老师后来说，人家到底是艺术家，能想出这么好的花样儿训练学生——以后的开学典礼，全老师便照此复制，于是学生们深感开学了、为革命为人民读书了，是一件多么美好的事——

正要开考时，忽听"咚！"一声屁响，三个考官，还有全老师，到底是大人，面上毫无表情，压根没有听见的样子。学生们的身子有所晃动，有些许骚乱，但是迅速安静下来。"哈。"终于，一个学生笑了，但也只是"哈"出半截。本来要"哈"出五寸长才算得上一个畅快的"哈"字，可那个学生只"哈"到二寸五时，便如遭电击般自裁了。

开考了。

"同学们，""人种"说，"你们汉叔区所有公社的，中学小学，我们都跑遍了，没选到一个合格的学员。"

那位反串刁德一的女人说："大家不要紧张，就当你们平时打猪草、捡麦穗时，随便那么唱歌一样，最好！"她拧头与"人种"说："杀导演，现在可以开始了吧？""杀"导演？学生们吃惊了，要杀人？先挑哪个杀？后来才弄清楚，是人家导演姓沙，楚子川没有这样的怪姓。沙导演回答说可以开始，且让另一个女演员离开现场——到两百多米外的大路上，试听考生声音的"穿透力"。

剧团的三个人和五个老师商量考题，其实就是选哪首歌。大家提出三首歌，想让学生们任选其中之一。沙导演否决了。他说只能唱同一首歌，才显得公平。于是最流行的《敬祝毛主席万寿无疆》被定作考题。先是小合唱。大家编成十几个组，每组七个人。一年级到七年级，各年级里抽出一个，组成一组，保证每个组都是楼梯档子由低往高不空格。编组完毕，开始考。被唤出队列的学生，先上前来，恭对毛主席像，庄严地行个少先队礼，然后转过身来，面对考官和大家，开唱。全老师口琴放到嘴上准备伴奏，发觉剧团的人没反应，就不好意思锯嘴唇了——

> 敬爱的毛主席，敬爱的毛主席，您是我们心中的红太阳，您是我们心中的红太阳。我们有多少贴心的话儿要对您讲，我们有多少热情的歌儿要给您唱。千万颗红心向着北京，千万张笑脸迎着红太阳。敬祝领袖毛主席万寿无疆……

随后是单人唱，人人机会均等。一到三年级的同学，大抵都没能唱完。有的只是开头唱一句，再也无法往下唱；有的干脆扭捏着不上场，自动放弃"祖国挑选"；有的上场搓半天手、鼓几下蛤蟆嘴，终究一字未出即滚蛋……平时集体唱歌，谁都放胆尽兴，唱好唱坏没人认出。眼下是骡子是马，单个儿拉出来一遛，才发现南郭先生实在太多。

四年级以上的学生，有一半人把歌儿唱完了。轮到马广玲上场，全场立刻静了下来。不是因为她的声音，她还没唱呢。而是因为她那双澄澈微蓝的深眼窝，微微上翘的鼻子。她唱了两句，沙导演就小声给身边的老师说："这娃的声音，有一种透明的玻璃味儿。"可是当她唱到"千万颗红心"时，噎住了——随着一声喜鹊叫，她感觉脸上被谁唾了个啥子，抬手一摸，黏糊糊——喜鹊躲在教室后面那棵杨树上听歌，大概听得兴奋了，就飞过头顶，顺带看看究竟谁在唱——那淘气的喜鹊，干吗丢一疙瘩粪下来呢，干吗偏偏丢到马广玲的翘鼻子上呢！

"哈哈哈哈！"大家循着笑声看去，原来是麻顺篓队长，不知啥时候也跑来看热闹了。如此重大的喜事，农民们都放下了革命生产。

马广玲羞得满面通红，揩拭鼻尖，同步仰头乱转，看那该死的喜鹊飞哪了。没有寻见喜鹊，便垂下脑袋，双手揪扯着衣角，既不再唱，也不下场。沙导演笑道："从头唱啊，喜鹊给你报喜讯呢，多好的兆头！"

她犹豫了一下，就唱了第二遍，很成功——连大路上那个女演员，都挥手过来汇报沙导演，意思是"好"或者"不错"。且还在空中手势划拉了几下，看样子像是打了九十分，总之示意马广玲的嗓子，具有所谓的"穿透力"吧。

马广玲归队，与元尚婴挨着，小声嘀咕道："该死的喜鹊！""很好啊！"元尚婴也小声回应着，心里真是觉得她嗓子好——老师原来怎么就没有发现她，让她上课前起唱呢？

又上场两个同学。一个唱完了，毛狗子叫唤似的；一个因为紧张，开口就唱的结束句"敬祝领袖毛主席万寿无疆"——灵醒过来，嘴巴撮成O形，O形了半天，头一栽，不唱了，下场了。

元尚婴刚被点名要上场时，丘干事来了。丘干事身穿旧军装，腰里还别着手枪。他那满脸的麻点，那每一个微小的坑儿凹儿，都盛满笑意，折射出两个漂亮女演员给他以多么大的视觉陶醉。他来的目的是告诉三个剧团的同志，公社给他们准备了午餐："喝酒，吃鸡，消灭资本主义！"

原来，公社苦于不知道拿啥来招待县城下来的毛主席的文艺战士。还是公社书记政治智慧高，只见他揪了揪耳垂儿，说："你们分头到附近的群众家里查查看吧。只要我们始终依靠人民，就没有解决不了的难题！"

公社干部奉命行动，果然发现有三户人家，各自多养了一只鸡。那三只鸡理应属于"资本主义尾巴"，当即被割掉，被抓走。三个男干部，合作着才抓回一只鸡；倒是妇联干部独自一人，一手一只拎回两只鸡来，公社书记现场予以表扬："都说'妇女能顶半边天'，你都顶起多半边天啦！"——一个月后，那位因抓鸡立功的妇联干部，直接被提拔到另一个公社当革委会副主任了，若干年后又当了副县长。她退休时感慨道：我们那时候全是干上来的，哪像现在，不巴结不送礼，你就休想被提拔！

……元尚婴被重新点名，上前唱歌受考。同样是《敬祝毛主席万寿无疆》，但从他嘴巴唱出来，正如大家作文里常用的四个字：歌声嘹亮。现场的人鸦雀无声，休止时间有点长，沙导演便带头鼓掌，大家跟着一起鼓掌。大路上那位女刁德一，在空中挥舞着圆圈，示意她顺利完成测试"穿透力"任务，雀跃着步子返回来。

这厢可能有点不过瘾吧。那位女演员，问元尚婴还会唱什么歌。他说还会唱《赞歌》，就是舞蹈史诗《东方红》里，胡松华唱的那首歌。问他哪学的，因为《东方红》被批为"毒草"，禁演禁唱了。他说他听父亲老是哼哼，他就跟着学会了。"我爸总是只唱一句，"元尚婴实话实说，"后面全是哼呀啊呀的。"三个剧团的人，五个老师，以及麻队长、丘干事，现场讨论，决定冒一次险，让元尚婴哼呀一回"毒草"《赞歌》。

从草原来到天安门广场，啊呀啊呀啊呀啊呀啊……

"太好了！"大家拧头一看，是"刁德一"，她蹦跳着鼓而掌之。沙导演批评她沉不住气，人家还没"啊呀"结束嘛。便让元尚婴重新来一次——只把最后一句完整地"啊呀"完。

有两个学生被直接取消考试资格，因为他俩未戴红领巾。尤其令人惊诧的是，轮到田信康上场了，但他刚刚手举半空要给毛主席像行礼时，就被沙导演制止了："你这个同学，就算了吧，时间也来不及了。"顿时嘘声涌起如蜂群缭绕，大家惊叹沙导演简直就是火眼金睛的孙悟空转世，不然咋能看出方才那个屁是田信康放的呢！一个月后谜底才被揭开，与屁无关。跑操时田信康一瘸一拐的，被沙导演一眼看出腿有残疾，所以就没让他唱歌。就算他唱得好，瘸子又怎能登台演戏呢！其实田信康从来就不腿瘸，只因那天上学路上，脚掌扎了一根棠梨刺。至于那声屁响，更与他无关——十三年后同学聚会，一个家伙坦白交代当年是自己没忍住放的。

招收演员的往事，给每一个同学留下了深刻美好又五味杂陈的记忆。元尚婴每每想起这事，就不由自主地惦念马广玲。可能正因她偷着递给他吃了那个青苹果吧，他的嗓子才得以超常发挥到两个高八度。

19

腊月二十八，一年收尾的最后一次赶集。天才麻麻亮时，就听见大路上传来踢踢踏踏的走路声，男男女女的说话声，以及狗喊的声，间隔猪叫的声。只有等到天大亮，晨雾忽开忽合，由隐隐约约到清清晰晰时，才能看清路上的行人如蚁、男女老少。他们要么背篓、要么挎篮，带着他们可以出卖的土特产，去换取他们需要的东西，尤其是过年的必需品。

"老先生"祖父早就起床，背上背篓、拿着长柄笊篱上后坡自留山，收揽树叶去了。硬柴不易燃烧，拿树叶们打前阵最好不过。自留山就那么一片儿，要养护树木成材以备建房，炊事取暖什么的，就全靠枝丫与树叶了。祖父总是由坡上往坡下收揽树叶，不放过任何一片叶子，剃头匠似的。这一份活动大抵没有尽头，因为旧叶子拾掇完了，新叶子又降落下来。即使在青枝绿叶的夏季，林子里也还是能捡拾到发黄的叶子。

元尚婴记事的时候，祖父每次上坡揽树叶，都要将孙子装进背篓里。祖父教他辨认树木，橡树啊桦树啊，柏树松树软枣树棠梨树啊等等，以及各种杂花野草。这让他一生都喜欢树木花草。每次见到树木，尤其是树林，他就不想走了，就回味起祖父背他上坡揽树叶的遥远的过去。眼看着揽满一背篓树叶，祖父又将他抱起来，让他两腿曲起，拿他的小屁股蹾一蹾树叶，叶子就被压缩下去了。他坐进背篓柔软的叶子，手里玩着几片近乎扇子大的树叶。回家到火塘生着火后，祖父抽出一根火枝儿，将着火的那头插入灰烬灭掉，再抽出来就成了炭笔，在树叶上写字教孙子认。他最早认得的三个字，就是：元，尚，婴。

"这是你的名字，你人生最重要的三个字。"祖父教会他后，又笑道："名字固然很要紧，可你自己很少往出叫，除非陌生人问你名字。"

"这有什么意义呢？"

"意义嘛，哈，很大啦，"祖父边想边说，"要让你的名字，别人一叫时，就感觉高兴，就喜欢你。"

家里数母亲起得最早。她一生过着两头不见天日的生活。她起来的第一件事，是开门放黑蛋进来。狗在外面房檐下的草窝里值了一夜勤，清早应该让它回来吃点啥，无非半碗剩饭，或是给它烤个红薯——千万要放凉后给，否则噎住了会烫死它！接下来，母亲燃着炕洞口的火，挂上铁壶烧水。刚一点燃树叶，就听"喵呜"一声，猫就跳上小凳子，坐着取暖了。猫伸出舌头先洗爪子，再拿爪子洗脸。爪子若是洗过耳朵后，预示着有客来。日子就是火，最好的日子理应红红火火。所以新的一天，从旺火开始最为自然而然。分明门还关着未打开，火苗却发出像是因风而动的微响，如同几只柔软的小红手招招摇摇。"火笑了，"母亲总是自言自语着，"莫非今天要来客？"即使一整天并没客人来，却一整天保有愉快的心情。那时候，除了不时来人缝纫衣服，谁还敢上你家门呢？就算你家女主人茶饭不错，素净而醇口，那也白搭。

但是母亲并不在意这个，从未因遭歧视而生抱怨。她永远忙活着，她将自己那辽阔无涯的勤劳与仁爱，毫无保留地释放到周围的人物与动物身上。不，她眼里原本就没有动物与人物之分，一切走动的、会吃喝会叫唤（说话）的、会高兴会愤怒的，都是非凡美丽的奇迹，都是老天爷派来的亲与友。这是祖母，她的婆婆影响她的结果。

铁壶里的水，是夜里睡觉前就灌满了的，图的是早上起来节省时间。同时将暖瓶里的水倒进盆里，洗脸。脸洗结束，将温热的洗脸水洒到地上，既不浪费水，又保养了地面。这时候一壶水就烧开了，便灌入保温瓶，再将桶里剩余的水灌满铁壶，抓起扁担去挑水，一担水挑回来，铁壶里的水刚好又烧开了，再灌入保温瓶。在烧水、灌保温瓶的间隙，母亲借着火光擦拭桌凳。灌满三个保温瓶，一天的饮水就够了，桌凳也清理干净了。

——祖父也就是在这个时候起床了。祖父洗罢脸，便背起背篓上坡去揽树叶。由于时间太早，树叶还被露水浸洇着，祖父必定爬上小山梁，走动好几个来回，观察清晨的景物变幻，等待日出的壮丽时刻。母亲这厢，将祖父用过的洗脸水，洒进祖父住的房间，然后出门翻进猪圈，将猪从舍里放到圈中。猪"哼哼"着昂昂头，期待母亲拍打它的笨脑袋，以及它熟悉、它也需要重复听到的话："睡得美吧？准备吃早饭啦！"母亲再翻出猪圈，返回屋里扫地。因为此时，方才洒的水已渗隐地面，灰尘正好能被完全扫掉，又不粘黏笤帚。这之后的母亲，就站在小凳子上，把方才只拉开半边的窗帘，不是完全拉开，而是整个儿取下来——瞬间，那晨曦越来越淡、光线越来越明晃的空气，裹挟着雾流与雀鸟的啼鸣，如一瓢瓢豆浆般，不分阶级无论尊卑地，慷慨地涌入室内——

几乎在此同时，广播里响起了《东方红》。曲子结束就是女播音员的声音："汉伯县广播站，现在开始今天第一次广播。伟大领袖毛主席教导我们说……"那时家家安装有线广播，毛主席在北京说句话，不要十分钟，全国人民就都听见了——于是北国南疆，东部西部，全都行动起来了，如同广播里说的那样，到处"红旗招展、莺歌燕舞"了。广播声音如果变小，或是发出类似油炸蜜蜂般刺刺嗡嗡声，说明地线失灵。给地线浇点水，几分钟后就恢复了。

窗帘是用洗干净的破袜子、废袖筒、烂裤管拼凑缝缀而成的。由于颜色芜杂，缝缀时大致编排个图案，不至于看上去过于脏乱。这款纯粹由补丁构成的窗帘，入秋以后特别实用，可以阻隔外面的盘旋在水田上空的寒气。在整个楚子川，再没有第二家人使用窗帘。为了不让贫下中农看见窗帘气而愤之，所以得在大清早迅速取下藏起来。

一次开会，贫农代表胡大贵说："这么多年了，你元家还在剥削人。"母亲听得蹊跷，大家也都莫名其妙，全拿眼睛看胡大贵，要他说个明白。"你家给大伙儿缝衣服，剪裁剩下的角料呢？""哦！"众人恍然大悟。母亲想解释，说这是缝纫铺的规矩，都是不退角料的。可这是乡下，周围就自家一个缝纫机，说也白说。又想，人家胡大贵也批判得在理，你就是白占了人家的东西嘛！从此，再来人缝衣服时，母亲就现场给人家量身，暂不放人离开，而是请人耐心等着剪裁完毕，将裁剪下来的边边角角悉数拿走。缝纫的过程中，难免需要一点补贴，却没有同样颜色的布料了。母亲就拿着缝纫到半截的衣服，撵到那人家里，再剪点角料返回。当然随后，母亲就有了经验，剪裁完后反复拼比，确认布料够用后，才让人家拿上角料走人。

缝纫机放在祖父住的房子的墙拐角。若在平时，母亲总是在取下窗帘后，将缝纫机挪到窗口，揭开盖子，将主机扳上台面支撑稳当，开始"咔嗒咔嗒"缝纫了。可今天是腊月二十八，计划是上午"二十八，扫邋遢"，卫生大扫除，下午磨豆腐，晚上舂糯米。至于衣服，只差"小先生"的了，且已剪裁好，三十早上缝它都来得及。酒，前天已经吊了；糖，也在昨天熬了。所以母亲只是瞥了一眼缝纫机，就到堂屋揭开柜子，捧一捧玉米出来。她将玉米放进一个破碗里，端到外面的鸡圈门边。

鸡圈是由土坯混合泥巴垒成的，结实坚固，让黄鼠狼啊狐狸啊不能得手。里面空间虽然小，却是拿竹竿儿横了一层，分成上下两个宿舍。一抽圈门，住上层的两只鸡抢先蹦出来，"叮叮叮"地啄食破碗里的玉米。住下层的两只母鸭子，历来反应迟缓，如公社干部似的，八字步，慢半拍地晃悠出门。照说鸡脑袋比鸭脑袋小许多，鸡应该比鸭笨啊！可事实是鸡比鸭灵敏多了，而且贪婪多了。鸡恨不能几嘴啄光碗里的玉米，但是嘴巴细小啄不及，便拿爪子捂碗，一捂就踩翻了碗，玉米粒四散滚开。于是那鸭子，先是偏斜了脑袋看看，颇有点困惑不解。然后张开搓瓢嘴巴，贴着地面、晃着屁股，径直铲将前去。搓瓢嘴巴所到之处，玉米粒们一颗不剩，全入了鸭嘴。看得鸡们惊呆了，灵醒过来时，一撅屁股，搓瓢嘴前丢疙瘩屎。"小肚鸡肠"一说，大概这么来的。

母亲做完了一堆活儿，父亲这才起床。父亲准时走到后门口，弯腰刷牙。被开除回来第一回刷牙，是站在大门外刷的。正挤牙膏时，被上工最早的胡大贵看见，好奇问道："挤啥哩？像鸡屎！"胡大贵也许不认识牙膏，因为只有公社干部才刷牙，而且总是躲着人民刷，尽量避免不良影响。人民群众从不刷牙，你偏要刷牙，不是资产阶级生活方式又是什么！胡大贵多半是警告父亲：你就别臭讲究了，戒掉你的恶习吧！戒掉比较难，因为时间长了，以前城里读书时养成的。就只好躲到后门刷。没有牙膏，拿皂荚刷。实在不行，拿野果子核儿刷。能否刷出效果？不去管它，要紧的是程序必须走到。刷结束必定掏出手帕，轻轻地贴贴嘴巴。

父亲洗漱完后，泡两杯茶。有盖儿的大搪瓷杯，是祖父专用的。没盖儿的碰掉几块瓷面的小搪瓷杯，是父亲自己用的。这个杯子是母亲的陪嫁之一，另两样陪嫁是一个手提皮箱、两床印花铺盖。母亲自己并不用杯子，因为她不沾酒也不饮茶，渴时碗里倒些水喝了便是。母亲将杯子留作父亲专用。父亲一走，母亲就用灶火灰将杯子洗得白白净净，藏进橱柜。父亲回来了，母亲便把杯子拿出来，再拿灶火灰蹭洗一遍——洗掉杯子受过剩茶残叶的熏染味儿。听说父亲因为"通敌"与"作风问题"，要被开除回来，母亲想都没多想，拿出茶杯甩手扔到门外，"咣当当"就碰掉几片瓷。后来杯子捡回，却不见了杯子盖儿。谁知不久后在河边，母亲发现胡大贵的儿子正拿着茶杯盖舀水玩儿。

父亲泡好两杯茶，正要上后坡去叫祖父回来喝茶吃早点——火塘里烤了一个大土豆——被母亲叫住了。母亲说先挪磨子吧，下午要磨豆腐。两人将小磨子从后檐下抬挪到开阔地。父亲毕竟是男人，力气大，就把上扇磨子搬下来，仰着。母亲清洗两扇磨子，等太阳出来了敞敞。父亲上了后坡。

这时候元尚婴也已洗罢脸了，母亲随即给这个"小先生"吩咐任务。他不大乐意执行，却还是要执行。

20

太阳从屋后的横岭凹处爬上小半个脸庞，如铁匠炉子的木炭

在风箱的推拉鼓吹下，呼呼喷红。只是序幕初开，温暖有限。一棵叶子凋尽、约莫五百岁的大栗子树，树冠扁圆、沧桑绵远。它那灰黑色的枝丫疙疙瘩瘩，仿佛被野火呼啸燎燃过似的，生气荡尽、干涩冷落。但是它的冠，却又最早承受太阳的洗礼：阳光将一顶金色小礼帽，仁慈地扣上它的冠盖。而在门前，倾斜的光只是抛洒在距离门口十多丈远的自留地上。两根玉米秆伫立着，像是一对衰老夫妇。那枯黄的带霜的叶子，宛若各自的手臂，正借助于风力忽儿触碰、忽儿分开。这是祖父特意保留下来的两株玉米，目的是让玉米老到不能再老时，再掰下来实验做种。玉米早已掰下，秆儿却忘了割掉，勉力装点着萧索的土地。唯有一点绿色特别显眼，那是未挖净的一个胡萝卜，缨子挤出地面两余寸长。可以肯定，要不了几天，它就会蔫死消失，因为地下暖和地上干冷啊。

玉米秆近旁，是三个依然覆盖着玉米秆的土堆，分别窖着土豆、萝卜、红薯，为使它们安全越冬不致冻烂，才挖坑掩藏的。

元尚婴身揣一张推荐表和两张肉票，挎篮里装着被父亲刨得光鲜润溜的柳木砧板——走路时得拿手扶住，以免滑落。他是奉母之命，去公社找丘干事的，希望人家能给推荐表盖上章子。两张肉票一样，都是一斤半的，分量够重。就是女婿拜丈人，也只需一张便足以显出体面，何以豁出去全都送给丘干事呢？还要贴赔一个宝贝砧板！关键在于章子与章子，那是大不相同的。

小队会计、大队会计给盖的个章，也就值肉票四两。公社的那个章，三斤肉票压根不多。为了稳妥，还得加上砧板。大队、小队的章子，是泥巴章子，公社的章子，是金章子、银章子，虽然都使用一样的红印泥。小队章子只用于小队之间的关系证明，大队章子只用于大队之间的手续交往。出了公社，非公社章子便寸步难行。但若是身上带着盖有公社红印章的证明，你便可以走遍全国，所到之处的店家，才敢放心地让你住宿。这等于废话。农民被钉在土地上，别说出省，就是走出县境的机会都很少——没有理由啊。就是有理由，比如走亲戚，翻越大秦岭去看望你那嫁到关中平原的女儿，那么单是一张县城到省城的汽车票，就需要六元五角，而你一天的劳动日值还不到一毛钱！不过，你若当着小队长或者大队支书，并且由于劳动杰出，比如受过工伤、因保卫集体财产与坏人搏过斗什么的，你才有可能被幸运地选拔为"学大寨参观团"成员，于是坐汽车再坐火车，由陕南到山西，一路吃住皆由公家包揽。走出大山的另一个法门是参军，而唯有公社的章子方可决定你能否参军。公社同意的事，有没有小队、大队的章子无所谓；公社若是不想同意，这才借口说你没盖小队、大队的章子，等你盖来小队、大队的章子，公社又说时间过了，来不及了。

元尚婴走在田埂上，脚下的泥土冻得邦邦硬，不小心就会滑倒。等到了中午，天若继续晴着，田埂就融成了软泥路。稻田里的水，结成一方块一方块的乳白色的冰面。冰面暴露出一些小疤，如同人脸上因为打架而留下的乌痕。那是收割稻子时，某些懒汉怕弯腰而遗存的高茬节。小时候——元尚婴觉得自己老了——每逢结冰，他总是和小伙伴们，手持镰刀，兴致勃勃地拿刀尖凿冰面，凿出一个两三寸厚的，圆圆的冰轮来。将冰轮中心再凿个小窟窿，拿细绳绑两根棍子，夹着冰轮从这家门口推滚到那家门口。大人们冻得眉毛结霜、鼻涕悬晶，很吃惊孩子们何以不怕冷！

平地多为稻田，因为楚子川在远古时代，是因地震造就的堰塞湖淤积而成的，地下水特别丰富，很适合种植稻谷。大米很香醇，尤其是那个名叫"红谷子"的品种，颗粒晶莹，在阳光下如同绛红色的珍珠，在月光下则又好比萤火虫集会，团伙不动而光点四溅。消息传进州官耳朵，州官亲自骑驴来到楚子川，品尝之后赞不绝口。走时驮去一袋，分成若干小袋孝敬上峰。上峰领略后，觉得天下有此美物，应当及时用于忠君爱国才是，便派专使快送京城，敬献慈禧太后……只是这"红谷子"单产量太低，拼力劳作得不偿失。人民公社化后，土地产量更是每况愈下，粮食紧缺致使粮食本身就等于生命本身。有稻田的生产队的社员们，就呼吁要开渠放水，将稻田改成旱田。大队、公社也都同意了，可是后来却没人敢再提半个字了。

稻田在冬天里荒废着，着实可惜。只有坡地的麦苗，以其微薄的绿色，盼着降雪赋以滋润与呵护，给饥寒的人们一点有限的期望。

元尚婴一踏上河堤大路，就汇入赶集的队伍。

只有一个推着自行车的乡邮员，方向与大家相反。大山深处没有公路，没法骑自行车，也就看不见自行车。唯有这个乡邮员，拿自行车当驴用，推多骑少。逢坡遇沟，他便连邮包带车子扛着走。要翻山了，就把车子寄存老乡家门口，背上邮包步行。孩子们最是稀罕自行车，所以一听铃响，就跑出来迎接，簇拥着走一段路程，直到招来另外几个孩子。老师问小学生们的理想是什么，长大想干什么。齐声回答："跑邮的！"

乡邮员名叫吴小根，一只眼睛半瞎了。那是他在新疆当骑兵，一次边防巡逻时，营长的坐骑在崖路上踏空，他眼疾手快，一把将营长拽回来，自个却与马一并滚坡，眼睛碰到石茬上了。他立了三等功，否则回来依然当农民，不会被安排工作的。

"砧板多钱？"赶集的人问元尚婴。

"到街上再看吧，人家卖多钱，我就卖多钱。"

"你可别吃亏了！啥成色啥价钱，你得比较好了再报价。"

元尚婴远远地看见，公社门前的小河边，丘麻子正弯腰鼓捣着什么。走近一看，他手捏火钳，夹着猪肚，一摆一荡的，在河里涮洗呢，冰面被石头砸了个大窟窿。元尚婴放慢脚步，又弯下腰假装系鞋带，目的是要摆脱同路人。摆脱了同行的两个，后面又跟上来三个，其中两个还认识，还得打招呼。看来只剩下一个办法：就说自个要去公社院子拉屎。

"尚婴，你也赶集？"好得很，丘干事一拧头，刚好看见他了，还主动搭话。"正想着让谁捎话给你，来帮忙呢。"

有他这么一说，元尚婴就不用再伪装什么了。"我能帮啥忙？"话一出口，迅疾纠正："丘干事您吩咐吧！"

丘干事夹着猪肚子上到路上，与行人打招呼。

"你这龙须草咋卖的？"

"你们国家干部，又不穿草鞋！"那个背一背篓龙须草的半老汉说。

"看你老哥说的！吊个柿串、担个粪啥的，还有，绑个贼娃子啊，哪样少得了草绳！"

"哦，也是。"半老汉说，"你要了就抽一把吧，"弯腰斜过背篓，"啥钱不钱的，一毛二分钱咋好意思说出口！"

元尚婴赶紧放下挎篮，等候指令。丘干事将火钳夹的猪肚递他手里，叮咛他夹牢别跌地上了。丘干事从半老汉背篓里抽出一把龙须草，说："钱是该给的啦。"可是摸摸上衣两个口袋，又拍拍两个裤兜，说钱在大衣里，要去办公室里拿。那半老汉说："要啥子钱呢！你一年多了，都没到我家吃个饭！"这一句话显然打动了丘干事，他声称非得付钱不可。半老汉拽住丘干事袖子，说，"算了算了，早不见晚见的。"丘干事就用他那只未被拽的手，很别扭地掏出一盒烟来，"凤凰"牌的烟。可是一看跟前还有几个人，便反拽住半老汉，嘴里说"我有话跟你说"——

扯到公社门口，一弹烟盒屁股，蹦出一支烟来。丘干事亲自抽出，给半老汉点着："你尝尝，啥味道！这是我给咱县委书记送'红谷子'时，人家奖给我一盒——县老爷才能抽的烟啊！"半老汉细心地咂了一口，"县老爷，天神哪！咱这辈子怕是见不上县老爷了。""我是留着三十晚上、大年初一抽的——啥味道？"丘干事急切地问道。"看看看，光顾说话，白冒出去了！"半老汉再细心地吸进一口，刚吐出一丝，又连忙锁紧嘴唇，只见其喉结上滑下动，分明是将烟往肚子里压迫。实在憋不住气了，才斜露一个嘴角小孔儿，那青烟便如佛香般，断断续续地，很不情愿地，恋恋不舍地溜出来。"喔哟，喔哟！"半老汉叹息道，"人跟人实在是太不一样了！没想到这辈子还能尝一口县老爷的烟啊！"

说时，折腰斜背篓，对丘干事说："给，你再抽一把龙须草！"

21

"你得学抽烟啊，尚婴。"丘干事抽出一支"凤凰"烟递过来。

"我抽？"元尚婴想起，柳会计也曾说自己得会抽烟，自己也确实冒出过学抽烟的念头，起码因为好奇。

"不抽烟怎么算男人呢！"

元尚婴赶紧接过烟。丘干事一划火柴，亲自给他点燃。他就吸了一口。闻起来那么香，抽进嘴里却呛口，忍不住"咳咳"了。

"我还舍不得你抽咧，"丘干事把自己手里的那支烟重新装回烟盒，再从元尚婴手里拔回烟，"你抽糟蹋了。"笑着塞进了自个嘴里。

这是在丘干事的宿办合一的房子里。元尚婴从挎篮里取出砧板，双手递给丘干事："这砧板……我妈让我给您送来，说您家能用上的。"他觉得送东西给非亲非故的人，很难堪，就把母亲推到前面。也确是母亲要他这么做的。

"送这干啥呀！"丘干事接过砧板，看看，翻过来再摸摸。"是个好东西！先放这吧——你是先赶集去呢，还是先给我帮忙？"

"先干活吧。打扫院子吗？"元尚婴兴奋地、急切地问道。眼见得丘干事接受了砧板，元尚婴感到这是一个好兆头。

"先干活！"丘干事拎起壶，就要出门。元尚婴赶紧掏出两张肉票，说：

"我妈还请您收下这个——"

"干啥干啥！"丘干事脸朝玻璃窗外看去，"不要腐蚀拉拢革命干部！"

——其实窗外，这阵子安静得很，看不见半个人影儿了。赶集的人们早就赶集去了，返回要在三小时以后。

丘干事收回目光，看看肉票，横来两根指头夹取，神气颇为不屑。"要走正路啊小伙子，这么做对你前途很不好的。"

"我们家又不吃肉，要这也没用处。算是请您帮个忙，处理处理。"

"也是，也是！你还挺会说话嘛，嘿嘿，干革命先就要会说话咧！"

丘干事懒得打开锁着的抽屉，径直将肉票从桌面的缝隙往下一插——跟电影《新闻简报》里，北京开大会时中央领导往投票箱里插票似的。

但他只插入半截，又提出来，说："你还是拿回去吧！新鲜肉又腥又腻的，我喜欢腊肉。"说时，将肉票装回元尚婴方才掏的那个口袋里。元尚婴茫然无措，心里顿时升起一团失望烟雾。

丘干事抓起壶，让元尚婴端起火盆，跟着他走到会议室门口。他放下壶，从裤兜里掏出钥匙串儿。钥匙串儿被胶丝织成的方棱绳——最流行的饰物带子——系在裤带上。因为绳短锁高，他便仄了腰身，提腿耸臀很别扭，狗撒尿似的，臀腿上踮了几次，才够着锁子拧开。

会议室差不多有教室那么大。乒乓球案子位于中央，上面两个半截烂砖头，支横了一根竹棍儿，算是"网子"。正墙上从左往右并排贴着的画像，依次是马克思、恩格斯、列宁、斯大林、毛泽东。

元尚婴放下火盆，将火盆里的白灰烬扒拉开，一团红光顷刻溢升流动起来。丘干事一脚踢进乒乓球案底下，那头当即冲出一个竹筐："多夹些木炭！"

元尚婴很听话地抓起火钳，将火盆里的明火再次往开扒拉，再从竹筐里夹取木炭放入火盆。木炭放下，明火盖上，容易燃烧，因为冬天阳气往下走。

丘干事拉开文件柜，取出一卷红纸，以及毛笔、墨碗、糨糊瓶，说：

"尚婴，你虽然是剥削阶级后代，但你生在新社会、长在红旗下，出身不由己，道路可选择嘛！你能把字写得很不错，是人民培养的结果——对不？"

元尚婴连连点头，"对，对，对！"两人边裁纸边商量着写什么内容。最后决定，就仿照县上、镇上机关贴春联的模式，以写毛主席诗词为主吧。无非是：春风杨柳万千条，六亿神州尽舜尧；四海翻腾云水怒，五洲震荡风雷激；红雨随心翻作浪，青山着意化为桥；喜看稻菽千重浪，遍地英雄下夕烟……当然最经典的对联是必定要写的：翻身不忘共产党，幸福全靠毛主席。

元尚婴写到第三副时，笔兴出来了，蛮好看的。丘干事看得高兴，掏出一支"凤凰"烟，火盆里夹起一疙瘩炭火，刚要点燃，又丢掉火炭，将烟装回烟盒。他从另外一个口袋里，掏出一盒"宝成"香烟，说"凤凰"烟要攒着开年后，让公社书记、革委会主任也尝尝。

"我是代表……全公社人民群众……给县委书记……送'红谷子'的……这盒'凤凰'烟是……县委书记奖给全公社的……如果书记、主任连一口都没尝过……那以后……我再随便让文书盖章……怕得请示他们了……"

元尚婴边写对联边听丘干事絮叨，结果写出了问题。本来要写"天连五岭银锄落，地动山河铁臂摇"的，却写成了紧接其后的两句："借问瘟君欲何往，纸船明烛照天烧。"

他想这回坏了，哪知丘干事大手一挥，说："纸多的是！我看这副，贴到阶级敌人大门上合适——"

"嗡嗡嗡"，一只苍蝇忽然冒出来，胡乱飞绕，忽升忽降。大概会议室被火盆烘暖和了，复活了暗处的垂死的苍蝇。丘干事要过毛笔，要元尚婴撵苍蝇，他则说："我也来一副！"他写的照旧是毛主席诗词："梅花欢喜漫天雪，冻死苍蝇未足奇。"写完自我评判道："难看，难看，鸡爪子刨粪堆似的，没念过书啊！"又说这副对联贴到武国军门上最合适不过。武国军是个大恶霸地主，解放的第二天就被枪崩了，留下两个原本就有点傻的儿子，三十大几了依然光棍，成了供泼皮顽童们捉弄逗闷的对象。人们说那叫报应，那叫活该。

元尚婴也没打住苍蝇，不知那小家伙又藏哪了。对联也写完了，只待三十清早，给各个干部的房门上粘贴了便是。正事完后，他这才胆怯地、有点结巴地说到自个上高中的事。说生产队、大队都盖章同意了，推荐表也带来了。丘干事让他掏出推荐表，接到手里打开反复查看。不知他是验证真假呢，还是犹豫难决。他绕着乒乓球案子踱着圆圈，双手背后，手里的推荐表扇着抖着，仿佛他脊背很热、需要扇凉降温似的。

"马广玲，唉，太可惜了！"说自个的事啊，怎么扯起马广玲了？"你说说她老子，驴嘴是不是太贱？要不是因为他那嘴，马广玲到剧团也有四五年了吧？恐怕早成了名角，那就有可能被县上领导的儿子相中，那叫什么光景？那才叫'芙蓉国里尽朝晖'哩！"

元尚婴不敢插话，更不敢打断丘干事。见丘干事又掏出一支"宝成"来，他急忙夹起一个火炭，双手捏住火钳，恭敬地送到丘干事嘴边。

"马广玲她老子，就爱多嘴，就因为这，挨了三回打，劳教了俩月——倒也没啥，劳教好啊，比在家里吃得饱嘛！关键是把女儿的好事、一辈子的好事给耽搁了，可惜可惜，实在可惜！他现在倒不多嘴了，剧团却不来招人了……"

"丘干事，您说我的事——"

"你没去成剧团——"不是说这事啊！"——是因为你出身不好啊，你爷爷过去常挨斗——好在没人揉他、打他——你能不记恨？人家考察的人说了，把你选成演员，你若在台子上喊个反动口号啥的，咋个收场？谁担得起责任！"

"狗日的——"元尚婴很吃惊自个咋就没憋住呢——急忙扬手，要自掌嘴巴——也活该他逃过一劫——那只苍蝇"嗡嗡"到鼻前，他一挽巴掌居然就逮住了，手一紧，捏死了。"——狗日的苍蝇，还不信收拾不住你！"看来这只救驾的苍蝇，很可能改变他的命运，他心里顿时难过起来——平生第一回开了杀戒哦。

"不过你小子这貌相，人模狗样的，将来也可能是个'人种'，至少也能当个导演！"

听得如此夸奖，元尚婴甚感难堪，脸面也就烧将起来。"丘干事，我其实也不太在乎能不能，念高中——""错，错了！"话被丘干事打断，"一定要上高中！不念些书，被人瞧不起，代代受穷——我家不就是例子吗？要不是党给我扫盲、让我进速成学校，我哪来今天！当然啦，你家里都是念书人，但是，唉，咋说呢……旧社会穷人念不起书，既然知道那样不好，现在就应该让所有娃们都能念书么，何必卡住阶级敌人的娃娃呢！难道要把阶级敌人的娃娃继续培养成阶级敌人？那样整下去，大家都鸡犬不宁，有什么好呢！"

这一段话，给元尚婴留下了深刻印象。他老以为丘干事是个凶人，小人得志，看来不全如此。"就按照报纸上、广播里说的吧，"丘干事脸上再次恢复公事公办的神气，"你上或是不上高中的问题，不是个简单问题，而是两个阶级、两条路线为了争夺下一代的问题，是大是大非的问题。这是一场战斗，与人斗，其乐无穷，我们要争取胜利！"元尚婴这才明白，丘干事心里早就同意，并完全支持他上高中。

推荐表到了公社这一级政权，等于告别了农民、进入了国家，就不用你自个管了。你想管也管不着。丘干事说他签上"同意"并盖上章、密封好，待"跑邮的"返回时，交给他直接送达汉叔区。

22

元尚婴心里踏实了，觉得可以给母亲交代了。他摸摸兜里的购货本，明白现在该去代销店，买些小年货。过年没有什么标准，穷有穷过法富有富过法。只是难为了每一个家庭主妇——她们是最头疼过年的人。三十晚上那顿饭菜，丰盛还是寒碜，围桌而坐的大大小小，一概觉得这一切全由主妇决定，谁都忘了"巧妇难为无米之炊"的古话！但是母亲却常说年好过、月难熬，"过年最简单——一觉睡醒就到了第二年！"这是母亲的名言。

镇上的商店叫供销社，分开于各公社的商店叫代销店。供销系统的人，虽然多数身份是工人，但由于掌握着匮乏的物资，所以很牛，牛过一般的国家干部，因为他们在特权行业。有个公社文书，农民老婆、三个孩子，生活过得很是凄惶。他大舅子在县城工作，手里有点小权，就活动着让他改行进了供销系统。他站柜台不到俩月，他老婆的脸蛋就红润了，三个孩子也渐渐白胖起来。单是一个收购、转运时的破损鸡蛋，他们内部象征性掏点钱便可自主处理，只这一点，就羡煞了所有人——与供销社的人面对面说话，总闻见他们由于吃多了鸡蛋，呼出的气息带着一股鸡屎味。

代销店就三间房一个人。唯一的营业员名叫唐有余，一说话就"嘎嘎"笑，两个嘴角泛白沫。每逢妇女们来买卖，他就特别来劲，骚言酸语，伴着嘴角的白沫爆米花般开放飞溅。柜台不到二尺宽，一个大奶子女人——那个年代大奶子女人很稀罕——来卖鸡蛋，然后买煤油和别针。剩余九分钱，就给孩子买水果糖。水果糖一分钱一颗，"十颗糖跟九颗糖有啥不一样嘛！"那女人胳膊长，一伸一弯，就从柜台后的纸箱里捏出一颗糖来。"不能不能！"唐有余赶忙将那颗糖重新捏回丢进纸箱。女人觉得没面子，就再次探胳膊去取糖。唐有余不知怎么搞的，在那女人上身往柜台里一倾、大奶子一嘟噜时，他的三根指头就势迎上去旋捏了一下，感觉软乎乎颤悠悠地刺激——女人"扑哧"一笑，如一枚汤丸破裂。刚好有两人跨进门槛，那女人便手一探而撮起三颗水果糖，塞进偏开口的衣兜里，走了。

打发走了两位顾客，唐有余很是不爽。他三根指头自竖眼前，冲它"呸"一声骂道："你为啥要摸人家？你又图了什么实惠！"他掏出自个钱包，取出三分钱放进公家的抽屉里。他祈祷此事万万不可传出去，否则给你扣一顶"作风问题"的帽子，甚或开除你，让你回家当农民，三伏天庄稼地里黑汗流淌、不能再坐"凉房子"了，那你这辈子就彻底生不如死了！为把稳起见，待那女人再来买东西时，一定送她两块芝麻饼，算是封口费吧。当然依旧自掏腰包。

代销店的那三间白房子，位于一个小山垭上，一直是当地的风景名胜。那原来是个火神庙，因为楚子川水田多阴气重，所以需要火神来烘烤。那是很久远的事了，很少有人能说清。特别是孩子们，他们只能从老人嘴里，或者参照有限的、能见到的连环画里的图，拼贴、想象火神庙曾经存在的样子，那实在是神秘莫测、怪异非常。

没有代销店之前，大约每隔三天，便会出现一男一女两个货郎。两人都戴着草帽，帽檐上印着红字，一个是"为人民服务"，一个是"发展经济、保障供给"。女的挑担里装的小百货——那担笼肚圆口方，上边卡着一个玻璃框，框里装着顶针、挖耳勺、眼药水、清凉油，以及梳子、篦子、人丹之类的小零用；玻璃框揭起来，下面则是粗货，诸如钉子、扳子、钳子、拂尘等，古巴糖占地方，所以也放底层。那个男的呢，一头担煤油、一头担食盐，走不了几里路便卖完了，就挑着收购的鸡蛋、药材。若无收购或者收购少，就帮那女的挑着重担笼，两口子回娘家似的，眼红了所有看见他们的人，觉得他和她说说笑笑的样子实在是过于张狂。田地里干活的人就批评他们放不下架子，说过去的货郎，总是一路走一路摇着拨浪鼓。他俩反驳说那是旧社会，那是为了赚钱，而"我们是无产阶级的商业战士，目的是为人民服务！"人们大笑起来，"不掏钱你们给东西吗？鬼话！"鬼话归鬼话，人们还是喜欢跟他们俩搭话，图个打趣解闷罢了。

去山坳上的代销店，要上一个"之"字形路。原来的残垣断壁，供销社请来附近民工修补、盖顶。没要一周时间，就竣工了。民工们最受感动的是，每天向晚收工时，他们只需在账簿上一摁手印，就可以领走一块钱。一天一块钱啊娘娘爷，等于在地里干十几天呐，比民办教师、比合同制干部还挣得多嘛，简直就不是真的而是做梦、是骗人的！尤其每天一结束就开钱，"把把清、不挂账，跟旧社会打麻将一样啊！"于是有人暗自歹想：过一阵子让代销店遭个天火、垮个蛟鳖子（泥石流）什么的，咱们岂不又能赚它一回！

房子修补好后，又从另外一个公社，背来石灰，运费是"百里百斤四块五"，这更是让几个壮劳男大赚一笔。麻顺篓力气大，他背石灰背的是"双活"，就是说他一人背的等于别人两人所背。所以他赚了十八块钱，别人才赚九块钱。于是麻顺篓的精神腰杆子，也同步硬将起来。钱刚装进兜里，一抬头竟发现驻队女干部抛给他一个笑眯眯，他分明也嗅到了女干部身上散发出的牙膏味，也许是雅霜味，那气味恰似蜂群般呼呼地扑来。他立即心猿意马了：咱为什么不能搞一回女干部呢！这叫钱壮尿人胆呢。

麻顺篓越想越觉得这个念头并不荒唐，而是站得住脚的、切实可行的，并且不无崇高之感。钱，更能迅速激活人的想象力，他一下子就能换位思考了！麻顺篓忖度着，你女干部一个多月没回县城机关了，天天吃派饭。社员们出自对干部的敬重，都把平时舍不得吃的好东西，变着花样儿做给你女干部享用。你女干部虽也与咱农民同吃、同住、同劳动，但是大家觉得你女干部毕竟生来是金枝玉叶，能下地里不计身份说说笑笑就已经是大家的福气了，何曾指望你女干部真的下苦干活！太阳稍微一大，人们就让女干部撒了锄头，到树荫下凉快去。男人们看着女干部的背影，人家那日本尿素袋子改制的裤子，微风中绸缎般打折了展开、吹平了又皱褶。那圆鼓鼓的屁蛋子，两瓣屁蛋子中间的那条竖渠儿，看得男人，尤其是看得那些没娶下老婆的小伙子们喉结滚动、直咽口水……天天吃好的吃细粮，身子养得白嫩嫩……一个多月没回家……咋可能不巴望男人来收拾折磨呢……不能总是让国家干部关心咱，咱也得关心关心国家干部啊！

麻顺篓到代销店买了一斤麻饼，均等分包两份。又买了一瓶半斤装的白干酒——女干部不喝酒，那是她的事，咱这厢得像个待贵客的样子。两样东西花了不到一块五毛钱，钱真是太经用了！他给老婆说："驻队干部明天中午轮到咱家吃饭，你给包韭菜鸡蛋饺子吧！"又吩咐老婆弄四个凉菜，老婆说眼下这个季节，也只能弄个凉调洋芋片、凉拌洋芋丝，再想不出弄啥了。"猪脑子！不能弄一盘胡萝卜丁呀，颜色也配出来了！"麻顺篓本来就生气老婆给他生了一对双胞胎闺女，"再嘛……捞一碗酸菜出来，把油烧红了泼几滴，不就四个凉菜了！过日子要动脑筋！你瞧人家尚婴他妈，就是腌菜也是好几样，端上来一看颜色，就想吃！"

麻顺篓还考虑着，明天清早起来，是否杀只鸡。当即否决了。因为那样做太挥霍了，太不心疼家产了。若把女干部放翻了那倒也值，啥油都没揩上而贴赔鸡腿、鸡汤，不是脑子让驴踢了么！一旦好事得手，再杀鸡，再奖励女干部、庆贺自己，来得及啊。

23

元尚婴到代销店买了些零碎，红纸、洋蜡、鞭炮等。想买煤油却没有带瓶子。也罢，明天再来一趟。代销店一直要到年三十中午饭过后，才会关门的。时下提倡过一个革命化春节，最不能缺少的是食用碱和煤油，尤其是碱，没有那个玩意儿，粗粮几乎难以煮熟，熬出的苞谷糁稀饭糙皮黏牙，满嘴乱划拉就是不好下咽。凡属生活必需品，过去都是凭票定量供应的，很麻烦。后来，除了每人每年一丈四尺七寸布要票外，其余购物索性一家发一个购货本。每次买时登记无误，一旦超标当即停止供给。所以你得节约着用，也省钱。就算你有钱，那也白搭，因为一切按人定量。所以购货本在私下里常被借用，实际上就是暗地交易。我拿你购货本买了半斤白砂糖，我是一定要给你表示个啥的，哪怕送你一捧麦麸喂鸡呢。

要是买饼干、麻花，那还得粮票。农民哪来粮票呢？主要来源于驻队干部吃派饭，一顿饭两毛钱、四两粮票。农民们把粮票积攒着，老人生病了、孩子嘴馋了，便到代销店里买点饼干，或是到镇上的国营食堂里，买一个两个馒头，三根四根麻花。馒头一个五分钱、二两粮票；麻花一根八分钱、一两粮票——油水值钱啊，就是他们吃商品粮的，也才一月供应四两油。一个老光棍上粮店的厕所时，发现一张邮票，捡上手一看，不是邮票，竟是一张四两油票！老光棍大喜过望，当夜就睡了那个被他骚情了半年仍未得手的寡妇——凭的就是那张四两油票。农民家里平时灶台上用油，从没有过"倒油""滴油"一说，只有来了客人炒菜时，才拿筷子头"蘸油"。最贵重的礼物，便是香油了，就是核桃油、芝麻油。

粮票的另一个来源是私下交易，就是所谓的"黑市"。"红谷子"收割了，舂成精米了，就有吃商品粮的人物，趁了夜色溜进农民家里谋取：一升两块五、五斤粮票。一个农民家里，能有五斤粮票那是很牛气的。种粮的人经常饥饿，没有粮票，人们咋都理解不了其中的原因。偶尔冒出个要出远门的人，需要粮票，还得开出三级证明，拎几斤好粮食去粮站兑换粮票。

"过一个革命化春节"，一进入腊月，广播里、报纸上就这么喊叫。所以舆论上讲，谁的春节过得越是寒碜，谁便越是受到称赞。当然私下里，那家、那人则被革命群众大大地瞧不起了。

代销店的门口摆放着几墩圆卵石，看样子是庙里原来支撑柱子的石础。如今用于那些丧失了劳动力的老汉、老太们，拄着拐杖来此拉话，相互攀比抓虱子。他们抱怨灭虱灵不起作用，每一条衣缝、每一块补丁四周，都抹了灭虱灵啊，可虱子还是不能被断种。然而身上一旦没有了虱子，尤其是搜不出一个胖大的虱子来，老人们就觉得扫兴，老眼瞪老眼的没有了话题。其中一个寻出一个虱子来，正要掐死，却被拦住。那人说掐死可惜了，没的玩了。将那虱子放在石础上，看它如微型乌龟般爬行。爬到石础边沿要滚落时，赶紧将它拈上来，让它朝另一个方向爬。

一个独眼龙老头，祖传了一种治羊痫风的秘方，就以精通医术自居。"咱们这把年纪了，最容易得老花眼，变模糊、变瞎。若是平时多看票子、多盯虱子，多大年纪眼睛都是亮的！"这话听上去很是在理，看钱、数钱最能保养眼睛嘛，问题是哪来钱呢！只能头抵头地认真看虱子了。他们吃惊地看见，如此小的虱子，他娘的还行房事呢！小的趴在大的背上，拿树叶尖儿还扒拉不掉呢。"瞧人家，"一个"五类分子"老鳏夫说，"比咱们都快活！"当即遭到一个贫农老汉斥责："咋不说旧社会，你霸占了两个老婆呢！我快四十岁了，才讨到如今家里的瘿瓜瓜，没你罪过？"一个下中农帮腔道："就是就是，你娶俩女人确实不像话，连虱子都不如！你看这小公虱，何曾同时压俩母虱！"豁牙咧嘴的老太，只听只笑不插话。

这时候，元尚婴的爷爷从大队会计马师祖家取了报纸，路过此处。那几个老汉、老太让爷爷留步、拉话，加盟他们的玩虱游戏。爷爷笑了笑，说他老眼昏花看不清虱子，顺手展开报纸，边看边离去了。爷爷听见而假装没听见背后的非议："看不见虱子能看清报纸上的字？""肚里有墨水的人瞧不起咱这些白丁么。""快看，虱子又要滚了！"一人马上将虱子捉回原处，那是个矜持的富农，多半时候只听不说，这阵子倒高见起来："你们说说，他那把老骨头，就是会看报纸又能咋？识字的看报，不识字的玩虱，不是一样的治心慌嘛！"

直到十年后，元尚婴第一次看见城里的女人掏出唇膏的一刹那，才马上联想起少时去代销店里买灭虱灵的往事。灭虱灵与唇膏的个头与形状差不多，不同的是颜色：唇膏是红色或猩红色，灭虱灵是栗色或酱紫色。唇膏要嘴巴变色，灭虱灵要身体清爽。人生为图好看与舒服，实在是不厌其烦、大费脑筋咧。

年关时节天寒气冷，虱子躲在内衣的缝隙里保持体温，白天是懒得转动的。只有到了晚上，它们的衣食父母溜入被窝了，它们才出来巡游觅食，与胡乱捕寻它们的衣食父母们的手指头捉迷藏。它们能够繁衍生息的天然条件，是它们的衣食父母一年四季没衣服可换啊！那些朝不保夕的老头、老太们，不敢再到代销店门前的石础上晒太阳、玩虱子了，他们一概圪蹴在家里的火塘边取暖，提心吊胆着"年关"二字——因为这是个阎王爷招兵买马的时节。他们祈祷着年关快过、春天早临。

元尚婴离开代销店，走在下坡的"之"字形土砭路上。想起那个女货郎，不，想起那个代销店的第一任营业员。农民们并不叫代销店的人"售货员"或是"营业员"，而是叫他们"卖货的"。这三个字曲折传达出农民们羡慕吃商品粮的却不能得而妒忌的心态。自从有了固定的代销店，货郎这一传播异乡新闻的职业随之消失。同时出现了一个新的行当：人力驮运，俗称"担脚的"，就是脚夫。

第一个营业员叫韩淑琴，就是过去的女货郎。她下巴上一枚痣，如浮雕上去的一粒饱满的黑芝麻，反衬得她那原本就白净的脸面越发地白净引人。她的脸型很像马广玲，但是她比马广玲更白净、更圆润，因此也更显福相。她毕竟是个成年女人，而且身怀有孕。她的目光里流淌着万般慈爱，以及那种丰收在望的期待与喜悦。她当初挑着货郎担走家串户时，脸蛋因为流风、因为肩上的重压、因为忽闪忽闪而摇曳出的汗珠，变得红扑扑热腾腾的，如两朵跳跃招摇的红云，并未暴露出她那本色的白净细嫩。她带给人们日用方便的同时，又让人们的眼睛获得极大的愉悦。如今好了，她不用再挑担游走了，她安居乐业代销店了，成为人们有钱没钱、买不买东西，只要得空儿时，就可前来观赏说话如同看电影里的人物了。她说起话来柔声细气，递货、收钱不急不躁、一清二楚。她信任所有的顾客，不管是谁，手头不方便却又要急用时，她都满不在乎地登记赊账。从未出现过赖账的，因为挂账者心里早就权衡过了：在占小钱便宜与看她高兴这二者之间，还是还钱时多看她几眼更划算。以至于有人分明兜里有钱也谎称没带钱，就图个还钱时再看她几眼、再闲扯几句淡。

"看看人家韩淑琴，那才是配吃商品粮的人物！"就连女人们也都异常好笑地爱慕韩淑琴。在她们看来，女人就应该生得如此漂亮和蔼，人见人爱。她们并不用担心自家男人觊觎韩淑琴，因为差距太大，大得男人们只想着能看见这样美丽的女人，此生就很知足了，哪还敢往别处想！一个女人卖鸡蛋时，鸡蛋全放进秤盘了，称时却捏一个出来，说："这个不称了，送你吧，怀娃时要多吃好的啊！""我是毛主席的营业员啊，"韩淑琴急忙抓过那颗鸡蛋重新放进秤盘里，"咋能占老百姓的便宜呢！"但那妇女再把鸡蛋取出秤盘，如此来回推让几番，那鸡蛋跌下柜台打了……

那时元尚婴也就七八岁，成年以后回想往事，才得出一个结论：人世间最好看、最希望看到的风景，唯有最漂亮的女人啊。有一天，母亲让他去打猪草，他背上挎篮，人站着，脚不动，最后索性坐在门槛上，呆呆地看母亲。母亲正在道场上挥舞连枷打黄豆。他觉得母亲的貌相固然端庄周正，但是肤色没有韩淑琴白，嘴唇也没有韩淑琴好看……为什么母亲不能长得跟韩淑琴一般好看呢！他心里很是委屈，好像谁个白白占有了原本属于他的宝贝。

想到此处，他就耍赖不愿打猪草了。母亲说："那好。"放下连枷和草帽，抹抹脸上的灰尘碎屑，回屋子里取出一颗鸡蛋，要他去代销店卖了，买个暖壶塞子回来。他高兴得立即来了劲，双手捧着鸡蛋往代销店跑去，因为他有了充足的借口去看韩淑琴。或者这么说也在理：他要将自己送去让韩淑琴看，让她那温柔白皙的手指抚摸他的脸蛋，夸他的眼睛又大又亮。"小美男子来啦！"她当着人面如此赞美元尚婴，那位听者说："你肚里的娃娃，肯定比尚婴还好看啊！"这句顺口溜出的阿谀奉承之词，导致韩淑琴笑得岔了气。她要元尚婴没事了多来玩儿，并挺起肚子，说："你摸摸小弟弟吧，胳膊腿儿胡踢踏哩！你常来玩儿，小弟弟就会长得跟你一样漂亮！"

　　软木壶塞子三分钱一个，一颗鸡蛋五分钱，剩余两分钱买了两颗水果糖。壶塞子用几年都不会烂掉的，还有什么借口去代销店呢？元尚婴就趁没人时把壶塞子丢进火塘里烧了，于是再去买塞子，再去看韩淑琴。母亲很奇怪，怎么老是找不见壶塞子呢。扫地时留心每一处旮旯儿，依然未见塞子踪影。

24

　　元尚婴没有将两张肉票送出去，因为丘干事说他只喜欢吃熏腊肉。尚婴回到家后，两张肉票原模原样地往母亲手里一丢，说我尽力了，上得了高中上不了高中凭天意啦。母亲听了详情，心里十分感动于丘干事的大人大量。人家是国家干部，与咱非亲非故，平时对别的"阶级敌人"凶神恶煞般，偏是对咱们一家人，充其量相逢时，你打他招呼他鼻子"哼"一下，或者麻子脸板一下——他知道你们元家人脸皮儿薄，顾着你们的面子呢。人家痛快地同意你家孩子上高中，把你家孩子划归"可以教育好的子女"，这是多大的恩德啊！人家就喜欢个熏腊肉，那又算得了什么呢。

母亲要儿子第二天早起，起得越早越好，尽早赶到镇上肉店，把两张肉票的三斤肉割回来，给丘干事挂到火塘上，或者灶洞上熏，熏好了再给人家送去。第二天早上，鸡才叫了两遍，元尚婴就很不情愿地，被母亲揪住耳朵拽起来，要他赶紧去镇上。他走到门前田埂上了，又被母亲喊叫转身。母亲将挎包送上前来，递他手里，叮咛他肉要装进挎包里。他明白母亲的意思：别让人看见你元家买肉呢。天亮还早，慢慢地才能看见路面，挎包翻盖上的字一片模糊。元尚婴边走便抚摸那字，"红军不怕远征难"，每一个字都抚摸得准确无误，因为那是喷漆凸出的字，浮雕一般。

元尚婴走后，母亲忽觉如此决定未免仓促。为何不跟元家"先生"与"老先生"商量商量通个气呢？毕竟，在这个世代持斋念佛的家族，火塘上忽然悬挂两吊猪肉，元家人会怎么感觉？这年关还能平安度过吗？这就是女人的脆弱与敏感：在改变生活的关节点上，就忽然觉得自己是个"外人"了！自己原本姓游啊，只是嫁给了元家，自己的游姓，慢慢地消隐了，如同朝雾被日出消隐了，基本上没有人再提这个游字了。以至于日子长了，整个生产队、整个楚子川，都弄不清她究竟是姓游呢还是姓刘了。人们都只叫她宛惠。在一次批斗公公的群众大会上，有人揭发记工员麻忠是个和稀泥的软蛋，麻忠被迫发言道："老宛，你别假装慈悲了！我亲眼见你抓起石头把田鼠砸死了！"——连识文断字的麻忠都没记住她本姓游，而喊她"老宛"啊。想到此处，母亲的泪就出来了。生为女人，也只有在当姑娘时，才能感觉自身的独立存在，才清楚自己姓啥、该干啥又能干啥。

于是母亲，就将熏腊肉的事说给丈夫和公公。"先生"没有表态，只拿眼睛看"老先生"。只要"老先生"在场，"先生"一向是不表达意见的。"老先生"说话了，他的话让儿媳深受感动，只觉得方才的流泪多此一举。他说：

"你做得对，又不是自己真把肉吃了！"

眼睛又看着他那不大争气的儿子：

"我们这个家，若是没有宛惠，恐怕早都不像个家了！"

两年前的早春，多数的人家依旧循环如往昔，吵吵着春荒难熬，扳指头掐算着自家的粮食还能吃几天、几十天，预测着今年的救济粮来得早还是来得迟。不会过日子的人家，总有脸皮厚的半赖子，经常瞄准别人家的炊烟，估摸着人家饭碗刚端上手，他便一脚跨进门槛。主家自然要客个气：

"没吃？给你舀一碗？"

"唉，吃啥哩吃，没法生火了！"来者一手火柴盒壳、一手火柴盒瓢，甩着晃着，让你看个明明白白。"来借点火柴么。"

你只好找出自家的火柴盒，从中抽出三根五根火柴，亲自装进他的空火柴盒里——因为他两手"占着"啊。他已经"借"到了火柴，可是双脚并不挪动，而是盯着你的饭碗，目光逼迫你必须表态、必须"礼貌待人"。

于是你只得尽量降低声音，礼貌一句："要不，你先吃点打个尖？"

"也好，"他当即配合道，"这才叫一家人不说两家话，那就来个半碗吧！"话说得极为谦恭谄媚……

会算计的主妇，除了逢年过节，顿顿都搭配瓜瓜菜菜。不少的女人纵然不大孝敬公婆，对男人却颇为心疼。先给男人捞一碗稠的，然后给锅里加水煮开，只要眼下把娘儿们的肚子哄得鼓圆了就行。男人是顶梁柱，男人吃饱了，白天能在生产队里挣工分，夜里在床上也能"犁地"——妻子虽然也饿，但是被男人那么一"犁"，也便如同打了麻药，忘了饥饿，迷迷糊糊地睡到天亮了。

过日子啊过日子，麻顺篓队长小时候就听大人讲，男人这一生过日子，就是为了"日"出个儿子来。可是自己的老婆呢，倒是一回生了俩，却没一个带把儿的！这让他很憋气，很没面子。生产队里给人分派活儿时，他偏将那些重活、脏活，让那些有儿子的，尤其那些儿子多的家伙去干。没有儿子，所以那个"日"字，每天都会冒出他的脑海。他甚至幻想找个人帮忙，借腹生子。看见驻队女干部冲他微笑时，他立即幻想要是能借女干部之腹生个儿子，子随母贵，儿子一生下来就是"商品粮"，那他就因后代吃了商品粮而彻底翻身得解放了！母亲若是吃农业粮的，丈夫纵然当了县长，下的崽还是照旧吃农业粮。麻队长的念头确实不切实际，却也如同打麻药，把自个整得晕乎乎的了。

麻队长老婆虽然没给他生出儿子，但过日子却是一把好手，又把他当皇帝般服侍。老婆总是给他吃小灶，他着实记不起老婆何时也同样吃过好的、吃过细粮。现在倒好，老婆侍候得他饱暖思淫、浮想联翩，以为驻队女干部正盼望能有男人"犁"她呢。

那天驻队女干部陈荣到他家吃派饭，事情与他设计的方案虽然不尽吻合，却也让他深受教育、终生难忘。小桌上摆了四碟凉菜：凉调洋芋片、凉拌洋芋丝、生氽胡萝卜丁再凉拌，加上油泼酸菜，当然也是凉的。其中两盘菜点缀着红辣椒，两盘菜点缀着绿辣椒。因此视觉上，依然起到让人馋涎欲滴的效果。于是那驻队女干部，早就绽出浑然一脸的微笑与满意。

"陈主任，这下酒菜实在没个名堂，比不得你们吃商品粮的啊！"

凡来的驻队干部，总归都是吃商品粮的，在农民的眼里，人家天生就高人一等，管他有没有官衔，终究跟主任差不多吧。所以他或她都被称作"主任"。被呼者呢，若不是主任，却也并不纠正，只是鼻子"哼"一下，表示不置可否。后来被称呼"主任"次数多了，也就麻醉了，就忘了自个原本是个什么货色了，派头架势竟真的"主任"起来了。

"麻队长太费心了，我驻你们队，这还是第一回见到四个菜呀！"

"这算啥菜，羞先人哩。"麻队长说着，端起酒盅。

"嫂子呢？她不来，怎么可以开始！"

麻顺篓说婆娘家的喝什么酒啊。陈主任放下酒盅，说："啥年代了，男女都平等了，你还如此封建落后！"麻队长自知失言，赶紧道歉，喊叫老婆赶紧出来。老婆出来时手上正包捏着一个饺子，两个脸蛋两坨面粉，花脸猫似的。这倒不太好笑，好笑的是她腰拴两条绳子，双胞胎左右各一个，都被拴着，也是一脸的面粉。

"咿呀，厨房里还有三个人么，咋就听不见声音呢！"

"陈主任见笑了，我们独家独户的住这杨家沟里，来了生人，尤其来了你这么大的干部，娃娃吓得不敢吭声啊。"

陈主任连忙倾身抚摸双胞胎的脸蛋，俩孩子同时往后一躲，竟拽得她们母亲"咚"一声仰倒地上了，手上捏挤的那个饺子也跌烂了，分明就看见了韭菜鸡蛋馅儿——一只小花狗蹦过来，伸出舌头一卷地上的馅儿，拧屁股走了。

陈主任连忙起身，将队长娘子挽扶起来，又将双胞胎的绳子解开。麻顺篓感觉很没面子，呵斥道：

"你倒能——"

但还是按照陈主任的意思，再找出一个酒盅，三个大人举杯一碰，就算开席了。队长娘子依旧回厨房继续包饺子，双胞胎也是依旧不吭声，哑巴似的尾随进去——似乎方才只是解了有形的绳子，无形的绳子依然拴着她们。

陈主任说她只有三杯的量，所以第三盅时，她只是举酒与麻队长碰个杯做个样子，挨挨嘴唇完事。麻队长也不强求，嘴上说"半斤酒啊，咱俩还不能干完"，频频举杯自斟自饮了。他陪女干部喝过两三回酒了，晓得人家酒量确实一般。

"下饺子！"麻队长脸冲厨房门，声音很大很牛气。陈主任笑道："给妻子说话么，咋能这样！"麻队长一笑："俗话说，'面是擀出来的，女人是——出来的'，喝酒！""打"字未说出，与酒同咽腹中了。

两老碗饺子依次端上来。陈主任起身双手接过饺子，麻队长则坐着不动，两手捏成拳头，拳头伏在膝盖上，看也懒得看老婆。老婆将饺子放他面前，他说：

"你赶紧把饺子送回你娘家，让俩老人趁新鲜煮了吃！"想想，眼珠子翻翻，"你跟他们一块儿吃吧，吃了再给他们把被褥拆洗了，不能一嫁出去就不管娘家的事了！"

原来，队长老婆的娘家就在屋后的山梁那边。老婆将上百个饺子装进竹篮里，臂弯上一套，双胞胎丫头紧随其后。娘仨一出门槛，又同时回过头来，那当娘的先说："陈干部，你将就着，可要吃好啊。"

双胞胎大约四岁，或是五岁，活泛着四只葡萄般的眼睛，盯着女干部陈主任的胸口，一个说：

"好大的——"

"——奶啊！"另一个抢着说。

队长娘子当即两巴掌——一手挎竹篮，只能拿一只手——快速地一脑袋上一巴掌，呵斥道："臭嘴，快走！"

自女干部进门起，这是双胞胎第一次开口说话，而且仅此一句话，还是由双胞胎合作说完的。如果女干部一直站着，双胞胎个头矮，未必会留意到女干部的奶子，但是女干部吃饭时坐在小凳子上，这才惊奇了双胞胎的眼睛。

"快滚！"麻队长几乎吼出声来，同时举盅自饮，却不放下酒盅，而是以手遮颜，由指缝里看那女干部的胸。孩子说得没错：确实是一对大奶子，挺挺的，悠悠的。只有吃商品粮的女人，才能长出这么嫽的奶子呢。

驻队女干部陈荣这里，反倒并不怎么难堪。她在得意之余，猛然觉悟奶子大了并不好，因为这不合乎时代潮流，明显有些资产阶级或是小资产阶级味道。不久前她未能被成功提拔，后来有人委婉转告她，说组织部门觉得她"生活有点散漫，不大注意形象"。现在她忽然明白了：双胞胎的童言无忌，可能正是组织部门想说而不便明说的话啊！

娘仨一出门槛要离去，就听见"咯咯咕咕"的鸡叫声，随之出现几只鸡，在公鸡——生产队唯一的公鸡——带领下，跟着队长娘子走了。

"你家的鸡方才藏哪里了？怎么也听不见叫声！"

"陈主任啊，我们人都害怕干部，鸡又哪里敢吱声！"

"哦？你真会说笑话！"

"请吃饺子吧，快凉了。"

女干部说吃不完这么大一碗，亲自起身进厨房，拿个干净的小碗出来，从大碗里夹出够她吃的。她想着不能让奶子任意发展了，今后就得一是少吃，再是，得勒一勒吧。

"要是看得起我，陈主任，"麻队长捏着小酒瓶，快速地、不给对方阻拦机会地，将陈荣的半盅酒添满，满得溢了几大滴，"咱就痛快地干了!"

麻队长晃荡着酒瓶里不足二两的酒,碰碰嘴唇,看样子不想再劳神酒盅了。陈干部明白意思,端起酒盅,端的时候好像无意实则故意地筛洒了一些酒出去,这样就可以少喝了。

麻队长仰起脖子"咕嘟"一口,酒瓶里冒了几个气泡,残余酒便漏入他的嘴巴,但见他喉结一滚,"吧唧"一声:"吃饺子!"

麻顺篓一边没话找话,一边急切地等候着酒性发作。

"主任啊,你来咱这驻队,没架子,群众都喜欢您,都夸您,您是好人……你帮咱们大队要来柴油机、钢磨子……听说还要弄来打米机……"

这些表扬的话,陈主任似听非听,因为她的兴趣点集中在麻队长牙上黏着的那片韭菜叶上。麻队长这牙齿不太黑啊,是她驻此生产队里的男人牙齿里最入眼的:比较干净整齐,不像其他男人的一概烟熏火燎,狼牙狗齿般参差不齐。麻队长烟瘾也不小的,但是今天没见他抽烟。难道他平时,也偷着刷牙?只是上边那颗宽板门牙,被一片韭菜叶黏糊着斜遮着。他已经吃了七个饺子,都未能粘掉带走那片韭菜。

麻队长这里,喝进肚里的酒迟迟不见来啥动静。照说他也就三四两的酒量,今天的半斤酒差不多全进了自个嘴巴,怎么就不呐起喊来助起威呢。一只苍蝇飞来,他扬手驱赶,收手时无意间碰了胸上的小口袋——周身一下子像被打了鸡血,因为他触到了口袋里的钱。不用往出掏,也无须再清点,三张五块的,一张两块的!就是你们吃商品粮的干部,平时身上,最多也就掏出个十来块钱不是!他自信心大增,顿时觉得脸热腿抖、腹动腔摇。

"陈主任啊,您也有困难啊,我,我,我帮你!"

"帮我啥困难?"陈主任似解非解地问道。

"哎呀，这有啥不好意思呢……人么……再说，咱都是党员（他很佩服自个忽然冒出这句如此有水平的话）……党内更要互相关心……互相帮助么……"

麻顺篓说这些话时，眼睛不敢与陈荣对视，就微低着脑袋，痴迷着脸前的俩奶子。

"你意思我明白……"陈荣说，"你的胆量……热心吧……让我佩服……也有点儿感动……既然咱们都是党员，那就要先考虑群众的困难。"

陈荣站起来，双手后背，立即"主任"形象了：

"咱这大队、小队里，适龄女青年老往山外跑着找婆家，剩下这么多光棍汉咋办？"

麻顺篓当即惭愧了，尴尬了，还是人家干部觉悟高啊。为了掩饰，他端起碗来，将那碗底的饺子汤，仰起脖子"咕嘟嘟"一口干尽。张开嘴巴，那片顽固的韭菜叶终于不见了。陈主任重新坐下，随即听得一串接一串的"咯咯咕咕"，一瞧门外，大公鸡正钳住母鸡后脑，双翅展开、颤抖不休如雄鹰要落地的瞬间，母鸡乖乖地两腿屈地，一任公鸡跃上脊背给它踏蛋。

"哎呀，怪啊，"陈主任说，"方才这几只鸡，不是跟上你爱人去她娘家了么！"

"鸡聪明得很，"麻顺篓说，"不会离开家门五十步的！"

心想多亏没杀鸡招待女干部，不然亏大了。

25

"好大的雪啊！"

元尚婴在睡梦中被这一声惊叹闹醒了，懵懵懂懂地感觉这是母亲的声音。在母亲的这一声惊叹之前，似乎还有"吱呀"一声开门响。如果没有母亲的惊叹声，只是"吱呀"的开门声，他很可能脑子一闪，依然沉睡在温暖的被窝里。但是现在，他完全清醒了，他被"好大的雪啊"激活了。

哦，今天是大年三十，绝不能赖床，绝不能一如往昔地由母亲来喊他起床。他牙一咬掀开被子，让身子完全暴露，以便迅速冻醒，然后熟练地摸黑穿了衣服、裤子、袜子，摸到墙边，挪开遮挡窗洞的摊簸——那个如同碾盘大的、竹编的晒粮食家具——没有窗子的窗洞顿时扑入耀眼的雪光，刺得他眼睛赶紧闭上。闭上睁开、睁开闭上，如是几次，这才让目光适应了雪光。

室内，尤其室内的楼上，依然昏暗。他继续摸索着下楼梯时，看见了母亲的脑袋。母亲坐在火塘边的小凳子上，勾着腰，手拿吹火筒"噗噗"地吹着，将暗火吹成了明火。头顶的铁丝上，悬着一吊肉，那是这个家里破天荒的第一吊肉——也顾不得佛爷生气还是不生气了，因为这吊肉表达着一种感恩情怀，预示着一个少年可能升入高中读书。这吊肉，需要经过足够的时间才能熏好。

母亲听见楼梯响，抬头见是儿子，夸奖道："好啊好啊，今天太阳从西边出来了！"母亲的表扬不无讽刺意味，这个他懂的。无论孩子平时多么顽劣，过年的时候大人们一般是不去斥责的，更是极少动手打孩子的。母亲让他赶紧洗脸，然后扫雪。他说今天不必用水洗脸，径直蹦到门外的雪地里，抓起两把雪，相互搓洗手心手背。再抓起两把雪，眼睛一闭、自扣其脸，母亲就看见儿子的脸变成了一大朵棉花。如此三次五次地往脸上扣雪抹雪，脸就洗干净了，红扑扑的了。

道场上平平展展的，如同铺了一面宽大蓬松的白褥子。褥子上面一串黄鼠狼脚印，在鸡鸭圈门口徘徊了一团印窝，失望地离去了。远处的山，所有的山坡，白皑皑一片，斑影很少，因为树木少啊。如果树木多，那么即使下二尺厚的雪，也不可能将树干遮蔽了，也就不会如此浑然一白了。

元尚婴首先扫路。扫开去水井的路，扫清去猪圈的路，扫干净抱柴火堆的路。他挑回一担水时，父亲、祖父也都起床了。他们简单地分了工：母亲准备早餐——而平时，是从来不吃早餐的，大年三十则要奢侈一回；父亲拿着薅锄与挎篮，踏进雪地里，扒拉开积满落雪的玉米秸，露出一个土堆，那里面窖埋着越冬的红薯、萝卜、洋芋什么的。祖父裁剪红纸，拿铁勺舀个大半勺水，撒些玉米面搅和均匀，往火塘上一架。随着筷子的搅旋，面糊糊泛起泡来，眨眼成糨糊了。

元尚婴的任务是继续扫雪，扫掉田埂上的积雪。每扫丈把远，他便笤帚当笔，在那被雪覆盖得结了厚冰的稻田上划拉字——没有比这更好的宣纸了！忽然想尿，解开裤子，冲着稻田上的积雪，以尿草书起来……

阴阳两山根下的人家门口，也都有人往大路上扫雪，相互问候应答着，祝福美言着。平时有摩擦、有过节、有积怨的人，也都明白冤家宜解不宜结的道理，只苦于没有恰当的时机冰释前嫌。现在好了，过年了，只需主动招呼一声，对方必定是笑脸回应的。而平时就不敢贸然造次，你热脸凑过去，人家很可能丢一个冷尻子过来，岂不是旧冤未解、新仇再结么！所以过年是修复人际关系的最佳时机，相互之间的搭话，说得特别亲切，谨慎又礼貌。

有小孩子的家门口，娃们正"叽叽喳喳"地堆着雪人。人一长大就不好玩了，失去了堆雪人的兴致，但是依然喜爱下雪。雪如白砂糖，平均分配给大地的每一个角落，绝不厚此薄彼。可这人世间呢，却偏要分个尊卑贵贱、三六九等，平白无故地栽培出不平与眼红、猜忌与仇视。

元尚婴扫到大路上，就不用再扫了。大路属于集体所有，就等着太阳出来融其成泥吧。他返回时并不走原路，而是以扫帚作拐杖，踩踏着那白白胖胖的田埂，一任零零星星的雪花抚慰着脸颊、脖颈。零星的鞭炮声响起来，是吃早餐的信号。母亲喂了猪，手擦着围裙，招手叫儿子赶紧回家。经过桑树时，一只喜鹊突然飞落桑树枝丫，叫了两声随即飞离。喜鹊弹落两疙瘩雪，一疙瘩落在肩上，一疙瘩砸进他的后颈窝，瘆得他双肩一抖打了两个寒战。

一进堂屋，桌上早就摆了四个盘子：一盘柿饼，一盘核桃，一盘栗子，一盘糖片。早餐人少，所以大方桌依然靠墙未挪出。一长排大小不一的红塑料封皮《毛主席语录》，高低有序、排码整齐地紧贴着墙壁。所谓早餐，不过是吃糖果、喝黄酒而已。黄酒是由被磨成大瓣儿的玉米粒酿成的，准确的叫法，应是"带酒味的稀饭"，其实就是醪糟。

四碗黄酒端上桌，祖父往椅子上一坐，兀自纳闷道："怪呀，刚才喜鹊为什么叫了两声呢？"话音刚落，道场上出现两个小乞丐。看样子是兄妹俩，蓬头垢面，大的是兄，十一二岁，肩上搭一个蛇皮袋子；小的是妹，八九岁的样子。兄妹俩的脸蛋冻得红红的，满是皲裂，如同苹果在沙地上滚动剐蹭过似的。女孩的鼻涕如两只蚕尾，冻黏在人中两边。父亲赶快起身，将俩孩子牵进门里，让坐于火塘边，以手拂拭他们身上的雪花。接着倒一脸盆底凉水，让他们先润湿小手，这才慢慢添加热水。如果一开始用热水，冷暖猛遇，手便脱皮了。母亲急忙将四碗黄酒收回灶房，重新倒入锅里，再从罐子里挖两勺稠酿添到锅里，加水，燃火煮开。大年三十来了客人，一同吃、吃一样，才合乎礼数。

祖父也坐到火塘边，问俩孩子从哪里来，要到哪里去。原来，他们是去投奔舅舅，还要赶四十里路呢。他们的母亲几年前，不顾高龄身孕，上山打五味子时摔死了。他们的父亲是个木匠，因为将在荒无人烟地带的两根广播线杆——线杆被风刮倒了——截取回家，箍了木盆、尿桶拿到集镇上卖了，犯了破坏公物罪，正在看守所里。

"真是的！真是的！"祖父叹息道。俩孩子烤热乎了，几乎是同时仰脸看见了头顶那吊腊肉，女孩边看边吮手指头。祖父说："我们家不吃肉，这是给别人熏的。"元尚婴后来才明白，祖父确实心细，如果不给俩孩子交代清楚，大过年的不让他们吃肉就没道理了。

祖父让尚婴和父亲将桌子抬到堂屋中间，他则亲自将《毛主席语录》们抱进卧室，小心翼翼地放到缝纫机台面上。这是他每天要翻看的书，其中精彩的话他总要分享给大家。后来红宝书慢慢地不被珍重了，甚至一般农家都难看见了，有爱书传统的元家趁机收集了来。母亲重新端出四个盘子、六碗黄酒，请俩客人——祖父后来说，大年三十没有乞丐，来的都是贵客——上坐。既是客人，便要礼待，所以母亲给两个小客人舀的黄酒，整个就是两碗稠饭而非黄酒了！

全家人商量一番，并征求俩孩子意见，说雪开始下大了，四十里路中途还要翻个金鸡岭，希望他们留此过年夜，明天再往舅家去。未及那小哥哥表态，小妹妹先就"哇"一声哭了，表明她还是急盼着见到舅舅。

"多谢干爷爷!"小哥哥将妹妹拽到身边,摁住妹妹肩膀,要一并给祖父下跪——被祖父急忙扶住:"娃娃呀,新社会不兴这个啊!"将桌上四个盘子里未吃完的糖果,收拢一盘,倒进他们的蛇皮袋子里,让他们路上当干粮。那袋子里原本有点什么,没看清,也猜不出。

元尚婴找出自个的线手套,亲自戴到小妹妹手上。手套显大,套住小妹妹袖管一大截。

四个人站在道场边沿,目送俩孩子走过又积了一层薄雪的田埂,直到他们上了大路,都没说话。元尚婴就没话找话了:"爷爷啊,你可是活菩萨!"

"不对,"爷爷立即更正道,"那兄妹俩才是活菩萨,他们让我们变得善良。"

26

年三十的午饭很特别:大米粥煮饺子。楚子川的很多人家,自然包括他们元家,都是先辈在明清改朝换代之际,由南方迁徙上来的。他们被称作江南人,或者下湖人、下河人。总归是由江湖密布的南方,沿着江河逆流上来的。当时他们见一条小河,便分一拨人钻进去。再见小河,再分化、再钻,直到他们判断某地可以安生,也允许他们安生的地方才停下来。所以他们,一年里最重要的一顿饭,年夜饭,是绝对要吃大米饭的。这不是单纯的吃饭,而是追忆故郡旧土，有几分对于逝去的往昔生活的祭祀意味。

元姓来源庞杂。他们这一支自称正宗：周文王后裔，源于姬姓分脉。他们是由广东到湖南，最后落脚陕南的。陕南是南方的北国、北疆的南域，其食恰好也以大米为主。鉴于当地人过年必须吃饺子，外来户就不宜与饺子为仇了，最好也让当地人瞧瞧：咱们是知道入乡随俗的，是明白尊重别人的。纯粹吃大米，就得弄个几样菜——那得是在丰年的时候。面粉就不一样了，什么也不用搭配，甚至不必放盐，蒸馒头、烙锅盔，便是人间美食了。所以祖祖辈辈勤俭过日子的元家，从未净吃过一顿纯粹的细粮。

下湖人包的饺子，近乎四川人的抄手，绝妙之处正在一个"抄"字上。饺子皮一擀而成草帽那般大，然后切成小四方形，或者小梯形。如此这般，包出来的饺子——啊不，他们叫"扁食"，视觉很美，铺排一案板，如一案板的银元宝，而且纵横成线、坐卧有序，如同一个个拿破仑的军帽。这使那些一皮一擀的，通行的饺子们，自惭形秽——因为它们总是东倒西歪，活活一堆傻蛋嘛。

大米粥熬熟了，就将扁食下入锅里。间水两次、煮开两次，就可以舀出来吃了。元家人信佛，不沾腥，素菜馅儿拌点姜末，吃的时候也不用什么酱油啊醋啊的。酱醋味精之类，除过县城，乡里也没有卖的。若想繁华个口味，倒半碗腌菜水也罢。

四碗扁食米粥刚端上桌，又听得一声喜鹊叫唤，随之跨进门槛的，是贫农代表胡大贵。他脚穿的草鞋一半是雪，草鞋里面包着玉米壳，走路"咯吱咯吱"响声伴随。大年三十照说是不能串门的，但严格来讲，大年三十天黑之前，却又是可以串门的——因为不到辞旧迎新那关键的一刻么。胡大贵孩子多，他拿来一件缺只袖子的小儿衣服，进门就说：

"嫂子，你说说我那婆娘！衣服先要给最小的缝么，她倒好，把小的放最后！这下好，布不够了，明天清早换新衣，小的还不把人闹死！"

母亲一下子明白了，人家是来找布料"补"衣裳的，但是开口却说："不急不急，先吃扁食再说。"年三十的饭，古来讲究要多做多余，图的是年年有余、多多益善。母亲很快端出一碗扁食，胡大贵说他吃过了，眼睛却盘桓着扁食碗。大家盛情劝他入座吃，他说：

"过去只见过你们下河人包的这种怪饺子，倒是没尝过。"

"那你今天尝一碗吧！"

"好，尝俩！"

实际上他尝了九个，然后筷子一撇，看见了火塘上的那吊熏肉，语气竟跟麻队长似的，肯定道：

"好嘛好嘛，早该破除迷信吃肉了！好，很好！"

母亲顾不上吃扁食，赶紧支开缝纫机。可是翻箱倒柜了半天，只找出一片布，两巴掌大。尺寸不够也罢，颜色也对不上。她满怀歉意地跟胡大贵商量，说她找出了尚婴小时候的一件旧衣裳："两个袖子拆下来，给你娃缝上，能行不？"

"那有啥不行的，新三年旧三年，缝缝补补又三年么！"

母亲先将新衣服上的那只单袖子拆下来，比画剪裁一通，再一阵"踢踢踏踏"缝纫机，就将两只旧袖子缝接了上去。虽然颜色不吻合，但两只袖子却是同色且对称的。对称了就顺眼。

胡大贵将那只拆下来的新袖子，往配制好的衣服里一包，腋下一夹，道谢离去。父亲说这人真是的，吃不完一碗扁食，就要个碗往外拨些么，"剩这么多谁吃！"

"猫吃。"母亲白了父亲一眼。话音刚落，就听"喵"一声，猫已蹦上桌面了。

扁食吃完，桌子一抹，还不能挪动靠墙，否则吃年夜饭时得再搬它。正好用来写对联。祖父一手欧体很是漂亮，只因身份禁忌，又颇知趣，所以就不再写字了，因此也没几个人知道他会写字了。他只是给几个孙子写过几片影格。哪个孙子有兴趣坚持写，他说个"好"字，再给他写一片影格；哪个孙子没兴趣写，他也说个"好"字，任其选择别的喜好。父亲就说祖父不懂教育，说有出息的人念私塾时，谁没挨过戒尺板子！祖父说圣人早就讲过，教书先生的理想是"得天下英才而教之"，而非"得天下之徒而教之成英才"，可见前提是人家原本就是"英才"坯子嘛。否则，任你教师爷学富"六"车，结果必定，照样是"朽木不可雕也"。

父亲不好再吭声了，他怕祖父再提当年的话："你小时候没少临帖呀，怎么写得还不如你儿子！"所以今年这对联，依然由元尚婴写。这是他第四年写了。至于内容，元家祖孙三代各有提案，最后还是女主人，尚婴的母亲一锤定音：

"你们都是秀才，就喜欢甩个文弄个古的，最容易惹事！就写去年的、前年的、往年的，把稳些。其实内容无所谓，要的只是门上贴了红纸！"

细心一想，在这深山里的乡下，上门来的，能有几个品咂你门上的对联呢！母亲说的"把稳"对联，无非是：翻身不忘共产党，幸福全靠毛主席。横批四字则更老了，老得不知几千年了：耕读传家。这是经过时间和实践检验了的。能够生存与立身承传的，唯有种田与读书。去年贴的"耕读传家"四字，被公社文书看见了，问为何不写"莺歌燕舞"，或者"百舸争流""勇攀高峰""提高警惕"，偏要写这种"封（封建主义）资（资本主义）修（修正主义）"！祖父说这不是"封资修"，这意思是：耕人民公社田、读伟大领袖书。文书一时哑口，随即道："翻身不忘共产党？老先生这恐怕不是心里话吧，几百亩地全没收啦！"此言终究是臆测，所以公社文书并不给祖父解释的空间，便一副大获全胜的架势，背了双手，打着"大海航行靠舵手"的口哨，走了。

"爷爷，"元尚婴很谨慎地、小声地问道，"你真的觉得翻了身？"

"当然是真的！"祖父的回答毋庸置疑，"以前咱们地多，又有长工、短工，哪件事不让人操心！还要经常应付土匪、抓丁的、派捐的、收税的……把人能泼烦死！解放了，没有了土地一身轻啊，再也不用担心半夜里被闹起来了。无非开个斗争会，随大家骂骂罢了。"

说到这里，祖父忽然想起什么，就吩咐元尚婴道："你拿上两封洋面（机器压的面），去请你刘表伯和表娘，来咱们家吃团年饭。"

元尚婴知道，刘表伯刘文举，虽然把祖父叫表叔，但年龄只比祖父小五岁。老两口到了中年，才得了一个说话咬舌的、半哑巴女儿，单名一个字：媄。却不幸患了肺结核，于半个月前夭折了。刘文举年轻时不成器，染上了赌博、抽大烟，家产给糟蹋光了。其中的土地呢，多半当给了元家。他由一个游手好闲的富户子弟，成了典型的贫农。元家本来也就只是个地主而已，就因为莫名其妙地得了刘文举的土地，一下子成了大地主！

"请他们来团年，还要送他们洋面？"元尚婴很不明白。

"请他们来团年，等于请他们来帮咱们忙啊。"

"我更不明白了！"

"他要是不赌不抽，"父亲抱怨道，"咱们也不会变成大地主。"

"这都是命数，过去的事了，"祖父每每说到没法再往下说的事时，便搬出"命数"二字，"关键是当下，他们两口子，这个年，太难过了！"

见儿子和孙子没有反应，祖父又说：

"有一年，他把你奶，就是你太奶，从你二叔，就是你二爷家里，背到咱们家。你太奶眼睛瞎了，还摸着打我呢！"

祖父"你奶""你太奶"的穿插用语，取决于他眼睛看着谁。他在说挨他母亲打时，一脸的幸福与惆怅。

"这事我们都晓得，"父亲说，"给了刘文举钱么。"

"不单是钱……他们遭难了，不把他们请来，我们心里会挂牵他们的。他们要是来了，我们就安心了——他们让我们安心，就是帮我们忙啊。"

"哦。"父亲说。

"哦。"元尚婴跟着说。

祖父用的复数，"我们就安心了"，本意是"我就安心了"，故意说"我们就安心了"，旨在教导子孙，要像他那样理解人、爱人。

"尚婴啊，你送洋面去请人家，一定要谦和诚恳。日子没过好，家里又出了这么大的事故，心眼小，很自卑，你说话千万、千万不能张狂！"

元尚婴没有辜负祖父的重托。他超常发挥，成功地请来了表伯、表娘。

虽然满地都是雪，但毕竟是阴天。他推开那半掩的柴门，走进那孤孤独独的一间草房，里面黑乎乎的。定睛一看，老两口傻坐在火塘边。表娘似欲起身迎接，被元尚婴摁坐不动了。灶台上的半笊篱大米，像是刚淘洗过的；碗里一疙瘩炖熟的肉，墨块也似的。表伯高额头，黑光黑光的，全然是烟熏豆腐干色气。头发半白，唇髭却黑如鬃毛制成的硬鞋刷子，刷子上面黏糊着几粒小水珠，露水似的。

元尚婴将两封洋面放到灶台上。老两口嗫嚅着嘴巴，好像是要表达客气，抑或是要婉拒，却终究没有气力表达出来。

元尚婴说了意思，人家果然不愿意。元尚婴说："你们嫌我们家没肉？"他们摆手，当然不是。"害怕将来上批斗会，说被我们拉拢腐蚀了？"他们摇头。

"好娃呀，"表娘拽住元尚婴胳膊，"我们不能，不能把霉气带到你家啊。"

元尚婴笑了，说这才叫封建迷信，是老一套。他们还是不想动。元尚婴坐到灶洞前，往余热尚在的灶膛里添进柴火，说：

"表娘，你给嬷姐弄个饭菜吧，我送她坟上去。"

表娘一听她唯一女儿的小名，"哇"一声号起来。表伯也跟着抽噎了。元尚婴一见大事不好，赶紧把灶膛里的火捂灭。他最害怕人哭，何况是两个老人哭。他想不出什么劝慰的话来，只好眼睁睁恭候他们哭得差不多了，便再说起做饭、炒肉的事。表伯赞成这一提议，表娘就将肉切成片儿，搭配一些浸泡过的洋芋干儿，却不及时炒。她说："我们就是去你家过年，自己家的锅灶总不能冰冷着啊，三十晚上，咋能不做饭呢！"

米饭——他们也是下湖人——好了，肉也炒好了。表娘盛了一满碗米饭，又挑了一个豁口最少的黑碗，将锅里的多半肉舀入。一菜一饭装入提篮，让表伯去送。可是表伯往起一站，身子就"咚"一声侧靠了墙，不能动了。他那双麻秆腿——灰布裹缠着，一副晃悠悠欲倒的样子。元尚婴急忙上前挽住，扶其坐于木墩上。他从表娘手里接过竹篮，出门上后坡了。回头一看，小脚的表娘挽扶着表伯，踩着元尚婴雪地上的脚印，走到没有羊的羊圈跟前，靠着圈栏，仰望着一滑一滑的、谨慎提着竹篮往坡上爬的元尚婴的背影。

元尚婴熟悉路径，因为半月前，他是抬棺送葬人之一。他和另一个男子走前面，田信康和另一个男子走后面。抬棺上坡，走前面省力，主要担当向导，可以踮脚直腰，全由后面抬者往上拥啊送啊的。所以大部分男人，都簇拥着后面两个抬丧者，呼啸、喊叫、吆喝一片，既是鼓劲，也要淹没哭声。这是元尚婴第一次与死人如此接近！虽然走在前面，他还是感觉沉重，满身心的震荡。他觉得无论生活怎样，活着就好。同时感觉自己一下子长大了，一下子看清了很多世事，瞬间理解了生命的某种难以言说的玄妙。如此一个几乎天天见面的女子，一个只比他大三岁的半哑巴女子，怎么说死就死了呢！死了，又是去哪里呢？再说那棺材，压根就不叫棺材啊。祖父的棺材才叫棺材啊！嫘的棺材，就是一棵泡桐树的根部，被锯成若干片，胡乱钉成的一个裂着筷子宽缝隙的木匣子……

　　元尚婴上完一个小坡，地势平缓了些。回头一望，看不见表伯、表娘了，被积雪满枝的柿子树遮挡了。他小心翼翼地，戳着没过脚腕的积雪，一脚一窟窿地再翻一道小横梁。可他一下子哆嗦了，因为一条狗尾巴，似乎"唰！"的一声，如响鞭般将空气抽裂了似的——迅速消失于坟冢后了。

　　哦，那不是狗，那是狼！元尚婴的脑门像被银针戳了几下，眼前蹦出几点金星来。但他快速地将自个镇定下来，肚子吸几吸、鼓几鼓：我是男人，没有什么可怕的，狼吃人不过是些传说，新社会再没有狼敢吃人了，因为我们都是被毛泽东思想武装了的，理应跟钢铁人一样！于是，方才眼前冒出的那几点金星，引燃了他体内的火焰，那是男人的火焰。他给自己打气。他眼盯狼尾巴出现的横梁，拿脚扫雪的同时，将提篮放到坟前。脚掌扫出两块大小合适的石块，他弯腰抓起，往狼尾巴消失的地方追去，差点滑倒了。可是他只看见两串狼脚印，下往沟里方向了。莫非两只狼？仔细一辨，是一只，来的脚印和去的脚印。

元尚婴到底涉世浅薄，不知道世上有很多很多的怪事。他返身一看，嬷的坟被狼扒拉了筛子大一片。他这才明白，狼是饿得没法了，嗅闻到了坟里的尸肉味啊。嬷若睡的是棺材而非宽缝匣子，气味就不会渗出来。他已经来不及下坡取工具了，先将米饭与肉摆放坟前，跪地三叩头，心里说，嬷姐，过年了，你吃吧。然后拿双手将那被狼扒拉开的浮土，重新揽回原位。又把附近凸出的雪疙瘩——掩藏的石头，能抱的全抱来围在、压在坟上。

他在做这一切时，脑子里一直萤火虫般明灭着嬷的影像。他记得有一年，哪一年记不准了，他正拿着小铲子挖掘田埂，将高位秧田的水排往低位秧田，以便让水的落差冲转他制作的小水轮。这时嬷喊他："史（尚），史（尚），史银（尚婴），来，开（快）来！"嬷指着身边的水井，元尚婴纳闷，水井里有什么呢？还是好奇地走了过去。一看，不过是嬷摆头，水井里的两条小辫子也同时摆动而已。他心里本想说你是个傻瓜，可又忍住了。他想起他第一次上坡打猪草，就是嬷带领的。她说话不大清楚，可是她教会了他辨认很多的猪草，哪些草猪能吃，哪些草有毒不能吃。

有一次下坡时，他没留神滚了，裤子被荆棘撕得大开。他急忙捂住裤裆，捂住就走不得路。嬷笑嘻嘻，笑得如风中一朵牵牛花。笑毕，发生了惊人的一幕：她解掉裤绳，"呼"一声褪下裤子，又开两腿，又在下方的元尚婴脸上方，小腹一挺：

"里（你）看，里（你）看！"

啊，啊啊，他看见了！他平生第一次见识了什么叫女孩子。于是他自己也就不害羞了，"吊儿郎当"地下山了。

27

天快黑的时候，雪下得紧了。广播里开始播放样板戏《白毛女》，"北风那个吹，雪花儿那个飘，雪花儿那个——"，几乎与"飘"字同步，随着几声狗叫，门外就喧闹起来。元家人出门一看，来了大大小小的，十一个客人，其中两位是女的。有五个人背着礼包，证明他们来自五个家庭。他们并不全姓元。姓元的只有两家。另三家，一家是亲戚，一家是老长工，一家是祖父的干儿子。父亲早将两条毛巾拿出去递他们手上，让他们掸拭满身的雪花。他们多半没戴帽子。他们边掸衣服边跺脚，哈出的热气如同揭开了蒸笼，团团缕缕缥缈上升，径直钻进垂吊在檐檩上的两只红灯笼里。

大家都进到门里，很吃惊地看见火塘上的肉吊。少不得又给他们解释一回。更吃惊的是发现表伯、表娘，双双缩靠在墙旮旯——方才他们坐在火盆边啊！老两口对这些客人并不全陌生，可此时脸上木然又紧张，懊悔且无措。祖父简单地跟大家招呼了一下，赶紧过去，将表伯、表娘谦让回原位就座。

两个女客嘴里喊着"嫂啊、婶啊"的，进厨房帮忙去了。堂屋有两处火，火塘火，火盆火。火塘里的明火炭铲入火盆，放在大桌旁、屋中间。火盆上煨一个胖铜壶烧开水。因为火塘上有肉吊，如果挂壶烧水，那被熏的肉油滴落壶上，烧出来的水，吃斋的嘴巴就没法喝了。祖父的房间里，现在也新生了一盆火。祖父说分开烤火吧，就把表伯、表娘邀请到里间，又把元尚婴的父辈们喊进去，一块儿闲话。

"三十晚上的火，十五晚上的灯"，一代一代都是如此说的。大年三十晚上，能怎么铺排奢华，就怎么铺排奢华。所以平时只用一盏煤油灯，此时却每个房间里，至少燃起一盏灯。只有走很长的夜路时才取出来用的那盏马灯，这时也被注入煤油，点亮，挂在柴火堆与厕所之间的，插在墙洞眼儿里的那根小木楔上。最洋气、最现代化的，只有公社机关和学校校长才用的那种玻璃罩子灯——这是父亲回来时带的唯一高档物品，早被元尚婴擦拭得异常明亮，里面的灯苗如一枚小小的芭蕉扇，喜悦地招摇着、绽放着，摆放在堂屋的大桌上。而在楼梯的上端，在楼面的入口，为了上下楼取东西方便，也蹾了一支被点燃的，筷子粗、二指长的红蜡烛——五分钱一支啊，等于十几分钟就把一个鸡蛋挥霍啦！

这一切的一切，能在三十晚上保证每一个房间、每一处拐角，都被光明——尽管是微弱的光明——扫描无余，全赖母亲三百六十五天精打细算积攒而成的煤油啊。元尚婴每天晚上睡觉前，总要看一阵书，尤其是闲书。母亲说的闲书，单指小说。母亲说看闲书不能当饭吃，还平白无故地浪费煤油。所以母亲总是将煤油瓶子锁着，每天晚上只给儿子的墨水瓶小油灯里，注入一点点儿油，深度无法淹没一粒玉米。他以最快的速度看书，也很难看过十页，灯苗便萎缩成一粒近在眉前却又远似宇宙深处的暗点了。而最令他迷惑的是那两瓣奇妙的灯花，它们虽然好看，但它们是否耗费了稀贵的煤油呢？

元尚婴有了一个帮手，堂兄元尚童。哥俩的任务是给大家添茶倒水、拼桌子摆板凳。水杯不够，一家人合用一个杯子。屈指一算，十七个人，大桌子放中间，一边拼个条桌，另一边等候厨房里的主菜完成后，将案板拿出来拼接。这个比较麻烦，要出门到雪地里找回一摞石片儿支啊垫啊的，才能将三个台面保持一个水平。如此的案台面积，就等于拼接了两张八仙桌的面积。上席两位，下席三位，左右各坐六位，正好十七人。也就是说，这是两席食客并围一桌大席，凉菜、热菜也自然是配制两席。

菜名"八大件子"：八个盘子八个大碗，共计十六样菜。桌面始终保持九个碗盘，外围八个是下酒菜，不动，哪盘吃完了添加同样的菜便是。中间的大碗是热菜，吃完一道再上一道，上完八道就算吃结束了。八个下酒菜以凉菜为主。实际上酒至半酣时，没有谁还在乎凉不凉菜了，目光多半盯着中间的那碗新端上来的大热菜。

"八大件子"脱胎于粤菜、湘菜，是根据汉水流域之特产食材，而增减调整、创新于当地的。元家世代持斋，清酒素席自食也罢，问题是面对客人，则要用些心思，免得掉价了。所以掌厨者总是挑选几样食材，比如鸡蛋豆腐、山菌魔芋等，予以精心炮制，以使其看上去与吃起来，感觉无异于荤菜，甚至好过荤菜。其中最经典的是洋芋粉皮炒木耳，那粉皮晶莹透明、柔润如玉，一望而舌跃涎旋，佐酒而微醺也……

往年的年夜饭，时间总是定在子夜快到时。这是刻意祈求吉利：意味着这顿好饭横跨两个年头，足食于岁尾、丰餐于年首。所以在往昔，年三十天黑不久，便要简单地打个尖，喝碗黄酒、吃些糖果馍片之类，内容近于早点。团年饭如此深夜吃，目的是"守岁"，即通宵不睡、迎接新年。后来，一切旧规陋习都要移风易俗了，于是团年饭被提前了几个小时。但是今天呢，情况特殊，年夜饭还得更提前开始，因为有外姓人。表伯、表娘精神状况甚差，他们若是撑持不住，中途意外在这里，那就出大乱子了——看啊，阶级斗争多么激烈啊，阶级敌人三十晚上还在腐蚀人民、毒害群众啊！

发现这个危机的是父亲，他悄悄地吩咐元尚婴、元尚童：马上开席！兄弟俩看一看爷爷脸色，也顾不上细问究竟，立马再擦一遍桌子，摆放筷子和酒盅。两个女帮厨者，立即上凉菜了。两席菜摆放好，即请祖父与那几位聊天的长者出来就座。如何坐呢？元尚婴是清楚的，当然是依着辈分与长幼。辈分是首要标准，哪怕人家只有八岁，只要辈分高，就得安排人家上位就座。不过要特别遵循一点：在同一辈分的前提下，外姓为尊，本姓为卑。当然这样的情景很少出现，因为过年几乎是清一色的自家人团圆。一旦出现外姓人，规矩随形势而变化了，越是血缘近的越"卑"，越是血缘远、没血缘的，便越是要在场面上以"尊"敬之。

祖父、父亲、母亲，以及所有的人，都像是被请的客人似的，脚步微动在酒席的外围，你谦我让着，谁也不肯首先入座。祖父说："哈呀，都这么君子的！就听尚婴安排吧。他叫我们坐哪，我们就坐哪。"大家的目光全集中到元尚婴身上了，好像他成了提前登位的太子，大家眼巴巴地只等着由他来"授爵封位"了。元尚婴顿时感动起来，感动于祖父不顾父亲的感受，直接表达出对于孙子的赏识器重。他尴尬地看了父亲一眼，父亲竟回他一个得意的眼神。于是他自信了，开始安排座次了。

本着外尊内卑、优先上坐的原则，无疑，祖父与刘表伯理应上席就座。但是刘表伯咋都不肯，满脸的恐慌不安。大家牵他、拽他，最后还是由元尚婴亲自将他温婉地摁入上座。"哦，文举啊，"祖父笑着说，"这边为大，你该坐这边！"表伯说："坐这里都把我折煞了啊，表叔！"也就随他去了。

父亲拿起一双筷子，环顾左右，问都入座了没有，都有筷子了没有。大家相互看看，又低头看看桌面，说都来了，都有筷子了，十七个人半个也不缺。"多双筷子，莫非要来客？"母亲和另一个女帮厨，各端一老碗热菜，即八大碗的第一碗——"汉山秋收"，放入两席的凉菜中心。她瞥一眼火塘，说："你们看火，笑的！莫非真要来客？"

一看那火苗，确是艳红如扇子，呼呼招摇着。可是大家还是说不可能来客人的，因为恐怕都十点了。元尚婴趁大家说火，赶紧递上两个毛巾，让祖父和表伯擦擦手脸——好像这是坐上席的特殊待遇。其实不是。表伯那鬃刷般的髭须上，粘着小水珠，鼻涕也。递毛巾主要是专让他擦的。不将髭须揩干净，大家看了倒胃口，任你什么八大件子、九大件子，也都不想动筷子了。

酒壶转一圈，各自酒盅皆斟满，只需祖父发话开席了。往年的惯例是，此刻祖父必定简言一番，将在座者每人表扬一两句，然后笼统地希望大家新年更好，要夹着尾巴做人，要笑看一切人和事，要安分守己，不要反驳任何人。总之，类似一个多月前的广播里的"元旦社论"。可是今晚，祖父没有老一套，只是说："现在是革命年代，很多规矩没有了。但是我估计，规矩是迟早要恢复的。你比如这吃饭坐席，哪边是大呢？尚婴就没记准——左为大嘛！"

"哦！"大家恍然了。

"可上席只有两个人，"元尚婴糊涂了，"你们看上去是左边，我们坐下席的看你们，却是右边，这左跟右到底怎么分——"

——爷爷张嘴要解释，门外忽然响起了异常的声音。大家一惊：真有客人来啊！

28

门外的异样声中止了室内的说话声。大家的脸上先是讶然，继之是害怕。细听那声音，那"哼哼唧唧"声，非男非女的，要赖又撒娇的，迫切又哀怨的，不知什么东西。元尚婴坐下席，背后就是大门。他站起来转身去开门，就不信真有什么妖怪！反正自他抬过一回死人后，便不再以为世间还有什么可怕的了。

"吱呀"一声，门拉开，风雪直扑脸颊，一个煤油灯熄灭了，罩子灯却没事。"黑蛋哈！"元尚婴勾首看脚下，黑狗趁机跳进屋里，筛了一地雪花。吃团年饭时怎么就忘了狗，将其拒之门外呢！实在罪过。

门"吱呀"关好，母亲点亮煤油灯，抱怨自己天黑前喂罢鸡鸭再喂猪，总觉得忘了个啥，原来是忘了喂狗。狗看外、猫管内，行动自由，各司其职，算是半拉人丁。黑蛋晓得自己的身份，断不至于方才偷听屋里猜测多双筷子、火又笑，是预兆它黑蛋可以跳上凳子就座——它夹着尾巴，尽量收缩身体——钻到桌子底下，卧着，等候桌面上一年里最企盼的食客们，给它丢食物下来。他们不丢？我就舔他们的脚腕，让他们痒痒，想起我！

白猫呢，卧在火塘边，自舔爪子，意在洗脸，再换个卧姿方向，烘烤身体的另一边。它瞥一眼两桌食客，似乎没啥兴趣，不像狗那么下作：我是可以随便跳上床钻进被窝与人同眠的，你黑蛋能吗？配吗？猫抬起头，看看肉吊，感叹着人还是贼，将肉那么吊着，还真是不好得手，以后再想门道吧。便又舔舔爪子，再洗个脸——"快看，"元尚童说，"猫爪子洗过耳背后了，恐怕真要来人哩！"

"不管了，"元尚婴看了祖父和父亲一眼，"我们喝酒，开始，趁菜热！"

其实大家的馋虫儿早就爬出喉咙、屈身踮脚拥挤在口腔，一闻"喝酒"二字，如同赛跑发令枪响——却是小半人端盅喝酒、多半人筷子直捣碗阵，什么风度也不顾不管了，声响如同鸭子戏水、风吹篱笆、雨打稻田。

"咦，"祖父从最近的盘子里夹起一片豆腐，又放下，"外面好像有啥声音？"他坐上席，距离大门最远，怎么就听见了呢？大家停下筷子，嘴巴也暂时不嚼了。果然，外面不是说话声，而是唱歌声：

> 钱树摇元家，满门活菩萨。
> 钱树快迎接，买田到汉伯——

"开门看啊！"这回元尚童抢先去拉开大门，照例风雪随即扑入，桌上的人立即手遮煤油灯，才没熄灭——

——一个披风戴雪的男人，脸型如一个倒扣的升子，肩上一个褡裢，手举一根棍子。让他赶紧进屋来，他不，或许是没听见，继续摇头晃脑唱道：

> 随便动个身，养猪两千斤。
> 一碰钱树手，都活九十九！

这是那传说中送财神的吗？元尚婴纳闷了，记得祖父祖母啊，父亲母亲啊，说过送财神，但那是在正月初五吧？而且这是新社会，哪来这么个财神爷？谁竟敢弄这个！

不难判断眼前这个财神爷，一定是家境不好，或有什么难言之隐，才在大年三十深夜，风雪里游荡寻归宿。

"快进屋啊！"

这样的时刻，上门来的无论什么人，哪怕是强盗土匪，都要以礼相待。那人进门槛时，能明显地看出腿是瘸的，分明是一腿长来一腿短。他取下褡裢放地上，接过毛巾擦脸时，便将那根刻满了铜钱的"财神棒"顺手往墙上一靠。待他擦去满脸的雪，大家惊讶了，原来他满脸的胡须！元尚婴挤到偏凳子上，给这位不速之客让出位子——正好方才那多出的一双筷子没有收回，再找个酒盅来便是。祖父问他多大年纪，他一说，祖父笑了："赶紧上来坐！"

于是再搬来一个凳子，三个人坐上席了。根据年龄，祖父坐中间，表伯左坐、"财神"右坐。两个客人颇不自在，因为他俩坐的是靠椅，爷爷坐的是凳子。

祖父又重新说了几句话，说三十晚上来客是大喜事，来的一定是贵客。再次齐端一盅酒，再次鸭子戏水、风吹篱笆、雨打稻田般大吃起来。祖父与"财神"一交流，顿时站立起来，离开凳子，拉开距离，眼光旋转了对方脸庞好几圈，又从头到脚地打量对方。"哎呀，没想到，实在是没想到！"

原来这位"财神"，竟是当年震莲寺的那个名叫因如的和尚。那时候，一帮人爬上山去砸寺庙，因如和尚自然要与他们周旋对抗，没留神脚板踩空滚下崖壁了。那些人顿时懵了，鸦雀无声了。他们齐蹽崖壁边沿，双手搭膝、勾首探看。他们毕竟年纪小，何曾见过一个大活人突然从眼前消失！他们想不到赶紧下山搜救人，而是继续保持集体鸦雀无声，魂飞魄散地离开现场。

其实因如和尚并未摔死，而是卡在树杈上。树杈跟前正好有一个石凹，他就势歪进石凹里，于是上面的人就没法看见他了，以为他掉下去完蛋了。

他没完蛋，就是落个终身瘸腿而已。震莲寺也回不去了，因如从此流落乡里当了乞丐，就是当地人说的"讨米的"。讨米就讨米，社员们供养着完事。总之跟出家人一样，不过是将"化缘"说成了"讨米"而已。

三十晚上的这顿年夜饭，由于"财神爷"——因如和尚——的意外光临，而显得分外热闹，人人叹息，缘分啊、佛缘啊。吃饭结束后，也只能按照旧社会的规矩来——守岁。就是没地方安排所有人睡觉，唯有聊天到天亮。撑不住的可以先睡。又撑不住的，则将那先睡的人拽起来，腾开床位睡。总之都不脱衣服，和衣短眠。

接下来是一件大事，要在正午夜时分，新旧交替的那一刻，去给祖坟上亮。在祖坟园的每一个坟头前，蹾一个或挂一个小灯笼。没有灯笼的话，将坟头前的雪扒拉开碗大一片，露出地表，三根竹签一插，点着小蜡烛或是小油灯，双手合围以防被夜风吹灭，迅速套上事先糊好的纸筒儿，一盏坐地灯就生成了。这就叫"上亮"。接着双手拿起香，斜探进纸灯里点燃，双手举香三鞠躬，半跪着插到坟前。然后双腿全跪于雪地，磕头、再磕头、三磕头，旨在敬安祖先、传承香火。

若是三年未过的新坟，还得备几样供果献祭坟前。其实在子夜上亮之前，也就是说大年三十的早上，家里就已经设起祖先灵案，由最小的孩子站在大门前，喊叫："太爷、太奶……回来过年哦……"新社会不兴这个，灵案不便写名位字了，敬几样祭品便是。也不宜在门前大喊先祖回来过年，眼望远方自言自语悄悄嘀咕几句便是。祖先成了神，耳朵灵得很，你再怎么低声呼唤，他们都能听见。你心里所想的一切，他们都能感知得分毫不差。

元尚婴、元尚童各打一个灯笼，大家分头拿着上亮的物什。雪夜迷离，雪花时有，家家门头上垂挂着灯笼，倒有几分童话的味道，却又听不见狗叫。狗为什么不叫呢，醉且眠乎？黑蛋就是如此，吃了一颗内包酒馅的糯米糖丸，方才脚碰它起来与大家同行，它一翻身，赖着不动。再碰一下，它再一翻身继续赖着。罢了，它也忙活了一年，一年里也没遇见几回热屎，不是被拾粪者老远发现、抓起石头驱赶走，便是从天而降另一只狗来与它争夺。现在是大年三十夜，就让它跟人平起平坐一回吧。反正一年里也就在这个时辰，不会有贼的。

当然首先是，将表伯、表娘送回家里，给他们家的火塘添加柴火。哥俩告诉两位老人放心，他们这就去给媒上亮——新坟啊。哥俩爬到媒坟前一看，元尚婴给送的饭啊肉啊，全没了，肯定被狼吃了。米饭好像没吃，但米饭碗被掀扣在地上。狼好像只吃肉，所以在与以吃屎为主、配饭为辅的狗搏斗时，狗就显得力不从心，只好拼命狂吠，一是自叫壮胆，二是让人听见来助阵。

在他们去给祖坟上亮时，家里年纪大的人，也并没有围坐火塘、火盆拉闲话、讲古今，而是在这新旧交替的庄严时刻，进行一个庄严的仪式。拆解了拼接的桌子，擦干净唯一的大方桌，将其挪归原位。接着小心翼翼地，揭开墙上的墙纸，就出现一个龛洞。洗过三遍的双手，恭敬地伸进龛洞，捧出那尊青瓷菩萨来。找出事先预备好的崭新的白毛巾，轻轻地由菩萨头开始往下揩拭，露出那蹭刮了的白伤痕。

供果，上香，依着序齿叩拜。祖父没有叩拜，问"财神"因如道："我不拜行不？"

"哦。这个你清楚啊。你拜也是拜了，不拜也是拜了。"

元尚婴也是不久前才弄清楚佛与菩萨是什么关系的。他小时候问母亲："菩萨是女的，阿弥陀佛是男的吗？阿弥陀佛撒尿不？"母亲不仅没有回答，还捶了他的屁股。

上亮回来的人，继续依序齿拜菩萨。菩萨像只供奉到大年初一。初一天刚放亮，赶紧将菩萨捧回龛洞里，外面重新贴上墙纸。

29

正月初二晚上，喇叭里响起大队支书的讲话。照例先念毛主席语录，"抓革命，促生产，促工作，促战备"。然后与其说通知，不如说下令：明天开工！

每个大队都有一台收、放两用机，多半放在大队支书家。个别支书比较散淡，又逢那大队长喜欢揽权出风头，也就由他抱了去放他家。除了县广播站每天三次准点广播之外，大队支书——偶尔是大队长，要通知什么了，就拧开收放机喊话：

"四队的马拐子——哦，马根牢同志，把你家的大解锯送到公社去用一下！"

"三队的王蛮牛，一队的栓娃子家的母猪发情了，你赶紧吆上你家的角猪去配种！"

"五队的二虎子，把你家的炕收拾干净，放电影的两位同志今晚住你家！"

那个叫马根牢、王蛮牛或者二虎子的人，听到喊叫后，就在他家里，踮起脚尖嘴对喇叭应答道："晓得了！"被喊叫的没有应答，说明他家人都在外面，没听见，喇叭里就喊叫他家附近的人家，让其传话。所以小学生在作文里谈"我的理想"时，除了当兵、放电影，或者做"跑邮的"，下来便是希望将来能在喇叭里随便喊叫人。不过这类作文，总会受到语文老师的严肃批评，成为课堂笑料。以后的作文，"我的理想"全是将来要干最苦最累的活儿。

气温跟腊月差异不大，照旧一个字：冷。阳坡是存不住雪的，太阳一出来，无论那存雪有多厚，不到一个时辰，就消融了。可是对面相望的阴坡就是两重天了，一因阳光一闪而过，二因你即使分明看见晃金耀银，就是不见蒸汽飘浮，可能因为光线太斜吧。区别还在于，阳坡融雪静无声，阴坡则时不时地"吧嗒"一声，从树枝上跌下一朵雪花，或是一个小雪球。一只田鼠，从树根附近窜出来，站起身子，摇掉小脑袋上的雪，非常警觉地张望了一番。忽然又窜进另一堆灌木丛里，留下絮状的脚印。于是那灌木枯条，如同豹子胡须般筛动起来，却又顷刻恢复了宁静，庇护田鼠似的。

田鼠是春天的报幕员。在你无法判断眼下是春天还是冬天、是正月还是腊月的时候，田鼠不顾生命危险，窜出洞穴、透露信息、一闪即逝。但是真正的春天还早着呢，因为土地依然冰冻着、板结着，如同一个养有好闺女的老男人，板结着黑脸，就是不给纷至沓来的求婚者一个明确信号。

初三开工也好，至少可以有借口不走亲戚了。走亲戚不能空手，起码得拿四色水礼。亲不亲，阶级分，有好东西不如自己享用，免得犯错误。所以"六亲不认"成为一时"美德"。

初三开工，仪式大于内容。这跟建房子一样：在选好的黄道吉日里，钉几个木桩绷个线，铲两锨土，然后大吃一顿，就算是"破土"了，并不用实际干活，完全是一个节日典礼。队长麻顺娓两根指头夹着一根细竹签，左牙剔了剔右牙，吩咐先把篝火生起来，烘烘地冻，烤热钢钎、锨把、镢柄。修了这么久大寨田，也没有了新

137

鲜感，于是你撬一下、我挖两镢、他翻三锨，家伙一撒，撒尿、抽烟、扯闲淡了。毕竟好几天不曾集体干活儿了，相互间都显得客气友好。积郁有怨气的，谁谁摸过谁谁老婆屁股的，都由于经过了一个春节，一笔勾销化作了往事。

破天荒的是，麻队长掏出两包"宝成"牌香烟，"哗啦"一声撕开，给大家每人甩一支。大家自然高兴，却也并不怎么感恩戴德，都心安理得地逮到手里，脸上是"早该如此"的神情。"宝成"，顾名思义，是为了纪念宝成铁路的建成。香烟两毛钱一盒，国家干部才配吸。泥腿子主要吸旱烟，偶尔有个高兴事，这才牙一咬，却也只是买盒九分钱，有时一毛钱的"羊群"牌香烟。

麻队长如此慷慨大方，新春开工第一天，败家子般一下子挥霍掉两包好烟，大家清楚，人家这是放高利贷呢。队长一年四季，是从不带烟的。领导嘛，只带着烟瘾就行。他要是烟瘾犯了，手里的锄头或是铁锨，"咚"一声插进土里，仰天一个哈欠："烟瘾上来喽，狗日的！"这"狗日的"三字，也许是骂烟瘾，也许是发布指令，总归不是骂他自个。三个字一广播，马上就有三个人，几乎同时也将工具往地里一插，围到队长跟前了。为何三个人呢？一个人只带烟丝，一个人只带卷烟纸，一个人只带火柴。于是这四个人里，首先是那有纸的人，一人发一绺纸；接着那有烟丝的，给每绺纸上放一撮烟丝。四个人都卷好了喇叭筒，四颗脑袋抵一圈，堵住风。这时，那拥有火柴的人，才抽出火柴划燃点烟。最多划两根火柴。两根火柴还没点着烟，咋说他都不愿划第三根了，非要等到风小了再划。烟鬼们骂他吝啬，他说要节约。

队长向来一言九鼎。凡是敢给队长提建议的，一定是平常配合队长吸烟的。有胆量嘲讽队长的，也就会计柳志兵和记工员麻忠了——欺负队长不识字嘛。今天队长慷慨散发烟，就数会计和记工员两个人笑得殷勤，因为他俩没气派如此一挥而散两包烟。有个烟瘾不大的人，刚把烟蒂一扔，就被他人抢拾起来塞进自个嘴里，"叭叭"地猛咂一阵，说："宁舍婆娘娃，不舍纸烟把！"

新春第一次开工，出勤者全是男人。所以大家说话时无所顾忌，放屁打嗝儿，蛋蛋的不离嘴。都说元尚婴这小子，混在大伙里修理地球糟蹋了，投错胎了。说着，麻忠猛不防掏一把元尚婴裤裆："大人了大人了！大家都帮他瞅媳妇吧！"

元尚婴屁股一撅，加上穿着厚棉裤，没让对方得手，脸上就不像过去那么红，因为这不是第一次被戏要了。小时候的寒暑假里，比如捡麦穗、拾豆子时，他就从男人、女人间的说笑打闹中增长了不少终身受用的、能够异常说明人性的知识。他那时就悟出一个道理，下流话是对于苦难生活的最好调剂与缓解。劳动人民总结得好啊：女人不说屎，日子难熬头；男人不说屄，太阳难偏西！队长就咧嘴一笑，说麻忠啊，你过分了，将来尚婴当了干部，回来发好烟时单单不给你狗日的发！元尚婴却当下红了脸：这个比掏了裤裆更让人尴尬。自己分明成了农民，哪可能将来当干部呢！但是细看队长那说话的神气，并没有嘲讽挖苦的意思。群众的眼睛是雪亮的，莫非自己真有前途？其实在他想来，眼下与大伙儿一同劳动，快活地说脏话，就是最好的"前途"，无比地自由与任性。

"啥时候开学啊？"有人问元尚婴。

"上不了，"元尚婴马上回答，"也不想上！"

问话者叫王蛮牛，二十七岁了还没媳妇，因为一头的癞痢。他爹、他哥也是一头癞痢。虽是贫农，但他老子也曾给大恶霸武国军当过几天狗腿子。这倒不是他一时三刻瞅不来媳妇的全部原因，实在是住房狭窄，日子过得没名堂。若说长相，比如说他戴着草帽或者披着蓑衣时，那还是有鼻子有眼睛，看上去蛮亲切的。

"你要是上学了，比方说日后上大学了，咱打个啥赌？"谁也不会想到，这个名叫王蛮牛王瘌痢的，会冒出一句如此不着边际的话来。

大家都没吱声，惊奇地看着他。

"我腊月到汉叔镇上赶集，在食堂里买了一根麻花、要了一碗面汤，咱也享受一回进馆子的牛气！跟前的那张大方桌上，坐了三个人，其中一个白面书生，胸前别个小牌子，白底红字，我只认得一个'大'字。那书生吃完了羊杂碎萝卜汤泡馍，掏出手帕边擦嘴边走了。剩下两个人谝得神秘，说那人初中都没念完，不知咋搞的，跟县上的组织部长的女儿谈上了恋爱，就给推荐上了清华大学！又说组织部长的女儿，是个小儿麻痹……"

大家一下子来劲了：

"赶快打听去啊尚婴，看看县上领导还有谁个女儿麻痹！"

"龙生龙凤生凤，老鼠生娃会打洞，哪能那么巧，还有第二个麻痹等着你！"

"兴许哪个领导的女婿死了呢，关键看你娃运气啊！"

正说到章法大乱时，王瘌痢忽然腰一折，双手捂住肚子，屁股哆嗦得欢实，牛配种似的，分明是在竭力收缩屁眼。

"咋啦？"

"放工吧队长，回家拉屎啊！"

队长早就想宣布回家，这下反倒故意拖延了。他指着王蛮牛的鼻子骂道：

"看你个熊样子！正月里饭好你就泼命地吃，往死里撑！饿死鬼托生的！今又没女人，那边去，拉到集体地里！"

"我不！我肚子里的，算给自留地吧！"

队长一时不知如何反驳，就一脸坏笑地掏出一支烟，马上有人上前点火。见工地上有一个报废了的半截土筐，王蛮牛抓起土筐，猫着腰，屁股夹得紧紧的，刺猬般蹿到石坎后面。不到半分钟吧，只见他手拎土筐，笑呵呵地走出来：

"都说吃好的舒服，我看还是憋急了拉屎最舒服！"

队长躁了："你知道不，土筐是生产队的！"

"我知道。我拿回去，屎倒茅坑里，到河里把筐子洗净，再还给队里不犯法吧！"

30

无论阶级斗争如何激烈，在偏僻的山乡也还是要挨到正月十五后，才开始轰轰烈烈"闹春耕"的，于是犁地、挖地、翻地忙。土地如同需要挠痒痒的皮肤，被犁、被耙、被挖、被翻得热气呵呵，弥漫着一团团异常清洁的芳香。山根下的平地，整块的缓坡地，在响鞭的吆喝下，由牛犁。有些大寨田很小，又不规则，拿牛犁只能浮皮潦草，几个来回便没戏唱了，边边角角的还得人力镢头挖。

稻田依然安静着，只是不再见结冰。清明前后，水牛才会出动犁稻田。同时，开始整治母子田，随后铺撒稻种，以备四月里插秧。插秧是繁重的苦活，得给劳作的人改善伙食，稀饭至少会熬稠点。大米是细粮，亩产量太低，也就两百多斤吧，出净米充其量一百五十斤左右，实在是多劳而少获。但大米意味着优质生活，再苦再累总能给人的肠胃以遐想。

开学了，每一个小学生、初中生，如破笼而出的兔子，奔跑着、呼叫着冲向学校。假期对于农村的孩子来说，等于繁重的劳役，没有谁不希望开学的。开学了，跟犯人刑满出狱了一般。

　　元尚婴没有接到上高中的录取通知书，却也没有丝毫失落的感觉，因为他早就有着无所谓的心理准备。可是他高估了自己。当他看见别的同学，扛一根柴火，柴火一头吊着粮袋、一头吊着酸菜小漆桶，阳光灿烂地从大路上经过去念高中时，他的心脏忽然炸响，并导致浑身的抽搐痉挛。他本能地蜷曲了，捂住小腹蹲下去，假装捡拾翻地翻出来的小石片，眼睛却斜向大路。一个同学冲他张了张嘴巴，想喊他又没喊出口，却将那柴火换到另一个肩头上，借此将脑袋拧开去……

　　这一刻，他忽然感觉他不是他了，因为他泪流满面了。看来他对自身的理解并不完全正确，他原来，也渴望念高中啊！他每次去汉叔镇赶集，总会绕到镇后的台地上，偷偷溜进高中校园转一圈。门房并不曾阻拦他，以为他是高中生，或者当他是某个老师的亲戚，周末来请老师去他家吃饭呢。但他还是感觉自己卑下，心虚得很，实在不配溜达如此美好的校园，不配穿过篮球架，不配抚摸高低杠，不配隔着明净的玻璃窗扫描教室里那一排排带屉档的课桌、天花板上垂吊的汽灯……

　　生产队的人，从队长到社员，都问他为何不去念高中，不是都同意、都盖章了嘛！他脸面羞得彤红，不知如何应答，这成为他一生里最难堪的时刻，他恨不能眨眼化作一团蒸气消散掉。可是收晚工回家的路上，他就冷静了下来。他劝说自己接受现实吧，那么多的孩子，小学没念完还不是回家放牛牧羊了，何况自己已经念满了初中呢！他抬头望了望火塘上空的熏肉，对家里人说，虽然高中念不成了，但是鲜肉已成熏腊肉，答应了送给丘干事，就该及时给人家送去。家里人完全赞同，只担心丘干事不好意思收受。

清早，月亮偏西，距离天正式大亮还有一个多小时，元尚婴就被母亲叫起来。母亲早将两吊熏肉包好，装在土筐里，让儿子一手拎筐子、一手捏铲子去送肉。路上碰见谁了，人家便知道这小子勤劳，起得如此早，也懂得了拾粪的好处啊。他经过杨家沟口时，听见沟里传出鸡叫声。这应该是鸡的第三遍叫声吧。是麻队长家的鸡，公鸡，全生产队唯一的公鸡。

丘干事的家距离公社不远，那独立的三间瓦房，卧在阴坡的一个凹处，地形如同圈椅。除了节假日值班，丘干事都在家里。元尚婴绕过两棵漆树，快接近丘干事家门时，人家的大黑狗高叫起来，高叫得字正腔圆、节奏爽快，足见干部家的狗营养好、胆子正。元尚婴并不害怕，因为他推想干部家的狗，配备有盒子枪的干部家的狗，其实并没有咬人的机会——谁个找死摸到有枪的干部家偷东西啊！可是也很难说，如果这条正叫唤得亢奋的狗，眼下就想咬个人呢？所以在接近丘干事门口，狗迎面窜来时，他迅速将手里的铁铲丢到地上。几乎是同时，门"吱呀"一声开了，狗鼻子也抵着元尚婴手拎的土筐了。开门者是丘干事老婆，手里端一个尿盆，头发披散着，脸面模糊得一如西挂的山月。元尚婴叫了一声"表婶"，对方"哎"一声说，这么早啊。元尚婴跟前的狗随即尾巴一耷拉，拧转屁股给他带路了。

丘干事听见说话声，早就划着火柴点亮了罩子灯。他披着上衣靠着床头，下身依旧埋在被窝里。见元尚婴送来腊肉，他很感动，却又果然说"不要、不要"，让元尚婴怎么拿来的就怎么拿回去。元尚婴说，这怎么像话呢，我们家不吃肉啊，送给您等于是请您帮我们忙呢，不然送给谁呢。丘干事一想也是，周围还有谁配吃如此栗子色的熏肉呢！他边打哈欠边说：

"你没上成高中确实遗憾，我给区上打了两回电话都没能扳过来。不过你年龄小，以后机会多的是。这样吧，上面每年都会给点合同工指标……只是你家成分……反正你现在年龄也不够……先劳动着，看哪里可以补民办教师……"

实际上这些话并没有感动元尚婴，因为他心里就没想过这些问题。他现在想的是他完成了任务，他成功地将肉送了出去，他和他们家说话算话，没有失信，他因此而高兴与满足。他说了声，"那您再睡会儿啊"，就离开床边了。过门槛时与表婶碰了个面，他看见她那富富态态的圆脸，恍若一张大饼。大饼要他留下，要给他烧茶喝。他说不了，要趁早拾粪呢。

元尚婴走到方才丢弃铲子的地方。在弯腰拾铲子前，他先回身看看狗，防止狗误判了他的动作。他对狗笑道："你可别咬我哦！"狗说："嗷！"尾巴摇摇，意思是"好"。他便放心地弯腰拾起铲子，离去了。

在下坡的时候，四周的景物渐渐清明起来，因为东边的亮色盖过了西落的月色。晨风如一团巨大的抹布，面向东方的山坡最早被抹白。大堆大朵的雾气，开始往山顶收缩，要与天上的云阵会师。两股势力将组成一个新的、庞大的军团，商量决定今天一整天的天气，是晴呢还是阴，是风呢还是雨。

他惊喜地发现了一堆牛粪。牛粪并不怎么肥田，因为它几乎没有臭味，却由于体积大，就很招拾粪者青睐，可以快速增加"筐产量"，让人图个当下满足。可他铲子刚要挨着牛粪，就又迅速收了回来。这是丘干事家附近的小路边，分明属于人家的势力范围，是私有资源；如果是在大路边，那这牛粪就归全体人民了。谁先发现谁先拾，算是对于早起勤劳者的奖赏。可是有些人偏是不自觉，偷偷摸摸地到别人家门附近"拾粪"呢。

既然是人民公社社员，就要做一个好社员。元尚婴在大路上拾了几铲子羊粪，几百粒羊粪蛋儿，便心生安慰。羊粪火劲大，上到阴坡地里尤见效果。这时他看见远远的三个人，正在上演一出戏。

　　一个早起赶路的人，他看不清脸面，一因太阳未出，二因距离不够近。从那人的身架与走路的姿势看，是楚子川最上头的那个大队的人。那人将背篓蹾在河坎上，拿小石片儿支稳当，然后躲到柳树背后，蹲下解大手。那人用双手搂着柳树，要借助柳树帮忙使劲儿的样子。在另外两个方向，等距离地站着两个早起的拾粪者，都瞄着那个解大手的男人。

　　那解大手者一手不离柳树，一手就近捡起个石片儿揩拭屁股。石片儿一甩，立马提裤子站起来。于是远处的两个提筐拾粪者，相向朝此走来。待那男子背起背篓离开时，远处的两个拾粪者便跑将起来，大概一边跑一边想着一旦得手了这摊粪、倒进自留地里，定会长出一棵粗壮的玉米、结两个棒槌似的玉米棒子……元尚婴这厢也莫名其妙、不由自主地跑起来。他跑不是要去争抢粪，而是要去见证鹿死谁手。三个人尚未聚拢，忽然不知哪里蹿出一条瘦狗，直扑柳树后，几嘴就吞了那堆热食。三个人碰头了，不免大笑起来——这是一个最好的结局，谁也没占上便宜，不会导致新的阶级差别，哪怕是暂时的、微不足道的阶级差别。

　　那两个白白奔跑的男人，一个是三队的王蛮牛，一个是四队的马拐子。

31

田信康后来知道元尚婴曾偷着摸黑去找柳会计给他在推荐上高中的表格上盖章，却不到自个家里来，心里很是生气——多么好的朋友啊，何必瞒着我呢！所以在春节后修大寨田的工地上，田信康就懒得理元尚婴了。元尚婴主动打招呼时，他也只拿鼻子"哼"一声了事。但是现在他难过了。他清楚自己并不是读书的种子，却偏偏上了高中。元尚婴呢，比他小近两岁、还未成人的元尚婴啊，却过早地失学当了农民！

"要不，"田信康的父亲说，"你跟尚婴调换一下？你爷爷过去给人家当长工，人家对咱们还是很好的。"

"能调换我早就调换了！"田信康觉得父亲真是糊涂了，"如今讲成分，只怪他出身不好嘛。"

田信康说他要放弃念高中，就在生产队里陪元尚婴当农民。父亲刚张嘴，却是母亲抢先表出态来，支持并赞赏儿子懂得仁义。他们清楚自家的儿子不是念书的料子，他们更见多了白白念完高中，仍然一概回家种地的例子。若是念高中也跟征调修铁路一样，可以吃白馍、每天记工分，定时转回生产队里参与分红，那就不能放弃。

商量完后，田信康胳膊一挥搓出一个响指来，说他这就去告诉元家。一路上他很感自豪，笔直了胳膊腿儿，正步走二十米，一股高尚的情绪回流在他的周身，看得周围的人瞪大了眼睛，以为谁给他相中了亲事哩。结果让他很是扫兴。元尚婴不在家，尚婴母亲说，"你心肠好是好，可是太不懂事啦。好娃哩，当农民又不是走夜路，哪里需要人陪呢！各人有各人的命数，若不是……"尚婴母亲赶紧掐断话头，心里说，若不是一切凭推荐，你娃哪有上高中的好事呢。"若不是我们，""若不是"之言得说完啊，"若不是我们成分高，你哥俩一块儿去念高中，来回有个伴儿，多好！"

尚婴的父亲用看自己儿子的眼神看着田信康，与田信康面对面地坐在小凳子上。他平时不爱说话，那是因为他脱离了讲坛，不想说他不愿意说，甚至不会说的话。他的手不住地拍着田信康的膝盖，完全把眼前的这个小伙子当成了他的一个不听话的、犯了错误的，或是逃过学、打过架、考试不及格的学生，要认认真真重过一回教师爷的瘾：

"你好糊涂啊，田信康同学！知道人生开始什么最重要吗？念书，念书，还是念书！你只有念了书，念了很多的书，你才会过上——我是说——"尚婴父亲掏出手帕，擦擦手背、手心，装回口袋。田信康觉得奇怪，自己的膝盖并不脏啊。"你才会为祖国做出更大的贡献！你要为贫下中农争光，多读书、穿皮鞋……书念多了，就能到很多地方……不管将来到哪里，都要成为一个有益于人民的人，一个纯粹高尚的人，一个吃商品粮、戴手表的人……"

"戴手表"三个字打动了田信康。果然后来，他成为他们同学中第一个戴上手表的骄子。

"如今虽然不注重课堂教育，但是念过高中和没念过高中那是大不一样的！高中的老师，都是来自四面八方的老牌大学生，他们即便不给你们上课，整天带你们劳动，他们的一言一行，也会把你们熏陶得非同一般，一辈子受益的……"尚婴父亲又掏出手帕擦把脸。"再说你们只是念个初中，学生全是咱楚子川一个公社的，相互间横鼻子竖眼睛都知根知底，长不了啥见识的。可是你到镇上的高中去看看，学生们来自全区所有的公社，与他们相处两年，你就会学到很多东西啊，田信康同学！"

"噢呦，一口一声同学！"元尚婴的母亲不耐烦了，讥讽起来，"谁让你不检点自己，想念在学校里教书的时候了不是！"

元厚谦，元尚婴的父亲，曾经的元老师，此时一门心思扑在教育事业上，给田信康讲了一通应该念书、必须念书、如何念书的大道理。末了又找出一支圆珠笔芯，由于没有圆珠笔杆，只好两根指头很把作地钳着圆珠笔芯，在一片撕下来的废报纸的边角上，边写边说："我给倪老师写个条子，你去找他，有什么问题了，需要帮啥子忙的话，找他！"

后来田信康从同学们嘴里才听说，倪老师也曾在县中教书，夜里和体育老师摸到蔬菜队的地里偷了五个萝卜充饥，双双受处分，被分别弄到乡下的两个相距甚远的中学了。因此，同学们背地里叫倪老师"倪萝卜"。

元尚婴并不知道田信康到了他家里，他当时正在后坡上诊治那棵漆树。那漆树去年没有结漆籽儿，像是得了什么树瘟。没有收获漆籽儿，就没法从油坊里换来漆籽油。没有漆籽油就无法炸油锅——谁有，谁又舍得拿菜油、香油炸锅啊——所以大年夜的饭桌上，就少了几样奢华的好菜。刚打出来的漆籽油自然是液体，冷却后变成固体，颜色微黄近似冻肉或者人的皮肤。过量食用可能有害。但那味道却是很香，足以哄骗嘴巴：锅烧红了，漆油饼往锅四壁一旋抹，它便迅速熔化、汇聚锅底。生菜往锅里一倒、一拨拉，但闻"刺刺啦啦"，只见青烟乱喷，那气息便破窗越门，致使一两里路内都能闻见。但是都晓得那是在拿漆籽油炒菜，是主妇故意耍烧包、闹显摆呢。所以拿漆籽油炒的菜或是炸出的果子，主人总是殷勤劝客：趁热吃，趁热吃啊！因为不趁热塞进嘴里、哄入食管，漆油便会如蜡般冷却嘴唇了。

漆树本是经济树，割下的漆能涂染家具，能卖钱。只因日子艰难没办法，又榨它的籽儿成油吃。且那油渣，又是上等的肥料。自留山上能有一棵属于私人的漆树，其收入等于养了两只勤下蛋的好母鸡呢。

可是这漆树病了！母亲说可能树里生了虫子吧，趁着春来万物要生发的时机，就让儿子拿上锄头，将树根四周的土扒拉开去，然后拿些麦草、树叶啥的，点燃。不能点明火，要焖而熏之，熏跑树里的病或者虫子，但不能熏死，熏死了等于杀了生，丧德呢。总之要把漆树的病治好，让漆树继续为家庭生计做贡献。

元尚婴站在漆树跟前，直等到那树叶、麦草变成一摊黑灰，撩土覆盖，确信不会随风引起山火，这才拎着锄头下山回家。从屋后转到家门口，恰逢田信康起身要离开。两人又说了一会儿话。元尚婴请田信康每个周末回来时，带上课本，让他看看。"这有啥问题！"田信康一拍腔子，"索性课本送给你！"

元家是读书世家，上学所需的那一套东西，尚能找出几样。两人站在门口说话的当儿，母亲让田信康稍等。她回到屋里，上楼取下一个扁状漆桶，能装三四碗饭吧。她将漆桶里的花椒倒出来，拿水洗干净桶，盖好盖子，提着系绳，递到田信康手里：

"给，拿去装菜，住学少不了这个东西！"

田信康有点不知所措。他们祖祖辈辈只看见过别人拎着漆桶上学，从没想过自己哪天也会拎着漆桶、背着粮袋去远方念书。

在他犹豫着是否接过漆桶的那一刻，元尚婴的父亲从母亲手里暂接过湿水未干的漆桶。他抚摸着，将漆桶盖儿揭开，看看里面，再颠倒过来拍拍桶身，仿佛里面有什么残渣。其实什么也没拍出来。"瞧这桶带子，熏得黑的，原来是白带子啊。"他掏出白手绢，擦拭桶带，白手绢马上出现了三道黑印。这是他当年跑学的伴侣。

他想起了他那慈祥的母亲，元尚婴的祖母，想起了那遥远的求学往事。

"信康，东西是要用的，不用就是废物！感谢你使用它，真的！"

田信康没听懂这话的意思，为何给他东西还反倒要感谢他呢？他只是从对方的脸上，感知到一种无以形容的真诚与恳切。

三十年后，田信康开来一辆价值二十多万的小汽车，要白送元尚婴。元尚婴当然不会无缘无故地接受。"记得当年的漆桶吗？"田信康不无炫耀地说，"我一直记着，我要还这个人情！"他很自得，显然在自我表扬他是如何讲信义、如何吃水不忘挖井人。

"我记不起漆桶的事了。"元尚婴淡然地说，也的确说的实话。祖父曾告诉他，别人欠你的，你不要记；你欠别人的，一定不能忘。"就算有那么回事，我也不需要汽车。"

谢绝了汽车好多天以后，元尚婴才想起，人家田信康当时就"还了人情"呀。那是在他送田信康去念高中的路上。上到金鸡岭，就没有坡可上了，于是分手。田信康忽然问元尚婴：

"你见过女人吗？"

"怪话，谁没见过女人！"

"我是说，你见过女人那东西吗？"

元尚婴当下惊诧了。

"我知道你没见过的！我今天就让你见识见识——"

说着，田信康从怀里掏出一张折叠着的字纸。

"我先给你说说哪来的吧。我到上川的大队部，去找赤脚医生问个方子。他正出门担水，要我先进屋里坐。他家桌上放了一厚本书，小娃枕头似的。我翻到书面一看，叫《赤脚医生手册》。胡翻了几页，就看见了这个……啊呀，赶紧撕了下来——"

元尚婴接过一看，原来是个图。上边、下边是文字，图在中间。两条粗壮的半截大腿中间，一个不规则的圆洞儿，深不可测的样子……如同封了口的括号，括号上方有些须毛。并不是真人的完整照片，而是肥硕的局部图，像是炭笔速写画。图下一行粗体字：女性生殖器外形图。

这张图给了元尚婴以平生未有的巨大的震撼、无比的惊艳。

但他又纳闷了，怎么跟小时候，被媆带着打猪草，媆让他看的她那地方，很不一样呢。

田信康问："看够了吗？"未及回答，便抽了回去，依旧折叠，装回内衣口袋。

可是走了不远，他又将元尚婴喊回去：

"送给你吧。生产队里劳动太苦啊，累了拿出来看看，兴许能解乏。"

元尚婴坚决不要，田信康坚决要给。元尚婴只好接下。

元尚婴回望时，田信康已被金鸡岭挡住了，看不见了。他掏出图纸，发现对面有人来，赶紧又装进兜里。最后他偏离道路，溜进一片毛竹林里撒尿。他先看了几眼图纸，结果下边硬得半天撒不出尿来。

这页图纸拿回去掩藏在何处？他想不出合适的地方。附近有棵老柿树，树上有个洞。他爬上树，反复看清了四周确实没人，便将那图纸卷成一个圆筒儿，塞进洞里。哪天赶集时，也许可以偷取出来看看。

他走出毛竹林，却见两个放牛的孩子冲他笑呢。

32

公社在几年前就办了一个综合厂，核心机器是柴油机带动钢磨子。元尚婴至今记得，一大群人迎接柴油机和钢磨子的热闹情景。河堤路面走不远，就变细变软了。为了护驾抬机器的人与机器不滑倒、不受伤，不抬机器的皆人手一根棍棒，分别行走在河床上和另一边的稻田里，以便随时支撑抬机器的人。锣鼓响器也在前面开道、后面压阵，看得那个在半山上放牛的聋子老汉很是纳闷：抬棺材埋人吗？

这是楚子川有史以来最大的喜事，喇叭里几天几夜都在重复说这是无产阶级"文化大革命"的伟大成果，是毛主席、党中央对楚子川人民公社全体社员的亲切关怀。公社一声令下，给每个生产队摊派了木材任务，要求迅速送达。同时让每个生产队再派一名壮劳力，务必在半个月内建起厂房。由于时间短、任务紧，不能拿夹木板担土壤筑墙——下层未及干硬、上层必然垮塌。只能竖木撑房梁，和泥脱土坯，封堵四面墙。老天爷被大家冲天的革命干劲镇傻了，乖乖地予以配合，三伏天里居然未曾下过一滴雨！大清早脱的土坯，经了一个日头暴晒，下午就邦邦硬得可以垒砌了。

建造厂房期间，柴油机钢磨子被三层塑料布覆盖着——防雨；塑料布上再覆盖以稻草——防晒；同时，为防阶级敌人破坏，夜夜有两个民兵持枪护卫。果然没要半个月，十四天就建起了厂房！

开机的那天，人们用废弃的木材搭建了一个台子。台子两边的立木，自下往上全拿柏树枝捆扎起来——那是当年最盛行的所谓"彩门"。大队长提议、公社革委会主任批准、所在生产队长牵头，将附近一户人家的不足六十斤的青年猪予以宰杀——由公社会计支付现金。命令一出，台子左侧立马支起一口牛头锅，另外的人则迅速跑进地里拔回五挎篮萝卜。随着一声高亢嘹亮、传播五里的杀猪锐叫声划破九月的天空，人民群众无不拍手称快、口水四流。萝卜炖猪肉，肉块、下水、骨头、杂碎一锅烩，这才是真正看得见、摸得着、闻得香、吃得嘴的，实打实的幸福生活啊！

开机的具体时间定在下午一点钟。柴油机被粗大铆钉固定在两根枕木上，又抬来两块大石头压住枕木两头。"这狗日的劲大得很，能抵五头牛！"从镇上请来的技术员说，"不压牢的话，一发动它就蹦起来，到处乱跳找人撞哩！"

问题是后来，技术员无论如何摇把子，摇得满额滚汗珠，那柴油机就是只喘气、不轰鸣。于是他站在一旁。人们以为他故意端架子，就及时将烟卷塞他嘴里并给他点着。他骂了一句什么，让其他的小伙子接着摇、分头摇，"冷机器必须摇热！"小伙子们也是摇得人人额头淌汗珠，但那机器依然只喘气不启动。"把说明书拿来。"元厚谦说，他正休暑假在家里，听见人欢猪叫，就凑来看热闹。他翻看了几页说明书，然后趴下，歪偏脖子，查看柴油机肚子，要人递来扳子探将进去，拧拧，敲敲，拔掉一个线头又再接上。他站起来，揭开油箱盖，戳进一根麦草，蘸出来放嘴里一品尝："柴油是真的。"他再次弯下腰，亲手抓住摇把子，缓缓地摇转了三圈，第四圈开始，猛地加快速度，也只三圈，一拽摇把子，只听"嘎""嘎嘎""嘎嘎嘎嘎嘎"——主动轮飞速旋转起来，巨大的声响迫使在场者全都张大嘴巴、捂住耳朵。地面筛抖着，屋顶上的泥块纷纷坠落。

自这一刻起，元厚谦的周身立刻被大家异常钦佩的目光包裹起来。人们只晓得他是大地主的儿子，旧社会在省城里念过大学，斯文寡言，随身手绢臭讲究，真叫四体不勤、五谷不分。没想到他居然能开机器！"没看出喂，能人啊，啧啧！""这就是那种大知识分子吧？挺好么，干吗叫人家'臭老九'，还要改造呢！"这为他日后被贬回家，未怎么受歧视铺垫了良好的伏笔。

技术员显出几分尴尬，不过很快就心安理得了。他将元厚谦拉出厂房，以便回避噪声、方便说话。"元老师，您不记得我了？您是我们的物理老师啊！"元厚谦把技术员的模样端详了半天，还是没想起这个学生姓甚名谁。

自柴油机推钢磨的那天起，石碾子、石磨子便退出了历史舞台。那天人们大吃了一顿萝卜炖猪肉。元家父子因为吃斋，滴汤未沾。已经解散了的公社"毛泽东思想宣传队"被临时召唤在一起。本来要演一场《白毛女》的，可是扮演喜儿的演员被汉叔区革委会主任的堂弟——那个四乡游转的补锅匠——娶走了。没法演大戏，就演了两场小戏：《四个老汉学毛选》《四大娘斗地主》——乐得男人们借机捏了几把娘儿们的屁股。

这是五年前的事，元尚婴觉得业已成为遥远的过去。父亲被开除回来，地方权势人物念记他有功在前，便恩准他不用下地干活，而是到综合厂里管机器。每天去综合厂的路上，他总一路小跑着，双手挥舞着从空中逮抓杨花、柳絮，或者随风飘浮的蒲公英。他将那些捕获在手的，几乎感觉不到的东西，揉成两个小蛋儿塞进耳孔，这才启动柴油机，目的是不让机器把自个震成聋子。他接着琢磨，反复实验了一个月，手工鼓捣了几样新装置，终于将噪音降下很多——前来磨面、打米、榨油的人，说话聊天时不用再鼓很大的劲了。他又发现了麦面兑水的比例，打算制作一个搅拌机，让人民群众来压面时节省气力。

气温每天都在微微上升，阡陌四处，蚂蚁们成群结队地忙碌起来。飞虫们也不甘落后，围绕着每一棵树冠飞舞嘤鸣，仿佛在催促枝上的苞芽们加速膨发。种过洋芋后，再翻别的土地。洋芋出苗了，叶子如同分币大小时，间隔一行种玉米。下来就该给母子田撒稻种了。这一项劳动，元尚婴只是在过去上学的途中见过，自己并不曾实践过。现在他主动请缨，专为母子田供粪。

粪是由老把式从附近的人家挑选的上等羊粪、鸡粪，因为这两样粪火气大、肥劲足，适合育稻苗。元尚婴首先将粪扒拉开，翻仰了䦆锄头，将粪捣成碎末，然后装入粪筐。阳光下的牲畜粪臭气熏蒸，元尚婴只觉得两个鼻孔实在长得多余，人实在不该有嗅觉啊。但是当他挑起粪担行走时，臭味却不见了，全然被乱风分流到广大田野了。挑到田埂上，水田里的老农急忙摆开两腿，一拔一扭、一扭一拔地走过来接到手里，转身撒向被耙得平如镜面的田块上。

元尚婴说他要脱鞋挽腿，径直将粪送进水田里，却被老农笑着阻拦了。老农很心疼他，说他最该上高中，不该如此年纪就当农民。他回答说当农民好，当农民热闹，不少比他更小的人也都当了农民嘛。"可是娃娃，"老农说，"你不一样啊，一看就是读书的料么！"

这让他大受感动，也觉得很奇妙，像是微醉了一般，陶然若幻。难怪毛主席一再教导人们要尊重劳动人民，他们虽然腿上糊满牛粪，但是心底最为质朴，眼睛更能看明世事。元尚婴挑着空粪筐返身时，不由得哼起《北京颂歌》来：

    ……火红的太阳，
    照耀在中南海上。

伟大的首都，

你是毛主席居住的地方。

啊 北京啊北京，

大庆红旗向你飞舞，

大寨红花向你开放……

而大面积的稻田，正在静静地领受阳光的赏赐。等到母子田的秧苗长出三四寸高时，这才开始犁秧田、耙秧田。眼下的秧田，去年收割时留下的秧茬，一拃来高，如同未燃尽的炉香，整齐地插在水里。趁此良机，青蛙们开始了传宗接代的伟大活动，看上去不可思议、美丽迷幻。

母青蛙背驮着比它小很多的，大约只是它四分之一个头的雄青蛙，在水面上缓缓前行，二者身后拖出一条五寸宽的晶莹闪耀的素练，如同喷气式飞机拉出的白烟。素练薄如纱云，里面间距一寸两寸地，网着点点黑芝麻粒——那便是最初的蝌蚪。青蛙夫妻全身心投入，母蛙的下腮是一个柔软的囊袋，它不时地睁开眼睛，闭眼时"哇"一声鸣叫，传达着它的幸福或者说痛苦；雄蛙则四脚紧紧地抠着母蛙背，眼睛始终不曾睁开，看样子正在竭尽全力，抑或是品味着某种妙不可言。

可是危险出现了。一只泥鳅钻出来，直破蛙卵网，搅浑一团水，再冒出来顶破卵网，享受着捣乱的快乐。更可怕的是，一只猫，蹲在夫妻蛙可能抵达的田埂上。猫的两只前爪缩在胸下，眼睛死死盯着迎面前来的夫妻蛙，不时地伸出舌头，快速地旋抹一圈嘴巴。猫的神态安静而乖巧，但它那摇晃的尾巴，暴露出了它内心的亢奋与期待……

元尚婴看不下去了。他对水田里的泥鳅没有办法，但是他可以，也必须驱赶走贪婪的猫。他抓起一个泥蛋儿，扔向猫：

"滚开！滚远！"

猫立刻逃跑了，夹着尾巴逃跑了。这一刻，元尚婴觉得自己行了一回善事，耳朵里灌满了通常出现在夏夜里的蛙鸣，那是一浪接一浪，一波紧凑一波舒缓，忽然休止喑哑、万籁俱寂，忽然又齐歌群唱的蛙鸣。

33

周末，田信康自镇上的学校回来，太阳已经落山了。他将所有的课本送到元尚婴家里，进门往桌上一撇，说他不要了。元尚婴说这是不可以的，说他翻翻后会及时归还的。田信康脚板跨出门槛，元尚婴只说了声"慢走"，并不送客，而是立即将课本码齐整，直觉得它们方才被甩疼了似的。他捧起课本们，将它们放在自个鼻子底下，来回嗅闻着其间散发出的奇异墨香。他生来喜欢看书。看书没有具体实在的目的，只图个看书本身的愉快。书中的世界与人物，在小小的楚子川里是看不到的，这让他的内心获得极大的扩展。

每次收假开学，最高兴的事是拿到新课本。第一件要做的事，是拿纸包书。有此好习惯的学生不多，也许他们家里拿不出包书纸吧。只要见到同学包书，全老师就表扬，让拿到讲台去，由他拿蘸水笔工工整整地写上"语文"或是"算术"。初中毕业后，如此美好的事情再也不会出现了。元尚婴鼻子一酸，却也克制了眼泪往出流。转念一想，当学生还是当农民其实无所谓，只要有书读就好。

他找出从墙壁上揭下来的，为防折皱而卷成圆筒儿的过期的年画，无非样板戏里的人物，李玉和、杨子荣、柯香、方海珍什么的。他将课本拓在年画上，比画好了再裁剪包书，心里灌满了对于一去不复返的学生时代的甜蜜反刍。

他翻开语文课本，第一篇是毛主席的《沁园春·长沙》，喜出望外，因为他曾做过手抄报。课本里的不少文章他都阅读过，顿时弥补了些许的因未能念高中而生出的遗憾。他找出手抄本核对。有报纸可看、可抄，要感谢爷爷爱看报纸，更要感谢大队会计马师祖大方提供报纸。

他奇怪的是，与初中比较，高中的课本科目不仅未增加，反倒减少了几门。语文数理化照旧，地理、美术、音乐、农知、珠算没有了，替代它们的是政治、历史、林业、养殖。林业、养殖课本免看了吧，眼下直接从实践里掌握。元尚婴用了一个晚上，燃了两墨水瓶煤油，将各科课本的要点连看带抄了一小半。清早与开门的母亲相遇，母亲看着他的脸笑，说他的额发被灯苗燎得打了卷儿竟浑然不觉，脸蛋、鼻子青一块乌一坨的。他抬手一抹，母亲说更成花脸猫了。他一口痰唾出去，地上就开出一朵木耳花来——都是煤油灯熏燎的结果。

自当了农民起，母亲不再限制他煤油了——因为儿子大了，挣工分了。

洗过脸后，他将包好了的课本全部送还田信康。田信康一脸的吃惊，说不用还啊，他可以蹭用同学的课本嘛。元尚婴说那不好，不硬气，也没必要，"放忙假时，你再带回来我看看就是"。

田信康说了一些高中里的新鲜见闻，说每一个老师都戴着手表，而楚子川的公社干部，也还有一半人没戴手表啊！课间休息十分钟里，教室相挨着的老师总是走到一起，交谈手表。你取下我的、我接过你的，或者将两块手表并列比较，又放到各自耳朵上倾听。"我的是快摆啊！"一个老师说。快摆？田信康弄不懂这个词儿，他无法想象手表走动的声音，渴望什么时候能有一块手表，也贴上耳朵一听究竟。

"没想到有的老师，是流氓！"田信康忽然冒出这么一句话，让元尚婴甚是困惑。

"老师和高个子学生，混合打篮球，我们站在边上观看。开打前，一个老师卸下手表，冲我递过来——我兴奋地伸手去接，老师的胳膊却飞快划过我的鼻子，如一股强风——手表落到一个漂亮女生手上了！"

"这有啥嘛，打篮球不能戴手表啊，不然会把手表打坏了，或是打甩了嘛！"

"你看你，笨的！"瞧这个烧包，一上高中，就说没上高中的人笨了。"关键是老师喜欢漂亮女生啊，流氓吧！"

元尚婴不知说甚了。那田信康继续气不顺道："你没见那个女生，接过手表，脸一下子红得公鸡冠子似的。她把表面贴到脸蛋上，又拓到耳朵上，侧了脑袋，边听边转圈儿哩——真羞了她八辈子先人！"

"你这是吃醋呢，"元尚婴终于听明白了，"不就是打篮球时，老师没让你保管手表嘛！"

田信康还谈起他们的一个辩论会。新生们来自各个人民公社，第一天早起，全拿着毛巾、脸盆到马鹿河洗脸。脸盆里放着毛巾，却有两三个人装着牙膏、牙刷和杯子。于是有人说等商店开门了，也去买牙具啊，高年级的学生人人都刷牙啊。新生们顿时分成两派，一派说要向高年级学生学习，养成刷牙的好习惯；一派说刷牙是臭讲究，是铺张浪费，是资产阶级生活方式——哪个贫下中农刷牙了！最后请班主任评理，班主任说：

"刷牙与不刷牙，你们双方的理由都不在点子上。同学们想想，咱们每天都要念诵毛主席语录是不？不把嘴巴收拾干净，合适吗？"

全体鸦雀无声，自此人人刷牙。

母子田的苗圃一天一个样子，随风生长、见日增绿，眼见得变成一张巨大的绿绒地毯了。公社中学还是那样子，随便上几节课、争打几局乒乓球，就去他们开垦的"学农基地"里劳动了。全老师每次见到元尚婴，见到他所有的未能升上高中的学生，都要停下来，拉几句话。若是那学生正在地里流汗劳作，全老师就将那学生喊到大路边上说话，让人以为他有什么要事通报。其实没有，他不过是心疼他的学生，这么早就当了农民，喊学生来说几句话，只是变相地让学生磨一回洋工。队长和社员们都看出来了，却也不去点破，因为全老师深受大家敬重，几乎所有的人都问全老师借过钱。

在农民们看来，师范毕业、自州城分来的，每月工资三十八块五的全老师，简直是天下最有钱的人了！把星期天除过，全老师哄一天孩子，收入抵十五个农民干一天啊。

"他的钱咋花呢？"很多人纳闷。

"他可以娶十五个老婆哈！"一人惊叹。

于是大家纷纷向他借钱。全老师总是满面愧疚，微笑着边掏钱边说："借，借！"好在大家并不多借，都是几毛钱，很少有超过一块钱的。主要是男人借钱，买包纸烟过个瘾。借钱者路上遇见他，就急忙摸口袋："哎呀，全老师，今天咋又没装钱呢！只能随后还了。"全老师赶紧说："那么一点点钱，够一句话嘛！"

全老师身上总是装一些小零票，供别人借用。可是，凡人都要个体面，白借人家钱，虽然是很小的钱，不还或者假装忘了没还，心里总是一个惭愧。每每遇见全老师，就大老远地奉上一个咧嘴弥勒的笑脸，不好意思再问全老师借钱了。家里真有什么急事，需要五块、十块的，那就晚上去找全老师。全老师只要手头有，是一定满足来者的。而这类大数目借钱，最终也都还了回去。

全老师还垫付了一半学生的课本钱。所以他的日常生活十分简单，甚至不如农民。有的老师，只要学生家长请吃，那是一叫就去的。全老师从不。他觉得育人子弟，国家给了工资，又不是私塾，没道理白吃学生家长啊。

全老师课余时间，特别是农忙季节，爱到生产队里干活，和社员们打成一片，有说有笑。他觉得自己是剥削阶级的一员，同样是人，怎么自己收入是人家的十几倍呢！通过劳动弥补，他的羞愧感甚至负罪感，得以大大稀释。不难想象，农民们是何等喜欢他、敬重他，说他实在不必如此，既要如此，不是白白地熬更守夜苦读书、吃了商品粮变作人上人啊！他就笑笑，不置可否。

全老师是烈士的小儿子。他父亲在解放州城的战斗中牺牲了。父亲并不是正规军，而是一个农协会长。破城战斗打响后，父亲带着一个农民给解放军送馒头，被飞机炸死了。那年他不到两岁，对父亲啥模样毫无记忆。父亲没有留下照片，他只是凭借母亲和大哥所转述的种种细节，将父亲拼接组合成一个健壮粗粝的庄稼汉形象。父亲闹革命的目的很简单：要人人平等过日子！可是现在呢，他分明感觉不平等：占大多数的农民是穷人，极少数的"商品粮"是富人。自己呢，竟不幸地成为富人里的一员，跟个贼似的。他深感自己不孝，太忤逆，让九泉之下的父亲怎么看、怎么想呢！

全老师每到月底便去二十里外的粮店买回自己的三十斤粮。其他老师笑他吝啬，因为他们的粮都是出钱雇脚夫担回来的。老师们全是各自做小灶，没法雇炊事员。原来雇了一个附近的农民做饭，每天两顿饭，大家集资，凑够十元付那农民厨师工资。后来觉得炊事员烙的饼，分切得倒是均匀，但是量上好像不够。就将那角饼过秤记录，周末自己烙饼时，再一过秤，两相对比，炊事员烙的饼，人均少了三钱啊！原来炊事员分切饼后，再从每角饼上切刮一小绺，偷装兜里，拿回家去给他孩子吃。老师们也不好点破，只说是大家口味各异，还是自做自吃合适，就辞了那农民炊事员。

全老师买粮时总是装两个袋子：一袋粗粮、一袋细粮。粗粮百分之三十，细粮百分之七十。细粮是专供那些坐月子的村妇、生了病的老人拿粗粮来换回去补身子的。小麦、大米产量低，农民们不敢多种啊。

全老师小眼睛、高颧骨，吹口琴、拉二胡、画熊猫，简直无所不能。农民们都说，这么聪明的人太适合当老师了，世上太少见了！他不沾烟酒、整洁清爽。和农民一样，他永远穿着打补丁的衣服。但他衣服上的补丁却不是随便补的，而是很讲究对称与美观的：左屁股上磨破了，打补丁时一定要同时给未磨破的右屁股也打上补丁——跟在他后面的人看着走在前边的他，恍然觉得他的屁股戴了一副眼镜。农民没资格坐板凳批改作业，所以农民的大裆裤总是膝盖先烂——哪边烂了补哪边，压根想不到俩膝盖同时补的。每次打补丁后，全老师还要用那个有三块疤痕的搪瓷缸——那是军分区奖给他母亲作为烈士家属的纪念品——盛满开水，拿杯底将补丁处熨得平平展展。如此亲手补而熨之，迷倒了附近的大姑娘、小媳妇，提亲的事随之纷纷前来。

准确地说，是镇上、外公社那些吃商品粮的、有工作或早晚有工作的女子，纷纷托人前来提亲。这才叫骨子里的"亲不亲，阶级分"啊。如果你看见一对极不般配的夫妻，那肯定是因为两人都吃商品粮才结合一体的：容忍对方奇丑无比，无非不想肥水流入外人田。公社干部、公办教师，方圆百里内的"商品粮"未婚男女，他们是一清二楚的。另外就是合同制干部与工人，工资比正式干部、工人低一些，面临随时被开销的局面，但依然吃着农业粮，因此恋爱上比正式干部、工人弱势，比农民优势。总之，吃商品粮的人，甚至个别农民也积极通风报信，热心地为全老师牵线搭桥、提供信息。可是全老师只是笑、不表态，也不曾流露出配合约见的意思。

他决定娶一个农村媳妇，以减少内心的负罪感与羞耻感。这种感觉其实不可能被任何人知晓，可以说是稀奇古怪的、匪夷所思的感觉。他不想折磨自己，他无法忍受农民们背地里对于"商品粮"的嘲讽与嫉恨。

34

恶霸地主武国军被镇压枪决了，他的小女儿名叫武二花，长大后貌相不错。政府人出面，劝她嫁给她家原来的一个长工——一个死了老婆的老鳏夫。老鳏夫嗜酒，比武二花大十九岁。武二花怀孕四个月时，丈夫因为在兽医家喝醉了酒——那其实是没有兑够水的、给牲口打针用的消毒酒精——在夜里回家的路上，东倒西歪栽进山沟里。人们第二天发现时，他早已是满脸血痂、尸体僵硬了。

全老师当年从师范毕业，背着铺盖卷儿，步行前来楚子川报到。铺盖卷儿里，别着一管竹笛。那是在暑假快结束时，他由州城乘大卡车先到县城，住一宿。次日，接着步行一百五十里山路，才能赶到分配他教书的学校。一路见到学校，他都要停下来，吹一阵笛子，或是口琴，引来一群孩子。乐器等于领唱，胆大的孩子就唱起来了："车轮飞，汽笛叫，火车向着韶山跑……"有的学校附近的孩子就不会唱，只是围着听，说明该校没有音乐老师，或者老师都不会音乐。他喜欢一路的风景和人家，如同他天生喜欢孩子。没有道理地喜欢孩子，是当一个好老师的前提。他经过武二花家门前时，天黑了。月亮爬出东山，像是刚从天锅里舀出来的，一勺洁白粉嫩的豆腐脑。夜虫的鸣叫密密麻麻，宛若谁个一把一把地，往田野里、草丛里不住地撒着芝麻粒。抬手触摸矮树的叶子，潮潮的，夜露已悄然生发了。

他进了武二花的家门，打算讨碗开水，吃掉身上的在途中集镇上买的那个烧饼。他知道还有二十里路程，不过路是一概的平路，路两边全是人家，既不用翻山也无须害怕。他固然不曾来过此地，但是秀才不出门，便知天下事啊。武二花没有给他倒开水、泡烧饼，而是给他舀了一碗苞谷糁稀饭，并殷勤地劝他多夹些酸菜就着吃。他拿出烧饼，一掰两半，一半递给武二花。鼓着肚子的武二花倾腰来接，姿势显得把作，手到中途又缩了回去。她说不饿，饱的。全老师起身去灶房，借着那从没有窗纸的窗格上投进来的月光一看，锅里的稀饭只剩余茶杯盖儿大一摊了。是啊，他进门时，人家饭已好了嘛。

全老师后悔了，后悔不该将烧饼掰成两半。他做出复原烧饼的动作，要将两瓣烧饼的茬口咬合如初。可是武二花怎么也不接，她两手背后，饼进脚退、面色恐惧。全老师看不大清楚她的脸容，只是分明感觉出她的脸色充满疑虑。他解释说自己不是坏人，是新分配来的小学老师。他说我吃了你的饭，你理应吃掉我的干粮，这样咱俩就都不挨饿了，就都可以有力气建设社会主义了。

全老师的话逻辑严密、无懈可击，加之声调诚恳，饱含无产阶级的崇高感与正义感，武二花也就放心地接过烧饼。

他离开时，看见天上的月亮舞起蹈来、分起裂来，一改那如同粉嫩豆腐脑的模样，变成了摊煎饼——一揭一张、一揭一张。不大工夫，满天都是灿烂明丽的烧饼或煎饼——还有下酒菜，那些只有到了过年时才会有的下酒菜，以及传说里的种种美味佳肴。

以后两口子经常回味稀饭与烧饼的初次相逢。全老师向武二花求婚，武二花婉拒了三次。第四次时，她抚弄着长辫子上的头发梢，掐断了九根。她边抚弄辫子边思考，将头发掐而揪之。九节头发长短不一，落地后纷纷原地打旋如遭龙卷风，竟至于合成一根乌丝。那乌丝扭扭捏捏、羞羞答答，曲里拐弯地爬到全老师的脚背上。乌丝稍作犹豫，继续沿衣上爬，直爬上全老师胸口的那枚纽扣前才停下来。全老师极为感动，指尖儿捏住乌丝头，朝纽扣上缠了一匝——乌丝自动飞绕起来，眨眼间缠完了，全缠绕到纽扣背面缝纽扣的针线上了。

"这是命运。"武二花坦然答应了全老师的求婚。

凡是好事必受阻挠，何况爱情。起先是老师们表示费解，却也并不怎么强力劝阻。因为他们中的半数，也是一头沉，也是娶的农业粮老婆。倒是公社干部阶级斗争的弦儿绷得紧，他们就此事开会研究了一番，认为《婚姻法》固然没有明确规定国家干部不能与恶霸地主后代联姻，而且那还是个寡妇、怀孕着遗腹子的寡妇。但是，一个烈士的后代，作为一个人民教师，一个会吹拉弹唱、助人为乐、口碑极佳的，吃商品粮的男子，我们怎能眼睁睁看着他自陷泥沼、置终身幸福于不顾呢！

面对这些利害分析与好心劝导，全老师不为所动，只是打听哪里有适合的房子，可供他租住结婚。"全老师你甭急，"丘干事说，"我们再给县教育局汇报一下。"丘干事耐心等待有线广播结束后，才将摇把子电话接通县城。他现场转达教育局的意见："领导让你冷静想想自个的政治前途——他们很留心你的档案，要慢慢培养你，没准让你当校长呢。"全老师说："我不会想那么多的。我昨晚梦见毛主席，他老人家同意我跟武二花结婚。"丘干事当即哑口，发愣了半天，问：

"真的？我也梦见过毛主席，他老人家大手一挥，一辆坦克开过来，说是送给我的，让我开到黑龙江去打'苏修'！可是咋开坦克都不动，累得我满身淌汗，就憋醒了，原来是老婆双脚架我胸口上了！"

说起梦见毛主席，大家都梦见过。只是老百姓境界太低，他们梦里的情景，全是毛主席请他们吃东西，包子、饺子、麻花、油饼、煮鸡蛋，羊血、猪蹄、鸡腿什么的——全是肉，压根不搭配萝卜、红薯、干菜、洋姜啥的。醒来口水哈喇子一枕头，深感毛主席大慈大悲，啥好东西都给咱老百姓吃。

全老师租了一户人家的偏厦房。本来学校的宿舍房就可以用来结婚的，可是新娘挺个大肚子，宿舍房又太小，让大家闹房闹不转身子。再说新娘临盆，婴孩啼哭干扰正常教学啊。

按照旧时礼教，寡妇改嫁要等到亡夫过了三年才成。再怎么革命，人们在情感上总需要一个过程才能接受。然而具体事情不妨具体对待。只要人们认可一件事，那就不乏有人主动出来打圆场、寻找根据与理由。首先那亡夫是腊月摔死的，眼下已是第二年的四月了，人死虽然不够三年，却也跨了两个年头；那亡夫死于醉酒，但亡夫是贫下中农，遗孀肚里的孩子，自然是革命群众的种子，一个革命老师愿意接受革命的种子与种子的母亲，我们革命群众何乐而不为呢！

全老师虽是异乡人，但是他的一言一行毫不逊色于电影里的新四军老八路，所以深受当地群众喜爱。那间偏厦房原是关牛的，房东将地面土挖去足有一尺厚，挑出去倒进地里作肥料。再从坡上背回浅黄色的、可以烧砖瓦的纯净土，重新垫压地面。随后盘炕垒灶，你送来一个笊篱、我拿来一节木墩、他贡献一把锅刷……一个新房很快就布置停当了。

结婚的傍晚，老早就开始来人。一个汉子抱来一坛洋姜酒——他借过全老师三块钱，此酒且作还债钱吧，以后也用不着挑明，都不是傻子么。全老师事前吩咐刚上二年级的元尚婴和田信康，去代销店买水果糖和芝麻饼。漂亮的韩淑琴只收了芝麻饼钱，一斤水果糖钱免了，算是她行的份子礼。公社干部最时髦，送来的要么是领袖像章，要么是红宝书。婚礼之夜很热闹，农民们不敢玩老师，几个公办、民办老师早就预备了半瓶红墨水，趁全老师给大家散发喜糖时，抹了他一脸。他也不揩拭，从墙上取下二胡，来了一曲《二泉映月》。多数人不知道曲名，却也听得如痴如醉，反倒破坏了闹洞房的氛围。最不可思议的是，一对新人刚给毛主席像鞠罢躬——新娘因是个大肚子无法弯腰，要鞠躬只能是两膝打软往下跪——被两个中年农妇急忙搀扶稳当，护驾着一并出了门——蛙鸣忽然嘹亮升起，其声如无数只蝴蝶盘旋于月光辉映的夜空——

蛙鸣戛然而止，所有的嬉闹声被这突然的天籁休止镇住了。大约三分钟后，一声无比清纯的蛙鸣——雄蛙独唱吧——如一袭黑色绸缎缠绕了整个房舍——"这是娃哭啊！"大家蜂拥而出，"男的别过来！"一个女人吼道。

在全老师的新婚之夜，武二花在与她第二任丈夫结婚闹房的时刻，被两位妇女搀扶到外面的槐树下，生下一个男婴来。

孩子被取名"全夜槐"——尽管本不是姓全的。夜槐周岁时，差点中毒夭折。事发于镇上卫生院的樊大夫下乡巡诊连带照相时。他是南方人，很奇怪楚子川人人饿得面黄肌瘦，却不吃水田里到处叫唤的青蛙、任意戏水的黄鳝！那是多么营养美味啊。他手捏一根柳树枝儿，蹲在全老师所租赁的屋子窗外的田埂上，拿柳枝儿探测水田泥塘的"叽叽咕咕"的气泡。这头一探一骚扰，那头就冒出一条黄鳝来。但见他三根指头一飞，便钳住那黄鳝了，又顺手扣住两只青蛙。他硬是在全老师的锅灶上，亲自炮制黄鳝、青蛙。锅里青烟缭绕，碗中腥味四溢。可就他一人吧唧大嚼，觉得寂寞，便拽下一条青蛙腿塞进夜槐嘴里。孩子头一摆，嘴唇还是挨了一下，当即翻白眼、吐白沫，闭过气啦！樊大夫，这位兼职照相的牙医，迅急给孩子人工呼吸，总算给抢救了过来。听了孩子出生时的情景，他感慨道：难怪难怪，青蛙是孩子的接生婆啊！

落户口的事颇费周折。武二花是另一个公社的人，如今嫁到楚子川来，理当落户才是，理当划拨自留地、参与生产队分配才是。但她所嫁之人——全老师却是个吃商品粮的，没有农村户籍，纯属无根浮萍，你能将武二花及其所生孩子的户口，往哪儿落呢？总不能将其径直转为"商品粮"吧——那是绝对违反政策的，没有任何人与任何组织敢给办理的！实际上想都不能想。也不可能往那上面想。

后来首先确定了大前提：全老师租赁的房主在哪个生产队，武二花母子的户口就落哪个生产队。一听此说，与此无关的生产队马上一致同意，说这么做合情合理。而让全老师租房的红星三队的社员们，一半同意、一半没吱声。那同意的都是借过全老师钱的，没吱声的都是不起作用的——等于同意了！这让来现场做工作的丘干事如释重负，因为每次调来公社的干部，家属落户口的事一概交给他，总是让他头大。农民们对于干部向来怀有成见，谁都不乐意让干部家属落户口。没想这回倒还省事——虽然并没人让他管这事。后来社员们说，他们乐意接收全老师家属，是因为他们从未见过全老师这么好的人，他的家属扎根了，他就不会轻易被调走了。

35

小满一过插秧忙。秧田被翻犁过后，还要耙得平展。牛牵引着耙子，人叉开两脚，挺立耙子上，一手拽着牵牛绳、一手挥舞着鞭子。两三寸长的小鲫鱼为了逃生，在水田里放鞭炮似的，不时地飞蹦到岸上，被孩子们捉住，快速跑到另外的田边。只见那捏着小鲫鱼的手，在空里划拉着圆圈，"嗖"一声抢出去，两秒钟后，鱼儿"吧唧"一声跌落水田，高兴得孩子们直叫唤。人们再饥饿，吃树皮、草根、观音土，也不会想到吃水田里的鲫鱼、田螺、青蛙。他们把田螺叫"瓜瓜牛"，觉得它太笨拙，走得太慢吧。

母子田如绿绒地毯，疾风掠过，稻苗们由于密集而紧凑，也只是稍倾而微浪、眨眼以挺立。它们被拔离泥田，手腕粗细一小扎。然后送到田埂边，装进那些等候着的妇女们的担笼里。

"哎呀呀，你腿好白哦！再往上挽点么！"

"你真想看呀？不怕你眼睛长了萝卜花！"

男女间有条件放肆调情，是集体劳动带给农民的一大福利。插秧是个很累人的活儿，妇女们一般是不用下水田的，除了妇女队长和她的一两个追随者。这事说来，也还多亏了驻队女干部陈荣的干预。陈荣宣讲说，"妇女能顶半边天"，是指妇女收工后还得包揽家务活儿，不是说非得大日头下跟男人一样死打硬拼。有一回歇伙，社员们坐在锄柄上抽烟说闲话。陈荣看见一个妇女的屁股后面，苍蝇们绕来绕去，觉得很奇怪，因为其他妇女的身边没有苍蝇啊。她把那妇女叫到一边，苍蝇也跟着那妇女屁股"嗡嗡"来了。问她是否正来例假，回答果然说是。问为什么不请假，回答说队长不准，也习惯了。又问垫的什么纸，回答说偷着撕了儿子作业本上的写过了的半片纸，外边再衬上榭叶。陈荣惊诧了，她只晓得榭叶可以包粽子，买不起茶的可以泡了当茶饮，没想到还能当月经纸用！后来她私下里单个询问，才晓得比较讲究的妇女是买点粗劣的麻纸用，舍不得买麻纸的就用烂布条缝个夹层，里面填上小灰——灶膛里挖抓出来的灰——以便吮吸经血，别渗透到裤子外面让人见了笑话。

自那时起，陈荣每次回县城，都要或买或搜集许多纸。只要是柔软的纸，不论其色、不管其原来放在何地，她都弄来晾晒消毒、分扎若干。她甚至到食品店里找到她熟悉的女店员，求她们给她一些包糕点的麻纸。公家的就是大家的，你若跟公家的人交上了朋友，人家就会偷着给你东西，叫作"我能吃个虱就给你掰个腿"，你拿公家的东西时我看见了也假装没看见。

驻队女干部陈荣同志每次从县城返回生产队，都要将其所带的纸一一分赠适龄妇女。这是她与农妇间的秘密，没有任何男人知晓。她那几乎不曾离开过身体的"红军不怕远征难"的黄挎包里，始终装着妇女用纸。吃派饭的那家主妇，如果未到绝经期，她离开时必定进到厨房里，抽出一卷纸悄悄递到主妇手里。主妇极为感动，要退还她留下的两毛钱、半斤粮票。陈荣同志断然不许，微笑着说："这是组织上安排我送你的。"转身离去。

陈荣同志后来发现，凡是用了她纸的妇女，脸上平添了笑意，走起路来神清态爽，腰也不怎么驼了，罗圈腿也不像原来那么罗圈了。陈荣一时感动，竟觉得泪花闪耀、阳光迷离。尤令她费解的是眼前、是当下，秋天的河水忽然幻化成一条潺湲喧腾的桃花溪，如鲜血、如漂浮的红绸缎，呢喃软语着流向远方。

往秧田里抛掷秧苗扎子的，一定是个经验丰富的半老汉。必须抛掷得均匀，以保证插秧的人插完一扎，腿边刚好有一扎新的等候着。半老汉从妇女肩上接过担笼，挽套一笼在臂腕上，围着田埂边走边抛。一扎一扎的秧苗把子，如一个个绿色的鸡毛毽子，次第飞落稻田里。大家全坐在远处的旱田边，等着，看着，像是看一出独角戏。这就是集体劳动的好处，吃不饱肚子也罢，干活却不用太较真，把日头哄落山完事。

半老汉抛满一方秧田，走到旱地边，坐下，往旱烟锅里摁烟丝。他"吧吧"地咂着，微笑着看大家插秧，等于一个观众看众人演出。元尚婴从记事起，把这一幕早已看得再熟悉不过了。插秧的人们，也不是煮饺子般一起"咕嘟"着下到田里，而是先下一个男子。只见他抓起一扎秧苗解开，弯腰贴着田埂，边退步边插将起来。他左手握着秧扎，右手三根指头捏出一撮，迅速插下去，再迅速捏出一撮、迅速插下去。从左朝右插四撮，再从右往左四撮插回来。株距掌握在大约五寸吧。这跟写文章一样啊，元尚婴暗自惊叹着世间万事都相通的道理。

当第一个人退步插秧了两米左右，第二个人才跳进田里，贴着前边的行线开始插。元尚婴早就挽起裤管，却是第五个下田的。因为他还要再仔细看看，老把式们是怎么插的，究竟有什么窍门与规律。尽管他过去也插过，但那时他还是个学生，更是个孩子，满足好奇心、模仿心大于实际的劳动意义。如今不一样了，他是个正式农民了，他必须无条件地把秧插好，像爷爷经常叮嘱他的那句话：干啥就要像个干啥的样子。

"看你，哈哈！"王蛮牛王瘌痢说，"那两撮漂起来了！"元尚婴一抬头，果见自己方才插的，漂浮在了水面。他脸就红了。王蛮牛告诉他："插快可以，但是一定要插牢——看我，就这样，三指一撮一定要塞进泥里！""记住了。"他小声应道，心里很感激，就像上学时别人慷慨地告诉了他一个新鲜的成语——朝秦暮楚，他很感激一样。王蛮牛唱道：

> 四月插秧下了田，
> 低头一看水中天。
> 手勤泥快插四行，
> 退步原来是向前。

一个秧田插完了，大家站在田埂上集体点评，看谁的行子端直，谁的颜色均匀——只有每一撮的苗数差不多时，颜色才显得一样。像是写楷书，墨色轻重要均衡。有些人插的秧，好像化肥没撒匀而长出来的庄稼，粗的粗来细的细，大家就嘲笑那人，队长还要骂他："你一天吊儿郎当的，心思用哪了！你是吃商品粮的啊？我看你能吃屎！"

一个稻田插完了，开始放水进去。大家信口拉呱，东一榔头西一棒槌，能说什么脏话就说什么脏话，总归只要能让嘴快活。抽烟吹牛，男人调戏妇女，妇女撩逗男人。要不就看云谈鸟，传说流言。也是等候着另一个田耙好。那田照例，小鲫鱼们被牛蹄声、响鞭声吓得蹦上岸来，被人们逮住，抛进正放水的插满了秧苗的水田里。"有鱼，水就是活的，大米就是香的。"小鲫鱼一落水田，惊魂未定，飞机格斗般冲逃疾窜，碰撞得新栽的秧苗们招招摇摇。

多数的秧田比较规正，个别的田说圆不圆说扁不扁。不规则的田，那田埂自然不是直线，那就不宜贴着田埂开始插秧，否则图案乱套、大失美观。此时便有一个男子，他的秧确实插得很好，他又确实爱出风头。只见他将嘴里的烟蒂一"呸"，站起来走到田埂间，先来个"单眼吊线"。然后跳进田里，从中线开始，切豆腐似的，"吧唧吧唧"地两腿轮流拔出、同步后退。他知道大家还歇息在岸上，就觉得自个浑身享受着众人目光的欣赏。他陶醉于此种欣赏，所以他头也不抬地、鸡啄米似的"嚓、嚓、嚓、嚓"四撮插过去，再"嚓、嚓、嚓、嚓"四撮插回来。他的右手入水、离水的瞬间，那水如一勺勺阳光美酒被舀起来又被泼出去——四行新插的秧苗，如四条绿茸茸的璎珞翡翠，被他的两手捹出来、引出来、纺出来，眼见得越纺越长……他一口气从田头插到田尾，退上岸，一屁股坐到地上，开始掏纸卷烟。他看着大家跳下田里，在他方才开辟的四行秧苗的两侧，紧贴着他插的秧苗，往两边扩展。他眯缝了眼睛，脑袋左偏偏右偏偏，鉴定他这刚刚插成的四行秧苗，哪一行还不够端直，每一株苗数是多了还是少了。如果行线笔直、苗色均匀，那他就满心的成就感，愉快的心情一直保持到向晚收工。又一个家伙，边插边唱道：

栽秧栽到弯弯田，
一弯弯到姐面前。
双手捧起水中姐，
连水带泥亲个甜！

元尚婴崇拜眼前的插秧高手，崇拜他们像全老师板书一样纵横成线。全老师上课从不用板擦，他写在黑板上的第一个字，位置很不确定，让人以为他是随便写上去的，就像是随便抛上头顶的泥蛋儿，任由它自个落在它乐意落的地方。其实不是，到了下课后你才惊讶地发现，那第一个写上去的字和最后一个写上去的字，相互之间有着奇妙的关系，擦掉任何一个字，那空缺、那薄纱般的擦痕，都损害了板书的整体美感。黑板上的那些字，那些粉笔的线条轨迹，组成了一幅清爽干练的图画，显示出文字与文化的高贵与雅致。而眼前这个插秧妙手，他不认识字，自小不曾进过学堂，但他能在田地里写字。他以秧苗为粉笔、以泥田作黑板，也写得如此高贵与雅致！

元尚婴沉醉在插秧里。他希望插出横看、侧看、斜着看，都能成行、成线的秧苗图画来。可是老天不凑趣，下雨了。但这不碍事，戴上雨具继续插秧。年长的人一概草帽蓑衣，年轻的人洋气，嫌蓑衣过时、沉重又土气，全披着透明的塑料薄膜。好在第二天放晴了，无论是旱地还是水田，全因阳光而蒸汽氤氲。元尚婴几天来好像不会说话，无人问话他便不吭声。因为他每时每刻，都在留心着插秧能手们的一举一动，心里一直预备着自己也露他一手！恰好该插一个半月形的水田了，他老早就紧抓一扎秧苗，抢先跳进田里，也是头也不抬地，"嚓、嚓、嚓，嚓、嚓、嚓"地后退着。他的两耳满是"哈哈"笑声，他明白那是大家在赞他、在叹他、在夸他。他坚决忍住不抬头，心里就跟在课堂上听全老师朗读他的作文一样，兴奋的同时却提醒自己绝不能骄傲，绝不能翘尾巴。他就如此这般闷着头一口气后退到田尾。他退上岸来，也是往地上一坐，虽然不会卷烟抽，但是他可以回望自己的出色劳动啊——

行子确实端直，只是，只是，只是他只插了三行！哦，难怪大家方才哈哈笑呢。尽管如此，他还是收获了一笸箩夸奖：

"少一行也罢，多端直嘛！"

"你看人家这尚婴，念书是念书的样子，种地是种地的样子！人只要聪明，弄啥像啥吧！"

36

杨家沟口的那几块水田，也就四五亩吧，地势高于沟渠，照说最容易变成旱田，产量绝对会翻番的。可是谁也不敢下令排水、起为旱田。这几块稻田由于杨家沟的水质独特，所产的"红谷子"名声在外，号称"贡米"——专门孝敬皇宫啊。神奇之处在于，同样的稻种、从同一块母子田拔出来的苗扎，插入这几块田里，收割的稻谷舂出的大米，粒粒皆是半边红来半边白。那红白两色并无明显分界，而是渐渐过渡、隐约换色的。拿到光照下，又会变幻出青、蓝、紫三色，如同无月透明的夜空，闪耀眨眼的星群。如此奇妙微小的米粒，仅仅观看就已令人惊讶，更不用说熬成米粥、蒸成大米饭端上来，那个醇啊香啊了！所以在过去，"红谷子"米一半送进紫禁城，说是让慈禧太后吃了。至于慈禧太后到底吃没吃，也只有鬼晓得。剩下的几块稻田，产量不足两百斤，人均分配到地也就一斤多。

封建没了，"红谷子"终于可以全由劳动人民分吃了，也只是攒着掖着，到了年三十，或者大年初一才拿出来奢侈一顿。至于交公粮，则无须"红谷子"：量太少，混在大量的稻谷里毫无意义。

有一天，公社书记忽然召开大会，说：我们楚子川的广大革命群众，拿什么来表达我们对毛主席的无限忠心呢？大家相互看脸，不知如何回答。

"'红谷子'不是很好嘛！"

"喔——"

大家的嘴巴全部撮成 O 形，难怪人家当书记，觉悟高也罢，关键是人家脑瓜子更灵呢。

在汉叔中学念高二的柳昌胜回来了。他满面春风，嘴巴歪叼一支香烟，激情满怀地告诉大家说，县中的红卫兵组织要去北京串联，要接受毛主席检阅。为了充分代表全县人民，所以给乡下的各中学分配了指标，"我荣幸地被选中了！"他随即高呼"毛主席万岁"——嘴里的香烟掉到地上，当即被身边的丘干事弯腰捡起来。"哟嗬，还是'大前门'牌子啊！大前门就是天安门啊！"丘干事把烟塞进自个嘴里，只一吸，那红色的烟火茬口径直奔向他的嘴唇，"吥！"烟火茬口烫了嘴唇，他才唾掉烟蒂，嘴角上的那个小缝儿继续留着，让那烟缕蛇信般飘摇出去。跟前的一个男子，张大嘴巴往起一跳，公然将那条游弋的蛇信般的烟缕逮进自个嘴里。代销店的首任营业员，美女韩淑琴居然也张大嘴巴，同步摇晃脑袋，也是一个逮烟缕的造型。如此的连锁反应，源于方才丘干事说大前门就是天安门——

"到了北京，拿什么献给毛主席呢？"丘干事笑了，要柳昌胜放心，说公社书记已决定拿"红谷子"去敬献毛主席了。只是眼下季节不对，稻谷刚刚开始灌浆。"咱们去各家收集吧！"丘干事下令道。结果，所有的贫下中农家里，半粒"红谷子"都没找出。倒是在"地、富、反、坏、右"的屋里，搜出合计三斤八两"红谷子"。其中元尚婴家里，不用搜，主动献出了仅有的一斤二两"红谷子"！于是受到丘干事表扬：

"瞧瞧元家，改造得很好嘛。"

"什么叫'改造得很好嘛'？"公社书记不知何时来了，现场警示丘干事说话用词要讲究分寸，"要说'改造得不错嘛'！"

私下里人们议论且奇怪，为什么这些人家里积攒着珍贵的"红谷子"呢？有人说人家会过日子么，细水长流么，害怕遭年馑么。又有人说不全是如此，因为每年吃返销粮，他们总是排在末位哦，往往颗粒未得哦。所以他们才要比咱们贫下中农，更要狠命地再紧勒一把裤带啊！

那时元尚婴、田信康、马广玲等等，还是七八岁的娃娃。他们对于自身不能像柳昌胜一样，背上"红谷子"去北京敬献毛主席，遗憾、羡慕得肠子扭了好几圈儿呢。于是那柳昌胜的挎包里，那个"红军不怕远征难"的挎包里，就装进了早已拿蛇皮袋子包牢扎紧了的三斤八两"红谷子"。

半个月后，柳昌胜幸福地回来了，给大家详细汇报了如何给毛主席敬献"红谷子"的。他们照例时髦打扮，即旧军帽别着红五星、臂套红卫兵袖圈、手捧红皮书《毛主席语录》。他们趁着后半夜人少的时候，集体前往新华门。但是站岗的解放军不放他们进去，无论他们怎么解释，人家仍是声色俱厉不让进。他们看见其他的给毛主席献礼的人，也遭到同等待遇，心里便平衡了些许。不过人家并不纠缠，而是将行李、纸箱往新华门门口一丢，撒腿就跑，边跑边喊：

"一定转给毛主席啊！这是我们边疆少数民族人民的心意啊！"

他们也学习人家，掏出蛇皮袋子一丢就跑——却被追上拽住不让走，因为人家以为那是什么危险品呢……

三十年后，柳昌胜酒后自揭其秘，说"红谷子"压根就没送到北京。他们参观了延安枣园后，东渡黄河，沿着毛主席当年行走的路线，翻越太行山前往西北坡。途中遭遇洪水阻隔，就借用老百姓的锅灶，一顿煮了"红谷子"，跟房东大爷、大娘共吃了。

元尚婴自从插了三行秧给大家笑话了一回后，就再也没有犯此类低级错误了。每一块秧田收尾时，能干的人都站着拉闲话，或者抽烟，或者仄了脑袋拿火柴棍儿挖耳朵，挖得龇牙咧嘴——弄不清那究竟是难受呢还是舒服。总之是要消磨时光，等着那尚未耙好的下一块秧田。

人总是被分作三六九等的，不论干啥都是依照三六九等行事的。那些言短憨笨有蛮力的人，通常被指派去干那些类似牲口驮运的活儿。就如眼下，大家看着那些满背篓农家肥的男人，艰难小心地，如电影里红军过草地般跋涉在秧田里：斜着背篓口，边挪动边撒粪，要尽量撒得均匀，以便牛耙时省些气力。这时候的蚂蟥，知道撒粪人腾不开手脚，就趁机爬上他们的两腿，连叮带咬地吸血。蚂蟥柔软，在水田里挨你皮肉时你几乎没有感觉，等你发现时，它的半截身子已钻你肉里了。你不能拔它、掐它，一拔一掐它就断了，那断在肉里的半截照活不误、依然往里钻吸你血。你只需猛一巴掌拍上去，它便缩出来，似一个小圆蛋儿滚掉了。

一个秧田快插完时，收尾的活儿，大家都不愿意干，装作没看见的样子。他们嫌一块田的扫尾路子不端没有规则，不过是这里弥弥、那里补补，没个技术含量，理应学徒小工娘儿们去干嘛。元尚婴却把这看作一个机会，觉得这很有意思，就像写作文的结尾。同学们写作文，要么不知如何开头，要么苦思冥想开了头，却又如石头滚了坡，无法止住、没法结束。

大家看着元尚婴连个草帽也不戴，就那么脸淌汗水地插漏补缺，少不得纷纷夸奖。到了傍晚收工记工分时，元尚婴毫无悬念地被记了十分工——实在是一个例外！因为通常，你一个小子，只有在众目睽睽之下，将那三土筐一背篓的粪，背上坡顶，背个一整天，才证明你是一个合格的壮劳力，才有资格获记十分工。背粪上山是贫下中农设置的成年礼，是一个标准农民的文凭。田信康的成人礼——挣十分工的剪彩仪式——虽然不是背粪上山，而是背苞谷棒子下坡，但那背驮的重量及难度，绝对等同背三筐粪上坡！而如今的元尚婴呢，居然豁免了背粪考试！

完成了成人礼，每天能挣到十分工，意味着你有资格磨洋工偷懒了，你说下流话也没人翻你白眼了，少妇们更可以挑逗你、看你面红耳赤寻开心了。回到家里，元尚婴更是受到父母的嘉言称赞，因为儿子给他们长了脸面。父母固然也是劳动者，只因是凭了技术劳动，不怎么日晒雨淋地薅草担粪，就有些自惭形秽，总感觉人们看他们的眼神带着愤然。如今好了，儿子长成一个壮劳力了，他们家有顶梁柱了！

面对生产队的夸奖与父母的表扬，元尚婴顿时觉得被一股无法形容的成就感包裹起来。他又觉得未被推荐上高中，实在是幸运，因为在田野里，如果你爱劳动，那么劳动便焕发出一种特别的酣畅自在。你出了一身汗水，汗水再被太阳烘烤干，再出一身汗水，回到家里，无论什么杂粮野菜，吃进嘴里都是那般地芬芳可口，晚上倒头便能睡着，睡得深沉坦然，不做任何梦。清晨被鸟唤醒，眼睛一睁开，当下感觉一个新鲜的日子是多么美好、多么迷人，真叫一个新生！挖地、锄草经过坟地时，人们谈论着土里的那些人，某某是多么厉害，某某见过多少世面，某某又是何等命苦没享受过一天好光景——终于埋进土里永远安生了！

"人吃地一生，地吞人一口啊！"

贫下中农的这句话，让元尚婴大彻大悟了：只要活在世上，而不是被"地吞人一口"地埋掉，那便是全部的幸运！纵然满身的土气粪味，也没有理由不快乐啊。

但他不愿将这种快乐表现出来，因为快乐是内心深处的草，只可在轻光微露下静静招摇。每次与麻队长、柳会计见面，他们总是主动打招呼，干活时却要刻意回避他，尽量不与他挨近。路上遇见汪支书、马会计，人家也是老远就笑给他看，亲切地问这问那。尤其是去代销店买东西，或是经过公社门口时，偏偏总能遇见丘干事——好像前生有缘——人家总要叫他去办公室喝茶。而他呢，也总说有事就不打扰了，好像更怕见到他们、更别扭与他们单独说话……他已经深刻感知了人性的微妙与人情世故的既简单又复杂，那就是：他们接受过他送的肉票，却没能让他上高中，于是他们歉疚、他们尴尬、他们惭愧、他们不想碰见他。

元尚婴已分明感觉了这些，却不断提醒自己别太在乎这个，最好迅速忘掉。人活世间，让别人难堪，那多糟糕啊。

37

之后的几年里，生产队的劳动逐渐松弛下来，不再夜里打着火把修大寨田了；下雨天，雨若是下得稍微大些，也不再披着蓑衣、

戴着斗笠下地干活了。下雨天男人们打草鞋，或是约来另一个男人，锉锯齿、解木头；女人们掐草辫、盘草帽，纳鞋底、补衣服。总之女人们有着永远干不完的、细细末末的活儿。只有不懂事的男孩子，趁了下雨的空当，吆喝着到某个有扑克牌的人家里，喊喊叫叫地打升级。如此闲散，都是"批林、批孔"的"收获"。

楚子川中学也正在发生变化：修建新的校舍。老校舍建在一道矮山的腰凹上，院子狭小，采光较差，给人以阴森的感觉。尤其是那操场，实在太小。每每下课铃一响，那个上课前就将篮球夹在课桌下两腿间的学生，率先冲出教室，身后紧随一堆男生。可是操场上扔不了两个来回，篮球一准滚下坡去——只见一个学生撵着篮球也几乎滚下坡去。待他抱着篮球喘着粗气爬上来，那宣告课间休息十分钟已经结束的铃声，就"当当当"敲起来了。捡拾篮球的学生理所应当地获得保管篮球的权利，保管时间是整整一堂课。他听课的同时，桌子底下的双脚享受着夹篮球、蹭篮球、颇需技巧地转篮球的快乐。快乐具有传染性，当老师转身在黑板上写字时，所有的男生，前排的回头看"篮球"，"篮球"的后脑勺不用说，也一直被后排的男生拍打着、抚摸着。坐在"篮球"后排的那个男生——女生则不会如此——一溜身子，伸脚猛地顶向前边的篮球，篮球便脱离腿夹，滚向难测了。课堂骚乱起来，篮球被老师没收去。待下课，老师将篮球朝门外一抛，谁逮着归谁。

回想这些，元尚婴这个曾经的学生，这个如今的农民，觉得那已经是非常非常遥远的事了，就像他听贫下中农忆苦思甜时讲述的那些遥远遥远的往事。现在，他羡慕地、感伤地看着新建校园的工地。那是一个缓坡上的台地，全埋的死人，属于一个富裕家族的祖坟。为不占用耕地，这些安息了几十年甚或上百年的亡者，只能受点委屈，被重新刨出来，骨骸由其最直系、最亲近的后人，收殓进随手找来的几块木片钉成的小匣子里，葬在一处"屙屎不生蛆的"、压根不长庄稼的地方。

新学校的建设已进入砌桩基阶段。老师带着学生们"勤工俭学"：每天帮忙搬石、抬土、削椽木。操场平整得差不多了，全老师现场即兴编排了一个小歌舞，让学生们围着他，唱一句歌词想一个配套动作。新生们那个高兴啊，边跳边唱：

> 叛徒林彪，孔老二，都是坏东西。
>
> 嘴里讲仁义，肚里藏诡计。
>
> 鼓吹克己复礼，一心想复辟。呸！
>
> 红小兵，齐上阵，大家都来狠狠批。
>
> 红小兵，齐上阵，大家都来狠狠——批！咳！

现场的老木匠，正拿着墨斗吊线，以确认筑墙木板的平面是否端直，问道：

"全老师，你们州城的人，都不晓得'老二'是什么意思？"

"咋会不晓得——兄弟排行第二么。"

"我们这里，'老二'就是鸡巴啊！"

学生们哈哈大笑起来。全老师很尴尬，难怪男生们唱"老二"时那么带劲、女生们那么害羞……他想解释报纸上叫的"孔老二"、收音机里唱的"孔老二"，可又不好当人家面理论，因为人家是贫下中农，腿上有牛粪但是心灵干净啊，是"臭老九"们的真正老师啊——就婉转说道：

"其实啥内容倒无所谓，主要是同学们跳舞时，得唱个啥么。"

"不能无所谓啊。你们教书先生，最该注意这个的。孔夫子是你们的祖师爷么，哪能骂祖宗呢！我们木匠，私下里都供奉着鲁班神位呢！"

全老师一拍脑门，忽然想起了什么，正好转移了难堪。他把元尚婴叫去，取出一摞巴掌大的对开红皮证书——初中毕业证书。他让元尚婴借某个下雨的日子，给同学们一一送到家里。元尚婴说："我只给我们没上高中的同学送去，上了高中的可能不稀罕这个了。"全老师说也是，那就上了高中的同学的暂存这里吧。

楚子川水旺，住户人家大多聚居于某条沟的沟口，目的是方便饮用小溪流的水，清明净洁。所谓的"大河"，不过是比较而言的，其实指门前的小河。大河"哗哗"流淌，反日映月、鱼活虫跃，孩子们总是将羊们牛们吃进河里饮水。顽童们戏水撒尿的时候，牲畜们也是尾巴一摇，小蛋儿羊粪、大摊牛屎便拉到河卵石上。孩子都带着筐子，争抢刮铲着属于自家的粪，难免吵架、撕袖子、揪领口的。当然要不了三分钟，又和好如初，梁山好汉般可以割颈换头了。所以，除了外来的行路人口渴难耐、不明就里，本地人是没有谁饮用河水的。拆床洗被了才到大河。

元尚婴家的住处，也就是被撵出元家庄后，如今的居处，是个单独的庄子。附近没有流水小沟，就想着如何就近取水。心生此想，便发现门前稍高的那块地里，有筛子大个地方，一年四季里，即便天象是如何干旱，那儿也阴湿着。祖父拿着镢头挖了几挖，便挖出清洌的泉水来。担来一大堆小青石，用了两天时间，连拱带箍最后砌，一口崭新的水井就诞生了。水面距地面不足一尺，稍一弯腰，就舀出水来。水不外溢，但你也永远舀不完它。

那一年夏天，人们正在收割麦子，忽然从南山、北山滚出两团巨大的黑云，两团黑云一接触便相互揪头发、使绊子。两团黑云如此愤怒敌对，好像有什么世仇。随着一股开闸泄洪般的飓风旋落下来，所有的庄稼随之匍匐倒地，一棵柳树的股权瞬间被切断、"呼嗖"一声飞出十几丈远。天地大暗如倒扣下一口黑锅，女人尖叫，孩子哭喊，男人吆喝，大家握紧镰刀赶紧趴下。

头顶上的两团乌云早已混战一团，没有了彼此，却突然撕裂、突然砸出两只熔钢冶金般刺目炫耀的利爪——直扑山坳田野——"嘎啪啪"一串炸雷捶天撼地，大雨随之浇灌下来。

如此强大的阵势，雨却下了不到四分钟，便戛然而止。一缕弧形彩虹，自北山的古堡上径直探入元尚婴家的水井——

"快看，虹！虹去喝你家井水啦！"

如此惊艳动魄的场景，是元尚婴记忆里的奇观。至少有三个亲眼所见此情此景的人，赌咒发誓说当时那彩虹缩回时，一条斑斓绚丽的桃花鱼跃出水井，追随彩虹而去——从那一天开始，水井出现了微妙的变化。原来的水面相当纯净，只有偶尔飘进一片草叶。也有微尘借风造访，不过瞬间无痕了。但是自打虹来汲过水，并带走桃花鱼后，水井的内壁很快就锈满了水藻、绿苔，像是贴上去的绿绒毛毯。过一段时间，水藻就变得很长，像是过长的睫毛，摇曳浮摆于水中。一瓢水舀上来，里面全是绿丝，没法饮用了。

元尚婴拿节竹竿搅缠那些"睫毛"，意欲拔断它们，清理水井。爷爷阻拦了。爷爷拿来剪刀，让孙子双手洗净后，探进水里剪水藻。

"这要是龙的眼睫毛呢？拔他不是很疼嘛！"爷爷说。

每过一段时间，元尚婴就要效法爷爷剪水藻。今天又将剪时，田信康跑来了，跑得气喘吁吁：

"大喜事，大喜事！"

来不及说什么喜事，田信康两腿一跪，脑袋勾进水井里，"咕嘟嘟"两大口。拔出脑袋，满脸滴水，两嘴角水草。

"你脏不脏，还让人吃水不！"

"天大的喜事啊——我们班一个同学，嗝儿，死了！"

"死人咋能是喜事！"

"你看你看，这你就不懂了吧！让我再喝一口——"

刚弯脑袋，脖子却被元尚婴揪住了。他拿水瓢舀起半瓢，递给田信康。

"我放学时，本来装了课本，要带回来让你再抄些的。可是临走时，又放回了课桌斗里。"

"下周末带回来也行么，我又不急，抄课本不过是玩儿。"

"你还没听明白啊，劳动成傻子啦！"

——原来，田信康那个死了的同学，那个跳进汉江里玩水淹死了的同学，是另一个公社的，恶霸地主的孙子。那溺水者父亲在一个半夜里，跑到公社干部种的玉米地里，偷回两个苞谷棒子。选择偷公社干部种的苞谷，有两个原因：一是他以为越危险的地方越安全；二是干部吃得好，拉出的粪特别肥庄稼——人家地里长出的苞谷，瞧它那粗壮的块头、紧鼓的绿衣、暗红的胡须，看上去实在眼馋，他们那个公社的任何一块地里，都不能长出如此诱人的玉米棒子！偷回两个苞谷棒子，连夜生火烧烤熟，自个和老婆分吃了一个，另一个稍大的，整整端端地留给儿子。儿子早上起来吃了一半，问哪来的，老子倒也实诚，就说了来路，一再说饿得撑不住了才冒此险的。末了告诫儿子，长大后，只要光景能将就过去，就万万不可偷人东西！

那小子就不吃了，天亮时拿枸皮绳反绑了老子，拽送到公社去。结果他老子被打掉两颗门牙，生产队里再罚他五个劳动日。

那龟儿子立了功，在光天化日之下与剥削阶级出身断然决裂，被当场划归"可以教育好的子女"，提前保送上汉叔中学。

"知道了吧，"田信康当面披露他得知的谜底，"当年就是那家伙跟你竞争——你没绑过你爸、你爷，咋比得过人家呢！"

"他叫万水贵。"田信康说。元尚婴没有听见，脑子依然沉浸在儿子捆绑老子的骇人听闻的情景里。

面对这个所谓的喜事，元尚婴不来兴趣。他已经习惯，甚至热爱上了在生产队里劳动。田信康通报的，只是一个与己无关的噩耗，怎么也算不得"喜讯"——那厢死了人，跟这厢的我有什么关联啊。世界大了去，天天都死人，天天都生人么。

面对这个无动于衷的家伙，田信康就跑去告诉元尚婴的父母。父母阅历丰富，"过的桥比元尚婴走的路多"。他们早就认识到世间的每一个人，不管相互认识还是不认识，都存在着一种神秘的关联。就像前年，大队会计马师祖给他快八十岁的老父亲精心制作了一口柏木棺材，土漆漆得油光锃亮。结果呢，却被一个八竿子打不着的小伙子睡了去！汉叔镇一个小伙子——刚过二十岁啊——汉江里救人，人是给推到岸上了，小伙子却光荣了。小伙子被封为"欧阳海式"的英雄，隆重追悼，要找最好的棺木下葬。木材稀缺年代，谁家里有个好棺材，谁家便如同有个吉祥物，必定会被老年人羡慕而传播，说那家老人有福气，子女又是如何孝顺。于是区革委会来人，这不，撇下三十块钱，不容商量地"买"了柏木棺材。马会计只能眼睁睁看着人家抬去棺材安葬了英雄。

如今汉江里又淹死一个高中生，难道与我儿元尚婴没有关系？越想越有关系。可怜的孩子，给我儿腾路啊。元尚婴的母亲马上去找生产队会计柳志兵，说明情况，请求开个推荐证明。接着去找大队会计马师祖。马会计是个热肠人，每见元尚婴都要说声"可惜了，可惜了，真该念高中啊"！不过眼下的他依然坚持原则、不越权限，照例要在见到汪支书的半拉核桃壳后，才给盖章。元尚婴的母亲只得再跑一趟，拿来汪支书恩赐的半拉核桃壳。

母亲将盖了生产队和大队公章的推荐证明或者说申请书，拿去找丘干事。丘干事说：

"一学期都快结束了，可能吗？"

"胡扑乱撞哩，托您的福啦。"

丘干事抓起摇把子电话，里面传出的却是广播声，说的是要以"反击右倾翻案风"为动力，搞好抗旱。那就等广播结束后吧，他说，再给汉叔区委打电话问问。让元尚婴母亲先回去了。

第二天上午，大家正在洋芋地里锄草，柳会计他二娘，一双小脚"咯咯宁宁"地来到地畔，说：

"尚婴，尚婴！我正在剁猪草，听见喇叭里喊叫'红星三队的元尚婴同志，听到广播后马上来公社一场'！"

老太太没门牙，"一趟"说成"一场"。

元尚婴想，叫我去有什么事呢？莫非又让我写什么标语？麻队长催他赶紧去，说是没准哪个小学的女老师要生孩子，让他去临时代教呢。柳会计一副料事如神的表情，张张嘴唇，却没说啥，只冲着元尚婴眼，暗递一种喜悦与祝贺。

元尚婴走出洋芋地，将薅锄提起，往地畔的毛路边使劲一蹾，拍拍手上的灰尘，朝大路走去。他心里很蹊跷，蹊跷于没门牙的老太太的传话，那句"红星三队的元尚婴同志"——称他"同志"！喇叭里总是说"贫下中农同志们，社员同志们"，中农、上中农、富农、地主，是不属于也不配称"同志"的。可是今天，他被"同志"了！是老太太传错了话吗？不会吧，老太太不识字，不可能生编硬造个"同志"的。不过又一想，他虽然是地主崽子，毕竟生在新社会、长在红旗下，享受"同志"也说得过去。

"瞧人家尚婴，"身后一个妇女说，"就不是啃泥巴的人么。"

他没有回头，更没有止步。他假装没有听见，也并不感动如此吉言。他能感觉到的是，两股风温柔地滑过双颊，如同滑过两只温柔的手。不是那种天天下地的、粗糙妇女的手，而是一个月里都不用出工的、新过门的小媳妇的手。眼前的洋芋地一如身后的洋芋地，叶苗们在半阴半晴的微风里，抖动着矮胖的深青色。那密密麻麻的小紫花、小白朵，荡漾着一片片、一勺勺带着麻涩味的气息。如此苦中含甜的味道，任谁都要流连忘返。

丘干事将一张摁着大红印公章的推荐证明递给元尚婴，说：

"这回我还真是没料到，一学期都快结束了嘛！要上，明年也可以上嘛。我到区上开会时，几次夸过你，他们竟然还记得！说是镇上也缺少写标语的人。你拿上这个，到区教育组备个案——他们跟汉叔中学说好了。"

元尚婴接过证明，轻微地说了声"谢谢"。他当时确实觉得，这件事很古怪，压根与自己没有关系。几十年后他回忆往事时才发觉，他当时对丘干事的态度，未免过于轻描淡写了。

什么好与什么不好，其实只要你能接受与喜欢，就好。你青春年少、健康没病，就都好。对于一个早就认为天地无限广大、山川无处不美的少年男子来讲，一切都好。真好！

"将来当了县长，"临出门时，丘干事忽然冒出一句莫名其妙的话，"别忘了我哦！"

38

倪老师是个万能老师，没有什么课是他不能代的。因此在整个汉叔中学近三十位老师里，数他最忙活。他是西安市人，从他家骑自行车，十来分钟就到了大雁塔。家里兄弟姐妹多，总是缺粮吃。以他的天资，中学毕业考进清华、北大不成问题。可是听说上体院每月能吃四十二斤粮，他便在父母的要求下，强化训练半个月，真就考进了体院。

在眼下的汉叔中学，倪老师的个头还算高。可是在他当年的体院同班里，他却是个矮子。半数的女同学虽然比他高，却是都很喜欢他，因为他会背诵普希金的诗、高尔基的散文，还能讲大仲马、雨果的小说。在人高马大、整天翻打踢摔的体院里，唯有他显得醒目而富有文化。他受到女生们的另眼看待，是不足为奇的。女生们纷纷将白面馒头和玉米面发糕送给他，反正她们也吃不完。每天晚自习后，他挤上公交车，将馒头、发糕送回家。家人眉开眼笑，把他看成大英雄。一小时后，他悄悄返回学校宿舍。

有两个女生让他难分轻重，于是有传言说他大搞三角恋。这是一个道德品质问题，他就被分配到深山里的汉伯县中了。读体院扩张了他的胃袋，工作后，口粮反倒成了三十六斤，仅比别人多六斤，每月还要给家里寄十斤粮票，肚囊就时常造反。堂堂男子为人师表，居然偷窃县城蔬菜队的萝卜，就被罚到乡下的汉叔中学了。

教数学的董老师，高个子，瘦得皮包骨。他是外县人，念大学是他大哥供给的；他嫂子则把亲妹子介绍他。他念大二时，大哥得急症死了，撇下两个侄儿。嫂子接过大哥未竟的义务，靠挖药材继续供他念完大学。毕业后与嫂子妹妹完婚。

董老师克扣自己的伙食，经常说胃不舒服。一周至少有两天，只吃一顿饭。每逢灶上蒸馒头或是烙锅盔，他是从不干吃的，而是掰碎了放进菜汤碗里。大家都吃得差不多了，他碗里的馍或者锅盔，也泡鼓得如同一座小丘了，他才开始吃。物理老师旁白道："你这叫'膨胀哄骗肚皮法'。"历史老师补充说："董老师要管俩老婆呢——皇帝可不好当呀。"

董老师笑笑，不接话茬，只顾自吃其乐。他那靠窗的三斗抽屉桌，顶墙的那个抽屉是上了锁的。里面锁着零食，是从街上买的萝卜干、红薯干，核桃、柿饼之类。街上有个唯一的国营食堂，麻花、蒸馍、油糕都有，但他舍不得买。

每个月，董老师都要"发作"一回"胃病"。有一回甚至晕倒在讲台上，被赶紧扶到卫生院，吊一瓶葡萄糖就好了。卫生院不要现钱，每学期结束与学校结账便是。社会主义好，药费全报销。

元尚婴上的第一节课，是数学。董老师犯了"胃病"，正在卫生院打葡萄糖，所以由倪老师替董老师讲。倪老师一跨进教室门，学生们当即起立。起立的声音很整齐，像是全挨了一响鞭，同时听见一条板凳倒了，碰到后排的桌腿上。如此激动的反应，证明大家很喜欢倪老师来上课。

倪老师扫视全班同学。他的目光快速地，由第一排自左往右滑，再由第二排自右往左滑。目光滑至倒数第三排时，与元尚婴对上了，这才说：

"坐下。"

昨天来报过到后，元尚婴请田信康将他领到倪老师房间外。田信康敲门、元尚婴喊"报告"。门一开，田信康迅速闪开、身贴墙壁。元尚婴独自进去了。他将一个扎了十字的纸包交给倪老师，说是父亲特意让转交的。纸包里是洋芋粉，饥饿时可以开水冲食。方才两人目光相遇时，倪老师的眼神好像是说：昨晚我冲食过了，甚好甚好。

"你为什么要回避倪老师呢？"夜里结伴上厕所时，元尚婴问田信康。

"那一下子就想起了，"田信康说，"打篮球时，他不让我替他保管手表，把手表交给女生——嘿嘿。"

倪老师手里的课本中，夹着一个塑料尺，烟盒那么宽，不知干吗用的。他拿出尺子说这叫对数尺，今天给大家讲如何使用对数尺。

"先给大家讲个常识吧，"他捏着粉笔，"不知董老师给你们讲过没？"转身在黑板上写了三行字：

   1 2 3
   4 5 6
   7 8 9

"大家都熟悉这九个阿拉伯数字，知道是谁发明的吗？"

"祖冲之发明的！"一个同学抢着说道。

"钱学森发明的！"又一个同学说。

再没人说了。倪老师没有表态，停顿着、微笑着扫视大家，看谁还有言要发。

"雷锋发明的。"田信康说。

一片笑声绽放开来。

倪老师说：

"雷锋同志整天忙着做好人好事，晚上还要学习毛主席著作，哪有时间发明数字啊！"

元尚婴举起右手，申请发言。他虽然已现场看见，高中的课堂上竟是如此自由，想发言就张嘴，不用举手，坐着就说，但他觉得这样不好。他觉得还是保持念初中时的习惯好。

倪老师示意他说，他就站起来说：

"老师，您刚才已经说了答案，您说'大家都熟悉这九个阿拉伯数字'——当然是阿拉伯人发明的啦。"

"喔……"教室里一片恍然大悟的"喔"声。前排的一半同学转过身来，要再看看这位半途而来的新同学。

倪老师微微点头，又微微摇头，嗫嚅着不知说啥，神情是"说呢，还是不说"。他侧向黑板，画一个很标准的、太阳般的圆，将方才的九个阿拉伯数字圈住，说：

"那么这个关键的数字，这个很重要的，绝不是毫无意义的 0，又是谁发明的呢？"

鸦雀无声。倪老师刚欲张嘴通报答案，元尚婴又举手了：

"印度人发明的。"

"对，"倪老师显然很惊讶，"很对！"

元尚婴虽然新来乍到，却是一举成名了。

不过倪老师，停顿了几分钟，以强化大家对元尚婴的印象。最后才一字一顿地补充道："其实，这些数字全部是印度人发明的，通过阿拉伯人传到欧洲，欧洲人以为是阿拉伯人发明的，所以叫阿拉伯数字。"

39

汉叔中学校园，由五排房子构成。土筑墙壁，石灰粉刷。门窗四周，一律由青砖围边，配上干干净净的玻璃窗，看上去真是个读书的好世界。不过如今的读书，按照老百姓的话说，哄死人哩。

从大门口一望，一眼望进最里面的房子。路面铺着大小差不多的小圆卵石子儿，全是由学生们从汉江的沙滩上，一枚一枚挑拣来的。走在这笔直漂亮的路面上，欣赏着两边山墙上的黑板报，各篇小文皆以不同色彩的粉笔写成，再配上漫画，看得人不由生出喜悦感和自豪感。

路面是整个校园的中轴线。中轴线将每一排房子平分两半：东边两个教室，西边两个教室。两个教室之间，又有两间房子，是实验室，或者器材室，或者展览室。也有几处是学生宿舍。

五排房子都是坐北向南。每两排房子之间，在东、西两头，又各盖了五间房子，用作老师宿舍。有两处没有建房，总得修厕所吧。房子与房子之间的空隙，依旧起墙粉刷。凡是外围的窗子，都安装了铁网。于是整个校园，就成了一处封闭的天地，除了唯一的大门供人出进。师生们在校园里拉撒，但是要用粪了，则要走出大门，绕到院墙外面的茅坑舀了，再担进校园里，因为——

五排房子之间，经了中轴线穿过，就出现了八块田地。地不能浪费，就种上庄稼，少半是蔬菜。种庄稼也好、种蔬菜也罢，不浇粪水怎么行呢。

方块田的四周，还栽了一些苹果树、桃树和杏树。师生们后来通过比较，才明白这些树木所结的果子实在是太小，也不怎么红。

有一次放电影，朝鲜电影《摘苹果的时候》，师生们很奇怪：怎么朝鲜的苹果结得那么多，又那么圆、那么大呢？虽然是黑白电影，却不难想象那些苹果是多么红艳。而那些摘苹果的女人呢，看上去又漂亮又贤惠。只怪电影是黑白的，否则一定能看见她们的红脸蛋儿，粉白柔嫩的胳膊肘儿。

学校分初中部和高中部。进门的两排是初中部，学生全是镇上及镇周围的子弟；里面的两排是高中部，学生分别来自全区各个人民公社。自从学制缩短为初中、高中各两年后，就空出一些房子来。于是最里面的那排教室就没用了，改作了会议室、乒乓球室，以及琴房和杂物库房。

白校长的房子在最里排。他住的是个套间，出套间门就是会议室。白校长虽然姓白，但是脸面很黑，几乎没怎么见他笑过。他最高兴的时候，也就鼻子"吭吭"两声。

元尚婴入学的第三天，发生了一个案子。大家在睡梦里，也就是说，在起床铃声未响之前，听得校园里一声大喊："谁干的好事！"学生们一蹬被子，光着上半身，趴在宿舍的窗洞朝外看。只见管伙食的焦老师，狗熊似的在苹果树下走来踅去，仰头看看苹果树，再低头看看地面。

师生们陆续起来了，起床铃声才"当当"敲响。

大家围将上来，随着焦老师的眼神，也瞅着地面，就发现地面上三个带蒂的苹果核。有人轻声说白校长来了，人堆便自动豁开一个喇叭口，迎接白校长亲临现场。

"快来看啊，这儿也有苹果把儿！"喊叫者是个剪发头女生，四方脸，八年级二班的。剪发头少见，加上她一下课就握着拍子冲到乒乓球案边，所以很醒目，元尚婴昨天就知道了她叫王益明。大家冲她一哄前去，果然看见丢三落四的苹果把儿，散落着、延伸着，曲里拐弯地进了女老师厕所。

厕所是一排矮房子。男厕所二十个蹲坑，对应一道长槽小便池；女厕所十个坑，没有小便池。男生厕所与女生厕所之间，夹着男老师厕所和女老师厕所。男老师厕所两个坑，女老师厕所一个坑。校园厕所分两处，前院一处，后院一处。两处厕所的结构与蹲坑数目相同。初中部、高中部的女老师加起来，不过五人。就是说全校五个女老师共用两个茅坑，合适，不会导致争与抢的。

难道是哪个女老师夜里偷吃了苹果？所有的围观者都这么推测着，暗自幸灾乐祸着，急盼着案子告破、开心大家。

只是眼下，五个女老师没一个在现场。焦老师说："王益明。"转身又征询白校长意见："让她进去看看？"白校长头一点，王益明便进了女老师厕所，一进去就"哎呀呀"叫着退出来。"坑里好大一堆苹果把儿哟，老师咋能偷……这么干呢！"

"胡说什么！"焦老师立即打断王益明，"分明是贼娃子栽赃老师嘛。"

"一定要查出来。"白校长调门不高，但语气严厉。他点燃一支烟，转身离去。

校园中间西头的五间房是灶房。学生灶占用三间，老师灶占用两间。学生灶开了个大大的窗台，以供学生们排队打饭。饭一卖完，立即竖装木板横关闭，跟店铺打烊一般。老师灶房一门一窗，四条长凳围一方桌。隔开老师灶房与学生灶房的间壁墙，有个小窗洞，平时关着，门闩安在学生灶那边。老师吃饭时，如果校长也来同吃，那小门就会适时被拉开。学生灶的大锅饭卖完后，锅底总要烘一大块脸盆大小的锅巴。厨师将锅巴毕恭毕敬地从小窗洞递过来，说："各位老师吃锅巴啊。"其实是特供校长的，老师们跟着沾光而已。校长若不来吃饭，那个小窗门是断然不会拉开的！至于那锅巴，则由厨师与焦老师商量处理。

有两个厨师。给老师做饭的厨师姓王，几乎不说话，貌相也跟他的姓一样稀松平常。每天两顿饭一做，分舀各碗桌上一摆，就回院墙外的他家了。倒是给学生做饭的丁厨师有些意思。学生们背地里叫他丁二桶。

学生们喜欢争抢着帮灶，名义上是学雷锋做好事，实际上是冲着能受奖巴掌大一片锅巴。帮灶就是帮忙担水，帮忙锯柴，帮忙劈柴。

元尚婴听说早在前年的某一天，墙报上出现了一篇粉笔写的大字报，批判丁厨师，宋体字，署名为"十九位革命师生"。大字报说丁厨师道德败坏：不曾见过女生帮灶，却见女生，尤其是漂亮女生，经常偷吃锅巴！

丁师傅矢口否认。在给学生打饭时，他大骂道："谁写的，有种你就站出来！"他脸色如公鸡冠子，往男生碗里打饭时手都哆嗦，饭勺回撤时还要没来由地将学生碗沿敲一声呢。"你要是敢站出来，今天的锅巴全归你！"

"骂什么骂！"白校长出现了，"有则改之，无则加勉嘛。"背手离开，又转身补充一句："女生也可以帮灶嘛。"

恰好轮到苏景兰打饭。丁师傅一手接过苏景兰的饭票、一手勺子直撸锅底，稠稠的一勺糊汤扣往苏景兰的碗，眼馋死了大家！可是由于糊汤太稠，却难得倒利索、倒干净。丁师傅于是将饭勺倒过来，一手作支点、一手使劲往下弹。连续弹了三五下，那黏稠的糊汤才垂落苏景兰的碗里，搞得苏景兰满面飞红。

"校长说了，那就你明天早上帮灶，担水去吧！"

苏景兰脑后垂着一根又粗又长的大辫子，身条儿标致、眉眼儿清俊，是公认的长得最排场的女生。

男生的宿舍之夜，熄灯铃声早就响过，大家还在闲言碎语着苏景兰的种种逸事，期待着次日清晨看她如何挑水。门口传来值勤老师的大声咳嗽，那是暗示大家该睡觉了。宿舍里这才寂静下来，但是心跳声却能彼此听见。

40

清早起来，首先跑操，然后洗脸，然后早自习。这是学习贫下中农的。农民们大清早一爬起来，就扛上农具下地干活，从没有吃早点一说。上午十点收工，回到家里，这才洗脸吃饭。洗脸是因为要吃饭。不吃饭，饭都没得吃的，有必要洗脸吗？还要什么脸呢。而师生们清早起来就洗脸，有点不与劳动人民看齐。好在没人较真。

原来跑早操，是高中部、初中部同时进行的，各占操场一半。后发觉操场一旦分割两半便显出狭小来，且初中部是老师领操与叫操，高中部是班级体育委员领操、叫操。如此一来，就出现喊声打架，给顽皮的学生提供了捣蛋的条件。后来就分开了。高中部先跑操，五圈跑下来，列队，在高音喇叭里的曲子指挥下，做完广播体操，然后去洗脸。此时，不住宿的初中生陆续来了，看着学兄、学姐们跑操、做操。学兄、学姐们去洗脸了，大操场便腾开了——学弟、学妹们开始跑操、做操。

学校规定初中生在家里洗完脸后再来学校，因此学弟、学妹们要比学兄、学姐们起得更早。

可是今天的喇叭里，通知初中部早操后不要散去，高中部洗罢脸后要再回到操场，有紧急会议，其实就是听校长讲话。校长并没出现，而是在会议室里，冲着麦克风讲。只有一个意思：谁偷了苹果，谁就主动承认。主动承认是一回事，被揭发出来是另一回事——

"同学们想想，自己偷吃了苹果，却将苹果核儿扔进老师厕所里，如此栽赃别人，是何等恶劣的品质！这样的人将来能当革命事业接班人吗？学校早就研究过了，今年的苹果一个也不卖，大家也不要吃，全部用于慰问修公路的战士们！"

一整天过去了，没有人站出来承认自己偷了苹果。学校团委书记数次开锁举报箱，皆失望摇头。但是当天夜里，却出现了一个"幽灵"。三个女生夜里起来上厕所，在恍惚的月光下，见那斑驳筛动的苹果树叶里，飘飘浮浮一件带着黑补丁的衣衫。衣衫上好像有个脑袋，但脑袋与衣衫并不相连，却也没有分开，二者只是同步飞移。一个女生尖叫道："鬼！"只见那个与其说是脑袋，不如说是张扁圆饼的脸，拨浪鼓般转过来。

"万水贵！"一个女生用哭腔喊道，引得几个男生跑出来。深更半夜听到女生尖叫，是男生们梦寐以求的突发事件。他们一边提裤子一边跑出来，因为大家睡觉都是脱光了的，谁都穿不起裤衩啊。一个男生赤身裸体抢先蹦到三个女生面前，两只胳膊抡着圆圈准备跟谁打架的样子，急切焦虑地问："啥事啥事？"被吓坏了的女生手指苹果树，男生一看，那个圆饼脑袋隐形地勾着衣衫借风飘升。在滑翔飞过他们的头顶时，只听得"唰啦啦"一片沙粒声，冰凉瘆人的沙粒泼撒到他们的脸上、肩上。

被惊动起来的人越来越多，包括两个男老师和一个女老师。大家的头颅一概仰起，目送那奇异的衣衫，直到它消隐于深邃幽蓝的星空。恐惧弥漫在现场，幸好被一声惊叹打破了：

"你光尻子啊，田信康！"

目光霎时投向裸体男生田信康，但见他低头一看自身，立马折腰、双手扣住裆间、拧身跑回宿舍了。大家开心地哄笑起来，方才的害怕顿时没有了。大家得出一个经验：鬼怕光屁股。

这件怪事有两个结论：偷苹果的要么是万水贵的"魂灵"，要么是境外敌对势力飞来的侦查仪器，顺手牵羊摘去苹果。全体师生都是唯物主义者，所以在校长的鉴定下，一致认为是敌人捣的鬼。于是迅速上报汉叔镇革命委员会，引来几个人，由佩枪的武装部长带队，将校园的旮旮旯旯勘察了大半天，说：

"总之我们嘛……要提高警惕，严防境外敌人勾结境内坏分子破坏捣乱，他们人还在、心不死！"

那几个人在校方的"苦苦挽留"下，勉强答应吃个便饭。学生灶的锅底，特意剩余半脸盆多的糊汤饭。丁师傅拿着小铁锨锅铲，将糊汤涂抹成半锅壁锅巴，烘炕得焦黄焦黄的——以便款待破案的领导同志。同学们悄悄地咽着口水，暗暗地梦想着有朝一日，能当上干部，能白吃学生灶的锅巴。

41

苏景兰帮灶挑水，照说应该早起才是，却在去担水的路上，看见前边好几个男生，跟在倪老师屁股后跑步。这很蹊跷，因为还没到跑早操时间啊。若是冬天，早操过后早自习，还得点油灯呢。倪老师说："有想当兵的，将来可能被推荐上体育学院的，得提前锻炼锻炼。"原来咋不锻炼呢？跟在后面的田信康，心里明白着呢。

田信康的个头比元尚婴矮半寸，看上去却是矮好几寸的样子，因为他比元尚婴长得敦实些。昨天打饭时他排在苏景兰的背后，被前面的大辫子扰乱得火烧火燎的。听得明早苏景兰要挑水帮灶，他一个晚上都没睡踏实，担心要发生什么事故，所以今天起得特别早。起时怕惊动了同被窝、另一头的元尚婴，他先微屈了腿，拿膝盖由轻渐重地三次碰蹭对方。对方没反应，睡得很死呵。

自从打篮球那天，倪老师将手表从他面前滑过，交给苏景兰暂时保管，他就有了看法。男老师偏爱漂亮女生，究竟应不应该？但是男学生喜欢漂亮女生，应该是应该的吧。

汉江边上的集镇，多半建在一条小河的入江口。可以挑水吃的小河，名叫马鹿河。白天的河水，因为上游的畜生粪便与妇女浣洗，一般没人饮用。人们总是大清早起来，挑担经过一夜净化了的河水。汉江水当然也可以饮用，只是路远些。

苏景兰挑着两个水桶，走在缓缓的下坡路上。鸟鸣如箭一般，从树冠里射出去。于是树叶上的露水，被震落滴答到她那扶着扁担的手背上，如同意外溅来的清凉油。晨雾与微风缭绕着她的眉梢，有种难言的殷勤与讨好，一如关注她的所有目光。她清楚人们留心她，她悄悄地得意地享受着被留心、被关注，却故意流露出满不在乎的样子。让她挑水她就挑水，她倒要看看，他们是否无动于衷。让自己劳个小动、受点小罪，她觉得挺好玩的。她要瞧瞧世界是怎么个反响。

田信康尾随着几个同学，跟着倪老师，双拳提起、半夹腋窝，跑到河边折转身子，看样子是要往回跑，就遇见了苏景兰。他们不跑了，就地踏步、踢腿、劈叉、扩胸，看着苏景兰轻轻放下水桶，懒洋洋地将扁担丢到地上。扁担上的小铁链碰击了卵石，发出银器相击般的声响。

"你在家里挑水吗？"倪老师问。

"那还用说！"她一仰脑袋，辫子一甩，语气满是揶揄。"粪我都担咧！"她如此跟老师讲话，男生们都不吱声了，或者说一时都想不出合适的话往上凑了。

"你假期里在生产队劳动，谁舍得让你担大粪啊，不老实！"田信康的话镇住了大家，"何况也少见妇女担粪！"他更加大胆地上去，径直夺过苏景兰手里的水瓢，弯腰从河里一瓢一瓢地往桶里舀水。他心里激动得够呛，他不看倪老师的脸便知道倪老师脸上的尴尬。这种报复的快感让他记忆了一辈子，一如同学们都把苏景兰记忆了一辈子。

"学雷锋么，好，好！"老师终究是老师，一句话将自身拔高到有利地形。

田信康舀满了两桶水，接下来就不知道怎么办了，继续"学雷锋"替苏景兰担水？幸运之神只给他一次表现机会，因为苏景兰当即弓步挑起了两桶水。

返回的路相反，是缓缓上坡。前面一个担水的女生，风摆柳似的走着，后面跟着一个男老师领着几个男学生，号称跑操却又不超越前面的担水者，算怎么回事？这是苏景兰一生中最幸福的时刻，因为她知道自己漂亮，更知道男人们又是多么醉心漂亮！

可是她走了不到二十米，忽然蹦出一只青蛙，青蛙奇异地钉在她的脚前，昂抻着小脑袋锥子般动也不动，吓得她一撂扁担，两只水桶就滚了。如此出丑，将她方才短暂的自美加幸福一吹而散。忽然，一脚横出，飞向青蛙，那青蛙便如鸡毛毽子般升到空中，划一道弧线，坠落进了芦苇丛。大家一看，是丁师傅的脚。

丁师傅啥话也不说，一手一只桶，拎到河边，鞋子也不脱就跳进水里。他走到水深的地方，面朝上游左一弯腰、右一弯腰，便舀满两桶水。这等力量让大家哑口无言，风头全然被他抢了去。他一手一桶拎到苏景兰跟前，却不放下桶，只拿下颌儿啄啄地上的扁担，说：

"你拿上扁担就行。"

现在，丁师傅摇摆在前面，一个男老师带着一个女学生和几个男学生跟在后面。如此画面，电影似的上演在陆续到校的初中生，以及次第起床的高中生的注视里。身后的倪老师一个弹跳，双手揪下两片树叶，喊叫丁师傅暂停。丁师傅脑袋微微一偏，还是假装没听见，保持一副英雄好汉的走势，任风将他的凡立丁裤子吹鼓成两个大包。

"丁二桶！"丁师傅不得不停住脚步，水桶却不放下。倪老师走到丁师傅面前，看着丁师傅的眼睛，将两片树叶分别丢进两个水桶，说："现在你走走看，水不会浪出去了——否则你提溜回去，就只剩半桶水啦！"

于是一瞬间，倪老师又成了主演。事后田信康给元尚婴说：

"搞女人咱不是老师对手，咱连个火头军都不如！"

白校长只代了一门历史课。校长从不讲课，只是念课文。每堂课只念五页。念课文时，他那张黑脸很少抬起来看学生。偶尔抬起一次，目光也只是从讲台上滑出去，端直地滑向教室后面墙壁上的"学习与批判"专栏。然后再将目光收拽风筝似的滑回来，中途在苏景兰的脸上停留一下。停留时间之短，如同飞翔的子弹遭遇一颗自然垂落的樱桃的拦截。但这，还是被大家感觉出来了。与一个漂亮的女生置身同一个教室，那么每一个男生的脑袋上，就会平白无故地多长出两只眼睛来。两只无形的眼睛，长在脑袋的什么位置？那完全取决于苏景兰所坐课桌的位置。所以大家觉得在整个校园里，唯有校长和苏景兰配吃锅巴。一个有权，一个有貌，理应享受特别福利。

校长其实不曾正经学过历史，就是课外读过一本《儒法斗争史概况》。他原来在区革委会当农业干事，不知什么原因调来当校长。课文被他念得抑扬顿挫、流畅似水。他天生着一股杀气，所以课堂很安静。他念两页半课文，就说："现在都拿出笔来，将课文里的重点画上线，以便记住。"至于哪些是重点，是商鞅重要呢，还是桑弘羊更厉害，他却不表态，让你自个悟去。这反倒让大家觉得校长可能是真懂点儿历史，他只不过是像神秘的历史本身一样，故意让神秘变得更加神秘。

同学们拿笔画线的时候，他就掏出烟来点燃。他慢慢地踱步在课桌间的两个走道上，然后走到门口，将最后一口烟吸完，烟蒂弹到外面。接着返回讲台，念剩下的两页半课文。

语文老师却是相反：极少念课文，主要由他自己天马行空、任意发挥。单是毛主席的"独立寒秋，湘江北去，橘子洲头"三句词，语文老师就讲了两节课。讲毛主席和他的同学们特别喜欢在狂风暴雨里飞奔，他们将那种豪迈挥洒命名为"风浴""雨浴"。

语文老师名叫刘巨才，像个碌碡，胖得没有脖子。一双小眼睛深陷在肥肉里，只有在开饭或是见了女生时，那双小眼睛才弹蹦出来，像青蛙的眼睛一样忽然凸鼓而活泛晃光。他出口成章、辞采飞扬，同学们背地里给他取了个绰号：词罐罐。

元尚婴被"词罐罐"吸引了，为他那掏烟点烟、吸烟吐烟圈的一连串动作而倾倒不已。但元尚婴有时仍然听得神思恍惚、左右摇摆，那是因为他坐在苏景兰的背后。苏景兰的辫子，苏景兰后脑勺的下部，她那头发两分而隐隐露出的极其轻淡的白肤，以及那黄底白条的方格围巾，都让他心如乱雨。他意念加幻想，幻想的手伸向前去，将那围巾往下拽拽，以便欣赏到较大面积的肌肤。他皱皱鼻子，闻到来自苏景兰身上的一种特别的气味。再皱皱鼻子，判断那气味是炒黄豆的醇香，那种夏末初秋的田野里随风飘散的醇香。她身体的每一个微小的变动，都让他心潮起伏、遐想无涯，都被他予以诠释剖析，然后再给自个的诠释剖析打分。他自信又肯定，总是给自己打九十分以上，心里扬扬得意。

"词罐罐"刘老师的语文课如同倪老师随便替代的课，十分受学生欢迎。上这两位老师的课，大家勉强可以撑住饥饿、不怕拖堂。

"词罐罐"讲毛主席和杨开慧恋爱的故事，讲毛主席一家为革命献出了多少多少人命，听得大家热血沸腾、如痴如醉，越发崇拜领袖、越发珍惜来之不易的幸福生活。"杨开慧长得很漂亮。""词罐罐"吐出一个烟圈，待那烟圈上升扩大时，又吐出一个小烟圈追随上去，径直穿过先前的大烟圈。他的那对小眼睛探向苏景兰，再落到元尚婴的脸上。四目相逢，元尚婴永远也没搞明白，他当时何以一接触刘老师的眼光，就站了起来并且说道：

"老师，我觉得您说杨开慧'漂亮'，不妥，不庄重，应该用'美丽'。"

"对，""词罐罐"说，"你这个意见提得很'漂亮'！"教室里一片笑声，有人趁机丢出一声屁响——下课后元尚婴责问田信康，批评他不该老毛病发作。田信康说那个屁若是他放的，他便遭"天打五雷轰"。

刘老师还亲自刻蜡版，将韩非子的《五蠹》印成册页发给大家。开头的话，元尚婴一直记着："上古之世，人民少而禽兽众，人民不胜禽兽虫蛇。有圣人作，构木为巢以避群害，而民悦之，使王天下，号之曰有巢氏。"他能记住的原因，是他在默记背诵时，眼睛看着苏景兰的方格围巾，想着如果背诵不过，苏景兰便瞧他不起。

有女生问苏景兰："天热了，你为何还围着围巾？""我有围巾么，"苏景兰反问道，"那你说咋办？"

刘老师出的作文题是《夏天的汉江》。为了写好作文，元尚婴午休时偷偷地溜到汉江边，仔细观察了山色与水态，以及渡船、人物与动物。晚上也基本失眠了，因为他构思了一夜，把他拥有的全部词语调出脑库，反复排列组合，直到烂熟于心。他预测着他的作文将激起怎样的反响，尤其是想象着苏景兰听了他的作文，趁"词罐罐"板书之际，转过头来悄声说：你虽是新来的，却是个才子啊！

可是一周后的作文点评，"词罐罐"口头表扬了五个人的作文，却是半字也没提他元尚婴！在以后的课堂上，他的作文和他的名字，从未被提及。很久以后，他才反思出前因后果。

42

元尚婴未能展示作文才华，却在另一事上无意间引人注意了。晚自习时，大家都点亮各自桌上的灯——墨水瓶儿小油灯。而其他教室呢，全都亮着明晃晃的汽灯。苏景兰到隔壁八二班教室一看，那里面有个空位子，就返回来夹起课本，去了八二班。大家有些躁气，冲着她的背影说她羡慕繁华、不爱艰苦奋斗，是资产阶级作风。

"让我看看。"元尚婴爬上桌子，踮脚摆弄那个黑乎乎的、吊在天花板上的、都说是坏了没法用的汽灯。一个同学摁亮手电筒，让光柱晃悠上去帮忙。元尚婴拔出管子，出出进进地打将起来。

"打也白打，漏气呢。"一个扁鼻子女生说。

"咋都找不见啥地方漏气！"打手电的补充道。

"咋能找不见呢，不信！"元尚婴小心翼翼地卸下汽灯。汽灯是山里的现代化用具，每个公社只有一个，并且不常用。只有革命形势特别紧张，恰好紧张在天黑时需要开群众大会，或者县剧团下来演出时，才点亮耀眼的汽灯。元尚婴喜欢一切新生事物，见了新生事物就要撺上去看个究竟。丘干事心想：好么，干脆让这小子学烧汽灯，省得自己亲自烧，掉身份。

元尚婴卸下反光罩——上面满是黑指印——轻轻将汽灯放到讲桌上，又将油箱卸掉。大家围上来，手指们指指戳戳了半天，也还是弄不清哪儿漏气。元尚婴说：谁去找找丁师傅吧，再弄一桶水来。有手电的同学，就吆喝另一个同学出了门去。十几分钟后，两人从河里抬回一桶水来。

元尚婴再打气，将油箱塞进水桶里。果然，一个地方冒出小泡了，仿佛桶底活泛个小鱼儿。原来漏气在接缝处。油箱是两个半圆凹槽相扣而成的，彼处漏气你很难发现。

取出汽灯，大家商量如何堵漏。有人说拿肥皂末粘住吧，被嘲笑说温度一升肥皂末就化了。一个同学拿出胶布，撕下一绺儿说，贴上去试试看。田信康说别急，里面先得塞个啥子才行。只见他食指塞进领口，在胸口里推磨了几圈，又将拇指也跟进领口，帮着食指夹出一疙瘩垢痂。二指搓搓，捏成一颗"六味地黄丸"，摁向漏气处——几个女生呕声着躲开了——然后,这才让胶布敷上去。

再打,竟然真的不漏气了!灌进煤油,同时由班长去找焦老师,从学校库房领取石棉纱罩——就是灯头。反光盘被女生擦得洁白锃亮,光明来啦!那丝丝的喷气声,如同静夜传来的远方的汉江水流声。

苏景兰就又夹着书本回来了,后面跟着几个八二班的同学,来看热闹。大家笑苏景兰这会儿"下山摘桃子"来了。然而下自习的铃声响了。由此到熄灯前的一个半小时,最是自由亢奋。有人拿出烟来,首先奖给元尚婴一支。汽灯光亮醒目了一切,大家从墙上取下二胡,从抽屉摸出笛子,从口袋里掏出口琴,齐声合奏了朝鲜电影《卖花姑娘》插曲。不会乐器的,唱呗:

> 买花来哟,买花来哟,
> 花儿好哟红又香。
> 色泽鲜艳、气味芬芳,
> 买花的人儿快来买……

同学们那晚高兴极了,将悲伤的歌曲唱得很欢快,如同解放区的天,是蓝格盈盈的天。大家沉浸在无边的幸福里,都在祝愿祖国繁荣富强,祈愿马鹿河上的水电站早日建成,尽快发电、供电。要知道在整个汉伯县,就剩下汉叔镇没用上电了。

樊少军家在镇上,放学就回家吃饭。有一次午饭后回教室,他悄悄朝元尚婴兜里塞了个东西,同时瞭个眼。待上课时,元尚婴轻轻勾手掏出一看,高兴得感动起来。那是一坨锅盔馍,三指宽二指厚一寸半长。元尚婴心想,樊少军这人值得交。樊少军昨天借去元尚婴的神魔小说《南游记》，今天就来表达谢意，很好很好。

听说班上此前发生过一件震撼人的事：有人从九年级那里，手抄来一本《少女的心》，被大家私下里排队传看。主要是在晚上，摁亮手电筒缩进被窝里看。全班只有两个手电筒，两个拥有手电筒的人当然不能白让大家使用。于是全体男生集资，人均五分钱，买回八节电池。每天晚上将要熄灯时，总有一个被窝提前拱成一个大包，缩在里面开读《少女的心》。有人借着窗洞里淌进来的月光，发现那个拱起的被窝里——都是两人搭对儿睡的——动态异常，让人联想到在庄稼地里交配的两只狗。没轮到的人急盼着次夜早点来临。

在那样一个年代，少年们过早地政治成熟了，知道什么该讲什么不该讲，保密技术自然无师自通。《林海雪原》都被当作"毒草"没收了，何况《少女的心》！无论同学之间有什么矛盾或过节，但是看禁书这件事，大家在公开场合里半句也不提说，压根没有过似的。因为这是大家的共同利益，可不是争夺那几块助学金之类的小事。问题是如此激动人心的书，怎么才能让女生也看到呢？男女最要讲平等，女生没看到的话，男生等于白看了。好比生火，你这厢旺旺地烧着、吹着、扇着，她那厢就是不把锅往火上架，有屁意思咧！

有条件要上，没有条件创造条件也要上。首先要让苏景兰看。她看了才叫刺激，才能起到某种"模范带头"作用。苏景兰有本《李自成》，被人借去看。那家伙还书时，将手抄本折叠了夹进《李自成》，趁人不注意时塞她手里，说："赶紧藏起来！"

随后大家，就连最胆怯的男生，都不放过任何一次机会，放肆地察看苏景兰的脸，巴望从她的脸上揪住几丝"花朵绽放"的神情。可是大家很失望，因为苏景兰一如往常，甚至比过去严肃正经了不少：笑的频率减少，纽扣扣得一颗不落——过去却有点懒散，总有一颗纽扣忘记扣。终于有人没忍住，当几个人的面问她：

"你看咋样嘛……那个'心'——"

苏景兰脸色一变："流氓，我交给校长了！"

元尚婴刚进厕所蹲下来，进来了一个高个子。那人牛蛙大嘴，眼珠暴凸。一边解裤子往下蹲，一边问：

"吃了没？"

"吃了。"

这是那个年代的流行问候语，不分场合，与吃无关。等于好几年后才出现的"你好"。

这人谁呀？好像见过，却又想不起在哪见过。说是老师吧，老师该进老师厕所啊；说是学生呢，头上却有两根白发。

"肚子里没货么，"那人偏过脑袋，"蹲也是白蹲。"同时挥舞手掌驱赶两只绿头苍蝇。

"我也是，只想撒个尿的。"元尚婴附和道，"没想到却也蹲了下来。"

"你把你兜里的锅盔馍，给我吧，"那人忽然说。"这样一来，咱俩就谁也不欠谁了。"

元尚婴吃惊地望着对方，不知如何反应才好。你到底谁啊？你怎么知道我兜里有角锅盔馍？我还谋划着怎么才能跟苏景兰分着吃呢。可是对方一直盯着他，盯得他有点发毛。他只好满怀委屈地掏出锅盔馍，递给那人。那人一接到手上，立刻浑吞嘴里，喉结翻滚了两下，馍便没了影儿。

但他那牛蛙嘴巴，却继续吧唧个不停：

"这味道，啧啧，好家伙，过生日啊！"

元尚婴赶紧提起裤子，溜出厕所。回到教室，他问大家：

"咱学校那个高个子，牛蛙嘴、少白头的，是九年级的吗？叫啥名字？"

"那是万水贵啊——你碰见鬼啦！"

43

马鹿河汇入汉江时，山水形态如同一把巨大的钳子。钳口的两山并不多高，却锁着口里的一块缓坡坦地。汉叔镇就建在这片缓坡地上，分前街后街。前街宽，可以直下汉江渡口；后街短，中途一个拐弯，接通前街。

汉叔中学与镇子保持了一点距离与高度。出校门、下缓坡、见分岔，一条路去马鹿河担水，一条路进入后街。其实马鹿河边的大路，就可以直入前街，但是师生们总是习惯于先逛后街。一是路近，再是后街有几个"黑店"。所谓"黑店"，就是门面上没有任何标志，里面却是偷着卖蒸馍的人家。一个蒸馍五毛钱，看上去足有半斤，实则不过四两多面粉——人家酵面发得好啊。而镇上唯一的国营食堂呢，从不卖如此大的馍。国营食堂卖的永远是老三样：二两的蒸馍、二两的花卷、二两的糖包，外加一两的麻花。要命的是，都必须收粮票。没有粮票，你十块钱一个馍，人家也不敢卖你，这是制度。跟制度作对就等于拿鸡蛋碰石头。

而"黑店"卖馍，虽说五毛钱着实有些贵，但人家不要粮票啊。开"黑店"的又如何弄来粮票去国营粮店里买来面粉呢？那无非是跟吃商品粮的、有粮票的人，私下里怎么交易了的。

由于国内外阶级敌人时刻要来颠覆我们的美好生活，所以防患于未然就是必需的了。下放、分流城镇居民，便是应对措施之一。汉叔镇上的居民，原本多半吃着商品粮，现在九成半被下放、分散到全区各个人民公社，变成农民了。他们在街道上的房产，全被没收——或是象征性地给点下乡安置费——用于信用社、供销社、邮电所、农技站、兽医站等国营企事业单位办公。县城是个特例，除少数"罪大恶极"者必须下放农村外，相当多的人家依旧待在城里享受商品粮。但其初中、高中毕业的子女，则必须一概下乡插队，接受贫下中农再教育。

那时国外的敌人是"美帝""苏修"，到处能见到打倒它们的标语。尼克松虽然来中国访问了一回，但还是要打倒它。不过顺序调整了，变成了打倒"苏修""美帝"。先打谁、后打谁，亲与疏一看便知。

汉叔中学的男生们，常怀一腔报国无门的委屈感。整天喊叫打打打，却久等而不打，让大家如何驰骋疆场、建功立业呢！也许真打起仗来，就顾不上吃、想不到饿了。眼下的心思呢，老是朝着后街的"黑店"方向飞去。

"咱几个要好的，咥馍走……我请！"排队打饭时，田信康对前边的元尚婴耳语道。接着又咬了几句耳根子话。

学校基本是半读半劳，通常是上午上课、下午劳动。学校本身开了几块荒坡地，号称"学农基地"。然而种地是有季节的，地不需要种的时候，便就近到建设工地去帮忙。

今天下午，学生们去马鹿河上的水电站工地，帮忙抬石头填坝坑。女生们在半坡上割草，为开挖水渠清理坡面。大家不来劲头，原因是白劳动、没人管饭。若是帮农民割麦收稻，那就能吃上大锅饭，尽饱吃。生产队的保管房里存有公粮，学生娃们来帮忙抢收庄稼，当然要管饭。豆子糊汤，不，不能显出"汤"字来，而要熬成那种稠稠的"糊涂"，最好一筷子下去能撬个疙瘩出来的饭，配上萝卜缨酸菜，啧啧！生产队里的干部，出纳、会计呀，记工员、保管员呀，当然绝对少不了队长，以及借机来检查的大队干部、公社干部，一并陪同革命师生海吃浪咥。一个在旧社会给地主当过长工的队干部，给大家忆苦思甜道：

"旧社会里，我们当长工的顿顿都吃这种饭。每天吃三顿，总有一顿细粮。可是地主家里人奇了怪，除了孩子跟我们一样吃，他们大人全吃的粗粮，喝的稀糊汤！他们让我们吃干的吃好的，为啥呀——

"——你以为他们善良？才不是呢，是要你吃饱了有力气给他们干活咧！"

"就是就是，"民兵排长双手捧着老碗，但是步枪仍环套胸前，"地主的脑瓜子账算得清得很，谁知道他们半夜里会不会起来偷着做好的吃！"

一想到夏割秋收时吃的大锅饭，小伙子们越发没劲头搬石块、抬土筐了。加上修水电站的那几个人，除了县城来的技术员老成持重、面色和善外，另几个家伙貌似大人、颐指气使。他们给老师发烟，脸上竟然是恩赐的神气，因为这些老师是他们当初批斗的对象。他们自个歪叼着香烟，把眼前的"勤工俭学"者指挥来指挥去的。他们不过是刚毕业的高中生，由于老子当着区委干部，他们便不用回乡当农民。水电站尚未建成，他们就被内招为水电站的合同工了。

倪老师、刘老师、董老师、焦老师也都看不惯他们先前的学生，就建议校长，不如散伙，因为晚上要放电影《闪闪的红星》

呢。去年报上就说这电影多么多么好，可是等到来深山里放映，那得晚一年多。大家欢呼起来。返回路上，田信康故意叫几个同学走慢些，落到后面。他掏出扑克牌，说：

"开饭还早咧，咱们打个升级吧。"

前面的人回头看看，因为他们觉得苏景兰不该跟这几个人搅和在一起啊。不过不会有啥的，他们一伙人么。故意拖后的几个人，是元尚婴、田信康、樊少军，还有两个女生苏景兰、王益明。元尚婴不爱打扑克牌，喜欢下象棋、军棋，就搬块石头坐跟前看他们玩儿。各自将扑克牌揭上手，石板上只扣留了四张底牌时，田信康看看路上没了人影，说：

"咱们现在买馍吃，走！"

扑克牌一洗一装盒，掏出两块五毛钱来。大家很吃惊，问哪来的钱。田信康说银行里印的嘛。一见钱的来路不明，樊少军便说那他就不跟着吃馍了，他回家吃饭啊。

"噢，今天我们这几个，就你是吃商品粮的，看不起我们啊。"苏景兰的话具有很大的杀伤力，搞得樊少军脸色很难看。

"这才叫真正的阶级斗争！"

——这一句振聋发聩的话，居然出自看上去有几分傻气的王益明之口，让大家吃惊不已。

"你若不吃，"田信康说，"只是我们几个吃，心里过不去嘛，没准要得'哽食病'（食道癌）哩。"

"吃，我吃。"樊少军笑道，"又不是让我下苦力！"

三个男生、两个女生向汉叔镇后街走去。除了樊少军，都是知道"黑店"位置的。王益明阶级斗争的弦儿绷得紧，就由她跟着田信康进了一家"黑店"，另三人在外面假装遛街。两人进了一家门面房，穿过一个狭窄的天井，再穿过一个狭窄的天井，到最里面才见到主人。那是个瘦高个男人，一只眼睛凹下去，眼白甚多，俗称"萝卜花"眼睛。他问："你们是插队知青吗？我们家再不敢卖馍了。"田信康请他往天井边走几步，让他借着天光看清顾客。"萝卜花"说：

"这我就放心了，你们是汉叔中学的！前几天跑来几个知青，说是先吃后给钱。结果嘴一抹说下次来给钱，下次来还是赊账！不让他们白吃他们就扬言要举报我搞资本主义，要批我的判、斗我的争！"

"萝卜花"接过两块五毛钱，先让把街面门关了，这才将前天井的楼梯斜抱进后天井。接着爬上阁楼，拿一个小筛子托下五个蒸馍来。"你们咋拿走呢？"王益明赶紧开门出去，让苏景兰解下围巾给她。

"你们离我家远些时再吃啊！要是让人发觉馍是从我这里卖出去的，那我倒死霉了！"

围巾包裹着五个馍，五个学生快速离开"黑店"门口，嘴里哼着"我们走在大路上，意气风发斗志昂扬"。一拐进前街就是卫生院门口，樊少军跑进去给他老子招呼一声，说吃饭不用管他了。

不逢集的街道显得很冷清。旧戏楼的两个飞檐，一个早就断掉了，一个没断，上面的瓦也不知何时脱落殆尽，露出那被风雨侵蚀得颓败变色的木条隔档。戏台上堆放着杂物，蒲篮背篓、破犁铧、老风扇之类的。两边柱子上的标语已褪色，由于糨糊没粘牢，几个字被风撕了去。但仍能看出全部意思：抓革命促生产促战备，人口多力量大干劲高。

一个秃顶老汉急匆匆地横过石子铺面的街道。从供销社门口望进去，柜台上趴着两个妇女，正与柜台里的营业员扯闲话。一只瘦狗低头嗅闻着，希望能嗅闻到人们不小心落下的食物碎屑。三人成众，五个人就更不用害怕什么了。他们人手一个大蒸馍，边走边吃。他们希望被很多人看见他们如此嚣张无忌地吃馍！否则，无法宣泄的虚荣心会憋得他们浑身发疼。他们想着一定会有人问他们馍是哪来的，而他们偏不说，只让提问者自个猜去！遗憾的是遇见了五个人，都没有人打问他们，这让他们很是扫兴。他们好像被同一个老师训练过，吃馍的姿态全都一样：左手拿馍捂嘴上，拿椭圆的唇拓住馍。唇要拓得密不透风，唇里的齿与舌呢，咬啊刮啊粘啊地将馍迎进口腔。同时右手不能闲着，要掌心向上、紧贴胸衣，以便承接随时掉下来的馍屑。

眼前一排棕榈树，叶子被顽童们揪得不成样子了。这是秦鄂渝会馆旧址。作为曾经的水旱码头，这里有过繁华一时。老人们爱提及往事，什么客商云集啊，赌徒输了老婆啊，妓女啊鸦片啊人丹啊，茶叶易洋靛、土漆换盐巴啊，火纸蚕丝印花布啊……后来县城通了汽车，这里就败落了。会馆原来有副对联：

日落巴山思楚殿，
月出汉水忆秦娥。

横批"中华腹地"，实际就是"朝秦暮楚"之地，被一个落第老秀才念叨到八十三岁临死时，再被年长者接力往下传说。牌楼残破在山南江北，两进深的院子圮废着，倒是围墙可以利用，正好做了食品站的养猪场。一半是黑猪，一半是白猪，总共不到十头，瘦皮猴儿似的。食品站的两个胖子正在议论着白猪、黑猪的各自优劣。一个说黑猪好，黑猪肉香。一个说白猪好，白猪长得快。"好啥子好哦！白猪耳朵夥老高，难看且不说，肉也柴嘎嘎的死难吃！"

说这话的胖子正是元尚婴的老乡朱能宝。两人就打了招呼。五个吃馍的年轻人，趴在围墙，边吃馍边看猪。猪们一闻见馍香，欢欢实实摇摆着小尾巴，奋勇前来，开紧急会议似的。大家觉得有趣，越发将嘴巴吧唧个声大，引得猪们轮番地，一跳一跃往起站。朱能宝笑骂道：

"看你们这些死日娃子！又舍不得给猪吃馍，调戏它们干啥子？滚，赶紧滚远些！"

元尚婴动作和大家一致，将馍不时地捂嘴上，却并未真吃，吸几口香气就很满足。苏景兰开始跟大家一样吃，后又觉得有失风度。过往的人拿异样的，混合着眼馋与嘲讽的目光，扫瞄她和他们几个。她掰一疙瘩馍拿手里，余下的大块馍在围巾里一包，斜背到大辫子后，像是给前线战士送干粮的标致的小媳妇。

"你俩搞什么名堂？给谁攒着！"

他们走完街道，站在了汉江岸边。残阳映照着滩涂，两只鸭子一大一小，摇摇摆摆地往它们该回的家的方向挪动着。渡船刚靠岸，下来两个人与艄公计较着什么。他们上前一看，原来是一人五分钱过渡费。那两人只有五分钱，或者说他们想两人只出一人钱。

"不是我小气，"艄公面色和善，但语气坚定，"船不是我私人的，收的钱全交生产队啊！"

那两人见围观来几个学生，脸上就很惭愧，觉得自己不配做社会主义新人，还依然浸泡在"小生产者的汪洋大海"里。其中一个摸索了身上所有地方，也只摸出一个蔫皱的"羊群"烟盒。他两指塞进烟盒，撑开烟一数，说：

"里面还剩四支烟，能顶不？给——"

"这么多人看着，"艄公说着，手却同时伸前接过烟盒，"不成了强迫我开后门、贪污集体嘛！"

"我帮你抽一根，"田信康从艄公手里要来一支烟，"把我们的嘴封住啦。"

大家顿时亲切起来，一下子成了同一个战壕的战友。

"你们想过江玩吧？"

"我们没船钱啊。"

"这个不碍事，就当你们是知青吧——他们从不掏钱，惹不起啊。"

他们本来没有过江的计划，但是眼下可以白坐船，那就不妨浪到对岸逛一回。不过他们四个人，都没有，也不可能猜到元尚婴的心思。元尚婴一开始就既定了：今天必须过江去。

他们依次翻上船，回望方才那俩渡船客，早没了人影。倒是那只瘦狗，摇头摆尾地望着他们。准确说来，是在街道上遇见的那条瘦狗，一直尾随着他们，现在又深情地、眼巴巴地望着元尚婴手里的馍，不住地伸出舌头旋舔嘴巴。

"狗鼻子真尖，一直跟着馍香哩——谁让你省着不吃！"

元尚婴装作没听见、没听懂。苏景兰白了他一眼，将她自个的围巾转到胸前，手探进去，抠出一小疙瘩馍，扔给瘦狗。瘦狗一口吞进嘴里，只听得"嘎嘣儿"一响，随即连馍带一块小石头吐出来。

44

江水不大清，或是向晚的缘故。船到江心时，一群鱼赛跑似的你追我赶。一条三尺长的鱼撞了船帮，一个仰翻露出白肚皮，眨

217

眼又一翻、一摆尾，消失了。艄公笑道："平常没见过这么大的鱼啊，莫非鱼也喜欢漂亮女娃子？"他已载过苏景兰往返几次了，每次都收她五分船钱。高中生按成人对待，收五分钱。初中生收三分钱，小学生免费。苏景兰这么灵秀的女子，没道理收她钱啊。可是人多，免谁不免谁都不好拿捏。艄公夸苏景兰时看着苏景兰，目光随即补充性地划过王益明的脸。大家乐了。苏景兰很感动，手探入围巾，问艄公饿不，"饿了我这里有馍"。艄公说："好女子，馍可是太金贵，留着拿回去，孝敬爹娘吧。"苏景兰心里一惊，他怎么猜出她是把馍省给父母吃的？

"你们经常打鱼吃吗？"元尚婴问道。他是吃素的，却奇怪汉江边上的人家，就是国营食堂里，也很少吃鱼。

艄公说不能随便打鱼的，因为汉江是国有的。不久前有两个人，跑到下边没人的地方炸鱼。导火线必须很短，要一扔水里就炸响。一个拿烟头点着导火线，另一个大喊："快看快看，往那里甩！"那地方一团鱼正在快活地转圈子，这家伙看呆了，炸药包举在头顶上响了。三根指头被炸得没了影儿，头顶也烧煳了……人被铐走，判了一年徒刑，说是"破坏'水产法'"。"水产法"究竟是个什么法，谁也没见过白纸黑字。

"逮捕他要开大会，选择的是逢集日，人多，谁都爱看捆人、绑人啊！我那天拉肚子，正好没去学校。"樊少军说，"后来我去炸鱼现场，找到两节半寸长的手指头，血都结了痂，刨个坑儿埋了。"

"不准私人打鱼也罢，公家人去打好了！"艄公说，"鱼这东西靠油过哩，干部也才一月四两油，煮熟的鱼也没个吃头！"

船刚一靠岸，听得上游"轰隆隆"传来放炮声。那里正在修筑沿江公路。已修了两年多，何时修通不知道。这里往上游去县城，两山夹峙、一江奔涌，只有一条陡峭的山崖小道，还是当年红军与国民党周旋时攀缘出来的。除个别胆大者加上正好有急事，如此危险捷径再无人选择了。汉叔镇人要去县城办事，一概沿着马鹿河上山，多翻越五十多里山路，就图个平安把稳。

过了汉江就属于巴山，自是另一番气象。现在秦岭支脉成了对岸，落日照上其凹凸不平、明暗斑错的坡面，上阳下阴。这边的巴山，却正被暮霭合围，找不见点滴阳光。水之南为阴，就这么回事。

"感谢你们陪我啊！"元尚婴说，晃了晃手里的蒸馍。

"你什么意思？"

"你们过江来只是胡逛着玩儿的，我却要办个正事。"

他说他已经偷偷地到万水贵淹死的地方，来了两次。但是两次都空着手，好比正月里走亲戚，不像话、不懂礼节。总之不够人情么。

"你这人……好怪的！"苏景兰说。"他跟你从没见过，他殁了也不是故意为了你，你还当真认为他是给你上高中腾路啊！"

"你说得也是。"元尚婴边琢磨边说，"但我总觉得不是那么简单。反正一个大活人，突然殁了，难受，难受很！"

他们五个人来到淹死万水贵的岸边。那地方连续三个回水湾，一个漩涡套着一个漩涡。光线暗淡，水色乌青，水里像是有几个怪物在打斗。温度也骤然下降，不时有凉水珠儿飞上他们的脸颊。

"要办啥事你就快点儿办。"王益明说，肩膀一哆嗦。

"我倒要看看你要什么花子。"樊少军说。

"我晓得！你把馍省着不吃，是要投进江里给万水贵嘛。我们都是唯物主义者，何必要信这个！"

田信康猜得很对。只见元尚婴往地上一跪，双手举馍过眉上。嘴里嘟囔了几句什么，然后站起来，双手使劲往前一撩——那馍升一道弧线，翻转着跌落漩涡里了。分明看见溅起一些水，却没有响声，响声早被湍急喧闹的江声吞没了。

大家看着这个动作从开始到完成，都没有反应。或者说不晓得该反应什么。

苏景兰忽然从围巾里，掐出一疙瘩馍来。她说："万水贵跟我从小学上到初中，关系虽然一般，可是毕竟，再也见不到他了……怪难过的。"说罢，就将那疙瘩馍扔进江水里。元尚婴颇为感动，觉得人家苏景兰是在呼应自己呢。

元尚婴说："毛主席《为人民服务》里，结尾是怎么说的？"

大家一听，"老三篇啊"。立即并排肃立，冲着缥缈的水光山影，背诵道：

> ……村上的人死了，开个追悼会。用这样的方法，寄托我们的哀思，使整个人民团结起来。

周末回家，父母听了儿子的汇报，很高兴、很欣慰，说是人生在世，不管你认识不认识，相互之间都被一些看不见、摸不着的丝线纠缠着。"所以要敬人，千万不能害人！"母亲再次重复这句口头禅。

元尚婴在厕所里碰见万水贵显形，当时并不知道，事后知道了也没有生出害怕的感觉。看那万水贵的面相，实在无法想象他何以做出大义灭亲、举报父亲的忤逆事来。而从同学们口里得到的，关于万水贵留下的为人印象，很不明显，细节也很少。因为他与大家相处，毕竟才三个来月。

万水贵大概是这么一个人：话少，不大合群，个头大、胆子小，总是躲避来自周边的挑衅。他有点耳背。人也不坏，只是有点自私，明显遗传了剥削阶级习气，需要接受群众改造。一个经典细节是：由于没有早餐，每早上课前，必定是在上课铃响的时候，万水贵就从兜里摸出一点东西来。那也许是一小坨糍粑，也许是一小角馍，也许是一小节竹笋，总之是点食物，迅速塞进嘴里，喉结一滚没了影儿。而其他同学都没有这个福利，或者说大家都不曾养成如此毛病。有同学就问："万水贵你吃啥？给我们分点！"他偏过脑袋，以手掀耳，做出努力倾听的样子："你说啥子？"对方就重复一遍。"你再说一遍，我听不清。"对方再要说时，老师进门了，于是暂且作罢。

又有一次，下末节课去打饭。一个同学饭票忘在了宿舍里，就问万水贵借。说了三遍，万水贵依然手掀耳朵："声音小我听不清啊。"那同学懒得再更大声地借他饭票了，低声骂道："这贼狗日的太啬！""你骂谁？"万水贵当即反应道。于是大家才晓得，他是装聋卖傻。这还了得，批狗日的判，斗狗日的争！到宿舍，命令他打开枕头边的小木箱。他咋都不掏钥匙，箱子就被撬开了。一看箱里，全是碎蛋蛋食物。立即打了土豪、分了田地。他的庐山真面目，由此暴露无遗：当初检举其父，骗取组织信任上了高中！

事情闹到班主任跟前。班主任汇报给校长，建议学校开除万水贵。校长说，哪跟哪呀，不要什么都上纲上线。"给个留校察看如何？就这么定了，察看一个月吧。"校长如此定了调。

从此，万水贵早上再也没在大家眼前吃零食了，躲进厕所吃。后来就淹死了。

"我们，你最好，"母亲给元尚婴说，"去他家看看，有啥子困难没有。"

"我们，他们，成分都不好，惹事不？"

母亲无话。

45

初中部新来个女老师，叫顾红梅。人很漂亮，唱歌特别好听。她带着一个孩子，不到半岁，送到附近一个农妇家，请人家照看。她清早送去孩子，白天去喂三次奶，晚上再去抱回来。保姆费五元。五元可不是个小数字，一个男劳力下一个月地，挣的工分折合不到三块钱呢！所以那家人很心疼顾老师的孩子，做了好饭时总要扣一碗，等顾老师去喂娃奶时，热了饭让顾老师吃。或者索性在做好吃的之前，比如提前一天，就让顾老师下掉学校灶上的伙，到他们家吃。

汉叔中学是汉叔镇的精华所在，因为没有哪个单位有汉叔中学那么多人吃着商品粮、拿着国家工资。老师们都是大学生、中师生，肚子里装的全是墨水啊。由于他们的影响，附近的住户就显得比别的地方斯文许多，连那狗咬的声音，都比别处的狗文雅一些：先是轻声"汪汪"，警告与探询的意思，叫主人赶紧出来看看这人是谁的意思。主人出来一看，若认识且搭话，狗就尾巴一夹，不管了，转身忙别的去了——鬼晓得它有什么可忙的！若主人出来一看，是个陌生人，狗当下就提高了嗓门，端直扑将上去。而其他地方的狗呢，比如山里的狗，你刚走近人家门前的竹园，它就忽然一声狂吠，跳到你面前，而且是站起身子要抓你脸的架势！

顾老师来后，学校的男老师们像是打了吗啡，没事就邀顾老师到琴房里唱歌。琴房里有扬琴、风琴、手风琴，更不用说二胡、板胡、笛子了，还有锣鼓响器——这是开群众大会、宣传毛泽东思想的必备器材。那些不大唱歌的老师，也凑到琴房，声言他们当学生时，最爱上音乐课。他们的嘴巴一张一合的，唱出了声还是没唱出声，也没谁个在意。即使是那些真不喜欢音乐的，也假装忽来兴致，五音不全不宜唱，便拿起钹或铙，"嚓嚓恰恰"的，在他们认为的，需要烘托渲染的地方，镲—"嗡"、钹—"哐"、槌—"咚"。

人越来越多，那顾老师便唱得越是花枝招展了。于是陶醉了所有在场者，只见人人身上的关节，全都不自觉地扭捏起来。唱的什么歌儿呢？唱的刚放映的电影《闪闪的红星》里的插曲《映山红》：

> 夜半三更哟盼天明，
> 寒冬腊月哟盼春风，
> 若要盼得哟红军来，
> 岭上开遍哟映山红……

懂得乐器的同学，不用说，早就加入了进来。元尚婴自然也带上口琴，两遍就学会了新曲子。歌声模糊了师生差别，大家也就只分个男女了。校长早就站在外面倾听，他原以为出了什么事，进来一看是集体唱歌，当下高起兴来。校长说原来想着只拿些苹果去筑路工地慰问的，正觉得单调，没想到大家在这里唱歌：

"好，好得很！拿到工地上给战士们演唱，多好！"

顾老师说：

"唱这个歌儿时，关键要把握住一个'盼'字，心里一定要想一个你最盼的事。"

大家就想了，田信康盼的是，咥一碗条子肉；王益明盼的是，全县中学生运动会上，拿个乒乓球冠军；樊少军盼的是父亲不能随便娶老婆；元尚婴盼的是——他自己都很奇怪，想都没多想的，就冒出这个念头来——盼能跟苏景兰单独走一回路。

但是排演的中途，发生了一个事故。大家正唱到"若要盼得哟……"倪老师忽然大喊一声："停！"大家果然停了，像是集体挨了一砖，嘴巴保持着"哟"的造型，承接露水似的焦渴状。只见倪老师掏出手绢，走上前去，拿手绢揩拭顾老师的胸，说："瞧你，只顾唱歌，奶水儿都渗出来了！"吃惊得大家嘴巴保持了"哟"字造型，五秒钟后才有人笑出声来。

顾老师当下一个大红脸："像什么话啊，你还当老师啊！"于是同学们哄堂大笑。元尚婴看见，顾老师的右胸确实渗了一坨湿痕，可那左胸却是干的。左胸佩着共青团团徽，意在延长青春期与美观。

校长说别闹了，让顾老师赶紧给娃娃喂奶去。又批评倪老师，说不是什么事情、什么场合都可以学雷锋的。倪老师说，他是太盼望红军来了，竟至于把眼前的顾老师看成了女红军。接着说，既然学校师生都喜欢音乐，他得考虑是否也作个曲、填个词什么的。校长"噢"了一声，不置可否。

元尚婴上高中时，全老师将自己心爱的口琴送给他。用过的口琴是不能送人的。全老师说他口腔没病，当面将口琴拆开，拿洗衣粉混合了皂荚水，浸泡了一夜。他告诉元尚婴吹口琴的窍门，说无非是个换气、吸气与吹气，关键在于舌头的伴奏，以及伴奏时的堵与放、轻与重。

口琴吹奏《映山红》不大带劲。口琴适合节奏明快的进行曲。同学们都喜欢《卖花姑娘》的插曲，听了、唱了就想哭。一哭就挺过瘾，不知什么原因。

学生灶饭票分三种：一两的、二两的、四两的。焦老师管伙食，整天拉一个长驴脸，好像谁的祖上都欠了他家钱似的。学校收一斤玉米糁，柴火五斤。每次收粮称柴时，焦老师那个把关之严呀，跟国营粮店验收农民交的粮一样，更像是给前线红军筹措军需物资，丝毫不马虎。学生们交来的玉米糁必须萃黄了才行。只见焦老师抓一把玉米糁，使劲一捏、忽一开掌，若那玉米糁锈一疙瘩，而不是当即散开，那就意味着玉米糁没干透、有水分。严重了就拒收，不严重了就打折扣。一斤给你算个九两二或者八两四。但绝不会折成九两三或八两五，因为没有三两、五两的饭票。至于称柴火，焦老师也总是把秤杆子尽量往高处偏，秤砣绳不下滑了为止。质量要求也同样严格。要干透了的柴火，青冈、柞木一类的，焰猛耐烧的硬柴火。如果你扛来的是杂木，或者是没干好的柴木，他也一定要克扣折算的。他这么做也是为了集体，目的是不让任何个人揩了集体油。

厨师丁二桶丁师傅每月只交十斤粮，便可放开肚皮吃。老师也不时地来学生灶打饭。若干年后大家才知道，学生灶每月白送老师三斤饭票。老师经常有亲戚朋友来访，吃的就出现亏欠，学生灶有义务补其缺。焦老师如此严格，原来是让学生灶分摊炊事员和老师啊。也罢，古话说一日为师、终身为父，挖几勺学生饭孝敬老师，天经地义么。

灶房门前的场地，用于锯柴火、码柴堆。锯柴、劈柴的活儿，也是分配各班级完成的。白锯、白劈，不赏锅巴。锯柴、劈柴好玩，男女混搭，本身就是福利。

元尚婴帮灶那天，照例要大清早起来挑水。几节课结束后，到了开饭时间又去帮忙打饭。打饭的窗口有两米宽，外面排了两行队。他和丁师傅一人负责打一队。丁师傅是个老光棍，给女生打饭时总是打的偏勺：猛一勺挖进饭锅，撸出一勺稠的来，"咣"一声扣进女生饭碗。给男生打饭就没这般豪放了：看上去勺子也是猛地扑进锅里，但在接近锅面时，迅速一个急刹车，轻描淡写地舀起一勺，虽也"咣"一声倒进男生饭碗，但那"咣"声分明小了许多——勺子上就黏糊些糊汤饭没法脱离干净。

所以女生们，大半排在丁二桶要给打饭的队列里。排元尚婴这队的，女生也就三几个，其中之一是苏景兰。元尚婴这厢激动着，丁二桶那厢显得躁气：不住地往苏景兰身上瞟，打饭也就少了平时的挥洒与霸气。

苏景兰一手递过饭票、一手呈上饭碗。可能是无意吧，也可能是微风吹了的缘故，她递来的饭票是个反面。元尚婴伸过二指，夹起一翻看，是二两的。他转身将饭票往案上的饭票堆里一撒，给苏景兰打了两勺。一两一勺，在量上打得一视同仁、不徇私情。苏景兰别有深意地飞了他一眼，飞得他的心一下子乱了。见苏景兰转身要离去，他突然匪夷所思地喊道："忘啦？"苏景兰就转回身——"给你找的饭票！"他拿起一张饭票——也是饭票背面对着排队者——扣到苏景兰手上。这个细小的常规动作，谁也没有发现其间异常。

饭票大小近乎国家发行的粮票，只是纸质低劣，因为是学校的蜡版刻印而成的。刻印饭票时，好几个人在场，以防作弊、私吞。饭票由焦老师亲自掌管，另有会计登记。定时碰账，不得马虎。

元尚婴自个很清楚：苏景兰付了二两饭票，打回去该她打的二两糊汤饭，却获得了四两饭票的贿赂，等于白揩了四两集体油。

卖饭结束了，锅底没货了，只剩锅巴了。丁二桶拿起火钳，弓了身子，将灶膛里的余火炭扒拉开，以便烘烤锅巴。只是几分钟，锅巴的四周，在一声声轻微的炸响中，翻翘起来。丁师傅将锅巴几乎完整地揭出来，得意地一折两半。元尚婴奇怪了，过去都是将锅巴折成三等份啊，怎么今天只是个对折？三等份是，丁师傅一份，帮灶者一份，第三份送给校长。

丁二桶掰一角锅巴，刚塞进嘴里，又抽了出来。假装突然发现元尚婴还在灶房的样子，故意问道："没走？还有啥事？"

元尚婴很没趣地走了。白帮了一回灶，没能吃上锅巴。

某个周末，元尚婴跟祖父聊天。祖父问了他们学校的情况，诸如开了些什么课程啊，以及吃饭啊睡觉啊，他都回答得心不在焉。祖父让他没事了翻翻《黄帝内经·素问》，他说现在新社会了，没有皇帝了，也不准讲皇帝了。祖父笑了，问他究竟有什么心思。他想了想，照实说了他帮灶打饭时，给一个好友不仅白打了饭，还倒找人家四两饭票。他没说那是个女生，一个漂亮女生。

祖父拿着水烟袋"咕咕嘟嘟"着，换了三锅烟，显然同时在思考着什么。第四锅烟灰时，祖父"噗"一声吐出铜管烟锅，说：

"尚婴啊，我现在给你说个话，你可要记牢一辈子！你将来，千万不要做官！你一掌权，可能控制不住自己，会以权谋私的！"

46

端午节过后的某一天，师生们打着红旗、敲着锣鼓，去工地慰问修路战士。叫"战士"不叫"工人"，是因为从全县抽调来的青壮年农民，多半未婚，一律是军事编制。一个公社一个连，一个区一个营，全县合成一个团——称作"指挥部"。人们都乐意来修路，只需从家里带来十五斤粮食上交，其余由国库增补。已经出现了阶段性的毛面路，剩余几处突凸的花岗岩山嘴，拦路虎在眼前。

工地上十分欢迎师生们。战士们接过学生们献上的苹果，因为不够平均一人一个，你推我让的。一是苹果摘早了，又青又涩的；

二是苹果不能当饭吃，若是蒸馍，可能就不会如此礼让了。这是一个回水湾，半个操场大一块平地，早就搭起一个台子，用于开大会和慰问演出。县剧团已来此唱过几回戏了。总指挥——那个因造反有功而当上县革委会副主任的黑脸男子——发现，每次剧团来演出，战士们干劲就要高涨好几天，很是出活儿，比改善伙食效果好多了。"一个漂亮女演员，能顶一万个大白馍！"于是每隔半个月，他就把剧团带来让工人们"咥白馍"（女演员）。工人们张大嘴巴，眼睛里射出钩子"吧吧唧唧"，鲢鱼戏水似的，拿眼睛连"揉"带"咥"一通"大白馍"。

"你看那李铁梅的奶子，颤悠悠的让人心慌！要能让我揣摸一把，排哑炮时被炸死，我都不亏！"

对此，另一个男子看法相左："我倒觉得上回来的，那个女扮男装的刁德一，那个屁股蛋子呀，圆嘟嘟的，甩得实在欢实！"

这是指那个，当初差点将元尚婴招进县剧团的女演员。听到这样的议论，元尚婴回忆了一下，觉得"刁德一"的屁股未免太大了，也瓷实得过分，她要是猛地一踆，没准能踆死一只狼。直到好几年后他才发觉，他之所以嫌人家屁股大，是自己年少无知，没到年龄，就无法领略大屁股女人的美啊。

戏台两边的柱子上，照例缠着柏树枝儿，象征着无产阶级江山万古长青。上面的横木，贴着标语：大战三百天，修通伯叔路。意指修通汉伯县城到汉叔镇的这段沿汉江而开凿的公路。

师生们的到来，让战士们有点兴奋。只是"有点"，全因大家毕竟只是业余玩耍的，没个县剧团那些刺激人视觉的，熟得恨不能让人一口吞进嘴里融化掉的女演员。

但是顾老师却引起了聚焦，因为她穿的那件衣裳。学校经校长批准、盖章开介绍信，派人进县城剧团，借来一件偏开口印花布衫。这激起了年龄大的男人们的感叹怀旧，因为以前家家女人都穿这样的偏开口土布衣服。年轻人觉得稀奇，印花布衣裳让他们看上去土气又洋气。啥叫洋气？用外来的东西，少有的东西，好久没出现的东西，便叫洋气呗。

师生们一共表演了五个节目。但是最为感人的，还是顾老师演唱的《映山红》，唱哭了很多人。都盼着红军赶快来，因为红军来了，就可能让大家放开肚皮大咥白蒸馍、条子肉。一只山鸡胆大地飞来人群外围，落在铁锤柄上，引颈呆立，被感染得忘记飞走。十八个伴唱学生，站了三排。第一排站立五个，第二排站立六个，第三排站立七个。如此排站，目的是让后排的脑袋通过前排的两颗脑袋之间，与观众目光交流。师生同组的乐队，分坐两边的修路工具上。

苏景兰站在第二排，元尚婴站在第三排，也就是最后排。顾老师刚唱到"寒冬腊月哟"，十八个伴唱"盼春风"——只见前面的苏景兰辫子一晃，右手反伸过来，是一个拳握状，掌心向下，抖动着，蹭着元尚婴的下襟晃悠。如此动作，元尚婴判断了，人家可能要给他什么东西吧。他抬起手掌，掌心向上去托她的拳。刚托住那拳，那拳便散开了，十几颗炒黄豆落到他的掌心。

元尚婴承接了炒黄豆，赶紧塞进裤兜里，同时解开一个谜团：第一次接近她时，闻见她身上一股炒黄豆味儿。今天才见到真货啊。在饥饿年代，嗅觉只剩下一种敏感，敏感于一切食物气味。

元尚婴脑袋不动，只让眼珠子左右滚动了两个来回。还好，两边的伴唱者全然沉浸在歌声里，没有发现她跟他的小动作。他承接炒黄豆的那个瞬间，苏景兰的握拳迅速张开、迅速蹭了一下他的掌，如同侧飞的喜鹊滑过他的脸颊，喜鹊那白腹上的绒毛，是那般亲昵柔软，让他一下子跌进旖旎温暖的柔波里，无所适从了。

不过后来他清醒了，他觉得人家苏景兰也许也给过别人炒黄豆，他不过是其中之一罢了。再往深里想，人家恐怕没有别的意思，只是个答谢吧——答谢他偷着塞她四两饭票，她不想欠他人情，于是给他炒黄豆。如此一想，他难过起来，满心的迷茫与失望。他差点流泪了。

顾老师抢了风头，苏景兰不再被男老师集体关切了。毕竟，人家是成熟的女人，又值迷人的哺乳期。这让元尚婴暗自欢喜，觉得某种柳暗花明还有可能出现。那天演出一结束，刚好来了一个小船送炸药。顾老师就向校长请假，要搭顺船先回去，给孩子喂奶呀。上船时，筑路工地上的炊事员喊她等一下，慢走。炊事员腰上围着水泥袋子围裙，急匆匆跑进树枝搭成的棚子里，揭开牛头锅上的蒸笼，取出一个杂面蒸馍，两手倒腾着烫蒸馍往江边跑。倪老师也跟着往江边跑。炊事员双手撂接着热馍，"应该熟了，应该熟了！"顾老师推让了一下，接到手里，连说"不好意思、不好意思"，也在手中倒腾了几下。倪老师帮着船夫，腰弯着紧紧地拽住缆绳。其实此处江水平缓，用不着他的帮忙，何况船夫的竹竿撑持着江岸，他不过是胆正，喜欢接近漂亮女人而已——也不在乎大家的取笑。

船是顺水船，很快就远了，小了，但大家还在目送船。模模糊糊看见，顾老师似乎将那馍一掰为二，一半给那船夫，可那船夫只是个推让。船夫到底接没接馍？不知道啊，因为船拐过山尖了，没法判断了。

这里就开饭了。校长说："咱们就别吃了吧？午饭吃过没多长时间嘛。"因为工地上是三顿饭，学校是两顿饭，时间不对茬。"咋能不吃饭呢！"大个子连长说，"娃们正是长身体的时候，又来给我们演了这么好的节目。"那就吃。但是校长又提醒大家，一人只可吃半个馍，萝卜、洋芋、野菜汤也只能一人舀半碗。他唠叨着工地上劳动强度太大，战士们才需要吃饱，师生们不要抢食。连长又埋怨校长了，说管天管地，不能管人的肚皮。肚子"咕咕"叫，咋能不让吃、不让吃饱呢？"要是红军来了，绝不同意你这么说的！"

终于一人吃了一个杂粮馍，一人喝了一碗萝卜、洋芋、野菜汤。这时候大家发现，顾老师不在场时，苏景兰又成了被聚焦的对象。一个半老汉，手端饭碗，本来坐在铁锹把上吃着，却站起来，走到苏景兰身边，上上下下、左左右右地打量她。他说："啊呀，你看这娃，长得鼻子是鼻子眼睛是眼睛，多心疼哦！咋不去剧团呢，念个什么书啊！"弄了个苏景兰满面飞霞。

另一个人，也是个半老汉，说道："现在的娃们不好生念书，跑到工地上劳动，劳什么动啊！娃们不念书，长大还不跟我们一样下苦，不是把书白念了！"校长发话了，说现在是按照党的教育方针办学的，不能跟旧社会一样，因为现在是培养革命事业接班人。如果教出来的学生只专不红，四体不勤、五谷不分的，那就坏事了。

校长心想，这次来的时间有问题，下次来一定错开吃饭时间。届时把学生们全带来，运土渣、砌石坎，学习抢铁锤、打炮眼。其他两个中学的学工、学农轰轰烈烈，都被县上表了彰，汉叔中学不能甩后。

饭后也没劳动，而是沿着毛边路，一路吹吹打打的，赶到另一个工地慰问演出。空手无礼，没有青涩苹果啦。却未能正式演出，一是那个工地没有戏台子，二是忽然下起大雨，眼见着江水发浑，上涨起来。战士们、学生们只好挤进工棚躲雨。校长就让学生们在工棚里演唱，让大家边打扑克边欣赏。

首唱《学习雷锋好榜样》。只唱了一段，一个愣头青大声说："学锤子哩学，把人饿成尿咧！"当场开他的批斗会。他不服，脏话伴着唾沫星子羊粪蛋儿似的随嘴滚出，同时胳膊胡抡、腿儿乱踢，马上被两个战士摁倒，照屁股端了两脚。看样子不像是真的抓阶级斗争，而是打闹与游戏——因为他们扬言且动作着要脱他的裤子。

面对消极的饥饿议论，博览群书的刘老师现场给大家讲述红军长征故事。他说长征时战士们吃树皮、草根，甚至泡胀了皮带、皮鞋煮熟了吃。——大家立马觉得如今的生活简直跟在天堂一样！于是一人喊道："苦不苦，想想长征两万五！"大家紧接着呼应："累不累，想想革命老前辈！"

第二天下午收工时，出了一条人命案。就那个想摸李铁梅奶子的家伙，排哑炮时，被炸成两半截，上半截径直飞落上涨的汉江里，任是神仙也没法追回来。指挥部闻讯，立即决定让木匠为逝者雕个木头上半身，以便合成假尸安葬。可是夜里，死者的下半身，却被狼叼走了！那几个守残尸的战士，遭到严厉斥责……人们循踪追迹寻到山腰上，那现场惨景实在没法看啊！收殓起残骨头碎肉筋，同时四处打听好棺材。

那时候很是奇怪，秦巴山地除了深山老林外，浅山与河流两岸，凡你眼睛能看见的地方，全是个光秃秃，却能到处碰见狼。狼吃什么呢？能吃什么就吃什么，反正狼也要活命么。

根据修襄渝铁路的经验，修伯叔路之前，在这五十里的路段上，也提前等距离勘查了两三处墓地，以便安葬随时牺牲的筑路战士。

第三天，工地举行了隆重悲壮的追悼会与安葬仪式。师生们被通知全来参加，汉江两岸的三个小学学生也来了，碎娃们全戴着红领巾。高音喇叭放了《国际歌》。黑脸革委会副主任主持仪式，音调深沉地念了一段毛主席语录：

　　　　成千成万的先烈，为着人民的利益，在我们的前头
英勇地牺牲了。让我们高举起他们的旗帜，踏着他们的血
迹，前进吧！

　　一块粗糙的、不规则的墓碑上，凿了几个歪歪扭扭的字：修路
烈士牛三宝之墓。他所葬的墓地业已先他而睡了三个烈士。

　　但是几天后有人揭发说牛三宝不该备享哀荣，更不配长眠于烈
士墓地，因为他是反革命的儿子。只怪当时群情哀恸，未及做出身
调查。牛三宝的老子虽是贫农，解放后却蹲过三年班房。那还是因
为他在战争加饥饿年代犯下的罪。

　　当时贺龙的一股小部队，被打散了。他们白天躲藏于山林，早
晚出没求生谋食。一个大清早，牛三宝的父亲听见牛叫，以为狼来
咬牛，赶紧起来，却看见几个衣着破烂的红军，其中一个人手里揪
着一个印花布包袱，另外两人，一个背了一个背篓，背篓里扣着一
个大锅盔馍，被一块烂布包着。只有地主家才能烙出如此大的锅盔
馍啊！牛三宝的父亲想，何不撵上去，分他一块锅盔馍救个急呢。

　　牛三宝的父亲弯腰抓起一块石头，一扬手飞将出去，同时喊
道："给我掰块锅盔噢！"石头砸到背背篓人的后腿弯上，那人当即
一个前仆，锅盔馍倒扣地上了。那三人也顾不得锅盔馍了，那人背
篓还在身上未离，就被另两个人架扶着，一瘸一跛，却也速度甚快
地逃掉了。

　　牛三宝的父亲跑上前去，扯开烂布一看，哪里是锅盔啊，是个
铁锅！同时发现一个弯弯的，貌似斧头的火镰，说明"偷锅者"是
要回山林里擦火烧食。

　　——不给红军送饭、赠食也罢，反倒瘦子腿上剜肉，扔石头差
点砸死红军，还不够反革命吗？所以他的儿子牛三宝，实不该埋进

烈士墓地。挖出那残存的"尸体",又往哪放呢?不必浪费劳力往出挖,只需将墓碑毁弃、坟头平去完事,也不用毁弃墓碑,拖下坡去,砌进公路边的石坎就好。

可是事情并没有完。又有人说牛三宝并不是他父亲的亲生儿子,而是捡来的。牛三宝的父亲上山打柴,回来时发现门口有一个奄奄一息的男孩,不知谁人丢弃的。他当时养了两头牛,一公一母,头天晚上刚产下一只小牛崽。有了三头牛,他梦想着靠出租牛给人耕地犁田,也发达成个地主、富农什么的。

一个白胡子老汉来当证明人,发誓说牛三宝绝对是个可怜人、受苦人。县革委会那个黑脸副主任发话了,以不容置疑的语气说:"恢复,平反!"责令几个修路战士,费时大半天,将那墓碑再次刨出石坎,由十几个人绳捆索绑地抬上半坡墓地,重新竖起。

47

母亲说必须去万水贵家看看:"人家儿子夭折了,才有空位子让你上高中啊!"每每想到这事,母亲总会双手合十,心里默默地向菩萨祈告,感恩佛德,请求恕己罪孽。为何己有"罪孽"需要"恕"呢?假若自己没有生养这个儿子,那么人家万水贵或许不会遭灾呀!

元尚婴起初觉得母亲很荒唐,因为他实在想不出二者之间有何逻辑关联。但是一想到母亲为自己把心操碎,那就一切由她做主好了。母亲扳着指头,构思着怎样才能凑够四色礼。她找出两块钱,说:"你到镇上买一斤红糖,算一样吧……我再想想……"元尚婴

234

没有接钱，说他去年上山挖苍术、摘五味子卖的钱，还剩四五块呢。他从小学三年级起，就自己挣钱交学费了。

"啊——我想起了！"母亲一拍额头，翻开针线篓子，找出一张纸片，上面踱着红公章。母亲笑眯眯地说："哎呀呀，天意么！去年腊月央求领导干部推荐你念高中，还剩下这张四两肉票没送人啊！"然而时间不在点上，肉票无法兑换成鲜肉。只有逢了阳历的大节日，食品站才会杀猪，供应吃商品粮的人群。将要到来的大节日，是八一建军节，还得等些时间。却又传来喜讯，说简书记发话了，为了激励修路，提前杀猪。

元尚婴和田信康相约去了学校。他俩上午在生产队劳动过了，下午就不再下地了。田信康拎着那只元尚婴父亲使用过的、不久前送予他的漆桶，桶里装着泡菜。元尚婴也上了高中后，田信康就要将漆桶归还主人，尚婴说不用了，送出的东西哪能收回呢，说他伯父家还闲着一个比这更大的漆桶，他随后去拿来便是，反正堂兄元尚童当农民也用不上。田信康说他现在明白了一个道理：读书家中藏漆桶，耕地门外摆粪耙。元尚婴说，哎嗨，你现在有学问啦，说了一副对联哦！田信康说，跟上啥人学啥人么。

元尚婴肩扛一根木头，两人一前一后地走在田埂上，与田里干活的人搭些话儿。稻苗已经长得齐腰了，农民们手拄一根竹棍，双脚轮换着"锄秧"，就是给稻苗根部松土（泥）。锄秧跟插秧相反。插秧是后退着插，锄秧是前进着锄。插秧用手，锄秧拿脚。

其实比锄秧更累的活儿，是锄秧之前的弯腰拔"油单"。油单是一种顽强的野草，叶子大小好似小蝴蝶翅膀，紧贴水面，油腻光滑，微风把水撩上去，马上变成珠儿滚走了，压根没法立足。好看倒是好看，却极大地分夺了稻谷营养，所以要坚决拔掉。不是揪断了事，而是要指头一撮，顺其茎须插入深泥，掏出细白的根来，一挥手甩上田埂。经了一两个日头晒干，捡回去倒入猪圈，沤成肥料。但是油单永远也拔不干净，因为是大集体么，人们懒得把手指塞进泥水深处刨根，只要面子上光堂，不给队长骂娘的借口就行。

倒是自留田，油单长得很少，稗子也不多。泥土劳作苦，便要想法子作乐，顺嘴淌臭话、脏话，是个常用手段。只是见路上是田信康和元尚婴两个后生，他们招呼一声"上学去啊"，就不再有兴致啰唆了。忽然又看见大路上走过马广玲，秧田里的王蛮牛王瘌痢就破开嗓子唱了：

> 远看妹子身穿白，
> 一对奶子硬如铁。
> 摸两摸，捏两捏，
> 回来想了半个月。
> 得了一场相思病，
> 邪乎儿见了阎王爷！

那马广玲拧过头一看，就看见她初中时的两个同学，便假装弯腰系鞋带，分明要等他俩说个什么话儿。这时田里的一个男人嘲笑王瘌痢说："你确实可怜，没沾过女人的腥味，奶子咋能硬如铁呢！"另一个帮腔道："没结婚的女娃子么，奶子自然硬邦邦啦，又小得很——给娃娃喂奶了才会变软、变大嘛。"

元尚婴和田信康加快步子往大路赶。那马广玲兴许实在听不下去"奶子之论"了，双手一拍灰尘，身一抬、头一摆，端直走了。两人分别喊了一声她，她也压根没听见的样子。看来她光景不顺，或者忽然想起什么来，没心情见老同学了。

她和他俩的去向相反，虽然是同一条路。

元尚婴和田信康一路走一路讨论着女人，交流着他们对于女人的有限的知识。田信康说：

"其实我们，啊哈，你还小喽，不懂！我觉得人，结不结婚都一样。"

"哦？"

"前年我就做了一个梦，梦见马广玲给我脱裤子，拽住我牛牛往她裤裆里塞——刚一挨着，浑身就麻了，哎呀呀，舒服得很呀，一辈子都没有过的舒服！可就是不该眨眼就醒了，时间太短、太短了！就觉得腿间一摊糨糊……"

"是吗？"元尚婴想起给马广玲挠脊背的事。他当然也做过性梦，感觉跟田信康说的差不多。但他不好意思说出来，假装自己身上从没发生过那样龌龊的事。就说那天，从工地上慰问演出回来吧，晚上做梦了，照说应该梦见苏景兰或者马广玲才合乎情理，但是来他梦里的女人，竟然是顾老师……随即就醒了，腿间也黏糊了。

"后来胡乱摸着，就会玩儿了，"田信康说得来劲，"用不着非得梦见个女人——这不跟结了婚一样嘛！啥时想玩儿了就躲进树林子玩一会儿……就是头老是晕，腿也软得不行。"

"女人也想男人吗？我觉得女人不需要男人。"元尚婴像是问田信康，又像是问自己。

"胡说，咋不想！母鸡都想公鸡哩。"

"母鸡咋想公鸡的？"

"你没细看过？母鸡啄食，老朝公鸡跟前靠呢。可是公鸡要压母鸡了，母鸡却假装躲啊跑啊的！但母鸡并不是真的要躲远、要跑开，而是跑几步，筛抖羽毛，双腿一屈，卧下，任由公鸡啄住母鸡冠子，让公鸡赖上它脊背踏个蛋儿！"

啊呀，元尚婴心里笑了，没想到这家伙也这么观察过！

"你一天就不干个正事！"话一出口，又觉得自个虚伪，不诚实。

在上金鸡岭前，两人说歇歇气，元尚婴便将肩上的木头往地上一丢，说他这就去树林里："你等着瞧吧，我这里藏了个宝贝！你能猜出来是啥吗？"田信康笑道："你藏的，我哪能猜出！"元尚婴要田信康在路边等着，他独自走进林子。他扒拉开草丛刺荆，抬眼一望那柿子树，树杈上的树洞边盘着一条大蛇，冲他吐着信子，吓得他一个后蹲，本能地要折个树条护身，却一时三刻折不断。只好退步出来，叫田信康给他帮忙。两人四只手，都抓起石块，又觉得石块若抛出便没啥打的了，就又合力连根拔起一棵小树，带着泥根一疙瘩。可他俩谨慎再进去，却不见那蛇了。两人扫视了整个树上，没法看清，因为树叶们层次互叠、浓密遮挡，虽然青柿子只有小拇指蛋儿大。

只好离开，因为蛇比狼难对付。"你到底藏的啥么？"田信康问道，同时将酸菜桶交由元尚婴拎。元尚婴说："我送你上学到这里分手时，你不是给了我……那个图吗？我拿回去咋办？只好藏到柿树洞里。""噢，啊哈哈！""我一直想着还给你，"元尚婴说，"我不想欠你的情分。"田信康笑得没法扛木头了，摆摆腰稳住身子说，镇上的后街，有个吊脚楼厕所，下边是汉江边的乱石滩。"咱俩哪天拐过去，江边打水漂儿玩，留心女人上厕所了，咱就悄悄溜过去，头一仰，看个美！"这听得元尚婴很是亢奋，可嘴上却说："要看你一个人去看，或者约别人去看，我可不敢去。"田信康问为啥，元尚婴说："你家是贫农，被人发现了无非批评几句完事。我家是地主，要是给人看见了，学校肯定开除我！没准被抓走，判个流氓罪咧！"

"看你，嗯嗨，"田信康将木头调换到另一个肩膀，"瞧你这么个胆量，连个尿都不敢看，还能指望你扛枪打仗、保卫祖国？！"

48

以庆祝八一建军节、激励修路的名义，提前大半个月，食品站杀了一头猪，毛重九十来斤。裁一堆纸条，一一写上领导干部的名字，按级别依次贴上猪头猪蹄猪肠、猪心猪肝猪血。不用说，猪头上贴着"简书记"三个字。

简书记名叫简振华，汉叔区区委书记，汉叔镇最高首长。猪头虽然归他，但他未必自家全吃。炖熟后，他总会吩咐老婆剖下几片，分送附近的五保户。食品站的人就想了，你既然不全是自己享用，而是接济穷人，那么五一节杀猪时，就把猪头给了区文书。文书管着公章，友爱友爱他，也是为了方便革命工作。岂料简书记一见这回给自己的公然是猪蹄而非猪头，顿时勃然大怒：

"这只是个猪头问题吗？你们这是不想要党的领导啊！"

简书记大脑袋，四方脸、厚嘴唇，不沾烟酒、大公无私，碰到难题时就从毛主席语录里搬救兵。如若一时搬不到救兵，那他就要琢磨、联想。常常琢磨、联想大半夜，第二天早起必定恍然大悟。他下乡虽然也到地、富、反、坏、右家门口转转，但那纯粹是观察阶级斗争新动向，绝不会进他们屋子的，更别说吃他们家饭了。他也很少在队干部家吃饭，多半选择困难户，目的是给人家留下半斤粮票、两毛钱。他是苦出身，当过农协会长，是地方新政权的创建者之一。所以他始终坚守宗旨：一切为人民服务，尤其要为穷人服务。

他敬重识文断字的人，却无法理解报纸上说的"知识越多越反动"。报纸上咋说，咱就咋念，实际上就按良心和常理去做好了。就说汉叔中学的老师们吧，他们是有那么点假装斯文，处世待人也显得吝啬小气。小资产阶级嘛，也还是团结改造的对象，人民内部矛盾嘛。何况他们大老远地来这深山里教书，多数人一年四季只能回家两次见老婆，也实在不容易。总之对于他们，政治上要敲打，生活上要照顾。

食品站根据简书记指示，对于新杀猪肉的分配，务必做到公正合理，预防引起不必要的矛盾，影响安定团结。必须首先分出一半肉，送去筑路工地慰问广大战士。剩下的这一半肉，三分之二供应吃商品粮的，三分之一依次满足当初因给国家缴猪、现在持有肉票的农民。食品站的朱能宝同志，算盘珠子扒拉了半天，精确计算出：人均一两八钱七猪肉。汇报简书记，简书记说：

"执行政策不要太死板，这次分配就宜粗不宜细吧——给汉叔中学的老师们，一人二两整！"

执行政策？啥政策？政策里的哪一条？三言两语说不清，索性一言以蔽之：从简书记嘴里说出来的话，就是政策。

樊少军知道元尚婴有四两肉票，也知道肉票的用途，所以清早一到校，第一件事就是通风报信，要元尚婴十点前去食品站排队，迟了就买不上了，就得等到国庆节杀猪时再买。课间操有二十分钟，元尚婴请樊少军陪自个去买肉，因为自个自小不沾肉的，独自买肉别扭，甚至犯恶心。课间操下来是校长念历史课，两人怕排队耽误时间、赶不及回来上课，就预先给校长请了假。

食品站门前，排队者果然不少。没有在几年前被打死的、全镇的狗都来了。狗们历经劫难，知道不可能从人们的嘴边夺取点滴肉末，便选择了在不远处转转悠悠，尽量仰头摆脖子，尽量多皱鼻子少打喷嚏，以便将空气里的肉香味吸进肺里。与狗相比，倒是体型微小的苍蝇优势明显。全镇的苍蝇，没法计数的苍蝇都来了，好像苍蝇界也要开大会似的。它们胡飞乱舞着，毫无纪律，没有队形，快要接近那块吊在横杆铁钩上的猪肉时，它们并非一哄而上，而是临时选出代表或两只或三只，组成一个小分队，耍着花子，漫不经心地耍着，忽然翅膀一斜，端直贴上猪肉了——只见朱能宝刀口一旋，苍蝇们子弹般"嗡"一声飞了，毫发无损地获取了它们希望获取的腥味与油腻。苍蝇们心里嘲笑着朱能宝：老朱啊老朱，你杀猪是高手，你切肉也分毫不差，可是你又奈我们何！

排队的人多是妇女带着小孩，一看就知道是吃商品粮的家属。也有几个老汉，不用说是农民。学校老师多，那一大疙瘩肉——其实根本不大，相对而言大——早就单另割在一边，为防苍蝇，被一张报纸盖着。樊少军理解元尚婴，就替元尚婴排队。刚排上队，屁股后便续排了三五个。割肉越少，越发显出朱能宝的精准技艺。"三两二！""三两二！""六两七！""六两七！"瘦子验票员嘴里唱票，朱能宝呼应着，割掉的肉一扔台秤，表针一摆、准确返回，刻度与重量精准吻合了报数。

元尚婴站在队外，等樊少军排到跟前时，他才上前将肉票递给验票员。朱能宝左手三根指头早就撮住肉块，瘦子唱票"四两"一出口，他这儿右手刀刃贴肉一回滑，"啪"地扔向台秤，嘴里配合着喊叫"四两"——

可是这回出了差池，台秤红表针照例先是一摆，结果没归位到刻度就停住了。众目睽睽之下，四两肉硬是成了四两三钱肉。"吧！吧！"现场者都没吱声，朱能宝自个惊叹了，怎么会多割了三钱肉呢！瘦子说："你见尚婴是老乡，心就偏了咯。""让尚婴补钱？"元尚婴就把手塞进口袋，幸好摸着了几分钱。"毛主席说了不要走后门，"瘦子说，"你还是把多割的三钱肉再割回来吧。"朱能宝顿时没了平时的自负，只见他动作很慢，小心翼翼地从台秤盘那疙瘩肉上，割下三钱来——表针从正面看，准确重叠于四两刻度位置。隔了两个人后，他显然是有意地，给第三人少割了三钱肉，于是刀尖一点案子，将方才那三钱肉补上台秤盘：刚好够秤！

樊少军摸出两根皮筋，套住四两肉，领着元尚婴去他家。今天逢集，街上人来人往的，尤其是在食堂、收购门市部及卫生院门口。他俩也没心思看景致，径直进了樊少军家门，就是樊少军父亲单位宿舍的门。"小心让猫或是老鼠吃了！"老鼠是否吃肉，元尚婴其实并不晓得，但他亲眼见过猫是喜欢肉的。"卫生院里没人养猫，"樊少军说，"街道上的猫有时候溜进来，转一圈就走了。"他说卫生院里也没见老鼠，因为药房的气味太大，苍蝇、蚊虫都少见。元尚婴放心了，樊少军却说："你后天送肉吧？天气热，不能让肉臭了！"他找出一个饭盒，其实就是煮针消毒的铝盒子，将肉放进去。又端盆凉水来，将煮针盒留条缝儿，再放入水盆。"要勤换水呢。"元尚婴很感动，感谢的话却没说出嘴。

"拿什么招待你呢？"樊少军找遍了房子，发现窗台拐角的那团揉皱了的包装纸，渗着油腻痕迹。扯开包装纸一看，有些许的麻饼渣末。两人分扣掌上，仰起脖子撂进嘴里，又感觉指头上粘了屑末，便伸出舌尖蘸净。嘴巴夸张着吧唧了一阵，感叹不该发现了饼渣，勾出一串馋虫来。拧开收音机，里面正在连播小说《金光大道》，也没个兴趣，随手又关了。

"有好东西招待你哩，你等着！"樊少军将房门一闩，外面的说话声立即小了很多。这卫生院是个两进深的天井院子，外院子面对街道，是门诊药房、注射室啥的；里院子是宿舍。樊少军父亲是牙医，患者先来拔牙，过几天再来咬模子，樊少军父亲将假牙拿脚踏砂轮打磨好，送下乡去给患者安装，兼带照相。

这是一间十来平方米的房子，中间拿柜子一隔两爿。柜子隔档摆放着做假牙的材料与器具，里外两张小床。每天晚上，樊少军都能听见父亲翻书的声音，可是第二天一看，父亲枕边就一本《毛泽东选集》啊，翻阅此书不会有那种"带金属的微响"啊。他一好奇，就搜寻了。他把枕头挪开，一摁褥子，试着下边硬，分明垫藏着什么。掀起褥子，发现三本《大众电影》。他一打开，当下震惊了：全是好看的女人啊！他记住了她们的名字、偶尔听大人说溜嘴的名字：上官云珠、谢芳、王丹凤、王晓棠——最是这位"女特务"迷人啊！

这些杂志都是"封资修"，连同很多老书、新书，几年前就在镇上开大会时，当众焚烧了。保留这样的书，若让简书记发现，一定会斥责你有作风问题！

这些杂志元尚婴是看过的。那是在他很小的时候，父亲带回来的，他只喜欢杂志上打仗的画面。后来杂志不知哪去了，可能被谁个顺手牵羊了吧。现在一看，打鬼子的图片没意思，真正好看的还是女明星。

"难怪我爸，好多人给他介绍寡妇对象，"樊少军说，"他都不往眼里放呢——原来他标准这么高，啥人嘛！"

49

元尚婴在樊少军家欣赏电影画报上的女明星时，那田信康却因找不见他俩，而生起气来。他已猜出了他俩在哪，于是溜出校园，也进了街道。他感觉太阳穴上痒痒，抬手一摸，肉肉的，捏到鼻尖前一瞧，是个胖虱子，脊背在阳光下发红哩。想挤死它，又觉得在野外嘛，没必要杀生，就指头一弹，将它流放到路边的草丛里完事。这个难得的慈悲行为，也是因为受了元尚婴一家人的影响。他曾听元尚婴爷爷拉闲话时讲，说有个大善人，虱子溜出额头，善人怕虱子跌了饿死，便用指头轻轻摁住，慢慢送回头发里。他可不想送回头发里。就算行善，也没必要行善行得没个边际。

是的，头发确实长了，该理了，该洗洗了。他走进理发铺子，看见简书记正在理发：头上冒着热气，说明刚洗过，正在扫尾。凳子上还坐着一个等候者。简书记脖子上套着一个油腻腻的布帘子，跷着二郎腿，不时地看手表。理发师是个瘦高个，鼻孔探出两小撮黑毛，小耗子尾巴似的。他一开口说话，便闪出金色的上门牙。他手拿剃头刀，细心地刮着简书记后颈窝的毛。他那捏剃刀的手，翘着兰花指，一副高难度的做派，似在告诉简书记：你当领导是不容易，可我这碗饭，也不是谁都行啊。

理发师姓黄，不知名字，反正大家都叫他"黄师"。黄师是抗战老兵，扬言跟四川兵一块儿参加过长沙保卫战，得过青天白日勋章。可惜多数人并不知道什么长沙保卫战，人们只晓得有个平型关大捷，是平型关大捷打败了日本鬼子。他那个生了锈的勋章，也不是什么勋章，只是个纪念章，毫不值钱的。不过，鉴于他左手确实断了两根指头，加上他自己也经常炫耀他的两根指头，言之凿凿地说是在战场上被鬼子的榴弹炮炸飞的。所以镇上成立国营食堂时，就把他招收为国家正式职工，负责揉面蒸馒头。可惜他那断了两根指头的手，谁见了都有点倒胃口，以为那黑茬伤口依旧能渗出血来、混入面团呢，如此的手蒸出的馒头，就让人不想买来吃。于是他被调换工作，干些劈柴挑水、扫地驮运之类的粗活。

粗活也罢，反正是吃商品粮、拿工资的，所以并不减损他的优越感。他经常给人炫耀他的战斗故事，只是人们全当笑话听，认为是他瞎编的。"文化大革命"时，他照旧不罢嘴，依然如故地自吹自擂，竟说出这么一句话来：

"抗战为什么能够胜利？因为蒋委员长和毛主席哥俩合作得好嘛！"

"你说蒋光头跟毛主席是'哥俩'！"

他一下子被绑起来、吊起来了。随着擀面杖的一晃，他的一颗门牙被敲飞了——门牙投进一个正吃着的萝卜杂碎汤的碗里，"不咚儿"一声。那人好不晦气，扬手一扔，碗打了。黄师自然给食堂赔了碗钱、给那人赔了杂碎汤钱。是纪念章给他惹的祸，他便请小炉匠刮下纪念章上的镀铜，再与樊少军的父亲樊牙医联袂攻关，为他补配了一枚貌似黄金的牙。

他被开除了，也不让吃商品粮了。人们要将他赶出汉叔镇，下放他一家人去农村。他劝说正在收拾家当的，哭哭啼啼的老婆、孩子："下农村有什么可怕的？又不是打鬼子，随时会一命呜呼！"刚好简振华当了简书记，就说："看样子你真的打过鬼子，那你就不用下放了吧。"但是，"鉴于革命群众一时拐不过弯子，就先开除了吧，商品粮暂且保留——幸亏文件还未上报粮食局"。

四十多岁的老黄便开了个理发铺子，成了全镇无人不识的黄师。不管尊卑贵贱，只要你进了他的铺子，他便有权任意在你的头顶上锄耙割剪、春耕秋收，把玩傻瓜蛋儿似的。

眼下，简书记的大脑袋被他收拾得光亮润泽，看上去比县老爷还精神、还气派。他掏出一毛钱给黄师，黄师语气哀求道："能不能这回不收钱？就这一回！"简书记严肃回答说："我强调过多少次了，我们是共产党人，怎能白占人便宜呢！"简书记掏出一支烟，黄师打火机马上凑将上去。简书记口吐烟缕，瞄了一眼田信康，显然不认识。简书记认识的人有限，不像全汉叔区的人，很少有人不认识他简书记的。

田信康前边的那家伙，要求拿理发推子理光头，不让拿剃刀剃，理由是"剃光了冷"。夏天嫌冷？真叫活见鬼。"八分钱。"黄师也懒得追究，拿起推子，先从那人脑门顶一推子犁到脑后，再从右耳朵收割到左耳朵。三下五除二，那人脑袋光丢丢了，面相都变了。

田信康看着，手在兜里把玩着，将两枚五分的硬币相互搓玩着，心里分明听见搓玩硬币的微微脆响声，悦耳得很哟……又摸到二两粮票——那是他见倪老师打篮球结束后，从单杠上取衣服穿时，口袋里掉出的二两粮票。他当时一脚上去踩住粮票，假装弯腰系鞋带，在周围人谁也未留心的情景下，二两粮票成了他的意外收获。

他当然也要理成简书记那样的头式，国家干部的头式，否则白披了一张高中生的皮。将来回家当农民了，再理个光葫芦不迟。这时他饿了，他快速地联想到食堂里卖的蒸馍，一个五分钱、二两粮票的蒸馍。啧啧，蒸馍塞进嘴里，那家伙那味道，美死了！

"黄叔，"头发理到一半时，田信康说，"我身上只有五分钱啊。"

"那你咋不早说！"黄师马上将推子丢到台面上。

"您理我这个头，五分钱刚好么。"

"看把你能的，你方才没看见，连简书记，人家都付了一毛钱是不！"

"我是亲眼见了，可是您没见他那头，大的！是不是能分我这两个头？"

跟前的人都笑了。

黄师是何等人，日本鬼子都不怕，还怕这小赖子不成！

"你们老师，咋教的你！"袖子一挽，要扇田信康耳光——

田信康头一摆，同时右手一反勾，中指划过后台上的剃刀，再抽回来朝着方才理过发的部位一抹——但见一道红印——他蹦到街道上，喊叫起来：

"都来看啊，都来看啊，黄师把我头理成啥啦！"

说时拿中指在耳朵边、脸颊上乱抹一通，半边脸都是血了。

等着理发剃头的人，一看黄师就这手艺，全犹豫了。生意眼看要受损，黄师只得认栽，赶紧招手，"来来来"，让田信康依旧坐回原位，五分钱就五分钱吧。

黄师不知道田信康省五分钱，目的是想买个蒸馍，若是晓得他的要赖缘由，或许会原谅他，没准会全免费，哪还稀罕他五分钱呢！要知道长沙会战时，一个战友爬到阵地前，去鬼子尸体口袋里搜寻饼干，还不是为了一点儿食物被炮弹炸死了么！

50

汉叔中学的老师们一片欢呼，是那种为了顾及面子而尽量抑制着的、相互间可以感应到的暗自欢呼，欢呼节日里每人可以享受到二两猪肉。所以欢呼并不喧哗吵闹，而是无声润物、静水流深。但是心灵欢呼所泼洒出去的气场，不易觉察地回荡了整个校园。猪肉未炖而肉香弥漫啊，熏染得学生们五官乱动、神清气爽——尽管连个肉末的福利也飞不到他们的唇上。但他们的学习热情，就此被激发出来。往远说是为了解放全人类而学好习，说实惠点则是幻想着由于学好习而将来能当上老师、能吃上商品粮、能在建军节前受用二两猪肉。

老师们很感激简书记的知识分子政策，尽管简书记曾当大家面警示过，"'臭老九'要夹紧尾巴"。他说那话时一脸的包公正气，说罢拇指、食指夹住蒜头鼻，搋一疙瘩鼻涕，甩出两丈远，碰巧击落一只愉快飞翔的蜻蜓。面对不足五斤的猪肉，大家讨论着各种做法，什么香椿扣肉啊，滚刀萝卜滚刀肉啊，回锅肉红焖肉啊，五花肉小炒肉啊……大家把自己吃过的，甚至仅仅听说过的，猪肉的做法及其名称，口中轮番烹、炒、炖了一通。然而结论是，如此"口锅"炮制均属纸上谈兵、不切实际，因为如此做法需要相应的食材与配料，眼目下只能畅想畅想，是无法实施的。

眼下的难题是，如何分吃。

"简单得跟个'一'一样！随便切成小肉墩儿一锅煮，煮得半生不熟了，倒些萝卜、洋芋、蔓菁根、白菜帮子进去，再煮熟了，大家舀着吃了不就完事！"

"这怎么可以呢，一人舀几疙瘩小肉墩儿呢？再说那小肉墩儿，谁可以保证都能切成一样的大小呢？"

"哎呀呀，左一声'小肉墩儿'、右一声'小肉墩儿'，说得跟你亲外甥似的，不就是个二两猪肉么！"

"咦嗨，别扯远了，你就直说咋个均分嘛！"

"什么均分不均分的，生分了。我看这样吧，"数学老师董老师说话了，"别'小肉墩儿'不'小肉墩儿'的，肉汤营养才大啊。炖一大锅肉汤，把肉汤分匀就是了。"董老师着实太瘦，显得喉结过大，核桃似的滚动着，滚动得气力难支。

"简直是外行话，咋能说肉汤比肉还美呢！"

"肉，肉嘛，当然肉肉是主角，"倪老师发言了，"我建议将肉肉二两、二两地切开，放一块儿炖。炖熟后各人把各人的肉肉夹走，肉汤炖菜不就结了！""'肉肉''肉肉'，不让说'小肉墩儿'了，你却'肉肉'了！"教语文的刘老师一脸的不屑，"实在有辱斯文！"

"你这孔夫子的尻渠子——大纹壕（文豪）么，那你说咋办？"

"食、色，性也，该咋办就咋办。"

"这不废话么，"焦老师不愧是管伙食的，"把朱能宝唤来，吭吭，让他二两、二两地一一切分开，吭吭，再烩炖了分，省心，吭！"他的鼻窦炎近来有点严重。

随便喊个学生来，让去镇里请来朱能宝。学生很快返回说，朱能宝领着兽医，进巴山了，下乡给猪打针去了。

正在大家为难于如何平均分肉，才能确保平等，却急忙想不出良方时，校长出现了。校长的出现，就等于主心骨的出现，大家马上关闭了脑子，一切由校长做主。校长果然是非常之人，一言随口出，大家立马感到"九鼎"的分量，当下心悦诚服了。其实校长的"九鼎"之言，也不过是六个字而已：

"剁肉馅，包饺子！"

由于是包饺子而不是炖着吃，所以洗锅的刷子就没能用上。换句话讲，洗锅刷子没沾上油腻味、肉腥气，于是导致附近一户人家大为败兴。那户人家刚筑垒了新灶，同时买回一口新锅。年景好的时候，新灶、新锅开始启用，是必定要煮肉炖骨的，是图个吉祥，铺垫个来日经常有肉入锅的序曲。可是眼下从哪能搞来肉啊！听说老师们要吃肉，这家人就事先到学校里给厨子打过招呼，让到时把洗过肉锅的刷子借他去涮涮新锅——岂料老师们把肉不炖，而是端直剁成馅儿包了饺子！

这家人便只好到镇上各单位去寻找了，不信借不到"带肉香的锅刷子"！

元尚婴要去万水贵家里看望看望，更多的是顺遂母亲的心愿。四色礼计划是：四两猪肉、五根麻花、两束挂面、一斤古巴糖。苏景兰得知后，说古巴糖半斤就够了。元尚婴说好，那就半斤。苏景兰与万水贵都是巴山人，两家距离也没几里路，是知道行礼轻重的。

元尚婴又提前问清了同行者有几个同学，便做了一点小准备。能同学一场，明天又将被他们带进巴山，都因机缘与情分，值得珍惜与珍重。人生可能就这一次同路，能不能重复那就难说了。可他马上，迅速将脑子里冒出的这个苗头，一把捂灭。不吉利啊。若这念头是"前因"，那么"后果"呢？岂不意味着要终止与苏景兰的关系！究竟什么关系，他也实在一塌糊涂。

巴山同路者，包括他自己在内，一共六个同学，都戴着草帽。来上学的路上，那是越走人越多的；放学回家的路上，就越走人越少了。刚一下渡船，没走半里路，就有一个同学分道了。元尚婴望着那同学上了"之"字形小砭路，再上望，望见他家住得那么高，那一撮房子看上去比火柴盒还小，却也号称是汉江边上的人家。元尚婴的手方才是塞进了挎包里的，却又空着手抽了出来。那同学是九年级的，与自己不熟悉，也没啥理由往来过。算了吧，也只能当个小气鬼了。

绕过一个山嘴，进入赶马河。走过一段狭路，地势眼看着阔朗起来。太阳减弱了威力，向晚的风如同一袭袭看不见的丝绸，忽热忽爽地掠过脸颊。又来了一股劲风，好像被后面的风追赶着似的，一下子揪跑了大家的草帽。追赶草帽，真叫一个快乐，因为苏景兰的草帽被刮得最远，直刮到赶马河滩上。大家全不顾自己草帽的去向，全都假装苏景兰的草帽是自己的草帽，理由充足地、雀跃着奔向同一个地点：河滩。

虽然是盛夏，但是由于流风的骚情，由于河水的降温，由于四个男生轮番到苏景兰脚边寻找小石片儿打水漂儿，竞赛着看谁的水漂儿跳得欢、蹦得远，以博取苏景兰的注意与眷顾，于是欢乐得如同一个个旋转的陀螺不能停止了……这时，一阵说话声传来，大家停下嬉闹。抬眼望去，对面的河坎上，不知何时坐了一排男女。薅锄乱撇着，抽烟的抽烟，脱鞋扣土的扣土。

哦，明白了。对面是一片浓密茂盛的玉米地，农民们正给玉米们锄二遍草呢。这四男一女五个学生，顿时羞惭了。与劳动人民相比，自身太不像话啊。太阳虽然已偏斜，但是玉米地里，依然如火笼焖蒸。玉米叶的边棱，划拉着胳膊，胳膊渗出血来，像是答错了题的作业本上，被生气的老师乱打的红叉叉。与抬棺材、打炮眼相比，还是锄苞谷草最为受罪。大家本想在河边撩撩水、洗洗胳膊的，眼下却哑巴似的相互看看，赶紧各自去寻回自家的草帽，返回大路了。

身后传来一个阴阳怪气的、男不男女不女的唱腔：

> 姐儿是个小妖精，
> 好比后园豇豆藤，
> 哪个不想掐一把，
> 哪个不想尝个新！

这是唱给谁听呢？他们谁也没回头看，却都猜想着这样的调调，多半是唱给苏景兰听的。或者至少，是因为看见了苏景兰，才想起来嗓子里的尘土也该清理清理了。

蜀汉开国皇帝刘备，将其三弟张飞封为"西乡侯"，据说就管辖着这一带山川林地。张飞一辈子打仗，爱马是自然而然的事。他通常随身带三匹坐骑。其中一匹的责任是，在他睡觉时陪他打鼾。马喜欢打响鼻，打鼾的马确实稀罕。不过稀罕，终究意味着有，意味着存在，你要做的无非是将它找出来。张飞一声令下，骑兵们晚上静听马声，终于听出有马打鼾，便急速牵至将军帐外。将军的第三匹马，是在将军作书时，拿蹄子给将军研墨。不难想象，那砚台有多大。

将军练兵时，命士卒们横站一列。纵一匹烈马飞奔向前，士卒们同时起步追马。百步之内，谁先拽下马尾巴毛，谁就可以当士官——"赶马河"就是这么来的。

赶马河两岸，土地平坦而肥沃。住户人家的周围，总是环绕着两垄三畦庄稼，看上去秆粗叶翠。那是面积很小很小的自留地的庄稼，与那些过早发黄稀疏的集体地的庄稼，反差分明可辨。集体地里，只能寻找不结玉米的"公苞谷秆"，扳断了当甘蔗嚼。萝卜、豌豆，它们将熟未熟时，也是被顺手牵羊、聊解饥饿的宝贝；不过想吃黄瓜，或是口馋豇豆四季豆、杏子李子了，则是谁家有就打谁家的主意，唯动一个"偷"字方能得手。

但是今天的几个少年人，都没有了往日在此情此景下，必然产生的"偷心"与实际行动，因为他们与苏景兰同行。苏景兰让大家高尚了、纯洁了。他们忘了饥饿。他们阔谈理想、驰骋未来。他们交流着老师们讲的、广播里听的、报纸上看的亚非拉的革命形势，深切地同情着无比遥远的、那么多人的水深火热的不幸与苦难。

51

四男一女走在赶马河的大路上，各自的心思恰如灌耳的蝉鸣。蝉鸣一波未了一波复起，交织在一切有空气的地方。但你若不细心倾听、猫步搜寻，就找不到最近的蝉音来自哪里。蝉趴在树身上，与树皮的颜色别无二致，你需要留心它那折射光线的透明的羽翼。

四个男生前边走俩、后面跟俩，将苏景兰护卫在中间。路面宽的时候，又拥成一堆，如同蜂群迁徙护卫着蜂王。大家的嘴巴虽然信口开河，实则小心翼翼斟词酌句，心里都嫉妒着元尚婴。今天的路，只有元尚婴和苏景兰的最长，要一直走到底呀。当他和她单独走时，那将是怎样一种幸福哦，又将发生什么惊天动地的故事啊！这让不能随行者遐想无限、揪心不已。

一个同学要分手了，元尚婴马上从挎包里细心地抽出一根麻花。现场者都很惊诧：哪有如此大方的人啊！真叫败家子呀！一根麻花，八分钱、一两粮票啊，是何等的奢侈呀！那男生的嘴唇，分明克制地咬着，却并不伸手来接。看他那神情，心里大约猜想这要么是个阴谋，要么麻花有毒。

元尚婴急了，误以为人家不接是人家客气，立即解开挎包的另一个金属扣，掀起来，说："你们都来看看，看清哦！我多买了五根麻花的，一人一根嘛！"苏景兰说："你可……真不会过日子啊……咱这里吃了麻花，你那里礼物不成了三样？"

元尚婴将挎包张开，让斜阳浇进去：

"你看，大家看清了，四个礼包够数着吧！"

元尚婴再次将麻花递给那个要分手的同学。在众目的支持下，那同学把麻花接到手里，脸上的疑惑仍未彻底消散。他心里可能在嘀咕：这算不算收买人心？算不算封口费？算不算地富子弟拉拢革命群众？要不要拒腐蚀、永不沾？但这念头也只是一瞬间划过脑际，因为麻花太诱人了，肚里太贫瘠了……

现在只剩下元尚婴和苏景兰了。两人走路的距离，反倒不如方才人多时那么近。也许是因为，不时迎面碰到人，让他和她感到羞涩。苏景兰尤其担心的是，这是在自家门口附近啊，遇见熟人是肯定的，人家会怎么想，又会问些怎样让人难堪的话来！

一个砖瓦厂出现在面前。场地上胡乱堆码着破砖烂瓦，颜色说红不红、说黑不黑。一只斑鸠落上去，摇摇身子，稳住。可能嫌砖头被晒得烫爪子吧，斑鸠"咕咕"叫着，飞到砖窑洞口的阴影里，乘凉的同时，梳理着翅膀。几间竹条子合围且搭顶铺草的工棚，其破败相证明着久无人来。砖窑后面，拿废砖块铺了斜坡面，以防泥石流。

元尚婴正想找点话说时，那只斑鸠"扑棱棱"着飞走了。原来窑洞门里，有团东西在蠕动，好像是个人，也可能是狗，或者别的动物。那团黑物爬出洞口，却正是个人，他揉揉眼睛，返爬回窑洞，拖出一只背篓。

这是一个乞丐，满脸菜色、头发蓬乱、眼窝深陷，满是眼屎粑粑。他身上的破线衣，已看不出原来究竟是什么底色。他与其说懒洋洋，不如说实在没有气力却要强打起精神，仰头把天看了好一阵，说：

"好个狗日的，天！昨儿上午，窑洞里躲雨，饿得睡着了。睡过去了多好啊！咋又醒了呢？醒了就得跑路啊——我一辈子死不爱个跑路！我又不是跑邮的，跑啥子路！这不是整我的筋么，娘的个蛋！"

这个乞丐好面子，把四处行乞叫作"跑路"。"整我的筋"就是"整筋"，意思是故意找茬、专门跟谁过不去。显然他不想活了，他为自个没能睡死过去而牢骚满腹。

元尚婴将手探进挎包，稍稍犹豫了一下，同时看了一眼苏景兰，最终动作坚决地抽出一根麻花来。他想起祖母健在时，那时他很小，却能清晰记得每次门前来了乞丐，祖母一定要找出食物打发乞丐的。实在没有了，便跟孙儿商量，将他的零食分一半，哪怕指蛋儿大的零食，也都不能让乞丐空手离去。

然而眼前这个脏面乞丐，分明饿得有气无力，却不接麻花。他说：

"你，你，小伙啊，没看我都，都这样子了，干麻花咋，咋能吃下去啊。"

苏景兰发现乞丐的背篓里有个破碗，就取到手里说："我去给你找热水吧。"元尚婴的目光，亲昵着苏景兰那苗条秀美的背影，心里生出一涟涟的荡漾旖旎。如果那个叫万水贵的少年没有淹死汉江，他就上不了高中；如果万水贵不与苏景兰同乡，他也不可能与苏景兰同行；如果母亲不让他去万水贵家慰问，也不会有今天的喜悦；如果没有出现方才那只斑鸠，便发现不了乞丐；如果没有遇见乞丐，一男一女就无话可说……啊啊，这或许是天意，是来自上苍的特别眷顾……一瞬间，一股不知几生几世修来的美好感觉，浸染了他的全身，他眼泪差点出来了。

元尚婴反思着方才。方才给乞丐取麻花时，动作不是太快，而是目光先去征求苏景兰的意见。在一刹那间，他觉得不该如此，为什么要看她的脸色呢？难道接济一下别人，有错吗？可见在一闪念工夫，他是为了在她面前表演自己是个善良的人，是个富有同情心的人。不过他又想了，假如是独自碰见乞丐，会不会也掏出麻花给乞丐呢？回答是肯定的：会掏。只是掏的动作，可能要迟疑一下。但是终究，会掏！于是他欣慰了，心安了。

　　苏景兰捏着破碗去找水，感觉着元尚婴的大眼睛在自个的背部动来滑去，如同彩旗迎着风，飘飘然了她。附近的几户人家，门是多半挂了锁的。有一户大门半掩着，她走进去问了三声"有人没"。没有回答。堂屋靠墙边一个火塘，碗口粗一节干木头，少许烟缕喷吐着，说明烧得久了。屋里光线明亮，看不见红火炭，唯有白灰沉积炭面，上面吊着一把铁壶。这是巴山人家特有的居家布置：一年四季保持塘火。在缺粮短炊的年代，专门动灶火不划算，手边有啥了就往火塘里一丢，或一卧，或烧或烤，抓起来把饥充走完事。火塘上吊个壶，可以随时饮用热水。苏景兰又大声问"有人没"，照旧没回答。她想自己又不是偷东西的，就很大方地取下铁壶，往破碗里倒水。

　　眼下这个时代真是好，很少有偷窃。万水贵的老子铤而走险偷玉米，是为了制造事件、让儿子念高中吗？

　　苏景兰双手捧着破碗，缓步慢脚地挪来。元尚婴早就迎上几步，接过破碗，也是缓步慢脚的，端给乞丐。乞丐的脸上，一点儿没有感激感动的样子，好像皇帝享用御厨奉膳似的。他将麻花蘸进热水碗里，微微一涮，涮软了才吃。嘴巴揪去软的，再将硬的蘸软。也罢，他嘴里好像只有三颗牙，也无法判断他的确切岁数。他吃得并不十分情愿，好像在帮助两个送他麻花的学生解决什么困难似的。勉强吃完了，一抹嘴唇，打个嗝儿，说：

　　"你俩把我害了！我已经饿了三天了，再有一天就能饿死。方才爬出窑洞，看天气，绝没想到碰见你俩！碰见了也罢，可为啥送我麻花吃呢？不吃吧，你俩的好人好事不是没做成！吃了呢，我就有了精神，一时三刻死不了了，就还得跑路……唉，不说了，你俩走吧。"

两个年轻人面面相觑，无话可说，只能离开。没走几步，乞丐又喊他俩回头，领教他最后的忠告：

"你们以后做好事，一定要提前问问清楚，看看人家需要不需要。你俩走吧，还是太年轻，慢慢长见识去！"

到了岔路口，两人该分手了。元尚婴手塞进挎包，见远处有人来了，就说这个地方风景好，只是山上树少了些，好在坡上的茶园不错。他是拖延时间，等那人走过去并走远了，这才掏出最后一根麻花。苏景兰与一小时前的那两个男生不一样，那两个男生一见麻花，首先是"作礼"推让，苏景兰不，一见麻花就伸过手来——可是元尚婴判断错了，苏景兰依然是推让。不同的是，苏景兰伸过来的手没有接触麻花本身，而是将她的三根指头一下子搭到他的手背上，拓而推之："就这一根了，你吃，我马上到家了。"

元尚婴没能听清对方说的啥，因为对方的三根手指拓着他的手背，不离不弃，如一股蜜液迅速窜进他的臂膀，回旋了他的周身，晕眩了他的神经，导致他有了平生从未有过的陶然恍惚……苏景兰重复说了一遍意思，元尚婴这才说："哦，哦，我吃……我吃……"实际上他所说非所想。苏景兰三根指头撤离他的手背，他这才恢复知觉。

"这根麻花本来就是你名下的。"元尚婴强调道。

"我名下的给了讨饭的呀。"苏景兰说。

"不，那根算是我给的。"

"算我给的！"

"我给的！"

如此争论、谦让，很难有结果。最终意见统一：就地分吃。而且上茶园吃。苏景兰前面引路，元尚婴跟随着走过田埂，迎着晚风撩来的稻谷那最初的、似有乍无的薄香。老远看见茶园里插着稻草人，元尚婴说："噢哟，鸟儿也吃茶叶呀！"苏景兰笑了："你们江北没有茶吗？好像也有啊。""反正我们公社没有。"两人上到茶园一看，原来茶树与庄稼套种，一畦茶树间隔一垄庄稼，稻草人是吓唬鸟儿，不让吃庄稼的。

套种的是"回茬"苞谷，即在收割了小麦的土地上，再种上苞谷苗。捩来几片泡桐树叶，铺地就座。元尚婴将挎包平摊双膝，将麻花一折为二，稍微长的给苏景兰。苏景兰要短的，这厢递长的，又是挑选与推让。干脆将麻花轻微一掐揉，就全部成了黄豆粒大小，节约分吃，边吃边说话儿。几星碎屑被风吹落地上，立即引来蚂蚁群。而蝴蝶只是个飞来盘去，对麻花没有兴趣。名叫"花大姐"的飞虫好看又好动，羽翅张合不休，一个地方落不到五秒钟，马上飞落另一片茶叶。当它落到苏景兰的胸脯上时，元尚婴马上想到"远看妹子身穿白，一对奶子硬如铁"，目光赶紧移走，忽又想起顾老师唱歌时，胸口渗出奶水，倪老师上前给她擦拭，目光再次返回苏景兰的胸。"你看啥呀！现在，都得——"她垂目自顾，"勒回去……不然就是流氓！"那时流行平胸，若是奶子颤悠悠，便有"作风不正派"之嫌。

元尚婴赶紧目光上移，看见苏景兰那清澈的眸子里，两朵，其实是一朵云，一朵夕阳浸染的红云，悠闲地浮动着。可她显得很害羞，这让元尚婴犯嘀咕：她平时哪有害羞的样子哦。

最后一丁儿麻花都在谦让，让对方吃，却谁也不愿吃。干脆揪几片大叶茶，将那点麻花拿指蛋儿研成末，放上茶叶，再轻置于脚下，很快引来更多蚂蚁，足有上千只。眼见得多数的蚂蚁无法获得麻花碎末，将会导致殴斗，甚至死伤。两人不忍心看那场面，就离开了。

"你带口琴没？"在返回的田埂上，苏景兰问。元尚婴说带了，从挎包里摸出破裂的硬纸盒，从盒里取出口琴。他想都没多想地，吹出一曲欢快的琴声，那是他当初考中剧团的歌，如一沟清流掀珠滚玉而来。苏景兰双手微合，轻轻相击，插队似的弥合节拍、配唱起来：

> ……我们有多少贴心的话儿要对您讲，
> 我们有多少热情的歌儿要给您唱，
> 千万颗红心向着北京，
> 千万张笑脸迎着红太阳……

声音是那般极尽赞美，纯净纯粹，饱含无比的仰慕与思恋，如一朵朵遥不可及，又似在怀中的幸福之花，美丽而哀伤地缓缓绽放，绽放……

52

元尚婴原没打算在万水贵家过夜。照他预先的设计，他只需放下四色礼，然后到万水贵的坟上看看，就可以离开了。至多走个十来里夜路，便可回到镇上，与樊少军同床挤一宿。然而由于途中遇见一个乞丐，因此少了一根麻花，仅剩的一根麻花又是你推我让的，时间便耽搁了。

更重要的原因是，万水贵的父母见一个翩翩少年带着礼物登门探望，探望的原因居然根本不能成为原因，就感动得他们要流眼泪，愈发想念他们那不幸淹死的儿子了。他们得知元尚婴的属相与生日后，感慨道："我们贵娃子比你大两个月。"元尚婴说他梦见过万水贵——没说在厕所里碰见的，只说梦里万水贵的身高及大概模样，"嘴大吃四方"——没好意思说是"牛蛙嘴"。"对啊对啊！"主人连连点头，眼泪终于滚出来了。

元尚婴感觉这家人的脸色，猫和狗的无精打采，鸡鸭的呆笨样子，树叶像是被泪雨浇过、太阳暴晒后的蔫与皱……总之，眼下这视觉与听觉，组合成一团哀伤的、无以形容的气息。

他们的大儿子已经分家出去了，住着一个天然崖洞。如果不是竹门竹窗，倒像是黄土高坡上的窑洞。地主的居家，再怎么简陋，却因整洁干净，农具摆放有序，仍给人以富有，甚或文雅的感觉。贫下中农将地主的好房子分了，住不了几个月，粉墙便成了脏壁。那合围茅房的庄稼秸秆被风撕刮成缝成洞，也懒得拾掇修补，任其两瓣儿屁股由路人笑看。茅房是好几户群众合用的，属于集体所用，露屁股又不是露谁一家的屁股。况且蹲茅坑时只要埋头护脸，屁股黑白也差不到哪去，谁又认得你是谁呢。

元尚婴将万水贵的父母称作"万叔""万婶"。万叔拽住他不让走，说天快黑了，不吃饭、不住一晚就走，实在没有道理。万婶几次到麦草窝里查看，抱怨母鸡没有眼色，来客了也不给下个蛋。她迅速生了灶火，挑出几个大洋芋蒸熟，剥皮后，放进石臼里，拿木杵舂糍粑。元尚婴一看这情势，也就帮忙舂糍粑了。万水贵的哥哥来跟他母亲嘀咕了句什么，反身回了他的崖洞房，拿来几节竹笋。

眼下没有竹笋啊，万家回答说，可以储放：将那或扳或刨的竹笋，放在一个盆里，或者阴凉树下的土坑里，覆盖以细沙，微微地、均匀地洒些水，隔段时间再洒水，就可以保鲜几个月。这个方法挺好，回去说给母亲吧。

竹笋也许是要存放到中秋节做菜吃的，可是主人为了招待客人，提前拿了出来，混炒了元尚婴送来的四两猪肉，竟也是一大碗呢。还温了一壶秆秆酒，就是将苞谷秆充作甘蔗秆酿的酒。一加温，入口的味道，像是带酒气的甜醋——好赖有个酒味。饭是粗粒白玉米冒充大米饭，给元尚婴舀的是净饭，主人端的是"垫碗饭"：碗面上看是净饭，碗底藏着红薯、洋芋啥的。

元尚婴喝了几盅酒，筷子却不朝竹笋炒肉碗里伸。万婶夹起一筷子笋炒肉，元尚婴赶紧双手捂住碗口，说："我自小就不吃肉。"万婶举着筷子，客人捂着碗口。僵持了半天，万婶只得把筷子上的肉放回原碗。"你肯定是作礼，"万叔说，"你把肉送给我们，就是我们的肉了……"万叔也夹起肉，筷子依然只能悬在半空，因为元尚婴早已再次捂住碗。万叔无奈，就做出缩回自己碗的样子，待元尚婴的捂碗手刚一离开，万叔那筷子肉就飞快地落入客人碗里了。

元尚婴没法吃了，只觉得一股恶心气熏将上来，让他作呕欲逃。他竭力克制住，手拓胸口，转圈子揉摸着，尽量面带笑容与感激。他喝下一口茶水，说："万叔，万婶，我们家世世代代吃斋的，不哄人喔。"

"你们楚子川，有个老先生也姓元，叫元百了的，跟你们一个元？"

"那是我爷爷，亲爷爷。"

"哎呀呀，贵娃子他爷活着时，常挂在嘴边啊。你爷爷，那可是个大贤能人噢！"

亲切感一下子又加浓了几分。爷爷当然贤能，但是爷爷对于他们万家究竟有过怎样的"贤能"，万叔并没说出具体例子。

元尚婴另要一个小空碗，将他自个碗里的笋肉带饭扒拉过去，却忘了重新要筷子，腥味就平生第二次进了他的口腔、入了他的脏腑。他依然感觉极其异常，就像报纸上说的那样，"灵魂深处爆发革命"了。很久以后他才明白，正是先后两次开斋，无意间中止了他那幼稚纯粹的少年时代。

他一手饭碗、一手肉碗，在月光下端到万水贵的坟上。一声猫头鹰叫唤传来，第二声叫就上到对面山垭了。他跪下，预备磕头，却被万叔、万婶一把拽住，不让他磕。"我要磕，"他说，"他比我大两个月，是兄长。"他很虔诚、很规范地磕了三个头。他自小就学会了给菩萨磕头、给祖先磕头，每次磕头结束，感觉心生静好、神清气爽。

万家就两间房子，一间正房一间偏厦。万婶将地一扫，铺上芦席，说她睡地上，腾出炕让元尚婴跟万叔睡。元尚婴说月光这么好，回镇上也就两小时。万叔、万婶怎么都不放行，说最近狼很多，不知哪来那么多狼。只好留宿。想着白天分别时，苏景兰给他说，如果万家没地方住，就去她家。不过即使现在返回，也还是不宜去她家。夜访女同学，还要住人家里，周围人怎么看？传开了不好。

万婶大清早就起来，卷起芦席，扫地生火。元尚婴与万叔起来时，火塘里早已烤熟两个红薯。万婶将烤红薯和昨天未吃完的糍粑，一并装进元尚婴的挎包，嘴里说，"丢人啊，实在没啥给你装的"。万叔、万婶扛起锄头下地干活，顺带送元尚婴到路口，刚好遇见背着长枪的民兵排长，自然要被盘问一番。

元尚婴走了一段路，反身看万叔、万婶那房子，贫寒又温暖的房子。再下一段缓坡路，反身，那房子就被庄稼挡住了，只能看见房后万水贵的坟地。新坟地没有青草覆盖，就撒了些麦粒，长得齐腰了。

到了昨天与苏景兰分手的地方，元尚婴本能地往她家的方向走了几十步，又感伤地退回来。草上的露水打湿了他的鞋背与裤腿。

经过砖瓦厂时，他想起昨天那个乞丐。进到窑洞门里一看，乞丐早不见了，只留下两块砖头、一个纸烟盒。太阳爬升于东岭，光飞波流、灿烂张扬，与富含水分的清晨空气浸染一团，经过皂荚树叶的筛选过滤，恰似铁匠炉火摇红溅青。远处传来妇女吆喝鸡鸭的声音，男人亲昵骂狗的声音，感觉近在咫尺而又遥远，一股激流……如金蛇般突然回旋于他的腹腔……唉唉……他的手不由自主地摸向裤带，幻觉里来了苏景兰，亲手替他解开裤带……跟田信康说的一模一样了，他现在也独自"结婚"了……

事后他反思了几次，羞愧于大清早竟有如此龌龊之举。再反思一次，结论是不怪他，是"开荤"导致的。于是他不再谴责自己了。并且自此，他明白了人生的孤独与可怜，人生的美好与忧伤，都与此紧密关联。

夏天，几乎所有的男生，都穿白背心，俗称"两条筋"。镇上有家刻字店，后来又印字，专门给学生们的背心上印字。左胸上印俩小字："红旗""火炬""向阳"之类。背后通常印四个字："万山红遍""红装素裹""百舸争流""莺歌燕舞""遍地英雄"等等。都是毛主席诗词里的话，都印成毛体红字。元尚婴不想跟大家雷同，选了"雁叫霜晨"四个字，取自毛主席的"长空雁叫霜晨月"。结果店家要他多交了五分钱。别人印字五分钱，他印字一毛钱，因为要给他单独刻模。

　　他有点后悔，也有点心疼。田信康也嘲笑他不合算，说多掏五分钱等于损失两个半鸡爪子。鸡腿两毛钱一个，鸡爪子两分钱一个。元尚婴说他就不吃肉嘛，啃什么鸡爪子啊！田信康说："你送给我啃么。我啃了，就能给你出个妙计，让那苏景兰乖乖地跟你好！""哦?"

　　元尚婴并未追问是什么妙计，而是转移了话题：跟这家伙讨论爱情，未免太粗鲁了。可是"妙计"二字，一直横在他心里放不下，于是在周末回家的路上，他假装无意地请教了。田信康说："你得留心她的行动规律，逮准机会看她解手！你若是看见了她屁股——"

　　"——打住打住！"元尚婴劈断田信康的话，早已猜出他下面的意思：如此做了，苏景兰就"乖乖地"跟你好了。"你这号货，将来不知要闹出什么荒唐事来！"

　　田信康说这并不是他发明的手段，是他小舅娶老婆的经验。他小舅那个公社有几个知识青年插队，其中一个女的名叫叶红，把他小舅迷住了。他小舅想了各种办法献殷勤、套近乎，都没啥效果。那女知青倒也不怎么讨厌他小舅，觉得他小舅憨头憨脑的，看上去有几分可笑。他小舅力气大，歇伙时爱跟牛顶着玩儿——常常抵得牛往后退。还曾抓住狼后腿，将狼左一掼、右一掼，给摔死了，为此保护了集体圈养的三头"瘦得要飞"的猪，生产队里奖励了他二十分工。

　　那天担大粪浇麦子。田信康他小舅担来两桶大粪，扁担一丢地，在上面一落座，看着别人，主要是看着妇女们一勺一勺地舀粪、浇粪。时在春天，微风将山坡上的花香吹来麦田，与大粪的气味混合搅拌，味道跟吃多了臭鸡蛋打出来的馊嗝儿一般。此情此景，最是适合唱酸曲、说下流话了。田信康他小舅只能哈哈大笑，却不敢放肆地跟上胡说。因为他没结婚，过分地说粗话、荤话，就没人敢给他介绍对象了。

女知青叶红正浇着另一个半老汉的粪担。她浇完一桶粪水，将粪勺放到另一只满桶粪面上，然后往附近的农家厕所走去。那是一个吊脚楼厕所，下面悬空部分拿苞谷秆半遮半掩着，以防小孩、小动物误跌粪池。

这时田信康他小舅的两桶粪刚浇完，他挑起粪桶跟在叶红的屁股后。挑粪是一家挑完了再挑另一家的，以便登记数目，现场评估等级、折算工分，纳入年终分配。就是说叶红上的那家厕所，是待会儿大家才会去挑的，可是田信康他小舅不知咋搞的，竟迷迷糊糊地过早地走向那个厕所。他将粪桶一放，一伸扁担，"呼啦"一声将苞谷秆往两边扒拉开个洞，只见一绺散泉，跌银碎玉般溅落着。他一仰头，赶快拧身就跑，同时高喊："看见啦！看见啦！"

队长早已发觉怎么回事，赶紧训斥道："看见啥了！看见啥了！"本意是吓阻他，让他别喊叫了，没料到喊叫者以为问他究竟看见了什么，就老实回答："看见那个啦！看见那个啦！"麦田里五六十号子人，立即笑得东倒西歪，将麦田踩踏得乱七八糟。那叶红从厕所里出来，双手捂脸，分明是哭了。五六个知青不容分说，扑上来对田信康他小舅拳打脚踢，最后放倒在麦地，泼了一脸大粪。被殴者有的是蛮力，却因知道错在自个，也就任人拾掇不反抗了。大家也不劝，都听队长说：

"你太不像话了，知识青年是毛主席派来的，你还敢欺负人家！人家娃们是王子落难，说回城就回城了，商品粮照吃，工资照拿！你算什么东西，竟敢看人家的……那个！"

两个月后，田信康他小舅真跟那女知青结婚了。这是几年前的事了，人家都一儿一女啦。

"你若能把苏景兰的……"田信康的臭嘴被元尚婴一把捂住，无法再将那个字说出来。

正在这时，从金鸡岭的坡路上，走下三个人来。两女一男，一把雨伞两顶草帽，都斜背着包袱。

相逢一看，是马广玲。她的包袱最小。那个男人，宽肩膀、大关节，短腿，走路一侧一侧的，年龄看上去比马广玲的父亲小不了几岁。而那个女人呢，却是本地口音。简单几句问答后得知，本地口音女人，是做媒牵线的，将马广玲介绍给眼前这个男人了。男人是山外的关中平原西北部，即咸阳"北五县"人。那里粮食多，却因水土不好导致大关节病，讨媳妇就成了最大难题。本地口音女人为了吃饱肚子，便自嫁了彼地。远离乡音多寂寞，就回娘家来，将故乡的女子往她婆家的村子介绍。

"你就图个有白馍吃？"田信康问马广玲。

"那你说图啥？"马广玲反问道。她的眼睛根本不看元尚婴，一副跟前不存在元尚婴的样子。

田信康从兜里摸出五个五分硬币，递到马广玲手里，并且替她将硬币握紧。"路上买个馍吧，当干粮。"他说，想到她曾走进他的梦里，启蒙了他的幸福，心里很难过。"背的有干粮呢。"她嘴上这么说，却也并不退钱。那男人说："你别要他钱，咱不缺钱嘛，第一次就给了你家五十块钱！""关你屁事！"马广玲白了男人一眼，"再说钱的事，以后遇到比你更有钱的男人，我就跟上跑啊。"

马广玲半眼也不看元尚婴，但元尚婴很清楚，这正说明她是在乎他的。于是他说："我得送你个纪念物。"也不征求意见，就将对方的包袱取下来，要将自己的随身物，喷漆着"红军不怕远征难"字样的帆布挎包送对方。他掏出挎包里的两本书，旧书《烈火金钢》，新书《新来的小石柱》，然后将马广玲的包袱往挎包里塞，刚好塞进去。他将挎包替马广玲挎肩上，说："你到了新地方，要……"马广玲依旧不看说话人，只是侧着耳朵，听对方说"要"什么。

"要……要听毛主席的话。"元尚婴能想出的，能叮嘱的分别话，就这了。

马广玲终于用她那浅凹微蓝的眼睛，深深地看了元尚婴一眼。

元尚婴和田信康望着那三人下坡的背影。那三人经过一户人家门口，那家人的奶奶坐在檐下，双手编织着草帽辫，单脚踏着摇篮，哄孙子睡觉：

> 帽子偏偏戴，媳妇来得快。
> 帽子戴得偏，媳妇来得欢。

53

汪支书召集大队支部会议，大队会计马师祖列席。汪支书口头传达了公社召开的多养白猪的会议内容，然后让马师祖从报纸上找个合适的文章，给大家念念。就念了一个，是介绍山西某县某村建造沼气池的经验。大家讨论说建沼气池好是好，就是没钱买材料。

汪支书让马会计回家去把公章拿来。其实也是让他回避一下，因为他不是党员。马会计拄着拐杖，单腿"嘟、嘟、嘟"地离去了。现在党内开会。汪支书撕开一盒"宝成"牌香烟，桌上一丢，让大家随便抽，很是豪放。支书如此做派，让众委员很是惊讶。平时谁个买了一包纸烟，一毛钱一包的"羊群"牌烟，都是小心翼翼地，拿小拇指甲挑开烟盒一角，再从烟盒底部往上顶出一支来——跟前几个烟鬼，也一定是有难同当、有福同享的伙计。若有一人不顺眼，那是绝对不把纸烟往出掏的……现在，大家点着烟，很舒服地吸进嘴里。汪支书亲切地问道："你们各位，最近有什么事要办吗？"大家酣畅地吐出烟缕，说没啥事要办。汪支书再问："各位亲戚家里，也没什么事要办？"委员们觉得奇怪，亲戚们能有什么事啊，就是有事，你又能怎么办呢！还是专心抽这一分钱一支的昂贵烟吧，把享受落到实处的好，于是都说，亲戚们能有什么事啊，没事！

　　大家抽第二支烟时，汪支书有心无心地又问了一句："也没别人，委托你们办什么事？"大家更是纳闷，这委员身份又没个实权，平时鬼来求啊，于是回答：不管啥事，支书你说咋办就咋办！

　　"那好，先人后己，"汪支书拉开抽屉，取出一张表格来，一手晃着一手点烟，猛吸一口，快速吐出来，"公社给咱们分来一个上大学的指标，既然你们都不想要，那我就推荐柳昌胜去上啦。"

　　委员们顿时傻眼了，都被烟呛得连连咳嗽起来。大家知道，柳昌胜是汪支书的外甥，又正与丘干事的外甥女谈着对象——不然，指标也不会分到红星大队的。

　　"柳昌胜串联去过北京，送过'红谷子'米，不推荐他推荐谁呢！"

　　"也是，就让他上大学、吃商品粮吧。"一个委员附和道。

　　"你说错喽！"汪支书急忙补充道，"怪我没给大家说清楚，这回跟以往不一样，这回叫'社来社去'，户口不迁，只转去临时粮户关系。"

"这又是什么讲究呢？"另一个委员好奇了。

"就是说，念完大学依旧回来当农民！"

"商品粮都吃不上，念个屄大学呀！"

"我完全同意汪支书的英明决定！"说这话的委员很高兴，点燃了第三支香烟——桌上没剩几支了。

马会计"嘟、嘟、嘟"地跛来了。他在推荐表上填写了意见，说柳昌胜如何积极学习毛主席著作，又如何一不怕苦二不怕死地拼命劳动。填完表，马会计同时不忘记让汪支书给他半个核桃壳，以便年终累计证明，所有的盖章全是汪支书点头批准了的。然后让人捎话给柳昌胜，来拿表，补填——也不在乎程序是否颠倒了。

此事让田信康把那柳昌胜羡慕得要死。可那姓柳的小子竟不乐意上大学：社来社去么，脱裤子放屁，去他的大学！汪支书把他叫到没人处，照他耳门子一巴掌：

"懂你娘个脚！推荐你上的是航空学院，毕业了回农村开飞机啊？拿母鸡当飞机开啊！你以为国家钱多得没处花啊！"

柳昌胜灵醒过来，半信半疑地背着铺盖卷儿去上大学了。确实没学开飞机，毕业后也真就回来继续当农民。只是没当半年农民，就被招干走了，自然吃了商品粮。二十年后当上副专员，成了楚子川出产的第一个大官人。副专员安葬父母时，占用了两块当年起早摸黑修的大寨田。父老乡亲也都没啥意见，反倒很高兴的样子，因为柳副专员拨款十五万，修通了楚子川的八公里车路。

"在公路上步行，汽车从身边呼啸而过，烟尘飞扬，那烟尘混合了汽油味儿，闻起来怪怪的，蛮舒服呢。"樊少军去县城的次数多，爱拿这件事炫耀。班级里至少有一半同学没见过汽车，所以不接他的话茬。不过说到收音机，那就不稀罕了，大家也都有了议论的兴趣。虽然也基本是，有收音机的人家，必定是吃商品粮的人家。老师们不用说，几乎人人一个收音机、人人腕上戴块表。每天早上，老师们相互打招呼，常会问一句：

"最近有什么新闻？"

"我哪里晓得啊。"

"哦，那我也不晓得。"

这样的对话究竟何意？学生们听不大明白。樊少军压低嗓音给元尚婴说："老师们听敌台呢。"把元尚婴吓一跳，这可是犯法的事啊。农技站一个听敌台的，被同事揭发出来，不是被开除回家了么！

"你不知道敌台多有意思！"樊少军觉得自己一个人听，没人知道，好比独自大吃肥肉片子不被人看见，肠胃倒是舒服了，心里却憋屈得难受。只是这听敌台可不是闹着玩儿的，弄不好得受法呢。思来想去，觉得元尚婴可靠，就自泄秘密、激彼羡慕。元尚婴果然眼红，随之大感兴趣，问能否让他也听听，并且立马就想听。樊少军说，白天干扰多，收不到，半夜时才能收听。

乘樊牙医下乡巡诊之机，樊少军就约了元尚婴和田信康，到卫生院听敌台。田信康能慷慨地请大家吃蒸馍，这时候背着他，那叫不够朋友。说到吃蒸馍，还有苏景兰和王益明呀！可她们是女人，不能让她们听，叽叽喳喳地说出去，麻烦就大了。

一下晚自习，三个家伙就溜出校门了。路窄的地方，樊少军打着手电走前面，路宽的地方，三人并排。"到底弄啥去嘛？"田信康尚不知是去干什么，"神秘个哩！"樊少军说："这事很重大，漏出风声要蹲监狱呢——咱都先发个咒吧。"

"我要是说出去，"元尚婴先起誓，"就让猪腿、羊胯子把我

270

呕死！"

"有你这么发咒的？"樊少军觉得很好笑，"哦，也算数，你吃斋嘛。"

"我猜出来了——"

"——我来发誓吧，"樊少军剁掉田信康的话头，"这事是我发起的，要是因我而暴露了，就让我老子给我娶个混账后妈，把我折磨死！"

"我猜出了，夏天人睡得早，咱十一点后动手！"田信康说，"没我，这事闹不成。当然没你俩，也不好闹。"

"你想着要闹啥？"

"我早发现那块玻璃烂了，拿纸糊着。我翻进去拿东西，你俩外边放哨，接东西，来人了你俩就假装打架，把人引开——"

"你要干啥？"

"你俩不是谋划着偷供销社的点心、水果糖么！"

"你脑子全是一个'吃'字！"两位笑了。

元尚婴说了听敌台的事，田信康"噢"了一声，很不来劲的样子。樊少军说："晚上听敌台，肚子肯定要饿！咱得先准备点吃的。"他将手电光朝路边的坡上一晃，冲那石坎子晃个圈儿，再晃晃前后左右，没人。"我老子每月只给我两块零花钱，全是五毛的。我就逮机会从他口袋里拿，反正哪个老子不是儿子的银行！一回只拿五毛，不能让银行察觉了，积攒起来慢慢用。可是放家里他能找见，我几次半夜里醒来，发现他蹑手蹑脚地翻看我的衣服口袋哩！我只好把钱藏进石坎缝里——"

"——还拿塑料纸包着！"田信康说时，又坏笑一声。

"你咋知道？"

"要想人不知，除非己莫为嘛。"

樊少军从坎子上取出一块石头，二指探进缝隙，夹出一个塑料纸包来。打开一看，全是五毛票子，一数："一共十张啊，咋只剩五张了！"

"不是我批评你，"田信康说，"你放钱时，要前后左右看清楚了，确定没有人了再放啊。你若传递情报，肯定把敌人引来，革命队伍就完蛋了！"

"你把钱偷了，还反过来教训人！"

"野地里的钱，跟树上掉的毛栗子有啥差别？谁都可以捡了吃啊是不！再说了，我又没独吞，买了蒸馍大家一人一个吃了么。"

大家这才想起田信康请人吃蒸馍的慷慨，原来钱是这么来的。三人一笑，觉得田信康真叫一个贼，倒也贼得坦诚，将来能成大事。

"目标暴露了，我也懒得换地方了。"樊少军说，"你俩以后有急事要用钱了，就来拿吧。"

"拿时，"田信康再次强调说，"一定先要前后左右看看，有没有人！"

三人商量，只拿三张五毛钱，留下两张做"压箱银"。到镇上唯一的公家开的夜店——冬天就关闭了——买了全部的五只鸡腿，花掉一块钱，惊讶得店家眼珠子差点蹦将出来。要知道现实里谁有、谁能有那么多钱，谁又敢一回整这么多鸡腿啊。不过店家不便，也不敢追问三个愣头青为什么买这么多鸡腿，钱又是从哪里来的，把他们逗惹躁了闹起事来，谁能收拾住！

五只鸡腿樊少军田信康各俩，第五只是要做工作让元尚婴啃的。毛泽东时代的青年人，不吃肉算怎么回事？！不吃肉何以能"到中流击水，浪遏飞舟"！剩余五毛钱买了古巴糖一两、二号电池一节、硬麻花两根。

现在时间还早，三人开始下棋，吃鸡腿，喝红糖水，愉快又幸福。无论怎么劝说，元尚婴坚决不要鸡腿，坚决不开斋。劝得没法子了，他就说："你俩谁要是赢了我棋，我就吃。"于是两人联手对付元尚婴，但各有棋路、内讧抱怨，终究未赢元尚婴。不用说，两根麻花全进了赢家腹中。

快十二点了，三人开始鼓捣收音机，音量调到最小。可是电力不足，调得再小也无法听。收音机用的五号电池，商店里没来新货。不过仍然有办法，找出那一竹筒，取出两节小电池，连同新买的大电池，卡进竹筒，两头接线于收音机里，响啦！

三人赶紧先把罩子灯的火苗全部扭进蛙嘴扣舌里，防止让窗外巡夜乱转的人看见了起疑心，然后趴床上，三个鼻尖三个不同方向抵住收音机，被子捂住三颗脑袋。扭调谐要特别细心，误差一丝儿，声音就没有了。总算对准了，声音却是忽强忽弱，更像是油锅里炸知了，嘶嘶啦啦，干扰得不易听清。大家只能耐心听一会儿，或者不住调整收音机，看朝哪个方向声音大、声音清。

首先听到的是"莫斯科广播电台"，接着是"和平与进步广播电台"，都是"苏修"的。播音员的普通话不是很标准，但听上去温和亲切，不像咱们的播音员，气宇轩昂，吐口唾沫砸个坑。两个台都在夸耀苏联又有了什么什么伟大成就，随后说了中国某地某某地发生了什么新闻，跟咱们报纸说的一样。然后是音乐，古筝独奏《春江花月夜》，好听得要死啊！

继续调谐，收到"美国之音"，说广东农民往香港偷渡，被打死了两个，然后没完没了地吹嘘他们的民主人权，也没意思。再调，是香港的广播，有一首歌挺好听：

哈利路亚，哈利路亚……世界万国万邦，已成为我主基督之国，他掌大权，从永远到永远……

又调谐出一个，叫作"自由之声广播电台"，台湾的。这个太刺激了！女播音员声音狐骚得很，说北京城里正在开会，接着就是三男一女对话……听得元尚婴三人毛发倒竖、一身冷汗，赶紧关了收音机。

掀开捂头的被子，黑暗里六只眼睛都泛绿光，狼也似的，悄声说如此危险，恐怕还得发个毒誓：谁要传出去，谁就活不过三天！

他们关了收音机，悄悄地从窗户爬出去。夜风凉爽、流水呢喃、群星密布、天空幽深，宇宙如此辽阔无垠，一股深刻的困惑笼罩了他们的心头……

54

白校长名叫白有德，不苟言笑，一板一眼。他妻子不爱讲话，经常跟个哑巴似的。不管碰见谁，你不跟她打招呼，休想她跟你搭腔。大家就想了，你不就是个校长娘子么，不巴结你我们没法活了啊！她的姓倒是奇怪，姓彪，叫生荣。世上居然有姓彪的！蔫性子姓彪，不可思议。

彪生荣也是个老师，三十好几了，还没生孩子。她在八里外的一个小学教书，早去晚归。偶尔中午回来吃饭，多半时间是在小学拿煤油炉子煮面条，或者开水泡锅巴凑合一顿。锅巴是炊事员孝敬白校长的，校长舍不得吃，基本心疼了妻子。妻子一走，校长如果没有课的话，就坐着喝茶、看报。

白校长办公桌玻璃板下，压着周总理遗像。遗像是从报纸上裁下来的，套着黑框，占一整个版面。总理目光炯炯，双眉如漆。老师们个个崇拜周总理。

办公桌上除了墨水瓶、粉笔盒、茶杯、香烟、火柴外，最醒目的是一个茅台酒酒瓶。那还是五六年前，简书记——当时是副书记，主持工作，因为书记被打成"走资派"了——夜里忽然通知他到区公所开会。去了一看，镇上各单位负责人都到场了，围坐于乒乓球案子。案子上摆着一个"红灯"牌收音机，外加一盘水果糖、一盘花生米。以为谁结婚呢，原来是庆祝中国第一颗人造卫星上天。

简副书记一手拎着茅台酒酒瓶、一手捏个小酒杯出现了，说："我们家掌柜的（妻子）掐草帽卖，掐了一年麦草辫子，编的草帽卖了不到十块钱，我给偷了，从县城里买了好酒啦！"他一脸的顽皮得意，"其他谁舍得买这么贵的酒啊！"

"就是，一瓶茅台七块五毛六啊。"一个人说。

"你还知道得细！"

"每次进县城百货店，都要瞄半天柜台上的茅台酒哩。"

"一个农民不吃不喝，要苦干三个月，才能换瓶茅台。"

"为了安慰掌柜的，我当她面把酒开了，给她滴了半盅，她才不哭了。女同志嘛，要哄！"简副书记对于自个的驭妻术很是得意，"不过我可是一点儿都没尝哦，等着跟大家共享！"说罢亲自斟酒，牢牢掌握酒瓶，就像牢牢掌握公章。斟酒时，那个心疼样子，跟中医扎银针似的，捻捻转转的。拧开收音机，先听社论，说帝国主义正处在死前的挣扎里，我们既无外债，又无内债，日子一天比一天好。随后播放卫星传回的《东方红》乐曲，激动坏了大家，直觉得美他娘的帝、苏他妈的修，现在一定是气得浑身发抖喽！

在乐曲的氛围里，就一个小杯子，每次斟个小半杯，按照座位，由近及远传递品尝。每一个喝酒者，酒入口后，都要紧闭嘴唇，半天后才张开，吧唧吧唧、大哈一气："好香啊！"

"就是太少了，"剃头匠黄师说，"跟给娃娃种牛痘一样。"

简副书记嘴角一抽，白校长——当时还是副校长——马上站起来，说：

"若不是简副书记两口子大方，我们谁能沾上茅台酒！不信的话，可以问问全汉叔镇的人，谁能牛得喝过茅台！"

"困难是暂时的嘛！"简副书记和颜悦色了，"面包会有的，茅台也会有的。"

十几人转了三圈，才把茅台喝完。酒瓶子送给白副校长，叫他带回去让师生们长长见识。

喝完了茅台，简副书记带领大家走进夜色，通知锣鼓队集合，敲敲打打地在前边开路。刚才未叫锣鼓队，是没有多余的茅台让他们喝。大家沿着汉江岸边行走，拿手电筒的全部晃路。到了江边开阔地带，叫停锣鼓队，看看手表，再仰望星空，根据收音机指点的卫星经过的区域、时间，以及与银河的夹角，辨认中国的卫星。

"快看，快看！就是那个红点儿……正过天河哪！"

"咚咚锵、咚咚锵"，"咚锵、咚锵、咚咚锵"……

现在，白校长把玩着茅台酒酒瓶，感念着简书记往日的好处。校长虽然是县上教育局任命的，但区委的意见最是关键。简副书记的"副"字刚一取消，就立马上报教育局，建议他们不要新派校长来，就地提拔最好。这才使得白副校长成了白校长。要不辜负简书记啊，要管好这个摊子啊。他想着，想着该如何跟倪老师谈话。

倪老师按时来了，照例一股中药味。白校长也照例，一边递烟一边让座。

"倪老师，有些反映你该听说了吧。"

"啥反映？没听说啊。"

"哦，这叫灯柱子底下黑……你知道顾老师的爱人，是弄啥的吧！"

"知道啊，在黑龙江当兵，是个副营长么。"

"你知道顾老师是军婚啊！那你为什么……"

"我怎么了？"

"……动……她……"

倪老师仰望天花板，一口吸完半截烟，一副回想什么的样子。半天后吐出烟，一拍大腿说：

"想起来了，那天唱歌，我见她奶水渗出来，替她擦——"

"——这个不算动，在场人多么。"

"那怎么算动？"

"你非得要我把话挑明？"

"你直说吧白校长，有啥怕的！"

他反倒劝说白校长别怕，真叫咄咄怪事。

"你昨天去替顾老师抱回孩子也罢，为什么又跟她肩并肩地，抱她孩子去卫生院打针呢？知道整个汉叔镇是怎么议论的吗！"

"这怎么啦？革命队伍的人都要互相关心，互——"。

"——你别装傻了，不是啥都能'关'的！我就不信你不知道破坏军婚的严重后果，法办，甚至枪毙！"

"知道啊。"

"人家爱人守卫边疆，随时准备跟'苏修'打仗、牺牲，你……我看你真该受法！真该……"

校长显然咽回了"枪毙"二字。倪老师回答了四字，抬屁股走人了。他回答的四字是："我想拉屎。"

倪老师出门恰好碰见顾老师，便故意大声说：

"顾老师，咱们乐队要定期活动，有必要集体进趟巴山，咱们自己写歌词、自己谱曲，怎么样？"

　　顾老师正拎一个竹套外壳水壶去打开水，倪老师迎面接过壶，喊来正在打扫院子的学生之一——元尚婴去替顾老师打水。同学们悄声评点，说顾老师跟倪老师真叫天生一对儿，能演《白毛女》里的喜儿和大春。

　　过了几天，又到勤工俭学日了。初中部就近给农民拔草、割树叶，沤氯肥，都不乐意的样子。因为距离近，生产队里就不给管饭。那就别叫勤工俭学啊，勤工俭学有收入么。

　　高中部分两拨，一拨继续去筑路工地帮忙。虽然不给钱、不算勤工俭学，但是事先传来风声，说是师生们若踏住饭点了，得让他们吃个半肚子吧，且算是"勤工俭肚"。一听"饭"字，大部分同学就站到这边队列了。少部分同学，都是爱唱歌、爱吹拉的，就选了进巴山去采药的队伍。这个不管饭，饿了再说吧。有老师带队，怕啥！老师能饿住，大家也能饿住。老师兜里有工资，老师饿得撑不住了，难道会偷着去找独食吃不成！

　　大清早出发前，白校长自然要给大家讲点话送个行。他说我们要听毛主席的话，要学会各种本领，"要把医疗卫生工作的重点放到农村去"。他说巴山是个大药库，天麻、党参、茯苓，黄连、杜仲、枳实，等等等等，都是驰名天下的上等药材。他妻子彪生荣因为不生育，所以常吃中药。白校长常去中药铺抓药、碾药，药铺抽屉上贴的那些药名，多半都记住了。有些用熟了的药，他索性走进柜台，拿起戥子自个抓。他的这类知识自然就渊博起来，听那口气，哪天不让他当校长了，他一转身就会成个老中医呢。

　　学生站队，校长讲话，老师们陪站在校长两边。倪老师掏出一包好烟，"墨菊"牌烟，小拇指指甲挑开一角，颠倒烟盒弹出一支。

老师们多半是"瘾君子"，都看着他的这个动作。校长一边讲话一边拿眼角瞟他，随时准备接烟。倪老师抽出一支烟，校长伸过手，倪老师却把烟给了校长身旁的老师。校长倒也机敏，顺势扬起手，假装捋抹头发，从额头捋抹到后脑勺。倪老师给这边的老师发完烟，又抽出半截竖在烟盒之上，跟收音机天线似的，从校长面前经过（应该从身后过啊）。校长判断这支烟该是给自己的了，就再次伸过掌去，摆了摆——大概是要强化正讲的那句话的分量。"你戒烟啦？"倪老师惊问一句，烟盒往回一撤。当此其时，校长早已食指、中指 V 字形，准备夹烟了。"啊？"倪老师表情愈发惊讶，"你都戒烟两年啦！"

同学们哄笑起来。倪老师硬是没给校长烟，端着烟盒、竖着烟颗正面经过校长，去给另外的老师发烟！白校长两根指头空喜一场，怎么办？如何收回？不收回，也不能再捋抹头发，索性顺势，端直竖上半空：

"我再讲两点意思！第一是，同学们将来回家当农民了，或是招工、招干、参军了，最好都不要学吸烟。第二句话是，劳动最光荣，腿上糊牛粪，心灵最干净！"

55

挖药材这事，一要看季节，二要碰运气，不是所想皆能遂愿的。学生们过去采挖来的药材，晾晒之后卖了钱，说是用于扩大助学金补助面了。国家给的那点助学金，分三个等级：一块五、两块

五、三块五。首先是自己写申请，再由生产队大队蹾过章，这才拿到学校来。然后集体评议，其实名单就由班主任上报，想报谁报谁。白校长签过字，等于一锤定音，便可发放了。

学生们私底下免不得杂言碎语，议论说不是都合理。有的不太困难的学生领了助学金，家里真穷的却没有。造成这种局面的原因，是班主任或者白校长有否在谁家吃过饭。也只是议论议论而已，因为自从"复课闹革命"后，老师的权威已基本得以恢复，还是少非议的好。俗话说没有不透风的墙，议论自然传了出去。校方一研究，认为采挖药材卖钱，跟学工、学农、学军不矛盾。可是又来了议论，说是卖药材的钱不少，与增补助学金的人拿到的钱数不符。又谣传说是校领导换了烟酒、猪蹄、麻花，跟镇上的机关干部半夜里享受了。

这个且不管，集体外出逛山，总归比窝在教室里念报纸，或是请来最贫的老贫农大诉旧社会之苦要有趣得多。董老师家口多、负担重，一天常吃一顿饭，就去了修路工地，大约是冲着那"勤工俭肚"饭吧。焦老师管伙食，一听与"饭"字相关便来劲，自然也去帮忙修路。去巴山采药的二十来人，由三位老师带队：体育老师倪向真、音乐老师顾红梅、语文老师刘巨才。

走进赶马河不久，一股凉风从山谷里旋转着涌流出来，多半的草帽被掀掉，气温骤然下降得让大家的胳膊皆感到了凉意。转过汉河口，远远地望见巴山之巅，那横亘了百十里长的山峦，正披着白茫茫的绢也似纱也似的雾气岚烟，下雨呢。刘老师当下吟诵道：

> 君问归期未有期，
> 巴山夜雨涨秋池。
> 何当共剪西窗烛，

却话巴山夜雨时。

吟罢告诉大家说这是一首唐诗。元尚婴觉得真好听，却不明白意思，便及时请教刘老师。刘老师本来心存芥蒂的，但是眼下面对讨教，恰似富翁被人借钱，想借不借暂且不表，那股阔绰感先就油然而生了，就说："只念只听，大家未必理解得了。"他弯腰拾个小石片儿，走到河坎边一块石板前，拿石片尖儿写出方才的诗。"这意思是，你问我什么时候回家，我不知道啊，因为巴山这里下大雨了，我被阻隔了。待我回去后，咱们灯下再细说当时这里的情况吧！"

倪老师说："原来古人的诗写得这么好！"

"他家的窗门朝西开吗？"苏景兰问，"'西窗烛'。"

刘老师笑道："那倒未必，因为这里必须用个平声字。当然东窗、南窗也可以，就是不能用北窗……不过，如果反复吟诵，还是西窗好。"

"那是为什么？"元尚婴再问。

"这个三言两语说不清的，你得慢慢品味。"刘老师说得很神秘的样子。

他们转身要离去，一只四脚蛇爬上石板，恰好遮住"夜雨"二字，胆大地昂首看大家。有同学要打，被顾老师止住，说它学名叫壁虎，是益虫，爱吃苍蝇、蚊子。樊少军的解放鞋底断裂了，田信康说有办法，到人家里寻找火钳。火钳一烧红，一烙，鞋底就黏合了。于是就近去了一户破烂人家。

这家的火塘倒是红火，却穷得找不见火钳。灶台上摞着三个豁嘴黑碗。两个脏兮兮的男孩一丝不挂，也不搭话，一脸的麻木或者说悉听尊便。大家只好去另外的人家借了火钳，拿来塞进火塘里加温，同时好奇堂屋中间的，那根由两对八字腿支撑着的圆木，不知作何用途。好事者拿手拍打圆木，"嗡嗡"有声。将圆木翻过来一看，但见上面凿了九个圆窝，饭渍尚在呢。

这时火钳烧红了，一烙鞋底，"刺啦"一股蓝烟，顿时满鼻孔的胶烟味道。问那鼻涕忽垂忽缩的俩男孩，小的摇头，大的回答说——果然兄弟九个！难怪圆木上九个"碗"，倒也省事加节约，不用洗碗的。

那方才被借了火钳的老太太，一双小脚"咯咯宁宁"地来拿火钳，抑或是来凑热闹。她说这家女人不到八年生了九个孩子，一概男孩，每年都吃国家的救济粮、返销粮。问他们现在一大家人干啥去了，回答说他们的爷爷今天被小学请去做忆苦思甜报告，学校师生挖了很多野菜，掺了少量苞谷糁，熬了一大锅"忆苦饭"，"跟上他们爷爷去感受旧社会的苦啦！""为何不带上这俩小的？""没衣裳穿啊，去了丢人，叫我老婆子来照看呢。"

元尚婴悲悯地看着两个光丢丢的男孩。刘老师说："你，你们大家，可不要小瞧他们，说不定以后能当总司令！"大家于是满含"敬意"地看着眼前的"总司令"，好生畅想了一番辉煌的未来。

离开时走的另一条路，经过一个猪圈，一头瘦母猪躺着，八九个猪崽争抢着拱奶吃。顾老师的短袖白衬衫的胸前，可能受了暗示，就湿润了一坨。倪老师这回学乖了，看见了也假装没看见，从兜里摸出一个挖耳勺，塞进耳洞掏将起来。刘老师却忽然告诉大家，说要想写好作文，就必须注意观察生活，又忽然话头一转问顾老师，孩子要吃奶怎么办。顾老师说，奶粉送到保姆家了，没事。就见两只蝴蝶在顾老师胸前绕来绕去，一大一小颤动着萃黄的半透明的翅膀，母子俩似的。

倪老师拔出挖耳勺，拿小拇指甲剔飞勺上耳屎，说："我小时候到西安饭庄吃过一次饭。西安饭庄大家知道不？"刘老师说，在东大街嘛，不过他也只是曾路过门口，里面啥景致却不清楚。"那里面啊！螃蟹那个颜色，焦黄焦黄的，不会吃会割破嘴唇哩。吃的工具一大堆，哪像现在，吃饭就一碗一筷。蟹黄不用说，蟹腿儿里的肉哦，啧啧！拿个挖耳勺，一丁儿一点儿地掏出来，抿到舌尖儿上，再一口米酒涮进肚里——"

"心慌死个人，不如啃鸡腿、咥麻花解饥！"

"西安饭庄的葫芦鸡真叫一个好！鸡肉酥得轻轻一撕就开了，微微一噙就化了！张学良、杨虎城就在西安饭庄请周恩来、叶剑英吃过葫芦鸡！"

"倪老师编的吧，啥书上看的？污蔑人民的好总理！"顾老师说这话时语气严重，表情却无恶意，反倒笑得挺开心。

"倪老师把人肚子说得'咕咕'叫了，到哪找吃的啊！"田信康说着弯腰揢肚子，夸张得很。苏景兰说，要不绕个路，去她家打个尖。显然只是出自礼貌，因为语气很胆怯，生怕这二十多张嘴巴，一闻此言便牵驴下坡——就势群滚到她家，那就不好玩了。刘老师说："去你家吃也可以，付钱么。我们三个老师，每人出两块五毛钱，一共七块五，你家随便给弄顿啥吃的！我们当老师的，也是该请你们这些革命事业接班人吃一回了！"

"没意见，下乡吃派饭也才一人两毛钱么。"顾老师说。

"那还得一人出四两粮票啊！"倪老师说，"你俩装粮票了？我兜里没粮票。"

"所以我说七块五嘛。七个，十一个，"刘老师清点人数，由于矮胖，他踮起脚来清点。"二十三，二十五个人，一人两毛钱，一共五块钱。多出的两块五，抵粮票钱吧。"

"给钱？还给粮票？那像什么话！"苏景兰一听此说，心里当下有了底儿。不过她强调道："不能算我，二十四个人！我在我家里吃饭，怎好意思要老师掏钱呢！"老师们说既然请同学们吃饭，那就谁都在内，不管在哪吃。苏景兰想，既然如此，带这么些人去家里吃饭，父母不仅不会抱怨，还会倾家所有，哪怕问别人借米借面，也要撑住门面的。同时趁机搞一回"多种经营"——七块五毛钱啊，扣除成本，要赚好几个子儿呢。想到此处，当下语气拔高了说：

"若不是上山采药，我家里哪有机会招待老师、同学呢！"

"你们将来到西安了，到钟楼跟前的五一饭店吃饭时，务必注意，"倪老师兴致未减，也想借机给这些山里娃们辅导辅导，"一定要三个人同去！一个人排队买票；一个人到取饭口排队，等票来；第三个人要眼睛盯着大餐厅，抢凳子、占座位。你若一个人去吃饭，恐怕得一天时间！"

"那么多人啊！"元尚婴不由神往西安了。

"都吃些啥么？"田信康眼睛瞪得卵蛋大。

"蛋炒饭、灌汤包子、锅贴、米线、香肠、甑糕，"倪老师又把挖耳勺掏出来，指挥食谱跳舞似的旋转着，"荷叶饼、春卷儿、菜盒子、炸薯条、豆腐脑、麻辣粉、胡辣汤，还有羊血泡麻花、辣子夹锅盔，还有扯面、捞面、黏面、蒜蘸面、油泼面、刀削面、岐山面、拨刀面、棍棍面——"

"——打住！"刘老师笑了，"处汉南而饥饿，望长安以美食，折磨大家不人道啊！"

"好，有个办法不折磨大家，"倪老师笑道，"饭买来了，也占了座位，不过你最好还是站着吃，最好吃一口就赶紧把碗举上头顶——"

"——为啥？"马上有人问。

"你若不举起碗，饭厅里胡乱转悠的乞丐，便'啊——呸！'一口唾你碗里，恶心得你没法吃喽，只好撇桌上让他们抢吃去。"

乡下有叫花子，城里叫乞丐，名称不一样，总归都是讨饭的。

"那么多人排队买吃的，他们都有粮票？不要粮票吧！"王益明问道，幻想自个的乒乓球打得跟庄则栋一样，那就能吃上商品粮了。

"全国山河一片红，到处都要粮票啊。"顾老师回答了。

"狗日的城里人，凭啥都吃商品粮！"田信康骂道。

"你怎么骂人呢？"刘老师不高兴了，"这里就三个老师是吃商品粮的！"

田信康一吐舌头，忽然看见樊少军，像是钩住了稻草："他也吃商品粮啊，我说他么。"樊少军的脸当下被大家看得一阵青来一阵白，行窃被逮着了一般。他觉得同学们的目光如这雨后骄阳，要把他烘烤成肉干分吃了罢休。

苏景兰离开队伍，提前回家让父母预备饭菜。她走得很慢，果然，没走几步，被老师喊回来，说她忘了带钱。她双手背在身后，欲接不接的样子。顾老师把她的手从背后拽到前面来，又将她的手张开，硬是将七块五毛钱放她掌心。她重复说，"这不像话、这不像话"，勉强捏拢钱，转身走了。没走几步就小跑起来，那条粗黑的辫子愉快地飞摆飞扬了，如劲风里的女萝藤草。

大家慢慢地边走边聊，看见半坡上一片灌木林，正商量着是否爬上去看看，没准发现什么好药材呢，却传来一阵哭闹。循声望去，对面山坳处那户人家，门口吊着几绺白布，道场上摆着一口黑漆放光的棺材，两个唢呐手仰天吹奏《南泥湾》，分明是死了人。棺材不远处，摆放着三张饭桌，吊唁者们正围坐大吃。

"谁想去吃豆腐？报名跟我走，吃豆腐去！"田信康问大家。

"是你亲戚？"

"啥亲戚不亲戚，都是革命群众么。"

"吃豆腐"就是吃丧席。死人是个大事，有肉没肉视家境而言。眼下这年馑，丧桌上出现肉菜，只能是神话，但桌上定有一碗不过滤豆渣的粗豆腐！

"老师……你们说，这——"两个男生目光请示着。他们都饿了，老师也饿了。但老师是有身份的人，自然不便去蹭饭。每逢丧事，尤其是比较殷实的人家办丧事，附近的家家户户便熄了火停了灶。消息也传播得快，总会引来远处的几个陌生客，与丧家八竿子打不着的家伙，面无愧色地就座"吃豆腐"。丧家正值悲伤，心里分明窝火，却又不便驱逐专来吃白食的主儿。

"你看那四周，"刘老师看着田信康，实际上是给大家现场教学，"从各条小路上前去吊唁的人，胳膊上都套着竹篮子，装着礼物啊——少见空手的不是！"

"我有办法，刘老师，"田信康说得很自信，"咱不会白吃他的豆腐！"

竟然就有两个同学跟上他去了。他回头一看，又反回身来，愣是将元尚婴也拽了去。

"将来的革命事业，"倪老师望着踏上小路的四个男生的背影，语气不知是欣赏呢还是揶揄，"就指靠他们啦。"

56

大多数人都没去"吃豆腐"。他们爬上半坡的灌木林寻找药材去了。尽管他们知道，在这浅山上不会有什么贵重值钱的药材。

田信康们和前去吊唁的乡亲相邻同路了。但凡背着背篓的，当是至亲，背篓里装着礼物或是丧事期间需用的小物件。从他们口里得知，死者胡先生，活了七十多岁。他是个阴阳先生，神妙手段很多，在陕西、湖北、四川这一交汇地带，很有些名气，于是人都说他是"一个罗盘吃三省"。没想到他这一死，就引来一些白吃他豆腐的"君子"。

阴阳先生活在革命年代，绝对属于牛鬼蛇神，无论如何是不得乱说乱动的。可是山高皇帝远，豺狼虎豹多，阴雨晦暗、雾瘴怪病经常发生。白天也罢，太阳一落山，到了夜里，鬼哭狼嚎就房前屋后地瘆人了。只好急乎乎拿一包烟或是几个柿饼，就近去请胡先生给"摆治摆治"。你说老婆头疼又犯恶心，胡先生指头掐掐，说你回去吧，你爹坟头左边那块石头被野猪拱掉了，找块好石头塞住就是。又来一个说他儿子早上抽筋下午腿瘸了，胡先生燃根艾草，空里转悠几圈，说你家筪篱挂堂屋墙上了，挪回灶房墙上就好了……

距离丧家门口还有一二十步，背背篓的两个男人就大哭起来。那边的孝子赶紧起身，弓腰迎上，卸背篓的卸背篓，牵手的牵手——搀到灵前，一并跪下，磕头哭喊。唢呐当即吹奏《山丹丹开花红艳艳》。

田信康说，"咱就跟上这一拨"，言罢抬袖捂面，跟跟跄跄哭喊着扑上去跪下了。后面三个当下惶恐不已，犹豫难决之际，两个小孝子学着大孝子方才，也弓腰迎上，三人也就赶紧抬袖捂面，顺其手被牵拉着扑上去跪下了。

因为挤不出眼泪，一时就不便抬头起身，只能微偏脑袋，瞭一眼饭桌，眼馋人家正吃得大美。那就继续干号。所幸腿边的破盆子里燃烧着火纸，灰飞烟旋也快把眼泪熏出了。给死人烧火纸是封建迷信，国家干部死了早就不准烧火纸了。你烧火纸就不给你安家费，更不准你子女接班、继续吃商品粮。农民你就管不着，你也不敢管，于是就不去管了。再贱弱、再窝囊的小民，也有不好惹、不能惹的时候，那便是他或她一死，从死时那一刻到埋进土里的那几天。面对刚死的人，所有的活人都敬畏、都恐惧啊！

棺材摆放在大门正前，临时搭建了一个树叶遮蔽的凉棚。三米远的地方坐着两个唢呐手，前面的小凳子上摆着一包“经济”牌香烟，踮着半瓶白干酒。那两个背篓吊孝者，已被孝子扶起，坐上饭桌了；这四位少年却被扶而不起，因为腮上无泪淌啊。元尚婴腿都跪麻了，又不能起来，万般后悔不该被拽来。如此骗饭吃，若让家里人知道，尤其被爷爷知晓了，那会怎样挨剋呀！他打算一旦站起，就毫不迟疑地快速逃离，逃离这人生从未遭遇过的尴尬难堪！

元尚婴的脑袋开始慢慢上抬了，目光顺着小方桌腿上抬。桌面上四个小碟子，盛着饼干、麻花、酸枣之类的祭食，落满了火纸灰。再上，是棺材大头，本是放遗像的位置，却只能看见棺材上刻着的那个“寿”字，所以棺材又称寿材。农民多半没有照片，舍不得花钱照相。干部死了才有照片，放大后装框，供于灵前……腰再往直抬，双眼刚爬上棺材头部的那个拱形边轮，目光就越过棺材头、直抵大门里、进入堂屋了，正好瞄准贴在堂屋中堂位置的毛主席像——

孝子们在哭号，唢呐已经换成了"北风那个吹欸欸，雪花那个飘嗷嗷"，火纸烟灰升腾摇摆、飞扬游移，导致视觉迷离幻化，但见那毛主席像忽远忽近……元尚婴当下被震撼了，崩溃了，恐惧得如一只失重的秤砣，稀软斜倒，塌到田信康的后脑勺上，另两个跪着的同学赶忙偏身承接住他。"咋啦咋啦！"他们问他。"出大事了，出大事了！"他说，声音尽量压低，但听上去分明有力，"你们赶快看啊，毛主席过世了！"

——三个同学一听此话，容不得判断真假，弹簧般冲起来，八只眼睛齐看毛主席像，当下面如死灰，复跌地上、哇声大哭，真涕实泗、阋阎溅珠。这一次是真流泪了，因为他们的身心，被突如其来的悲伤、恐惧笼罩了，不知道以后怎么活了。

孝子们于是也陪哭。他们虽然弄不清这四个小伙子究竟是谁，跟棺材里的死人究竟什么关系，又有过怎样的交情，但人家哭得如此悲恸，那一定是有缘由的。再亲的亲人，也不可能了解死者生前的全部，总有很多秘密永远带进了棺材。只是这些孝子们，来一拨陪哭一通、来两拨伴号两回，人刚死时的那些悲哀差不多宣泄完了，不需要也没有气力长时间陪哭伴号了。所以他们使出吃奶的劲儿，连劝带拽地，硬是将四个年轻人架起来摁坐于饭桌上，看着他们狼吞虎咽地大咥糙米饭、粗豆腐，这才长出一口气。

孝子们很感激地看着四位白"吃豆腐"的少年，不住地劝少年多夹菜，要吃饱，千万不要客气，不要"作礼"。

57

　　三个老师领着不足二十个同学，在苏景兰家吃了一顿瓜菜汤就玉米细面饼，也很过瘾。那瓜菜汤由四样煮成：南瓜、卷心菜、土豆、四季豆。苏景兰一跨进门槛，说事之前先将七块五毛钱交给母亲。母亲心里一算，管二十多人吃顿饭，要赚一块多钱啊！心里当下乐了，立即让苏景兰跟弟弟一块儿，挎上篮子提着刀子，去自留地里摘豆角、剜白菜了。后见客人来了，却少了四个小伙子，母亲又一心算，管这顿饭等于要赚近两块钱啊！当下过意不去，赶紧盼咐去玉米地里看看，拣那早熟个大的玉米棒子掰几个回来。是掰回来了一搂，一剥外壳，颗粒的大小倒是长够了，只是指尖儿一碰，就破了，渗出淡黄的灌浆来——索性不掐颗粒，连玉米芯子丢进锅里，权当增加一道口味。结果大受欢迎，连芯子也全被客人吃进了肚里。

　　元尚婴、田信康及另两个男生，打着嗝儿来了。"好大的豆腐味儿呀！"刘老师皱皱鼻子，顺便告诉大家，说写好作文也要注意气味描写，因为事物是由质量、形状、色彩、气味、音响等要素构成的。所谓"生动如画"，就是多写了几个方面。苏景兰的母亲一见又来了四个同学，特别是看见元尚婴长得很是喜眼，急忙解下围裙，扑扫了檐下台坎请坐，因为大小凳子被人坐完了。又回屋里舀出四碗菜汤，同时端出玉米饼来。四个少年虽然在丧席上吃得太饱，却经不住眼下的殷勤劝吃，就让再拿个空碗出来，折汇了半碗，人均一大口，直夸"香啊""香啊"，主人这才安慰些许。

　　中午刚过，大家商议，选择登顶震莲寺的山路。采挖药材已退居其次，逛风景成了主题。一路上鼓腹高歌"穿林海，跨雪原，气冲霄汉"，惊吓得山鸡扑棱棱飞。登上巴山垭之前要经过一个峡谷，只能攀爬石矼道，每上一步都要攀缘草木以借其力，否则就滑溜谷底了。

这是赶马河的源头，叫作"哭尸峡"，水量不大但是非常湍急。在兵荒马乱的年代，土匪经常出没此地。三省往来商贾，一般都要临时雇用镖客护送人、物。不然的话，树林里蹦出几个蒙面歹人来，让你放下财物你不放，你就会被一脚踹落谷底，既逃脱不得，也无法被人营救，必死无疑。同行的弃财逃命者，随后到谷口的回水湾找同伴，只能找见个不成样子的尸体。半夜里，也常听到"呜呜"像哭泣的声音，因而这里就叫"哭尸峡"。

震莲寺建在登巴山之顶的半途中。那是个偏离山体、斜插半空的尖山，像个玉米棒子，下边是陡峭的，简直是个倒钩形的崖壁。古代的和尚、道士总是选择荒僻超常的山建庙造观，硬是要给香客们制造朝拜时的艰难。大家只好身贴山壁，慢爬石阶。快爬到跟前时一抬眼皮，就见那香炉倒地、石碑残破。一只耗子滚蹦出来，紧后追出一条花斑蛇。女生们——包括顾老师——一声尖叫，倾扑身子抓住前边男生的后脚，差点都滚崖了。她们不敢上去了，就此捂胸喘气。

男老师、男学生胆子大，一直上到庙里。只见佛像早已破败地倒在一边。两边墙上写着标语：打倒三自一包！打倒郝万金！郝万金是谁？都不认识，都没听说过。

墙角砖上也有字，却不是红漆刷的，是拿钉子或刀尖之类金属刻画的。倪老师蹲下身子，脖子左右回摆，认真辨认内容，却没往出念，站起来离开了。接着每一个人，也都依次效仿倪老师，蹲下身子看那刻字。也都没吱声，也都先后站起来，挪开了。那刻字歪歪扭扭，笔画线条时隐时现，但是笔意连贯、内容明了：

"纪红霞，我想日你！"

大家都看见了，都认出了。可是谁都不提，仿佛压根没有那燎毛烫眼的刻字。唯有经过革命运动的锻炼，才有如此这般的自控力。大家小心翼翼地，次第下溜折回。没有上庙参观的顾老师和几个女生，问他们都看见了什么，值不值得上去看。没有人回答，因为他们未能听见问话，因为他们此时此刻的心里，都在念想着那个叫纪红霞的溢彩流虹的名字。纪红霞是谁？肯定是个女的，而且肯定漂亮。只是谁也不知道，谁也没见过，谁也不好问。到了平缓处，一只野蜂萦绕着顾老师的脸前脑后，她挥手驱赶不走，着恼地骂了一声："妈的！"倪老师这才开口笑道："我第一回听见，你也会骂人哩，新鲜。"

正式登顶。越是爬高越是树木稀疏，及至攀上最后几步险路，忽然没有了任何遮蔽，忽然阔朗了无限广袤，让人襟怀大开。青天抚眉，白云亲颊，柔软起伏的草甸上，绽放着红、紫、蓝三色野花，小银币大的白蝴蝶、黄蝴蝶婴儿学步般悠来晃去。微风如一把醉酒的梳子，任性地梳理着草甸，草们于是忽而一条流线扭向远处，忽而一个旋身，造型出一个葵花向阳的图案。游荡的风，无形无影的风，如一捧捧暗语，俏皮地撩进你的耳孔，又迅速溜去，使你无法准确领悟其义。你更不能鉴定其味，那是野蒜的清香味、花粉的淡香味、同游异性趁机脱缰衣袖的体香味……如此众香竞味，你唯有酥迷茫然，不知身处何乡。

太阳分明偏西了。如果太阳当顶、没有偏西，那么在这平缓起伏的高山草甸上，你是无法分清东南西北的。背背篓的丢掉背篓，跳跃着，奔跑着，纷纷跳起许久不曾跳过的"忠字舞"，放声歌唱"北京的金山上光芒照四方"，脚步踢踢踏踏，双手不住地抬升着、浮摆着，假想人人手捧洁白的哈达。

他们旋转着圆圈，感觉被更大的圆圈合围着、旋转着。他们顺时针旋转，那更大的圆圈则逆时针旋转。怎么回事呀？他们停下来，那巨大的圆圈也随之停下来。哦哦，原来那巨大的圆圈是四周的山体峦影，全是些与大家平起平坐的山，以及一些低矮的，眼下全然仰视朝拜大家的山。一圈圈的山、一层层的山，因了斜阳的浸染，因了土地与森林之穿插、沟壑与人家之分配、光明与阴斑之勾兑，于是呈现出不同的色调，恰如一袭巨大的围裙一浪一浪地抛向远方。远处那迷蒙奇诡的山峦的廓影，锯齿般与天切割的曲线，镀着耀眼的金边，与云朵、云絮相依相恋，彼此抚慰着什么。因了特定的空气的湿度，那些阳光巡视的地方，竟呈现出熏肉的颜色。而没有阳光的区域，却又似是深青、似是乌青、似是黛青，全然是硕大无朋的变蛋色！

倪老师掏出烟来与刘老师共享，可是划废了五根火柴，因为此时流来了更大的乱风。风如好几条看不见的鞭子，相互抽打，"啪啪"有声。几个同学去追他们的草帽，剩下的同学赶紧合围成一个蒙古包，才让老师点着香烟。刘老师在课堂上爱吐烟圈，此时依然吐，可是嘴一张，容不得他吐，那烟就被风拽出他的嘴唇，狐狸尾巴般一甩，眨眼无影了。他说，其实，好像是说了一首诗：

> 远山青笋炒肉腊，
> 风来葱爆腰花，
> 变蛋浇落霞。
> 战友啊战友，

可否再拍一盘，

巴山老黄瓜？

"我给你谱成曲？"倪老师说。随即又否决了。"谁敢唱啊。"

"刘老师，您也感觉饿啦？"田信康说，"我正看那下边坡上，那家人门前，好像也在死人呢——"

倪老师笑道："又想去白吃豆腐啊。"大家手搭眉上，或者拇指食指括号个望远镜，探测山坡下那些人家。果然有一家门前，人如蚂蚁般聚散挪动。"也许是结婚。""也可能是开批判会。""太远了看不准。"

一只鹰，分不清是雄鹰还是雌鹰，盘旋在半坡上的空中。大家过去总是仰望鹰，今登高山，始见鹰在脚下。但鹰，永远是鹰：从容，自信，优雅地巡视着它的领地，这无边无际的群山。

"我咋觉得，很可能真是死了人呢。"樊少军很遗憾上午未能去蹭吃豆腐。

"就算真是死人了，咱们下去混吃一顿，"向来被看成是头脑简单的王益明，突然会分析问题了，"再爬上山来，不是又饿了——"

"——天更是黑实了！"

"我爷爷说'家有万贯'，"元尚婴突兀地冒出一句话来，"'不敢随便吃白蒸馍夹辣子蒜'。"

三个老师决定，在天黑前，必须小跑着下山。安全到了大路，才能放心。近来到处闹狼害。有人还看见了华南虎呢。至于勤工俭学呀、采药啊什么的，哪有安全重要啊。

58

汉叔镇理发师老黄，不逢集就没多少顾客，总是下棋打发时光。说也怪，分明看见街上没人，你棋摊子在门口一摆，棋迷与看客随之就来了，也不知他们原本躲在何处。正如同你，正奇怪四周怎么如此干净呢，可是丢块瓜皮，必定迅速惹来一群苍蝇；又好比谁家妇人，拿个小凳子檐下一坐，端起孩子拉屎，也是马上引来两只狗，伸出舌头旋抹着长嘴巴，比赛着摇头摆尾，竞相谄媚地看着那妇人，希望孩子屁股能让它舔。

老黄棋摊子一摆，总是很快引来一个棋客。如果一时没有来第二个，他便和那人对弈，先把戏唱起来再说。无人观战时，任何人都赢不了他。但是一有人起哄，"观棋乱说皆小人"，他便一个"输"字了。实际上也多半是有人要理发，他得挣钱去么。他的棋艺究竟如何，没人说得清。很明显，他摆棋摊只是为了招徕生意。有人因为多嘴，被输棋者一顿臭骂，那人就说他是来理发的——其实头发并没有长到非理不可，他只想给自己找个台阶摆脱尴尬。

棋摊子一摆开，孩子们便跑来。越是小孩，越是爱玩棋子儿。他们盼你赶紧吃子儿，一吃子儿就抢了去。所以镇上仅有的几副象棋，都缺了子儿。老黄的这副棋缺俩子儿：红棋缺个"士"，黑棋少个"卒"。分别拿墨水瓶盖儿和暖瓶塞子替代。但这并不妨碍厮杀与围观。

但是一件奇怪的事发生了。那天老黄将棋丢到门口，却半天不来个人毛。也怪老黄，谁个大清早要下棋呀。他有些无聊，拿抹布将纸壳棋盘擦拭干净，又将双方棋子摆置规正。可是几个人路过，也只瞥一眼便匆匆离去，毫无驻留玩棋的意思。老黄纳闷了，就又踅身铺门里，沏出两杯茶来，放在两个小凳子边。

就在这时，来了一个人，那个背背篓的讨饭乞丐。

老黄转身回了铺子，懒得搭理。每年腊月，他都要免费给这位乞丐理个发。一年里就理一次发。所以半年过去后，那头发长得可供几只麻雀垒窝产蛋了。而且，像个脏婆娘。

乞丐将破背篓往檐下一靠，坐到小凳子上，端起茶杯就喝。老黄说："你！""咋？没人来，我给你帮忙啊。"老黄想想，也是，总不能把好茶浪费了吧。

"要不，我陪你杀一盘？"乞丐说。

"你会棋？"老黄惊讶了。反正也是闲着，不如看看，一个叫花子怎么下棋。老黄刚就座，乞丐说："红先黑后，输了不臭，我就不客气了。"说罢当头一炮。起步当头炮，老黄想，不礼貌嘛，却也在路数上。他自然是把马跳。乞丐立即——出帅，这可是不曾见过的下法！高手下棋，不到残局是从不动帅的，甚至下到终盘帅也纹丝不动。老黄琢磨了一阵儿，觉得遇见了异人。他按常规走法，你来我往，各有折损。乞丐半进半防，中局摆了一个罕见的阵势：炮蹬帅后，于是帅与双士皆成为炮架。有此一炮，你三个方向都无法落子了。

这时候来了两男一女围观。女人看棋，少见。可能她好奇，乞丐怎么也配下棋呢？又来一只狗，还有一只瘸腿猫，竟也在旁边凑趣。清早有孩子上学，经过时不敢停留。更小的孩子爱玩棋子儿，却还在赖睡未起。

"将军！"老黄飞马喊道——子儿一落盘格，但见那红"帅"，摇摇摆摆地脱离棋盘，从两颗脑袋之间，晃晃悠悠地上到空中，翻个身子。在场的人，以及那狗和猫，都仰起头，惊骇莫名地望着那

"帅"越升越高，像一个点心、像一颗剥纸水果糖、像一粒蚕豆，越飞越小，终于什么也看不见了。

"肯定是狐狸精路过，"唯一的女看客说，"也爱下棋呢！"

"附近有气功师！"另一个人说，同时脑袋轮转搜寻。

一种声音传来，像是推磨的声音，鞋底在颤抖，对门卫生院的玻璃窗也"咯咯吱吱"响个不停。有人喊叫头晕，随即都喊叫头晕。"快看啊——"循声望去，只见汉江对面的半坡上，升起一团浑黄烟雾，跟《新闻简报》电影里的原子弹爆炸后升起的蘑菇云一般。随着烟雾升高，便看见烟雾之下的土、石、草、树，呼呼闷声涌滚而下，很快覆盖了坡凹处的两户人家……

"不要一个半月，要出天大的事啊！"乞丐背起背篓，嘀咕了一声，走了。他的话未能引起任何反应，或许是被突然强劲的风裹挟走了。

"怪事，又没下暴雨，怎么就垮蛟鳖子（泥石流）了呢！"人们很纳闷地跑到江边。江水的半边被垮塌的土石吞没了，于是水色分成两条龙，黄龙青龙，并流东向。

一切恢复安静时，区委的喇叭忽然喊叫起来，要大家集合救灾。

喇叭声惊起了三位少年，元尚婴、田信康、樊少军。他们在卫生院里，在樊少军家偷听了一夜敌台。天蒙蒙亮时，他们眼皮子打架了，正要关了收音机睡觉，里面却冒出一条"特大新闻"——

"北京附近两小时前发生大地震，震级八级左右，估计死伤人数两三百万……"

"啊！"

"不会吧！"

"这，这，咋可能呢！"

"造谣，造谣！"

"'苏修''美帝'污蔑咱呢！"

这些毛泽东思想浇灌成长的苗子，天天接受免疫针，很小便具有了判断"真伪"的能力。所以他们坚信收音机里传出的"新闻"是敌人嫉妒中国，故意编造事件抹黑中国的。

他们被喇叭声唤醒，鲤鱼打挺跳下床。无须穿衣，原本就和衣躺着。他们跑出门来，希望看见又有哪个阶级敌人被揪出来了。

59

大清早，白校长妻子彪生荣，出校门去小学上班时，学生正在跑操。跑操结束，放慢步子，踮起脚尖碎步着挪站了几十行，自然散开等距离，听候喇叭声"现在开始做广播体操"。此时彪生荣老师走到顾红梅老师面前，忽然从背后亮出一只破胶鞋，一下子挂到顾老师脖子上，转身就走——"现在开始做广播体操"，整个场面乱了，像一大堆青蛙被抛进开水锅里。距离顾老师近的学生，踮脚后抵，因为被身后的学生使劲往前推搡着。

"挤啥哩挤啥哩！"刚担水到此的丁师傅，桶一放，挥舞着扁担，扁担上的两个铁链钩子"啪嗒嗒"乱响，竹节钢鞭似的。"退回去站好，看你娘的腿呀！"

在场的老师们一概不知所措，立马自惭形秽了。看来对付突发事件，还得粗人。

顾老师取下破胶鞋，流泪了。她双手绷着鞋带，吊着鞋子，像吊着一只肮脏的死老鼠，不知怎么办。两腮的泪珠如消融的冰滴，面若朝霞。而真正的朝霞，尚需半小时才升起。

管伙食的焦老师走上来，一把拽去破鞋，划着火柴将其点燃。他"吭吭""吭吭"，捂一下鼻子、飞一口痰。胶鞋"哔哔剥剥、嘶嘶啦啦"，那燃烧出来的橡胶味，被晨风刮进每一个人的鼻孔，让人欲呕而不能吐。破鞋燃烧得快完时，焦老师猛地旋转身子一甩，但见一个小火球流星般冲向前方，弧线飞升，弧线滑落，快要落地时，速度降慢，仅存的重量被风托举着，不想下坠的样子。最后，小火球熄灭了，如同燃烧过的黑纸片儿，招摇几摇，终于化作乌有。

"我当年参加地区运动会，"焦老师回忆往事，神情颇为自得，"掷铁饼得了亚军，今天总算是用上了。"

而白校长的妻子彪生荣，早已不见了踪影。

破鞋事件只有一个解释：白校长跟顾红梅乱搞男女关系。

"难怪，你听咱校长名字，"一个学生说，"白有德，真是'白有德'啊！"

"说不清啊，顾老师分明跟倪老师好么……真是说不清了！"

全校师生都在私下议论这件事，在公开场合却是竭力克制的样子，相互间只拿目光交流着幸灾乐祸，实在无法掩饰因刺激而荡漾出来的兴奋之色。他们急切期待并想象着如何收场，"有关方面"如何来处理——因为顾老师的婚姻，那可是军婚啊，谁碰谁就可能掉脑袋呢。

倒是倪老师颇觉委屈，深感太掉面子：怎么落到校长——那个黑驴头上呢！何以不怀疑我跟顾老师有"男女关系"呢！

此事影响非常恶劣。至少三年来，不曾有哪个女人被挂破鞋。挂破鞋差不多成了一个传说，学生们多数不曾亲眼见过。见过的人说，破鞋不能随便挂，只能在开斗争会时，革命群众根据彼时兴趣，随便拾个破草鞋来，挂在某个"五类分子"老婆的脖子上，意在斥责她们生活腐化，想跟谁睡就跟谁睡。有证据吗？没有证据。人民群众就是这么推想的。这么推想，就是证据、就是呼声、就是要求。"酒足饭饱后，想啥哩？想日么。"如此推理，还真是无法轻易驳回。只是四周能找到的，人们丢弃的破草鞋并不多，无法保证挨斗的坏女人都能挂上破鞋。那就优先挂在模样儿俊的坏女人脖子上吧。只有模样儿俊的女人才有条件坏，才可能有很多男人想睡，她也才有可能配合男人睡。

但是在革命阵营内部，你想给某个女人脖子上挂破鞋，则必须拿出证据来，所谓"捉贼捉赃，捉奸捉双"。证据一般来自背靠背的交代，双方供词一旦吻合于捉奸者报案所述，那就要依法办事。依什么法呢？没有人说得清，却都晓得似乎有个什么"法"。男女一旦有了关系，原则上谁都可以管、谁都可以问、谁都可以找来破鞋挂。因为这号事，属于"极其道德败坏""极其腐化堕落"的事，干这种事，完全等同自绝于人民，明目张胆地跑到阶级敌人阵营了。更何况顾老师是军婚，侵犯军婚那是比阶级敌人还阶级敌人的！不管那军婚一方是否同意，哪怕是军婚主动勾引的你，你也是首犯，你命定了罪责难逃。

但是这事却不宜调查顾老师。不管她有没有责任，想都别想追究她什么责任，因为她是军婚。不过这样的事涉及她头上，以后的好事，入党啦提拔啦，一般就不考虑她了。对于她眼下的不检点，看在军婚面上，只能在适当机会、适当场合，予以旁敲侧击，启发式提醒提醒，要从政治高度来维护军人的权益与荣誉嘛。

校园里弥漫着一浪浪的亢奋与期待，不时可以看见区委干部陪同县上来的人进入校门。他们昂首挺胸、正义在握的样子，径直走进白校长办公室。先是彪生荣出来回避，半小时后白有德出来回避。两口子分别被问了些什么、答了些什么，军事机密般无人知晓。但毕竟没有不透风的墙，第二天还是风声流布了：

白有德某夜起床撒尿，蹑手蹑脚拉开外间的办公桌抽屉。声音很轻，却还是惊醒了彪生荣。妻子很奇怪，也蹑手蹑脚下了床。抽屉拉开没有关，可能怕有响声。她手往里一探，就摸着了火柴盒大一块锅巴碎片。锅巴平常就放抽屉里，是她的早点。丈夫饿了，半夜里摸锅巴解饥？而且拿了出去，边撒尿边吃锅巴？边蹲坑边嚼锅巴？其情其景让她想笑，更多的却是纳闷。

那是个阴天的深夜，云层厚薄不一，下弦月不时渗出微光。彪生荣从门缝里往外一瞧，一个模糊的影子，猫步挪动着，边挪边回头，一直挪到顾红梅窗口。那模糊影子一抬手，将锅巴塞进窗户纸，然后离开，直起腰来，走向厕所。

彪生荣见丈夫很快出了厕所，急忙回床躺好。她假装在睡梦里，还呓语了几下。她心里清楚，顾红梅那最下格窗户玻璃，周末被两个教师子弟甩排球给砸破了。她亲眼看见顾红梅嘟嘟囔囔地拿纸糊窗格。当时白有德未在场呀，怎么知道玻璃烂了呢？也许他刚好在某个旮旯，没被她发现吧。现在的她，感觉丈夫，动作轻如灰尘缓落般溜进被窝。她的手在被窝里本能地一蜷一伸的，实想抽丈夫耳光，可是忍了。玻璃碎了的事，很可能是顾红梅单独告诉丈夫的，正应了俗话说的"母狗不摇尾，牙狗不跷腿"。

简书记很恼怒，斥责白校长不争气，辜负了他的期望。"连自己老婆都降不翻，咋管全校师生！"他说在组织上未做出正式处理之前，"你工作照常吧，可以让学生分散开，上坡到学农基地去，给苞谷除二道草；水电站快建成了，也需要帮工；修路工地运沙填坑，更是人手缺！"

仅仅过了一周，小水电站建成了。由于变压器和输电线不能一次性运到，简书记决定：首先给汉叔中学通电，镇机关随后。并且先给各教室通电，老师宿舍又随后。把革命事业接班人的情绪由揪心于破坏军婚转移到新生事物上是明智的。每一个教室都安装了四根电棒——日光灯。但是汽灯照旧灌满煤油，以备电棒不争气时救场子。下午三点试电——亮啦！鼓掌声、踢板凳声、拍桌子声、"毛主席万岁"声、口琴声、二胡声、笛子声，当然还有响舌声，参差一团热闹空前——电棒突然又全灭了！原来是不能浪费，贪污和浪费是极大的犯罪么。说是七点半晚自习时再放电。可是同学们不答应，说虽然夏天太阳落山迟，还是应该在六点半就放电。有同学从宿舍里抱来被子，要捂住窗户，人为制造提前放电的理由。大家如此爱电、迷电，深深感染了拉电工。他们立即检修线路上的所有细节，确保准点满足大家。同学们高兴得翻跟头，立即忙于一旦电亮，必然同步"锣鼓喧天、彩旗飞扬、人欢马叫"的准备。

可是忽然，铃声急促响起，"当当当、当当当"，如防空警报。大家放下庆祝道具，紧急集合到操场，不知国内外又发生了什么大事。各班级排列整齐后，自由散开，"向左转！"随着口令，转对斜阳。"坐下！"天上无云、空中无风，夏日的太阳猛如炭火。此类闹法旨在刻意锻炼革命事业接班人，要同学们经得住大风、大浪、大太阳的考验。

四个男生抬来一张桌子，两个女生紧随其后拎着一条板凳，目的是让简书记就座讲话。平常白校长讲话，很少有如此排场，但汉叔镇最高首长来讲话，再不讲究便等于政治上糊涂。可是简书记让桌子、凳子咋来的咋搬走。他坚持站着讲话。他不想端架子、不愿高高在上。

白有德猜想，这可能是自己最后一次履职校长，所以脸色更黑了。由于背对太阳，他那面部看上去全然成了一坨黑砚台。他抬手抹头，从额前抹向脑后，来回抹了三遍，意在调控情绪，力争"站好最后一班岗"。他说："今天晚上我们就用上电了，这是一个大喜事，是简书记对我们中学全体师生的亲切关怀，现在大家鼓掌，请简书记给我们做报告！"

在爆豆般的掌声中，简书记往前挪了半步，腿往开微微一叉，偏去脑袋干唾一口——这回没擤鼻——"咔咔"两声，说：

"咱们汉叔区有电了，仅仅'是一个大喜事'吗？不，白校长刚才说得不够分量，应该'是一个特大喜事'！几千年来，几万年来，汉叔区有过电吗？没有过嘛！"

白有德惭愧自己觉悟低，看问题没有书记高瞻远瞩。不过简书记依旧称呼自己"校长"，看来事情并未完全绝望。简书记说了开场白，掏出一支烟叼到嘴上。那是一支截面扁圆的香烟，据说是阿尔巴尼亚产品。他在探手裤兜摸火柴的当儿，白校长早已手捏火柴迅速划着捧将上去。烟点着了，白校长十分感谢天意合作，若是有风或者风大，给领导点烟不可能一次成功啊！

"汉叔区本地发电意味着什么？意味着毛泽东思想的伟大胜利，无产阶级'文化大革命'的伟大胜利！革命群众开心之日，便是国内外阶级敌人难受之时！

"今天通电了，不久——争取国庆节吧——又要通汽车！"

掌声，热烈的掌声，经久不息。

"国际形势十分严峻，'苏修''美帝'亡我之心不死！但是不要怕，我们有伟大的中国人民解放军，有牢不可破的钢铁长城！我们不能在前线保家卫国，所以要务必做好拥军优属工作，对军人家属要无微不至地关心爱护——"

白校长顿时如释重负，那个爽啊。原来送顾红梅锅巴吃，属于"拥军优属"。自己咋就想不到这上面呢！

"拥军优属是要大力提倡的，希望人人能够如此！但是嘛，拥军优属的方式、方法，还有那个什么……什么啊，啊，这个、这个么，时间呀地点呀啥的，得注意，注意一下嘛！"

笑声"哗啦"起来。白校长吐出一口长气。

"教育革命、上山下乡，同样取得了伟大胜利！千百万青年学生，接受劳动人民的再教育，腿上糊满了牛粪，但是心胸，被锻炼得红彤彤的了——同学们说好不好？"

"好！"掌声，稀稀拉拉的掌声。

这时区委文书跑来了，穿着洗得发白的旧军装。他对简书记耳语了几句，随即离去了。

"同学们，我很难过，也很震惊……多好的一个同志啊！"

简书记抬手揩拭眼睛，前边的同学看见他流泪了。后边的同学和老师，从简书记那竭力提高的声调里判断，出了什么大事，人命关天的大事。果然——

"跑邮员吴小根同志，途中为了抢救一头滚坡的、生产队的小牛犊，光荣地献出了……"

鸦雀无声。

"……但是，革命的跑邮事业能就此中断吗？不能！所以，同学们，有谁愿意，接替吴小根同志的革命事业？"

大家顿时愣住了。接替死人，谁愿意啊。十多秒钟过去，一片寂静，只有远处树上的蝉鸣声丝丝滑来。电影里的战斗画面浮现于大家脑海，旗手中枪倒下，身后的战士马上替补接旗……忽然一人举起手，接着第二人、第三人——没要五秒钟，全体举手了。全都伸展手掌，五指端直，楔子般刺向天空。因为大家忽然灵醒过来——跑邮员，拿工资啊！走家串户看风景啊，一天收入八毛钱，顶过十个农民啊！

"都举手了？有谁没举手？"

"元尚婴没举。"一个手举得很高的同学小声举报道。声音如丢手绢，传递到前面。

"元尚婴同学，"白校长喊道，"请到前面来。"要在过去，校长一定是声色俱厉：元尚婴，站前边来！

元尚婴走出队列，走到简书记面前，两手垂胯，很规矩地听候训示。小时候，母亲一再叮嘱他：站要有站相，坐得有坐相。

"你为什么不举手呢？"

"邮递员工作，太重要了，"元尚婴不紧不慢地，很自然地回答，"邮递员要把毛主席的最新指示，准确及时地传递到千家万户。我不够资格的。"

"你理解得挺好嘛。"简书记笑了，很满意的样子。他今天讲话到现在，这是首次笑容绽露，完成了由严肃到悲伤再到喜悦的转换。"怪了，你又怎么不够格呢？"

"他爷爷叫元百了，"白校长及时介绍道，"大地主么。"

"哦？知道，知道！补录的高中生嘛，"简书记忽然笑得更明朗了，"就是你呀！长得蛮精神的么。毛笔字我也看过，不错！"他抬头冲着大家，指头点着元尚婴："也挺有礼貌，大家要向他学习！"

60

此前，从敌台里听来的大地震，并不是外国造谣，而是真的。只是被居心叵测地夸大了、歪曲了。地震发生的第二天下午，天气沉闷阴郁，想下雨又下不来雨，想出汗也出不来汗，让人很是憋屈。从县城担回邮包的汉子，悄悄传说地震了。"不敢传哦，我也是听来的！"听者又传给下一人，依旧叮嘱下家道："不敢传哦，我也是听来的！"

这位担邮包的汉子姓骆，绰号骆驼，是国家正式职工。吃商品粮、拿工资，负责县城与镇上两点之间的邮件担运。有力气，事情也整端：每天翻一回山而已。途中要到人家里讨开水，泡干粮吃。时间一久，顺便打了两个"亲家母"（情人）。两个爱情对象，每月耗去他十块钱。钱真是个好东西。骆驼每回担着邮担路过"亲家母"门口，若来了精神想去耍一下，就飞声一个咳嗽，那"亲家母"就出来了。"亲家母"迎上前来，双手正一下、反一下擦着围裙，帮骆驼邮官卸落邮担。丈夫若在家，就很有眼色地抓起锄头，抱歉地说："你喝茶啊，我没时间陪你哦——庄稼地把人套死了！"

那丈夫可不是傻子：五块钱啊，要在土圪垃里刨几个月哩。与国家的正式邮路人比较，牺牲的吴小根真是命苦。一来他是合同工，钱少；二来他不曾结婚，没有经验，更不敢打什么"亲家母"。短暂一生，不知女人啥味道。

关于地震，若是三人相遇，都不提说发生了地震。三人说地震，便有被举报的危险。到时你只能承认、受罚。你不承认？人家搬出证人来！反正，人多的场合不能乱说，谁都怕被戴一顶"造谣滋事、破坏安定团结大好局面"的帽子。两人说地震就不用怕了——他若告密你,你可以死不认账,还可以反告他诬陷罪。两人说话他要是告你,岂不与你公开为敌!就不担心你日后背地里敲他的脑壳?

总之过了一天,汉叔镇所有人都晓得地震了。随后就可以公开谈论了,因为报纸来了。报纸上说地震发生在唐山,不是在北京,唐山离北京不还远么。震死了多少人报纸上没说,只说党中央、毛主席非常关心此事,派人去救灾了。大家一想,没啥大不了的事吧,能死几个人呢。于是就没人再吵吵地震了,尽管喇叭里不断喊叫大家要防震——唐山到秦巴山,距离远得跟到月亮一样嘛。

元尚婴运气来了,被简书记看上了。他长相俊秀,说话得体,又懂礼貌。最重要的是,他有"自知之明"——清楚自己没有资格,不配当一个乡邮员。恰恰是这一点,现场就让简书记脑袋里一锤定了音:接替吴小根,就这小子啦!他要向整个汉叔区传达一个信息:出身不由己,道路可选择,一切重在表现。这也是党的政策。党的胸怀是伟大的,更是温暖的。

实际上简书记潜意识了另一个原因,就是很珍惜这棵好苗子,联想着自己要有这么一个儿子那该多好。随之幻想派生,想让元尚婴将来当女婿。他没有儿子,只有两个女儿。不过他又嘀咕了,站在第三方立场看,自家这俩女儿都配不上元尚婴的。想得太多了,他心里自嘲道,也想得太早了,共产党人不应将私心掺进工作里。他提醒自己要有良知,要一切出于公道。

元尚婴被传到校长办公室,受到成人般的礼遇。他一进门,白校长就站起来,笑着让他坐凳子上。放在平常,老师来了他也懒得起身的,就因为他是校长。只有校外来客了,他才抬起屁股。

元尚婴没有坐，规规矩矩站着。校长不再劝坐，拉开抽屉，取出一张表格，慈祥和蔼地说："你把这张表填了吧，就算参加工作了，每月可拿二十四块钱工资了。"元尚婴一听，不得了，民办教师每月才拿十二元，邮递员一月要拿两个老师工资！不过他并没有激动昏厥，因为他不大相信，感觉是梦。所以他迟疑了几秒钟，才双手接过表格。

　　"这样的机遇实在、实在是太难得了！"校长说，激动得伸缩着脖子。"简直就是放卫星！咱们中学从来没有过的，没毕业就去参加工作的人啊！都虚报年龄争着当兵呢，当兵回来有几个安排了工作的？！"

　　"白老师，我不够格啊。"元尚婴满面惶恐，并不觉得这算什么好事，所以颤抖着手里的表格。"我这出身——"

　　"——简书记不知道你出身？赶紧回家填表吧，填好了交给你们公社书记，简书记已给他打过电话，由他通知大队跟生产队，拿上章子到公社里盖！"

　　元尚婴不知说什么好，一切来得太突然，他尚不具备应对能力。

　　"简书记想得多周到！这是参加工作的大事，可不是推荐'学毛著标兵'，或是'五好社员'，这是不再当农民了啊！"

　　报纸上、广播里、干部给社员开会讲话，总是猛扣高帽子，全都说当农民最光荣，实际上几乎每一个农民都不想当农民；每一个脱了农民壳的人，都无时不在庆幸自己不再是农民了。一旦跳出农门，那最初的好多年里，他或是她只要一做梦，梦里的场景必定依然是在背粪挖坡、放水插秧、抬石垒坎。从梦里醒来，赶紧自掐其腿，验证了刚才的确实为梦，于是长出一口气。

　　"我这里表个态，开个特例——保留你的学籍，新学期照样给你发课本，毕业时照样给你毕业证！"

……

元尚婴当天没有回家，继续在学校里，装作什么事也没发生的样子。他无法想象，假如同学们知道他忽然变成了拿工资的人，会是怎样地轰动！不，将要怎样地骚乱！谁敢保证不会出人命呢……

折叠的表格装在他裤兜里，微薄，也几乎没有重量，不会引人目光。但他分明感觉，表格纸如同一张毒膏药，不知道会导致什么。在集体宿舍里，他和不少同学一样，拿砖头当枕头。砖头上面铺报纸，报纸上面垫衣裤。后脑勺压着裤子里的表格，他始终半睡半醒，回忆着自记事起至今的全部经历。天没亮时，他悄悄爬起来，悄无声息地溜了出去。

距离学校开大门还早着。仰望银河走向，元尚婴判断天亮还得一个小时。他攀缘苹果树，从院墙翻了出去。一只黑影，"唰"地逃进庄稼丛，不知是黄鼠狼呢还是狐狸。

夜虫"叽叽叽、叽叽叽"。一声乌鸦叫传来，如一个看不见的叹息的陀螺，从半坡的树林里滚下来。

路边的野草扫了他两裤脚露水。

太阳升起三竿高，楚子川的大部分地段，披上一层金色薄膜。树木影子匍匐向西，阳光移动处，水汽摇摆，如烟鬼吐烟。晨风将稻谷的清香送进每一个人、每一只鸟兽、每一头牲畜的鼻孔。大自然从来不看出身，不在乎商品粮、农业粮，只要你有嗅觉，就敞开芬芳供应你。

元尚婴摸黑走了将近二十里山路，没有被狼嚎鬼叫吓住，反倒希望碰见它们，与它们格斗一番。他吃了快满十七年的饭，积攒的全部能量突然会师体内，巴望挥霍引爆，不然浪费了。但他未能如愿以偿，因为体内的能量正在被初升的家门口的太阳一点一点地蒸发掉。

经过公社门口时，好像约定了一般，丘干事几乎是跑将出来，站在路中央将他堵住。

"估计你这个时候回来，"他满面笑意，"我一直瞄着窗外。"

原来区委简书记，亲自给公社书记来过电话。公社书记有事外出，就亲自交代丘干事具体办理。

"表填好了吧？给我，三个章子一回蹴！"

"我还没跟家里商量呢。"

"傻子是不，又不是别人问你家借粮食！"

元尚婴说不急，坚持先回家里汇报。丘干事要他快回家再快来："这么大的好事，可别拖黄了！"

元尚婴走在田埂上，半截身子被沉甸甸的稻谷遮挡着，却还是被黑蛋看见了，或者说被黑蛋闻见了。黑蛋摇头摆尾，"哼哼唧唧"迎上来，嗅闻着他的裤管，在前边带路，好像迎接的是客人而不是主人。

家门上挂着锁子，黑蛋朝一个方向小吠了两声。元尚婴顺着狗眼望去，对面山坡上，社员们排成一个锅底形，正由下朝上锄豆草呢。由于天气干旱，锄头薅起的一团团灰尘，飞扬弥漫了一道弧形的烟雾，隐约传来人们的说笑声。元尚婴取锁开门，找出薅锄，快步上了对面的坡地。

"哟嚯，"麻队长说，"又没到周六，咋回来啦？"元尚婴即兴杜撰，说是肚子疼，请假去卫生院看呢。半路上又不疼了，索性就回来了。插入薅草队列，他又补充说："上高中也没啥意思，多半都是劳动，还没工分。"这时一阵风刮来，灰团被吹走，就看见了母亲、父亲。父亲本来待在柴油机房，负责磨小麦、打稻谷，只因粮食短缺，没必要天天看机器。所以队里决定，父亲下雨天开机器，天晴时下地干活。元尚婴将目光笑着投向父母，点一下头，做一个无声交流，不用再解释什么。方才与队长说话，他们应是听见了的。

依然上午十点收工，回家吃午饭。全生产队里，没有钟表，更不可能有谁戴手表。但这并不妨碍人们准确把握时间，因为白天有太阳表、夜里有公鸡表、阴天有肚子表。肚子总是在整点叫饿。发明钟表的人实在是吃撑了无聊，没事找事。

元尚婴跟着父母，脱离大伙儿。先上几步，再由偏沟路下坡。一个石包挡路，需要翻上去。父亲抬手托住母亲屁股，帮着使劲。母亲上去了，父亲很没必要的，又拿手掌撸了一把母亲的屁股。母亲回头瞧见儿子，脸就红了。元尚婴赶紧挥手去逮眼前那只黑蛾，假装没看见父母的恩爱。不过心里很幸福，恍惚觉得眼前的父亲是自己，母亲则幻化成苏景兰。别说，两人的屁股还真是有些像。

母亲放下锄头，倒一盆水来，三人共洗手。然后系上围裙，开始做饭。父亲有了变化，不再掏出白手绢揩手，而是与大家同用毛巾。也许那白手绢，不再装口袋了。在等饭的空隙，他折了几根树枝儿，向自留地走去。元尚婴跟在背后，想看个究竟。原来玉米地边的豆角藤，缠住了玉米秆及玉米棒子，这会阻碍玉米生长。父亲将树枝儿插进土里，双手配合解开豆角藤，将那藤儿重新缠绕到树枝儿上。动作很细心，像给睡熟的婴儿盖被子。元尚婴推想着自己在摇篮里时，父亲或许也曾如此细心地给自己盖过小被子吧。可惜他无法记忆，母亲也未说过。

父亲摘了两条嫩豆角，递给尚婴："先解个饥。"儿子异常感动，眼泪差点出来了——父亲一直在县城教书，若不是被开除回来种地，儿子哪来如此待遇啊！

苞谷糁菜糊汤熬在锅里，母亲开始喂猪，喂鸡鸭。又抓耳挠腮想，什么东西可以打发猫狗的嘴巴。父亲却是坐了下来，拿出剪子一下一下地铰烟叶，烟末一点一点地落在铺地的报纸上。"我现在学会了抽旱烟，磨磨洋工，挺有意思。"说着一声咳嗽，舌头一卷一舒，一口痰飞出大门外。

元尚婴吃了一惊，眼前的父亲全然陌生了。正要说填表当邮递员的事，父亲抢先了："你也不小了，该学抽烟了。"他双手搓着烟末，"老农民说给烟末喷点淡淡的盐水，能保存好几天，抽起来味道绵和，醇"。

61

对于当邮递员的事，为防父母过于激动，元尚婴想以尽可能平淡的姿态报告他们。"妈，爸，假如我现在不用念书了，直接参加工作，你们说好，还是不好？"父亲立即说："不好，肯定是没人干的工作，要人命的工作！"

母亲没有接话，却说出一个让元尚婴更惊讶的事来："昨天湖北那个补锅的来了，专门绕路送来一个女娃子照片，给你提亲呢！"那女娃子的照片，猛一看，脸型很像苏景兰，人工描了红脸蛋，灯芯绒翻领衣。细看，下唇前抵，俗称"地包天"。尚婴说没心思想这个，太早了。母亲说不早哇，说谁谁跟谁谁谁，十八岁不满，就有了娃儿呢。"你要晓得这是多大的事情！像我们这样的家庭，还有人主动上门提亲，简直是怪事不！"

尚婴说她家可能在半高山，不嫌弃我们成分，无非是看上楚子川平地多，勉强能吃饱饭罢了。说罢掏出表格，说简书记亲自批准，让他接替邮递员吴小根。母亲赶忙接过表格，拿到外面太阳下，横看了竖看，脸上的表情忽而疑虑忽而紧张，末了问父亲意见。父亲只顾卷烟卷，动作很慢，似在故意拖延。再问，父亲说：

"尚婴嘛，我觉得你，倒是该学学卷烟抽了。"

"我猜到了你的想法。"母亲说着竟然哭了，"儿啊，你们元家，我们游家，代代都是吃斋念佛的……你这倒是，撞了啥子灾星嘛！"

尚婴顿时糊涂了。原想着父母不知有多高兴，没想到一个不表态、一个哭起来。尤其是母亲，为什么哭呢？实在莫名其妙！

"儿子，你念高中是因为万水贵……殁了；如今要参加工作，又是因为邮递员……唉，唉！为什么你的好运总是要别人先去……呢？你想没想过，这样的好运你该不该要！"说罢"呜呜"地哭出声来。

元尚婴从未见过母亲如此伤心落泪，而伤心落泪的原因，竟然是无数农家子弟梦寐以求的参加工作！这让他无比费解，同时被母亲的流泪感染得不知所措。不过母亲说的也确属事实：能上高中是因为一个叫万水贵的学生死了；现在要参加工作，又是因为邮递员吴小根牺牲了。可是，这跟我元尚婴有什么关系呢？是他们死了之后，才涉及我嘛。又不是因为我事先做了什么手脚，才导致他们死掉！

现在，他必须马上做出决定：填表，还是不填表。忽然能参加工作，真叫一个神话，让他久久狐疑；母亲一哭，又感不孝，一生农民，能干活、能吃睡，百心不操，难道不也挺快乐么！若是参加了工作拿上了工资，即使你身背邮包整天疾走，他们看你依然如同看游手好闲的二流子。与他们的劳作收入相比，你居然一天八毛钱，顶他们十天，你跟强盗恶霸有何区别！乡亲们在地里干活，瞧见那吃商品粮、拿工资的，摆手甩脚的，或是双手后背着走过大路，无不嫉恨地议论。这些情景此时此刻开锅水浪般泛滥元尚婴心间。让人眼红、让人讨厌、让人背地里诅咒，那样活着未免太可耻了吧！

在去公社的路上，他哼唧着《浏阳河》，感觉家门口的小河是如此清澈美好，水草是如此清灵柔弱，小石片儿是如此光滑细腻……小河、小河啊，一定不亚于那遥远的想象里的，这辈子可能都去不了的浏阳河。他如释重负、浑身舒爽。他很想冲谁个微笑几下，可是眼前无来者，背过身看也没有来人。只有一只田鼠站起来，抱爪冲他两作揖，随即"哧溜"一声钻进庄稼地了。他满身心的那种无法形容的崇高感，让他奇妙又陶然。汉叔区将有另外一个青年，他暂时无法知道的同龄人，因他的放弃而交上好运。想到这里，那种很愉快的感觉，在他的体内加速奔流回旋了。

"哦，你不想当邮递员？"丘干事正拿纱布揩拭着手枪。"这几年照说啥怪事都见过，但是你这回，"他"呸"一声将烟蒂唾飞，"算是最怪的事！"

元尚婴吓得一个激灵。他看着他刚放桌上的表格，不知该不该重新取回放兜里。或者现场抓起桌上的蘸水笔，把表填了。

"那我……"他嗫嚅着，找不出合适的话来。

"我还忙着，最近形势很紧张。"丘干事拉出枪栓推上去，推上去后再拉开，"咔咔嗒嗒"的，同时瞄准窗外，压根不看元尚婴。"步枪也都发给各民兵连、民兵排了，秋收前要打个靶，训练训练！"

"那我，走了……"

丘干事没吱声。元尚婴抬脚跨门时，背后喊道："回来！你凭什么跟简书记对着干？"手枪一拍，桌面玻璃碎了。"你忘了自己是谁了吗？党和政府看你有点小聪明，要把你争取到革命队伍来，你他娘的还不识抬举！知道后果吗？"

"那我咋办？"

"看在你送我熏肉的分上，这事就当没发生。把表填了，赶紧！"

元尚婴揣上摁了三个公章的表格，一出公社门便往镇上赶。来不及回家禀告父母了。青天白日的，忽然飘来几星雨点。四周也没有树木，头顶也没发现飞鸟，哪来的雨点呢？元尚婴想起小时候有过类似经验，平白无故走着路，忽然被谁个洒一脸水珠，吓得魂飞魄散。大人说别怕，那是龙王爷路过呢。

忽然听见狗瘆人的叫声。元尚婴拧头看去，几个娃娃，拿着棍子石块追打两只正交配的狗。俩狗羞处黏套着扯不开，俗称"狗连蛋"——前狗窜逃、后狗被拖，狼狈不堪。元尚婴怒火直冒，大喊："太不像话！"弯腰抓起一饼土坷垃，"太不像话！"胳膊抡着要甩那些人——小坏蛋们哄笑着逃开了。

下到金鸡岭半坡时，元尚婴看见当地社员们正在清理引水渠，诅咒着老天爷不下雨，眼睁睁看着庄稼叶子全打了卷儿。两个妇女忽然对骂起来，都说对方偷汉子。一个将铁锨抛过去，"呛当"一声砸在石头上，蹭出几粒火星星。那显然是个震慑举动，并不真要砸着对方，结果却把对方激怒扑将过来，两人互揪头发抵开牛了。队长大吼说要文斗不要武斗，有话好好说！两个女人就此撒手，指头捣着对方鼻子，斥责对方偷睡了驻队干部。一个站在远处观阵的男人问道："驻队干部尿上扎花啦？"身边的另一个说："还不是拿了人家粮票……"

元尚婴没心思停留欣赏，耳朵捎带了几句，赶快下山。远远看见学校操场上，抛排球的、打篮球的、没球可玩便"斗鸡"的，他停下来溜进草丛，蹲下，把自己藏起来，摸着身上的表格，深怀负罪感。钟声响起，学生们留恋操场，于是再蹦跶几下，拍球、带球、抢着球跑进校门。元尚婴这才跳出草丛，绕道由马鹿河边路往街镇去。此路距离教室也就一百多米，在教室里上课，只要一偏脖子，便能看见路上的行人。元尚婴脱下红卫服——母亲给他缝的四个暗口袋上衣，拿它抱住脑袋，只留眼睛看路。这还不能让他放心，因为身架与步态依然会被认出。于是他想象着自己长了满身疥疮，而且双腿一长一短。于是他一手捏扣住挂在鼻尖的衣领，一手在胸口上转圈搔痒，瘸脚拐步着通过这段路程，只觉得斯文扫地、周身羞耻。

汉叔区委文书从元尚婴手里接过表格，也不说话，也不看他，更不让他坐凳子，一副机械人公事公办的架势。这说明他早就接到了指令。他张开虎口压住表格，另一只手提起公章，"嘭"一声蹾上去，动作跟朱能宝给猪后臀蹾三角蓝章一模一样。然后打开文件柜，取出一个牛皮纸本子。揭开封皮，露出内瓤：一半是撕过的介绍信，一半是完整的介绍信。他拿笔在一张崭新的介绍信上填空，先填抬头"汉叔区邮电所"，再填"元尚婴"三字。接着划掉"单位"二字，改成"所"字。最后填写年月日，介绍信就完成了——

汉叔区邮电所：

兹介绍元尚婴同志到你所工作，请接洽。

此致

革命敬礼！

汉叔区革命委员会

1976 年 9 月 7 日

下来再次抓起公章，饱碾印泥，"嘭""嘭"两下砸在介绍信上。捏起钢锯条，压住介绍信的中间虚线，"嘶啦"一声，便齐茬茬地撕作两半："拿去，报到去。"元尚婴说谢谢。文书说在这儿不必说谢谢，要谢谢去给简书记说谢谢。文书整理桌面，将那自小朝大依次蹾过四个圆公章的表格，放进文件柜的上隔档里。接着将牛皮本也放进文件柜里，放进里面那个带锁的小抽屉里。这才关上文件柜的外门。

"还站这里干吗？我这里可没工资发啊！"

元尚婴想着应该还要说句什么的吧，却见文书压根没那意思，满脸的逐客令表情。他顿觉无趣，便出了门槛。心想，也难怪文书态度生硬，权柄虽在他手，但是蹾与不蹾，蹾又给谁蹾，却全凭简书记一句话。

院子里没人。见有个门帘往起掀，元尚婴赶紧跨进厕所。他不想见人，见了人不知说啥。尤其是碰见简书记，怎么感谢，他想不出来。厕所里的苍蝇们一哄而起表示欢迎，他没解裤子，干蹲下去，用力之猛如同文书蹾公章。细看介绍信：一个是整圆章，一个是半圆章。半圆章的另半圆，留在介绍信的存根上，可能是为了仿冒伪造、随时核对吧。

工作与不工作是无所谓的事。眼下让他最为感动的，是介绍信上的白纸黑字，准确讲就是那两个印刷字：同志。这是他平生第二次被称作"同志"。第一次，是他在洋芋地里锄草时，柳会计他二娘来传达她从广播里听到的公社喊话，让"元尚婴同志"速去公社说事。说事的结果，他由"同志（农民）"变成了"同学（高中生）"。可见"同志"一词，意味着你不再是学生，而是成人。

62

报到时未遇丝毫磕绊。领取了邮包、手套、雨伞、姜片、劳保服、防晒霜、手电筒、清凉油，以及牙膏、牙刷等。自行车钥匙也交给他，但他没接。自行车是汉叔镇唯一的自行车，带上它跑邮，一半路程得扛着它。正副作用相抵消，还遭人嘲笑"烧包"。何况那也是吴小根的遗物，不动它为好。宿舍是库房上面的一个小阁楼，人进去都抬不起腰，地铺上并排睡三人。一块杂志大的玻璃，借取天光，算是窗户。吴小根的被褥依旧在，他家里人没有往回拿，不忍见了伤心吧。

"现在人手拉不开栓，谁在单位就支配谁。"所长要他赶紧先给镇机关各单位送去报刊、信件，加上几个包裹。这一切没用一刻钟，全部送了出去。收件者很好奇：怎么忽然冒出个新人来？他回答说只是临时帮忙跑个腿——邮件一出手，转身便走人。

还得回学校。课本啊被褥碗筷啊，用不上的得请田信康捎回家。或者暂时不动，反正校长说了，学籍保留着。他一出镇街，迎面一只硕大无朋的癞肚子（蟾蜍）挡在脚前。蟾蜍那凸暴的眼睛，如同小儿口里掉出来的两颗水果糖，黏黏的，射来黑森森的光——因为天空布满了阴云。它那皮肤好比一百八十岁的老汉的皮肤，皱坑纹渠完全可以当锉刀使。刚见它时蔫着，此时它"呼呼"发声，像被一根无形的管子急速充气，眼看着膨胀变大。元尚婴经过这几天的历练，胆量猛涨若干倍，已不可能被它吓住，但也没工夫跟它计较，便踮起脚来，腿一撇，一个弧步跨绕过去。

没走三步，就听尻子后"嘎巴"一声，像打雷，但打雷没有如此尖脆；像民兵训练时扔出的手榴弹爆炸，但手榴弹爆炸没有这般锐啸。一个巴掌似的东西飞过头顶，"啪嗒"跌落脚前。炸声没有预告，元尚婴这回倒是给吓住了。回身一看，那蟾蜍不见了。瞄瞄四周，蟾蜍的碎片，或飞挂于树枝，或抛落于土坎，其中一团殷红色吧唧到那块灰白的石头上，像谁泼了一瓢狗血。炸声惊来几个孩子和妇女，他一见赶快走掉。他没时间给他们讲述刚刚发生的这幕怪事。

怎么回事啊，他快步走着，同时脑子也快速想着，难道这里也要地震吗？地震前夕动物不舒服，地理老师说，动物胡跑乱窜的，有的竟至于自杀呢。

他进教室前的几分钟，电棒刚亮，同学们还陶醉在享受光明的愉快里，乱糟糟、闹嗡嗡的。可是一见他进来，马上鸦雀无声了。就是白校长来上课，也不曾有过如此威力！大家像是群遭电击，休克般保持着造型：或坐在桌子上，或趴在窗台上，或一只手搭另一个肩膀上，而那个弯腰拾对数尺的同学，继续弯腰斜脸固定不动……苏景兰刚从辫子上捋下橡皮筋，四根指头绷着橡皮筋也是动也不动。

元尚婴被如此气场僵化了，也愣站着挪不了脚步。过了十来秒钟，倒是苏景兰先开口。她抬手指着元尚婴，说：

"这个人，"摇头看看左右，"跟咱们不一样啦！"

可见所有人都知道他参加工作了。这好像给班级分了一整块牛头锅里揭出来的巨大的锅巴，本来人人可掰吃一块的，如今却被他元尚婴独食了去！

田信康说："好事啊好事，尚婴你可得请大家吃麻花！"

"哎呀呀，"王益明说，"每月二十四块钱，咋花呀！"

"光吃麻花不行，"樊少军笑得嘴咧老开，显得真诚，真诚地补充方才田信康的话，"吃麻花时，每人得要一碗萝卜杂碎汤，麻花要泡着吃才香!"

"好,好!"元尚婴终于想出了话,"我一会儿就去问老师借——找倪老师借钱去!"

"那倒不必,"田信康此时灵醒过来,觉得应给自小的玩伴打打圆场,"这又不是养猪,咋能刚逮回个猪娃,就把杀猪匠请来呢!"

气氛总算转入正常了,都向元尚婴表示祝贺了。甚至有几个同学,开始婉转巧妙地套他的近乎了。

书籍碗筷之类随身带到邮电所。那床印花被子,母亲当年的陪嫁之一,原想让田信康周六捎回家的,现在觉得欠周全。平时两人合睡一个被窝,他这一走,田信康就单条汉了。抽走被子,让他一床褥子卷筒儿睡?那就缺德了。元尚婴交代田信康,请他带话给父母,就说儿子必须,也只能听组织安排。同时要父母放心,他一定夹着尾巴做人,时刻不忘出身,要洗心革面,要任劳任怨,要不怕苦不怕累,要以吴小根为榜样,争取赶上甚至超过吴小根。

他把田信康叫到背处,拿出没吃完的四斤四两饭票,让他跟苏景兰平分。田信康说男人比女人能吃,就给苏景兰二斤吧。尚婴说也行,叮嘱他给她时别让外人看见。

同学们心情五味杂陈。宿舍里聊到后半夜,由嫉妒到羡慕,最后一致升华为祝福,祝福这个来得最晚却又提前分别的好同学。元尚婴这一回又是天没亮好,就在同学们的磨牙响、梦呓声里,悄悄离去了。到邮电所时,等了十来分钟,炊事员才打着哈欠拉开门闩,揉揉眼睛才认出这是昨天来报到过的新职工,就客气地告诉他,稍后吃早饭,专给三个跑邮的做的早饭,在家值勤的照吃两餐。

元尚婴上到小阁楼,另两个跑邮的还睡着。他打开吴小根的被褥,想着吴小根生前的模样,竟一下子睡去了,丝毫没有害怕的感觉。睡前的一瞬间，他希望吴小根，希望那个一只眼睛残疾的吴小根，那眼睛每每让人遇见都生怜悯的吴小根，能来他的梦里一回。可是压根儿未做梦。

他们三人被炊事员叫起来吃早饭：玉米面发糕夹辣子，玉米面稀饭，稀得倒影了自己的鼻子，摇晃发抖。炊事员说你们是世上最走运的人，谁能清早一睁眼睛就有饭吃啊！那两位没有反应，显然是说给他这位新人听的。炊事员接着告诉他伙食费暂时挂账，工资发了再补上。

他们分拣了属于各自递送的邮件、物品，同时出门，不久就分路了。所里没让元尚婴跑楚子川，可能要回避什么吧。让他跑碾子坪公社，要经过大伯家，可以看见爷爷，这让他很高兴。爷爷想的大概跟父母不一样。爷爷或许觉得他参加工作是个好，他想。

淅淅沥沥地下起雨来。平时这点小雨不算啥，可现在不同了，现在他是人民邮递员了。邮包是人民的财产，所以他赶快撑开油纸伞，整个地遮住邮包。他想着将来，还是背个背篓好。背篓口罩上双层薄膜，背篓底还能给乡亲们捎带东西。背背篓容易被人忽略，跟来来往往上上下下的山民一样了，没法突出自个是公家人了。那样更好啊，不招嫉恨么。

路边的木头电线杆倒了几根，三个农民帮着一个电线工，正在懒洋洋地修复。可能因为下雨，他们不时躲进草帽里点火吸烟。一缕米饭的醇香飘进鼻孔，肚里的馋虫儿纷纷扭捏起来。这是哪家啊？到上午十点钟吃饭还得很么！迎面来了两个老汉，一个说今天是中秋节，年轻人连这个都不晓得！一个说如今都讲革命化，连春节都成了旧习惯呢，八月十五又算个屁！一看稻田，果然有两块稻子被收割了，性急的人家清早起来尝新米了。

快到碾子坪公社时，山坡下那户人家里，传来哭声，不知发生了什么。元尚婴顾不上细听，端直进了公社院子。公社文书接过邮包，刚把他让进屋里，一个姑娘两眼红肿地跑来，说她娘快咽气了，请赶紧打电话叫她哥回来。电话可不是随便打的，就是公社干部自己，私人事也不能随便打。一是节约电话费，二是不能耽搁了党中央、毛主席的最新指示。何况现在，电话线断着！就是不断，这女子的哥在天津当兵，长途打过去恐怕到后半夜，还未必接通。就算接通了，对方没准正在唐山搞重建呢。

"老办法，"文书说，"你赶紧到镇上发电报去！"

那女子说她不能去打电报，她一刻也不能离开她娘。"我不管，我把这事交给你，交给党了！"说罢，"呜呜"地哭着跑去了。文书这厢顿时紧张起来，自个忽然就成了"党"了，这可不是闹着玩儿的！元尚婴一见此情此景，就说发电报是他们邮电所的业务，此事由他去办好了。文书一拍后脑勺，说他咋就没想到呢。他找出一个旧信封交给元尚婴，让他按信封上的部队番号发电报去。

元尚婴装了信封，将邮包暂放文书处，撒腿就走了。走了好远才发觉忘了带伞，索性小跑起来。他在细雨里跑着，可怕地想着自己就是那个当兵的小伙子，自己的母亲病危了，眼巴巴地望着儿子！他早就听大人说过，人死时要是等着见一个亲人，就要拼命地拖着熬着，鼓的劲不亚于一根指头着地、整个身体倒立半空，那是怎样的折磨、怎样的惊心动魄啊！他这才感到邮递员是如此重要，如此人命关天。

路上碰见一个人，恍恍惚惚的似曾相识，跟他打招呼，他没有回应，连个表情回应也没有，只管侧身跑过。他想起课堂上刘老师教写作文，说写文章一定要简练，不用的字就尽量不用，并拿发电报为例。母病危速归。不，母病速归、母危速归。就母危速归吧。五个字减成四个字，好。实际上最后发出时只剩三个字：母病危。

他身外淋雨、身内渗汗，湿得透透地跑回邮电所，感觉心脏像是父亲掌管的柴油机那般"咔咔嗒嗒"响个不停、蹦个不歇。只是他一进门，所长一脸严肃道："正熬煎没法通知你回来呢！"他不懂这话的意思，或许压根就没听进耳朵，只是气喘吁吁地趴到话务员营业的木窗台上，要来一张电报纸。他细心地一笔一画地填写了电报内容，又核对两遍，让话务员尽快发出。话务员捏着铅笔头清点字数，说："四毛五。""这么贵啊！""一字三分钱，你再数数。"一数，就是十五个字，只怪地址太长了。好在他身上有三四块钱。

镇上没有发报机。先译成电码，什么洞幺幺洞，洞几拐几。这才电话打到汉伯县城邮电局，对方回译汉字后，再来电话核对。确认无误了，便由县城发出。

"你很优秀，"所长说，表情由方才的严肃变成了眼前的温和，"以后么，有的是机会，只要人好……没事！"这又是什么意思呢？所长让他马上回学校，"回去便知"。

63

元尚婴走出街道，雨已停了，空中半块晴来半块阴。他不想跑了，没劲跑了，也懒得跑了。他浪荡着步子，跟个二流子似的。他猜不出让他回校有什么急事，总不会还有比死人更大的事吧。本来该端直走回学校的，却见一堆人拥向江边的渡船，隐约是同学们，还有老师。他没来由地改变了方向，斜往江边了。

走到江边一看，渡船没动，倒是泊着那艘孩子们平常很盼望的小机动船。此船每周来一次，往返于汉中、安康。两个船工，国家职工，拿工资的，算是工人阶级，即领导阶级。原来，顾红梅老师被调走了，就搭此船到下游的一个公社初中去报到。她被调走，公开原因是"革命工作需要"，实则因为查无实据的"作风问题"。她是军婚，组织上与她自个，双方心里清楚就是，说出来则有失体面。

送行的有倪老师、刘老师。董老师也很稀罕地来了，他的双眼仍是那般由于吃不饱而深凹着，却未影响他喜欢看美女同事。送别的学生主要是初中部的，毕竟高中部没有音乐课。高中部的学生，参加过合唱队的，上次一同进巴山采药的，也基本都来送行了。

目光排查完了，没发现那两个与元尚婴一起被田信康煽动去骗吃丧饭的同学。大家一见元尚婴，都很吃惊，其中一个还猛地捂住嘴巴。元尚婴觉得很蹊跷，却也不便追问，因为气氛正在送别顾老师。

一个女生替顾老师抱着孩子，另两个男生合抬着行囊捆，第三个男生独扛竹摇篮，依次细心地踩着木板往船上挪。远处传来绰绰约约的雷声，脚下江水哗哗，耳畔凉风习习。一片金黄的叶子飘落船尾，没到深秋啊，哪来的黄叶？细看近草远树，一种衰黄的情调已隐隐渗出了。

"把口琴拿出来，元尚婴同学！"倪老师说，"给顾老师吹个《映山红》吧！"

元尚婴双手拍拍口袋，说："呀，口琴在邮包里。"

大家跟顾老师重复着道别的话，无非说距离又不远，周末了常回来看看。顾老师心不在焉，不大好意思正眼看大家，急着要摆脱的样子。倪老师叮嘱随船送顾老师往目的地的两个同学，要他们把顾老师和孩子安全送达。船工正要发动机器，倪老师说别急，说他有一首诗……可是拍了半天脑袋，说："不够数，凑不够数！"船工不耐烦了，说"吃屎（知识）分子"事多，"突突突"发动了机器，开船离岸了。船尾犁起白色的浪花，江水宛如翻锅的豆浆。船上、岸上相互招手，倪老师一拍元尚婴肩膀："有了！"只听他吟哦道：

> 巴山高，汉水长，
> 送别叶飞黄，
> 桨声破夕阳。
> 风向南，船向东，
> 雪浪开豆浆，
> 人生为何忙？

"机器船，哪来桨声？"刘老师揶揄道，心想体院出来的，还爱个风雅！

"呵呵，天阴着，也没'夕阳'哈，"一直没吭声的董老师也发话了，"最后一句，也得改一下——'革命斗志昂'！"

这厢讨论着写诗，江上的船却跑远了。船像一只鸭子越来越小，拐入江湾不见了，后拖的"雪浪豆浆"眨眼消失掉。

返回时都不吱声。一个漂亮的女老师来了，校园里平添了好看的风景与美妙的声音，忽然又走了，真叫无话可说！苏景兰方才一直躲在远处，好像做了什么见不得人的事。元尚婴一挪动，她也一挪动，要保持与他的距离，生怕接近了他，或是被他接近。

又开始飘起雨来。方才敞亮的半边天空，此时与另半边阴天合严了，成了一块完整的巨大的黑抹布。返回校园的路程不足一公里，大家如同散步，走得很慢，一任细雨飞落脸颊，毫不在意。没有谁说话，似乎攻守同盟着一个秘密，又如同送葬归来。元尚婴很是奇怪，不就是顾老师调走了么，又不是出国了，又不是被法办了，何至于如此！他主动没话找话问同学，请教老师某个问题。都没正面接话，只回应一个浅笑，带着某种惋惜的怜悯的浅笑。要么"咔咔"地清理嗓子，要么弯腰系鞋带。

苏景兰突然走到元尚婴身边，一拽他的袖子，动作幅度很夸张，导致对方的身子一个趔趄，果然吸引了大家的目光。她手伸向元尚婴，掌一翻，露出掌心的三个橡皮筋："这个送你。"未及受赠者反应，她紧跟着又说："你的口琴盒子破了，拿这包扎去！"

他一手接过，另一只手的二指撑绷着橡皮筋，皆有弹性。三根橡皮筋价值一分五厘钱，此时却显得很有分量，因为沉默由此被打破。倪老师说："苏景兰是个好同学，元尚婴嘛，也是个好同学！"刘老师说："'陈毅是个好同志'。"大家终于笑了。刘老师还不过瘾，拍着元尚婴的肩膀，破天荒地夸道："我教过的学生里，就你的作文写得最好！"元尚婴没有及时回应激动与感谢之情，因为他脑子还沉浸在掌心的那三根温柔如蚯蚓般的橡皮筋里。

回到学校一进教室，元尚婴的邻座同学赶紧让位，并从桌斗里取出他的东西——以为同桌不回来了呢。

一件大事发生了，最后知道的是元尚婴。

同学们议论纷纷，说元尚婴犯了罪，有可能被抓起来。——今天最早起来上厕所的一个同学吃惊地发现：黑板报上出现了一篇粉笔大字报。可见那大字报在元尚婴离开之前的夜里，就已经写了。由于天黑，由于急着到邮电所上班，他未能看见。大字报揭发说元尚婴品质恶劣，反动本性难改，骗吃丧饭不说，更诅咒伟大领袖……去世了！事情震动了整个校园，谁也不知道如何处理这个检举大字报，于是导致所有人拥来围观，每一个人脸上都因为刺激而亢奋泛红，七嘴八舌地揣测是谁写的。

"看那字形，像是拿左手写的！"

"是可忍，'熟'不可忍——写错了！"

白校长觉得擦掉不是，不擦掉也不是。赶紧让一个学生去叫樊少军的父亲来，拍下大字报存证（当时樊少军未在现场）。然后擦去，不让其继续"影响恶劣"。很久以后樊少军抱怨父亲，说父亲不该一听传唤就拐着腿跑去拍照。"你的校长让我去，我能不去吗？"樊牙医瘸腿一撇、肚子一挺："相机里没装胶卷，你懂个屁！"

白校长又生气又庆幸。顾老师突然被调走，心里已够失落，憋屈得正想找个人踢上几脚，没想到你元尚婴跳将出来，"可憎！可憎！"他马上给邮电所打电话，所长当即决定元尚婴哪来的回哪去。"如此胆大包天，谁敢用他！"又补充且特别强调道："这事跟我们邮电所无关啊！"

谁写的检举大字报呢？白校长跟带队采药的老师推测，只能是那天四个，不，要除过元尚婴本人，是那三个学生里的一个干的好事。他们都是贫农出身，眼睁睁看着一个地主崽子参加工作拿工资，是可忍孰不可忍啊！

得平息众怒。没说的，处理元尚婴！不过这事，还是先请示一下简书记的好，毕竟是简书记让元尚婴参加工作的。

64

幸好被子还在学生宿舍，元尚婴依旧跟田信康"打对儿"了一宿，早上被叫去"说清楚"。实际上校长昨天已经问清楚了田信康等三个同学，只等现在陪着派出所的人，与元尚婴最后核实。元尚婴老老实实、坦坦白白地予以交代，说当时被田信康拽去骗吃丧饭，自己立场不稳没有严词拒绝，经不住蹭吃豆腐的"资产阶级生活方式"的诱惑，就跟了去。但他们觉得不能白吃人家，应该是先哭灵、后吃饭，付出了再享受方能心安理得。这道理就跟干活挣钱一样，只有先干完活，然后才能拿工钱。所以他们就假扮死者的远房亲戚，或者"生前好友"——这词儿是从报纸上中央领导逝世的讣告里学来的——跪倒灵前开始哭。哭声容易流泪难，他想逃离时，一抬头，看见领袖像因隔着距离被蓝紫色的香火气缭绕得恍恍惚惚，那一瞬间，"我恍惚觉得伟大领袖……过世了"——

"大字报揭发你说'毛主席死了'！"

元尚婴矢口否认说过"死了"！强调了三次，说的"过世"二字！

"就这了。"派出所的人合上记录本，腋窝一夹，走了。白校长毕恭毕敬地送走客人，客人连个头也没回。

学校开了一个紧急会议。早自习结束，自由活动十分钟后准备上课时，喇叭忽然响了。先是校团委书记念了一段报纸，内容是批判"今不如昔论"，文章以毛主席的"世上无难事，只要肯攀登"收尾。然后麦克风再次"磕磕"有声，校长讲话了。校长通报了公路建设进度、学农基地庄稼长势、部队要来人挑选飞行员……哎呀，妈呀，要当飞行员啊……所有的教室哄闹起来。麦克风又一次"磕磕"发声，一切安静后，白校长说：

"八年级一班元尚婴，出身反动，毫不感恩组织上对他的挽救、毫不珍惜插班念高中的机会、毫不心疼让他提前参加工作……品质实在恶劣、秉性实在难改，竟然对伟大领袖不恭不敬！经过会议研究并请示区委，现在宣布决定：劝其主动退学……"

喇叭声结束后，同学们欢呼起来，全都围到元尚婴身边——好像元尚婴考上了飞行员似的——因为这个处理决定，远远小于他们可怕的预测。他们如此理解学校决定：不是"开除"，而是"劝其主动退学"——意味着被处罚者保有"不主动"的权利！人性就是这么变幻莫测，都盼你栽跟头，可你一旦真的栽了跟头，他们又齐心协力地来拉你，尤其是在判断怎么拉你也无效时便越是拉得使劲！

"谢谢大家，人要有自知之明啊！"元尚婴如释重负、满脸愉快。"你们知道我的革命理想吗？我想学个木匠，革命的木匠！"此话让大家雾水一头。

"我想学个缝纫匠！"苏景兰马上唱和，引得众人愈发莫名其妙。

"我现在就离校。我要去看我爷爷。"

没有谁同意他马上走，都劝他与大家最后同吃一顿学生灶的苞谷、红薯糊汤。可是他没有饭票了，田信康立即掏出两斤饭票，往苏景兰手里一塞："看你俩这交情，你请尚婴吃饭最合适！"苏景兰一听缘由，不禁笑起来："我请，我请，哪有这么好的生意啊！"

"你不参加工作了，跟我们是一样的人了！"苏景兰面若朝霞，同时大辫子猛地往后一甩——扫了背后同学的脸。那男生请求道："能不能再甩一下？好舒服！"大家哄堂大笑了。

元尚婴忽然想起什么，拉着田信康的胳膊说："你随后把宿舍里我那个漆桶——我拿我伯父家的那个漆桶——送给苏景兰……同学……纪个念吧……她给我炒黄豆吃呢……"

又掏出三毛钱塞到樊少军手里，请他去邮电所付了他昨天的早餐钱。樊少军问什么早餐能值三毛钱，元尚婴说，我也不知道该交多少钱呀，反正不能占公家便宜。又要樊少军别忘了将他的书籍、碗筷，顺带拿回来。最后请他再问问，那把放在碾子坪公社的雨伞，以及邮包里的口琴，"如果能找回来的话，你都暂且替我保管吧……或者，你要不嫌的话全送你！"最后叮嘱田信康，一定盖好印花被子，"那是我妈的陪嫁，毕业后要还我的！"

秋天虽然没有午休，饭后喇叭照例响起，定时转播新闻。"中央人民广播电台：各位听众，本台今天下午四点有重要广播，请注意收听。"喇叭里冒出这么一句话，却也没引起什么特别反应。同学们让元尚婴别急着走，他们都要送他礼物的。据九年级同学讲，毕业时同学们一般要互赠礼物，诸如毛巾、香皂之类，也有少量同学互赠笔记本、钢笔。

"你能否等一等，我们去给你买毛巾、香皂？"王益明问。

"我拿什么回礼呢？免了吧。"

这时窗外下起雨来。教室墙壁上挂了一排草帽，帽檐上写着主人的名字。另外挂着四把雨伞，其中最鲜艳的那把红色油纸伞，是苏景兰的。她发现别人要取伞，便抢先取下自己的红伞，递到元尚婴手里，说：

"这伞不是我一个人送你的，是全班同学送你的。"

大家鼓起掌来。

"你已经送了我橡皮筋啊。"

"那你再送回来哦——"

"哦"得几分撒娇，几分柔媚，吃惊了大家——只有电影里的女特务才这么"哦"。

元尚婴摸出三根橡皮筋，对方早已将大辫子翘到他面前：

"你给我套上——"

众目睽睽里，元尚婴将三根橡皮筋，一一绕两匝，紧紧地套上那原本扎着一根橡皮筋的大辫子上。

"……下午四点有重要广播……注意收听……"喇叭随即关掉。

倪老师也来送别，要元尚婴代问他父亲好，说他不久会去看他父亲的。

雨点密麻起来。到了大门口，元尚婴坚决让大家留步，说："我又不是上刑场，提前回家当农民嘛。你们明年底毕业回家，还得向我学习呢！"

一听这话，大家止了步，忽然没有了送别的兴致。这书实在是没个念头，不如就此全散伙——回家当农民！

元尚婴要看着大家回了教室，他才愿意出校门。可是苏景兰忽然转身跑到元尚婴面前，悄声说：

"知道谁写的大字报吗？"

"不知道，也没必要知道。"

"我给你说……"她嘴巴几乎凑到元尚婴的耳根，却被元尚婴一把推开："我不想知道！"说罢毅然决然地走了。同学们全都张开嘴巴，无比惊讶地看着两人，猜测两人究竟说了什么秘密。

"看这俩货，像是真勾搭上了？怪事！"一个声音说，嘴巴"吧唧"着。

65

每一条小山沟里，都住着人家。多者十几户，少者三五户，甚至独独的一户。元尚婴选了一条穿沟爬坡的小路去看爷爷。此路绕过镇子，不必费事先过汉江去，又过汉江来。他不想见人。沿着小山沟的木杆广播线路走，最好。他要独自反刍某种因为解脱而获得的自由。一种奇怪的解放感、清爽感，如同脉搏跳动，默默地叩击着他——难道是因为擎着苏景兰赠送的油纸伞吗？确实，他隐约感觉伞柄上渗出苏景兰的手温，那手温与他自己眼下的手温，阴阳合一、彼此融汇，从而导致他整个身心蜜一般甜润，却又带着某种淡淡的哀愁与哀伤。只是这样的感觉，似乎一时三刻尚无法判断算不算"幸福"。

他后悔分别时对她的生冷决绝。不过身为一个男人，婆婆妈妈的没意思。他不想知道是谁写的大字报、是谁检举了他。他压根不想知道他认识的人中，有半个是小人、是坏人！他梦想、他希望人人都好。

一棵核桃树枝横过路面。他红伞一偏、一抬头，一户人家出现在眼前了。那是两间房子，一间是茅草房，墙壁残留着黑字标语，"红军是老百姓的亲人"；一间是石板房，墙上是红字，"翻案不得人心"。两间房各呈其色，说明这户人家以前只有一间茅草房，石板房是后来弥接的。

门镣扣着，却没锁，只倒插着一节三寸长的竹棍儿。门缝撑开着，以便鸡们自由出进。元尚婴吹去门磴上的灰尘，坐下来歇歇，这三天里实在是太累了！听着满山树叶"滴滴答答"的雨声，他的紧张情绪慢慢缓解下来。他猜想这户人家眼下一定正在附近的地里，披风戴雨、集体劳作。一只白冠红喙鸟儿飞过，翅膀抖也不抖地笔直地剪过雨帘，像是木匠的推刨笔直滑过……那"幸福"二字忽然醒悟了他。幸福，就是不损害任何人——如同那只红嘴鸟儿——任何人也都不会眼红你、讨厌你、巴望你出个什么闪失，谁见到你都会展露笑脸——那就是幸福。做一个泥土里劳作的，干干净净的山野村夫，就能享受这样的幸福。幸福就这么简单。

也不妨考虑学做一个木匠。

那个齐木匠就挺滋润。齐木匠给人打家具或是盖房，每天挣五毛钱。给生产队交两毛五，生产队给他记十分工。他每天落进腰包两毛五也罢，还能吃上早、中、晚三顿饭。其中一顿是细粮、一顿是粗粮细做。工期稍长的话，隔天就得上个酒呢。俗话说"会待客的待匠人，不会待客的待丈人"，不好生招待木匠，他给你房梁上做个手脚，比如刻个怪符，或是在家具卯榫上喷口巫水啥的，那你家就有灾祸了。把好的省给岳父吃，岳父嘴一抹走了，连个"谢"字都不说……不过我若是个木匠，决不会因为饭菜不好就下阴手害人家……其实学做个篾匠也不错，苏景兰那里，家家户户有竹园……不过他又马上检讨自己是否好吃懒做、好逸恶劳、专挑轻巧活儿，为什么要当木匠、篾匠，而不是当个纯粹的农民呢！

元尚婴起身要离去，那石板房的破窗户里，突然传出广播哀乐声，节奏很慢很慢。哀乐结束，一个浑厚低沉的男声播出一条极其可怕的消息：伟大领袖毛主席逝世了！

元尚婴顿时四肢冰凉、脑袋炸裂。他差点跌倒，全身的血液仿佛被蟒蛇一口吸了去。

他不顾泥泞，攀爬在雨水混沌、迷雾缭绕的山路上，不时碰见因雨大而收工了的农人。他们已经知道毛主席去世了，却又无法相信毛主席会去世！他们疑虑着、恐惧着，边跑边将农具胡抛乱扔，脸上瀑布着泪水、雨水，重复唠叨着：

"咋得了哦！天塌了啊，咋得了哦！"

元尚婴愈加悲伤难禁，不由自主地边跑边哭腔哼唱——

……千万颗红心向着北京，

千万张笑脸迎着红太阳……

到了大伯家，见中堂的毛主席像前，一个黑碗里插着三支香。

"给毛主席烧香？"元尚婴很吃惊，"封建迷信，不合适吧！"

"合适！"爷爷语气肯定地说，"自古以来，人老了都要烧香。"

伯娘在蒲篮里的砧板上剁猪草，边剁边叹气：

"难怪一连十几天，天天晚上狼哭呢……这可咋办呀！"

伯父和尚童哥进门了。他俩在檐后坡上梳理排水，防止形成泥石流。父子俩取下蓑衣、斗笠，与元尚婴打个招呼。

"妈，你没做饭？"元尚童问他母亲。

"没心思做饭。"伯母继续剁猪草，"做了你们能吃下么！"

四个男人，老少三代站在门口的屋檐下。堂屋墙上的喇叭，滚动播放着哀乐与讣告。细密成瀑的檐流声，从容而不失节奏。风，不时刮来复刮去，来来回回摊煎饼似的。于是那雨线、雨幕，就被扭曲成岸杨河柳般左摇右摆，从而形成团团旋旋的薄雾气浪，"唰唰呼呼""叽叽嚯嚯"，忽浓忽淡、忽有忽无了。近坡远岭如被天刷清洗般，呼啸出一种无比震撼心灵的沉郁交响。

"要是晴天，"爷爷抚着未留胡须的下巴，"现在太阳正在落山。"

2013 年清明动笔

2016 年谷雨完稿

2017 年立秋三订

后 记

　　十几年来一直用毛笔写作。文章高下赖灵感，顺带练字应有益。总之用毛笔写文章，好比入山访仙：即便未遇仙颜，却操练了腿脚，又看了些景色，不至于完全徒劳。

　　五年前的春天，闲逛西安书院门时，发现新上架的宣纸册甚是可爱，规格又同一，就买回二十卷来。静卧案头月余，忽觉暴殄天物。于是想了，何不再写一部小说呢。反正活着，总得有所聊。

　　自此每天清早六点起床，就座书案：抽丝记忆，坐实史料；烟茶笔墨，四美协力……不过三五百字而已！到了八点钟，照常上班去。周末得自由，便将写成的文字敲上电脑。奔流了一千多个寂寞又充实的清晨，总算完成了毛坯。冷冻一段时间，修订。再冷冻，再修订。今天终于三订全稿，一叹告竣。

　　这是我的第三部长篇小说，我唯一全部毛笔写就的长篇小说。键盘、拇指时代，如此复古手工，或许算个新闻，甚或因此而变化了风格。至于内容品质，任由读者明鉴吧。当下喜悦的是，按顺序翻检毛笔手稿，这字，是一页比一页顺眼了。

方英文

2017 年 8 月 10 日·采南台

图书在版编目（CIP）数据

群山绝响 / 方英文著 . -- 北京：作家出版社，2025.1.
-- ISBN 978 - 7 - 5212 - 2953 - 0

Ⅰ. I247.5

中国国家版本馆 CIP 数据核字第 2024SB9134 号

群山绝响

作　　者：方英文
责任编辑：田小爽
装帧设计：大盟文化
出版发行：作家出版社有限公司
社　　址：北京农展馆南里 10 号　　　　邮　　编：100125
电话传真：86 - 10 - 65067186（发行中心）
　　　　　86 - 10 - 65004079（总编室）
E - mail: zuojia@zuojia. net. cn
http: // www. zuojiachubanshe. com
印　　刷：北京盛通印刷股份有限公司
成品尺寸：145 × 210
字　　数：252 千
印　　张：10.75
版　　次：2025 年 1 月第 1 版
印　　次：2025 年 1 月第 1 次印刷
ISBN 978 - 7 - 5212 - 2953 - 0
定　　价：58.00 元
